革命記念日に生まれて

子どもの目で見た日本、ソ連

エルヴィン・ナギ 著
野中進 訳

TOYO SHOTEN SHINSHA

Былое в памяти моей: Erinnerungen

はじめに数言……

本書には、私の幼少年期の回想、そして成人後のいくつかの出来事が物語られている。

私は一九三〇年、モスクワで生まれた。だがさまざまな事情で、幼年期は日本で過ごした。私は日本で育ち、周りの世界を理解し始めた。

私の世界観を形成したのは、両親と日本在住のソ連人コロニー――外交官、通商代表部職員、記者たち――だった。彼らはみな、固い信念を持った共産主義者だった（あるいはそう振舞っていた）。だからソ連の共産主義イデオロギーが、私にとっては唯一正しいものだった。それは正義と全面的平等のイデオロギーだった。

一九三七年、私たち家族はモスクワに帰った。そして私は、教えられてきた思想の現実のありさまを知ることとなった。

本書は、私が確信していたことと実際に自分の目で見たこととの対比が、私の意識にどう作用したかという物語でもある。

私の専門は電気技師であり、四十年間働いた。私の生活を支えたのは電線技術である。一九九〇年、年金生活に入った。一九九四年以後、家族とともにドイツのデュッセルドルフで暮らしている。回想を書き始めたのは一九九六年である。回想の土台は、私と私の近親者に起きた実際の出来事である。

私にとって回想を書くことは、何よりもまず、実体験の重みからの解放であり、部分的には次の問いに答えを出すことでもあった――**なぜ、私と私の家族は今ロシア（あるいは旧ソ連諸国）にいないのか？**

過去は、さまざまなきっかけで記憶のうちに浮かび上がる。ときには（とくにドイツ移住後は）日常生活のふとした出来事からの連想で。だがもっと多いのは、昔のことを話したり、ホームビデオやスライド、写真を見ているときだ。過去の映像を説明していると、それがそのまま、私の人間形成のさまざまなステップのエピソードになった。

幼年時代は周囲の世界を認識し、生活経験を蓄積し始める時期だ。すばらしい出来事と冒険、忘れがたい出会いがきらめく日々の連続である。だから当然、子ども時代がもっとも印象深く、もっとも鮮やかだ。時がたつにつれ、生は日常のレールに乗り、一日一日が似たもの同士になる。いくつかのエピソードだけが、日常を背景に火花を放ち、私たちの生活を色鮮やかにする。

この回想の最初の数行が書かれたとき、記憶は一つ、また一つと光景を差し出してきて、私はそれらを急いで書きとめるだけでよかった。幼年期と少年期の回想はそのようにして書かれた。青年期と成人後のエピソードは、もう個別の、おたがいに独立した出来事として記憶の中に現れた。こうしてこの回想記ができあがった——前半は思い出の流れ、後半は時間軸で並べられた個別のエピソードのかたちで。

もちろん、ここに書かれたエピソードは、私が伝えられることのすべてではまったくない。また時と力が訪れたら、続編も生まれるだろう。

この本を作るアイデアは少しずつ育った。その過程で家族、友人、親切な知人たちが果たしてくれた役割は小さくない。

回想を書きとめることを強く勧めてくれたエレーナ・ロプシャンスカヤに心からの感謝を表したい。ヴャチェスラフ・ジャロフスキーには、パソコンの使い方を手ほどきしてくれたことにお礼申し上げる。パソコンなしにはこの本は実現不可能だっただろう。

D・I・ガルバル博士と作家のA・B・ジミンには、私の原稿を読み、感想と親切なアドバイスをくれたことに深く感謝する。

そして、もちろん、もっとも大きな感謝を私の大切な女性たちに送りたい——妻のラヒリと娘のスヴェトラーナ。二人はいつも、すべての面で私を助けてくれ、この仕事の必要性をいつも信じてくれ、私が始めた仕事の完成を支えてくれた。

あいさつに代えて——エルヴィン・ナギ

目次

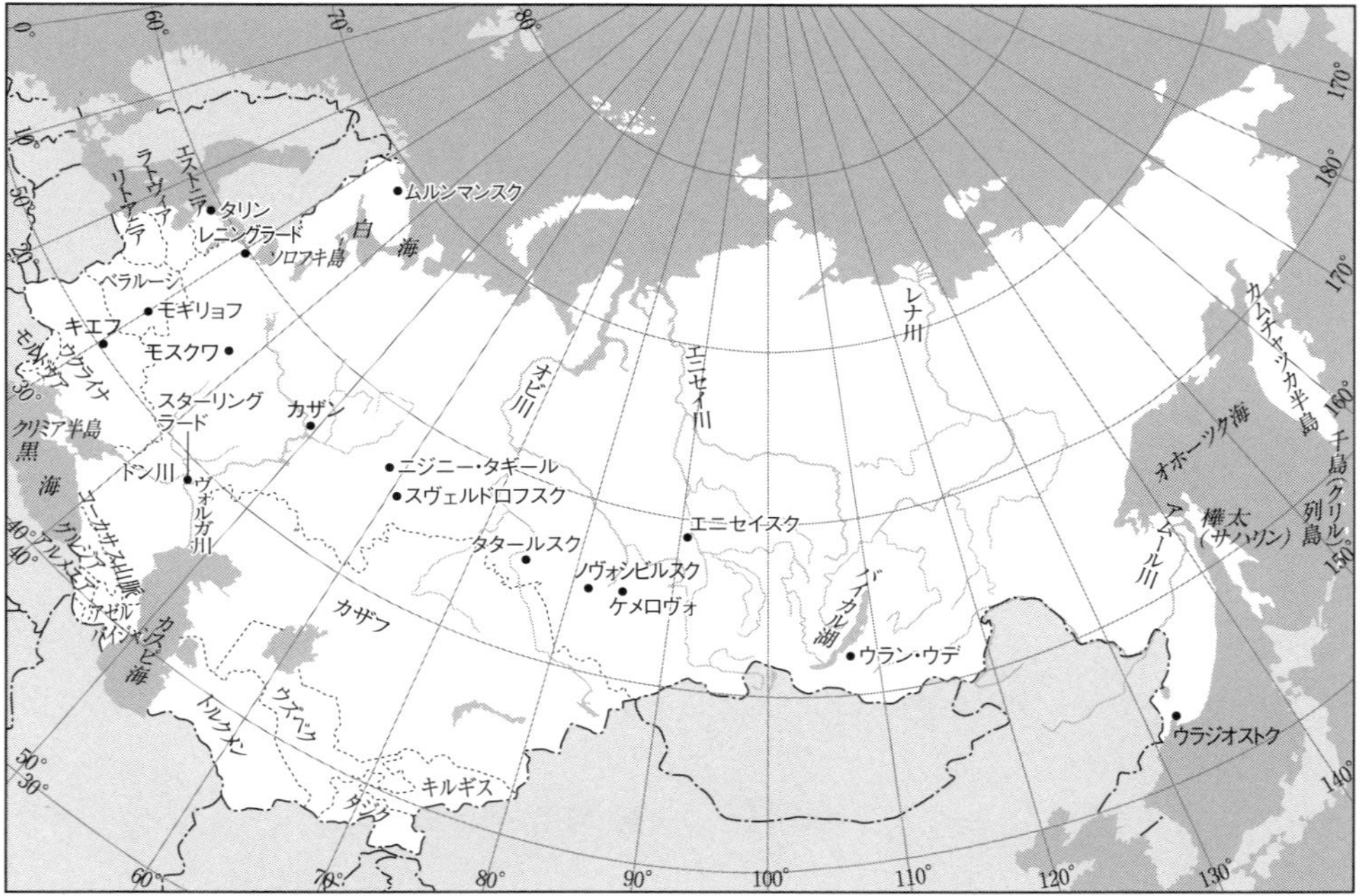

ソヴィエト連邦（1945–91）

ソ連期ウクライナ
0
300km
1/1,790,800
キエフ
ハリコフ
ポルタワ
ヴォロシロフグラード
ドネプロペトロフスク
ザポロジエ

第一部

人間形成

私の両親、ナジ・アーコシュ（ナギ・アレクセイ・リヴォヴィチ）と
ザク・ファーニャ・ミナエヴナの思い出に捧げる

第一章

幸福な幼年時代

おお、もしも幼い日に遊んだ
険しく影さす岩場に
ほんの数分でも戻れるなら
来世と永遠を私は差し出すだろう……

ミハイル・レールモントフ『ムツィリ』

最初の思い出。それは本当にあったことなのだろうか？　答えるのは難しい。ママの話から私が知っているのは、生後六か月のとき、煮え立ったミルクでやけどをしたということだ。どうしてそんなことが起きたのかはわからない。だがママがその話をすると、私の眼前には、編込みのコードにぶら下がり、紙袋をカサ代わりにした電気ランプが浮かんだ。そして私の泣き叫ぶ声。私の肌はただれてしまったとママは言った。その光景は今日に至るまで私の記憶に刻まれ、「台所」という単語を聞くたびに連想される。今ではもうわからない――これは本当に私の思い出なのか、それとも私の幼年期によくこの話をしたママによってつけられた記憶の痕跡なのか。ただ、ママは電気ランプの話は一度もしたことがなかった。だがそれがそんなに重要だろうか？　いずれにしても、これが私の人生における最初の大事件だった。

私たちは別荘にいる。その後の記憶からして、たぶん鎌倉だろう。東京から約二十キロ（実際には約四十キロ）離れた、太平洋岸沿いの小都市。ママは砂浜に大きな敷物を敷き、私の顔を海に向けて座らせる。すぐそばで何かがバチャバチャいっている。私はそばに寄る。温かい水がやさしく私の足に当たり、足指の下から砂を吸い取りながら引いていった。顔にかかった水しぶきはしょっぱかった。水は生きているようで、つねに動き、規則的に砂浜に打ち寄せ、軽やかなざわめきとともに深みへ戻ってゆく。逃げていく水を見ていると、白い泡の波がいくえにも、はてしない遠方に去っていくのが見えた。

「水がいっぱい！」

「これは、海よ」とママが説明する。私たちの周りでは、子どもや大人が集団で、あるいは一人で、砂浜に寝そべったり、座ったり、走り回ったりしていた。また、砂遊びをしたり、ボールやふくらましたゴムのおもちゃや浮き輪で遊んだり、そしてもちろん、泳いだりしていた。色鮮やかな水着、おもちゃ、いろいろな色の無数のパラソル、テント、覆いなどを見ていると、目がちらちらした。パラソルなどの陰に隠れている人もいた。太陽は日本の七月の暑さそのままに、焼きつけるようだった。そして今日はお休みなのだ！

両親が私の手を取って、いっしょに水に入る。からだが軽くなり、私はバランスを失う。頭から温かい波をかぶった。ママとパパの手だけが（私は力いっぱい握っていた）安心させてくれた。晩は、打ち寄せる波の音を聞きながら寝入った。あの波の音、そして晩の空気に広がる鋭い海の香りは、生涯を通じて記憶に残っている。

それは、私の記憶に生きているもっとも早い時期の、はっきりした視覚と嗅覚の印象である。まさに生きている印象だ。その後も海や湖に行くたびに、この印象が基準のように眼前に現れ、実際に目にしたものと結びつき、新しい側面を見せるのだった。


日本に連れてこられたとき、私は生後六か月だった。私の父、アレクセイ・リヴォヴィチ・ナギはタス通信（ソヴィエト連邦国営通信局）の東京支部通信局長だった。彼は一八九七年三月十九日、オーストリア＝ハンガリー帝国のバーチボルショドという小さな村で生まれた。彼は自分の父親、リポート・ヴェイスを覚えていなかった。アーコシュ――当時の彼の名前――が生まれて半年もしないとき、父親は家族を置いて、アメリカに出稼ぎに行き、そのまま行方知れずになった。アーコシュの母、カロリナ・シュテルン（後にカロリナ・モリナル）は一人で三人の息子を育てた。彼女を生活面で支えたのは、従兄弟で弁護士のグスタフ・ナジだった。

カロリナの子どもたちはその後、彼の名字を継いだ。[原注1]アーコシュはセゲドという町の古典学校《ギムナジウム》で学んだ。卒業後、ブダペスト大学の医学部に進んだ。一九一五年、第一次世界大戦で動員され、前線に送られた。一九一六年夏、ブルシーロフ攻勢（ウクライナ西部で行われたロシア軍の激しい攻勢）でロシア軍の捕虜となり、捕虜収容所に送られた。最初はウクライナ、それから東シベリアのヴェルフネウジンスク（現在のウラン＝ウデ）近郊の収容所だった。一九一七年のロシア革命の嵐は、彼を極東まで運び去った。アーコシュ・ナジは全連邦共産党（ボリシェヴィキ）に入党し、沿海地方とウラジオストクにおけるソヴィエト政権樹立のために活動した。アーコシュ・ナジのジャーナリストとしての活動もここで始まったのである。この時期に彼の名前もロシア風になったものらしい（アーコシュ→アリョーシャ→アレクセイ）。彼はここで新聞『赤い旗』を創ったが、この新聞は今もウラジオストクで発行されている（現在は廃刊）。一九二四年、A.L.ナギはソ連国籍を取得し、一九二六年、共産党中央委員会の決定でタス通信に配属された。

父アーコシュ・ナジ（1916年）

当時、彼には家族があった――妻のドーラ・ヨシフォヴナ・ヴィレンスカヤと一九二三年生まれの息子グスタフである。残念ながら、彼らがどこでどのように知り合ったのか、どこでグスタフは生まれたのか、私は知らない。私はソ連で一度だけ、グスタフに会ったことがある。

一九三一年、アレクセイ・ナギは東京に派遣された。

私の母、ファーニャ・ミナエヴナ・ザクはロシア帝国のタタール・モギリョフ県のユダヤ人村[原注2]で生まれた。彼女の誕生日は正確に分かっている――十二月二十八日だ。生年は間接的証拠に従えば一八九六年だが、パスポートには一九〇〇年と記されていた。彼女の父、メンデリ・シュムレヴィチ・ザクは製皮工で、自分の小さな作業場で働いていた。母のゴルダ・レイボヴナ・サーチナは主婦だった。家には六人の子どもがいた。長女のマルカは幼いころ亡くなった。私の母は十五才になるまでタタール県で暮らした。十五才になった彼女はルガンスク（ウクライナ東部の都市）に行き、自活を始めた。ローテンベルグという薬局で働いた。彼女は革命を全面的に受け入れ、おのれの力と可能性の及ぶ範囲で、ソヴィエト政権を支持した（最初はルガンスク、その後ハリコフで）。彼女は夜間学校で学び、多くの本を読んだ。ハリコフでは「活字

原注1　ハンガリーでは「ナジ」という名字は広く見られる。この言葉は「大きい」を意味し、**Nagy**とつづる。最後の二文字はハンガリー語で「ジ」と読む。だが、ラテン文字を使う他のすべての国では「ギ」と読む。それで「**ナギ**」という名字が作られたのである。

原注2　「ユダヤ人村」とはユダヤ人の居住が許された「ユダヤ人居住区」の集落のことである。

鋳造所」という企業で働き始めた。この企業の名は母と彼女のハリコフ時代の友人たちからしか聞いたことがない。実際のところ、それは活字製造の工場だったようだ。二〇年代末、ファーニャ・ザクはハリコフ労働組合の市ソヴィエト（ソ連時代、様々な行政単位に設けられた権力機関）の印刷部門で働いていた。印刷産業の労働者として、一九二八年の夏、彼女は休暇でソチにある印刷業者の保養所に出かけた。そこで、私の将来の父と出会ったのである。私の手元には、一緒に休暇を過ごした知人が撮った当時の二人の写真が残っている。とても表情豊かな写真だ。彼らがおたがい夢中であることが見て取れる。結婚は、彼らの出会いの必然の結果だった。

　言っておかなければいけないが、ママは人生の最後まで、自分が父の最初の家庭を壊してしまったと考え、良心の呵責《かしゃく》を覚えていた。日本に来てからも、グスタフの手紙をいつも注意深く読み、その内容を私にも話して聞かせ、必要な援助をするようパパに言っていた。私はグスタフの手紙を二通、今でも持っている。

ファーニャ・ザクとアレクセイ・ナギ（モスクワ、1930年）

　私の両親の生涯の重要な出来事は以上の通りだ。この短い記述のなかでさえ、私がずっと後になってから知ったようなことがある。家に残っているわずかな文書だけでは、彼らの人生を細かに再現することはできない。だが、ママと親戚、友人の話から、またいくつかの文書館の資料から、個々のエピソードは復元することができた。それについては後で、関連する出来事のところで話すだろう。

だがとりあえず、私の幸せな幼年時代に戻ることにしよう。

日本での子ども時代、私は「ファギ」と呼ばれていた。この変わった名前は、ソ連の二〇―三〇年代の流行に則って、考え出されたものだ。オクチャブリーナやレナール、レヴォルト、ヴラドレンといった革命と共産主義の意味をもつ名前〔一九二〇―三〇年代のソ連では革命や政治指導者の名前にちなんだ新しい名前をつけることが流行った〕とは違って、この名前はママの名前「ファーニャ」の第一音節と父の名字「ナギ」の最後の音節から作ったのだった（ママは結婚後も名字を変えなかった。当時、公式的な結婚はブルジョワ的過去の遺物と見なされていた）。この名前はまだ私が生まれる前に考案されており、女の子が生まれたときのために「ファギナ」という女性形もあった。お分かりいただけるだろうが、こうしたことはすべてきわめて真剣だった。私の革新的な両親が、こういう名前で出生届を出していてもおかしくなかった。だが、彼らのところに客人が来た。父の知人で、やはりモスクワに住んでいるハンガリー人だった。私のためにどんな名前が用意されているかを聞いて、彼は言った。

「私たちはロシアに住んでいるんだよ。この国では父称（父親の名前から作るミドルネーム。たとえばアレクセイという名前の父親をもつ息子はアレクセエヴィチ、娘はアレクセエヴナという父称をもつ）を公的な場で使う。君たちは未来のこと、つまりお孫さんのことも考えなければいけない。ファギエヴィチとかファギエヴナという父称についてどう思うかね？」

両親にとって客人の権威は高く、その議論は説得的だった。二人のアイデアは宙ぶらりんになってしまった。

「それじゃ、何と名づけたらいいでしょう？」

「そうだねえ……、たとえばエルヴィンというのはどうかね。美しい名前だ！」

彼によって提案された名前を戸籍課は登録した。名前は人の運命に影響を与えるという。そうかもしれない。だが、私はそれを確かめることができなかった。ソ連で同じ名前の人に会ったことがないからだ。

両親はというと、自分たちが考案した名前に馴染《なじ》んでいたので、ソ連に帰るまで普段はそちらを使っていた。

ママの話によれば、東京で私の家族は二度引越しをした後、二階建ての家に落ち着いた。これが事実上、私の最初の家だった。ここで私は育ち、ここで私の世界認識の基礎が築かれたのだ。

わが家の壁は羽目板が横に張られていた。暗灰色の防腐剤が塗られていてやや暗い印象だったが、白い枠の高窓によって和らげられていた。窓は全開にはならなかった。ただ、二つに分かれた窓枠が垂直方向に動いた。窓の下半分ないし上半分を開けるのに応じて、下の部分が上に、上の部分が下にスライドした。二つの部分は釣り合いがよく、私でも簡単に動かすことができた。それはママの心配の種でもあった。彼女は下の窓枠を持ち上げることを禁じていた。窓枠が私の頭に落ちるかもしれないと思ったのだ。

家の入口の右側、呼び鈴のボタンの上部に、白いエナメル製の表札があった。それにはラテン文字と日本語の片仮名[原注3]で名前が書かれていた。

玄関を入ると、家全体を貫く廊下があった。一階と二階の造りを私は細かく覚えている。一階には客間と食堂があり、その間に大きな出入り口があった。普段は、その出入り口は、暗色の木でできた観音開きの戸で閉ざされていた。祝日にお客が来るときはそれが開かれ、長いテーブルが二つの部屋をつなぐと、ちょっとした広間のようになった。客間は広い窓のある小部屋につながっていた。

原注3　片仮名とは単純な日本の音節文字で、複雑な漢字と一緒に用いられる。

喫煙室を兼ねた読書室のようなところだった。ガラスの嵌《は》まった戸棚には蔵書が収まり、専用のスーツケースには蓄音機のレコードが入っていた。その隣の小卓には「コロムビア」社製の蓄音機が載っていた。これ以外に、一階には台所があり、台所の向こうには女中部屋があった。女中部屋の床はそれ以外の部屋と違い、伝統的な日本家屋同様、畳[原注4]が敷かれていた。廊下と並行して、二階に真っすぐ上がる階段があった。階段の下には物置があり、すぐに必要でない物や大きなブリキ箱に入った私のおもちゃがしまってあった。

二階は、食堂の上に私の部屋があった。客間の上部には両親の寝室、読書室の上部には父の書斎があった。両親の部屋には広い浴室がつながっていた。この他、二階にはいわゆる「電話室」——壁に電話機のついた小部屋——と暗室があった。パパはそこでときどき写真を現像していた。

わが家は、外国人記者が大勢住む「コンパウンド」(ある大家が所有するヨーロッパ様式の家屋の一群をそう呼んでいた)内にあった。日本では外国人は監視されており、警察は外国人たちを一つの場所にまとめて見張るのが便利だったのである。

コンパウンドの中心には大家の屋敷があった。その一部はヨーロッパ様式で、残りの部分は伝統的な日本家屋だった。コンパウンド内にはいろいろな植物——手入れされた芝生や大小さまざまな樹木——がたくさん植わっていた。樹木は、数少ない例外を除けば、常緑樹だった。

植物の世話をするのは、コンパウンドの大家に特別に雇われた庭師だった。わが家の玄関の正面には小さな庭園があり、低木が茂っていた。棕櫚《しゅろ》の木や広葉樹の暗い木陰はいつでも涼しかった。うっそうとした茂みには井戸が隠れており、その隣には典型的な日本の石灯籠があった。それらはだれも使っていなかった。茂みを抜けてそこまで行くのは大人たちには大変だったのだ。だから私たち子どもは、こうした場所を自分たちの秘密の遊び場にしていた。

コンパウンド内に住む子どもは少なかった。私以外には、住み込みで家族と暮らしていた日本人庭師の息子、アメリカの新聞記者ウィルフレッド・フライシャーの子どもたち――私より三つほど年上のエリック、同い年のベニータ、年下のフレッド――がいた。髪の毛の突っ立った、すばしこいエリックのことは、私たちはほとんど大人と見なしていた。色々なメーカーの自動車と犬の種類についての彼の豊富な知識、本物の折畳みナイフなどに、私たち年少者たちは敬意を払っていた。それ以外にも、彼は自転車を手放し運転でたくみに操った。彼は「年長の子どものための」おもちゃを持っており、私にも遊ばせてくれた。ぜんまい仕掛けのトラック、水に浮く小型船、飛行機や古い船のさまざまな模型は、私にとって技術と建築の世界の手ほどきとなった。ある日、エリックは自分の父親の部屋に私を導き入れ、本物の武士の刀を見

原注4　畳とは稲藁を編んで作った敷物であり、一・五平方メートルの大きさである。伝統的な日本家屋ではすべての部屋の床に畳が敷かれている。

せ、握らせてくれた。エリックの話では、彼のママが結婚記念日にこの刀をプレゼントしたのだという。エリックの妹のベニータは、青い目で金髪の、注意深い、気立てのよい女の子だった。私との交友をとても大切にしてくれた。上の歯並びを整えるための針金も、彼女の笑顔を損なわなかった。私たちの中でいちばん年少のフレッドは大人しい、顔色の悪い男の子だった。カールした薄い色の髪の下のこめかみには、青い静脈がくっきり浮き出ていた。まだ小さかったため、彼はほとんど話をせず、私たちの遊びでは従順な味噌っかすだった。私は、家の外での時間の大部分をこの子どもたちと過ごした。もちろん、おたがいの家にも遊びに行ったが、戸外で自由に遊ぶ方が私たちは好きだった。私たちの遊びには「ピンチャー」という名の犬が加わった。井戸のある庭園の向こう側の家を借りていた英国人記者スミスさんの飼い犬だった。スミスさんは孤独そうな、典型的な英国人だった――控え目で痩身、髪はすっかり白く、いつも真っすぐなパイプをくわえていた。私たちが彼の犬と遊ぶのを見るとき、彼の目は微笑《ほほえ》みで少し細まった。耳の長い、血統書つきのピンチャーは、その波打つような毛並がまるで黒い絵の具をこぼしたように見えた。私たちは犬を洗って白さを取り戻してやろうとしたものだ。だがやがて、自分たちの努力の空《むな》しさを悟り、この気立てのよい動物の忍耐力に感謝して、彼を悩ますことをやめた。その時以来、「犬」という単語は私のなかで長い耳とやわらかい毛、すべてを理解するような優しい目と結びつくのだ。

東京のソ連大使館の敷地内には外交関連の職員たちの家があった。通商代表部の職員や記者たちはアパートや家を町内で借りていた。わが家の近くには通商代表部のプロトキン一家が住んでいた。そこの娘のネーリャと私は大使館の幼稚園で友だちになった。幼稚園そのものは短期間しか存続しなかったが、彼女との交友は私たち家族がソ連に帰るまで続いた。ネーリャがうちに来たときは、私たちはしばしばベニータやフレッドと一緒に遊んだ。エリックもよく私たちの遊びに加わった。感情的で、かっとなりやすいネーリャは、大人しく物静かで優しいベニータにきつく当たることが間々あった。喧嘩《けんか》を収めるのはエリックの役目だった。私たちは日本語で話したが、何の困難も不便も覚えなかった。それぞれの家では母語で話していた。フライシャー家には母語が二つあった——父方の英語と母方のスウェーデン語である。

彼らの父親については、ぼんやりした記憶が残っている。分け目をつけた真っすぐな暗い色の髪、きちんとした灰色の背広、エネルギッシュな身のこなし。私のパパ同様、彼もいつもとても忙しく、日中、家で見かけることはめったになかった。

その代わり、彼らのママ、アグダさん[原注5]はよく覚えている。背の高い、すらっとした、注意深い灰色の目と大きな優しい手をもつ女性だった。スウェーデン生まれで、夏は二か月ほど子ど

原注5　「〜さん」というのは日本語で名前や名字にくっつける敬称であり、「ミスター、ミセス」に相応する。

もたちとスウェーデンに帰っていた。

夏、ソヴィエト関係者たちは家族で海辺の別荘地に出かけ、隣同士や近所に家を借りた。そうした時も私はソ連の子どもたちと遊んだ。私の両親とネーリャの両親は、私たちが一緒にいられるようにはからったので、同じ敷地内の別荘だったことも二度ほどあった。別荘地の地主の日本人たちは、ヨーロッパ人の用途に合わせて自分の家を改築していた。別荘といっても通常、私たちに必要な設備を据えつけた日本式の農家だった。そこでは、和紙を貼った開閉可能な軽い壁（ふすま）と、私たちにとって普通の椅子とテーブルがつつましく共存していた。床板の代わりに畳が敷かれた寝室にはベッドが置かれていた。

当時、日本では伝染性の脳炎が恐れられていた。媒介するのは血を吸う蚊だった。だから夏の夜は日本中で、底面のない平行六面体の形をしたガーゼのとばり（蚊帳）によって蚊から身を守るのだった。毎晩、壁に打った特別な掛け金に輪をかけて、この設備を天井に吊った。この儀式には家中の者が参加したが、毎回初めてのような感じがして、作業に熱が入った。

東京の冬は雨がちで、気温が零度より低くなることはめったになかった。雪が何度か降ったのを覚えているが、それはいつも大事件だった。雪は一度にたくさん降ったが、二、三日しか残らなかった。すぐにスキーや橇《そり》が売りに出るのだが、それを買って家に帰るころにはたいてい、滑れる場所が残っていなかった。

日本でとくに覚えているのは地震だ。地震は、年に何度か、時間帯に関係なく起きた。幸い、私たち家族が日本にいたときは大きな被害はなかった。だが家が震え始め、家具がずり動くようになると、みんな家の外に走り出た。夜中に地震が起きた時は、一階のドアの柱の下にいるようにした。家の中ではこの場所がいちばん安全だということだった。幼年期の私はこの自然の戯れを楽しみのように受け止めていた。もっと後で、その危険を理解するようになると、控えめに言っても、大きな興奮を覚えることはなくなった。

父は家にいることが少なかった。通信記者の仕事は、今現在の出来事に通じている必要があった。晩に帰宅して夕飯を済ますと、また同盟に出かけるのがふつうだった。同盟というのはさまざまな国の通信記者が集い、ニュースを交換するための日本の通信社の名称で、父はそこからソ連に記事を送っていた。本国との時差のせいで、パパが家に帰ってくるのは遅く、私はもう寝ていた。晩はママが私の相手をしてくれた。信念をもつ共産主義者として、彼女は夫の扶養家族になることをよしとせず、東京に来てから通商代表部の庶務に就職した。昼間、私は日本人の保母に預けられていた。日本の歴史物語、昔話や漫画を読んで聞かせられた。片仮名の読み方も教わった。六才のころはもう自由に片仮名を読めた。蓄音機もよくかけた。レコードはたくさんあり、おもに外国のクラシック音楽や歌を聞いた。クラシック曲で私が最初に覚えたのは、オペラ《カルメン》の闘牛士の行進とアリアだった。今でもビゼーの音楽を聞くと、大きな窓と本棚のある部屋が眼前に浮かぶ。

七年の間に保母は何人か変わったが、彼女たちの名前は記憶に残っていない。だが、最初の乳母である「ゆにさん」のことはとてもよく覚えている。彼女は住み込みの女中兼料理人として、わが家で七年間暮らした。

著者と「ゆにさん」(東京、1932年7月14日、A.ナギ撮影)

言っておかなければならないが、日本人の女中が外国人の家で働く場合、警察で特別な許可を受けなければならなかった。ある保母が、わが家で働き始めて数日後、どうやら顔を殴られたらしく、泣きながら帰って来て、一言も言わず、自分の荷物をまとめて出て行ったのを覚えている。

私の思想教育はママが担当した。毎晩、彼女は私に話して聞かせた――日本は私たちにとって外国であること、私たちの国はソ連であること、ソ連は世界でもっとも大きくもっとも正しい国であること。私たちの国がもっとも正しいわけは、十月革命のおかげでわが国には金持ちと貧乏人がおらず、皆が平等に幸せに暮らしているからだった。その反対の例としてママは日本人庭師の家族を挙げ、私たちのコンパウンドの地主家族の暮らしと比較した。この証拠ははっきりしており、とても説得力があった。すべてのソ連人は平等であり、ソ連人であることは大きな幸せなのだ。

ママは「赤軍」と「白軍」のあいだの戦いについても話した。白軍兵は国のすべてを昔のままにしようとし、赤軍はよりよい生活のために戦い、だから勝利したのだった。白軍兵はソ連から追い出され、彼らは今、外国で暮らし、私たちを憎んでいる。今日、過去を思い出しながら、私は考える——すばらしい物質的条件、よくいう「上質なバターのような」暮らしをしていると、どんなイデオロギーも、それこそバターに針を刺すように、簡単に意識に植えつけられる。とりわけ幼年時代は。そして私も、世界でもっとも幸福な国の代表者だという信念をもって育った。日本人や外国人が私に尋ねる。

「坊や、どこの国から来たの？」

私は胸を叩き、誇らし気に答えるのだった。「僕は真っ赤なモスクワ出身のソ連の男の子だよ。僕はいちばんいい国、ソ連から来たんだよ！」

ママが話してくれたのは、わが国の歴史や生活だけではなかった。冬の晩にはロシア語で童話を読んでくれた。また、自分の子ども時代の思い出を話してくれたが、それは私の子ども時代とはかけ離れていた。ママは自分で童話を作ることもできた。その一つは続き物で、何晩かにわたって語ってくれた。筋立ては魔法もので、優しい魔法使いによってエンドウ豆のさやから生まれた小人の話だった。魔法使いは、善良な、だが子どものいない老夫婦の孤独を慰めようとしたのだった。小人は「豆っ子」という名前で、年寄り夫婦との生活はわくわくするような冒険で一杯だった。その童話を聞きながら、魔法の国に行くことを夢見つつ、私は寝入るのだった。

夜ごと、夜番が拍子木を叩きながらコンパウンド内を見回った。コン、コン、コンコンコン、コン、コン、コンコンコン、という音が遠くの方で聞こえる。最初は聞こえるか聞こえないかだが、やがて大きくなり、わが家の窓のすぐ下で鳴り、また遠ざかりながら次第に小さくなり、最後はすっかり消えてしまうのだった。ときどき私は拍子木の音で目が覚めた。そんなときは窓の外に、私の知っているコンパウンドでなく、夜だけ行けるまったく別の魔法の国があるような気がした。私は、わが家がどこか遠い豪華な庭園内にあるのだと想像したりした。そこには枝の茂った木立の合間にきれいな花の咲く丸花壇がある。どの花壇も、海辺でとれる大きな丸い灰色と黒色の石で囲われている。花壇ごとに異なる花が植わっている。だが、花壇の合い間の曲がりくねった、砂利の敷き詰められた小道を歩いているのがどんな人か、どんな拍子木をもっているのかだけは、どうしても想像がつかなかった。そこである晩、次第に近づいてくる「コン、コン、コンコンコン」という音を耳にした私は、ベッドから起き上がり、窓の下枠を持ち上げて、暗闇の中に身を乗り出した。いつも通り、音は左側から聞こえた。小さな灯りが見え、暗闇の中から照らし出していた——コンパウンドの主人の屋敷の塀の一部、小道の砂利、それからわが家のそばのリンボクの茂み。窓が開く音を聞きつけて、ママが寝室から飛んで来た。ママが見たのは縞《しま》柄のパジャマをはいたお尻と、素足のかかとだった。後はすっかり窓の外に出ていた。

「何をしているの！　窓枠が落ちてきたら死んじゃうわよ！　それに窓から落ちたらどうするの！」

ママは窓を閉め、私を寝床に連れ戻した。

「何を見たかったの？」

「おとぎ話だよ」

私をなだめると、ママは自分の寝室に戻った。幸い、私の失望は大きくなかった。童話の庭はもちろん、存在する。今回はついていなかっただけだ。私は今でもよく感じる。あの魔法の世界はどこかにある、そして私たちが生きるのを助けていると。

父と会えるのは夕飯の時間と、家族と過ごせる数少ない日曜日だけだった。だがそれは何と楽しい日々だったろう！　私たちは大きな百貨店に行き、機械じかけの玩具《おもちゃ》やさまざまな種類の積み木を眺め、選び、買った。それはパパにも面白いのだった。家で玩具をよく調べ、使い方をマスターして、私たちは一緒に楽しんだ。何よりも私たちを夢中にさせたのは、電池で動く鉄道だった。私たちはしょっちゅう、新しい線路と車両を買い足した。そして新しい部品を買うときは、何を選ぶべきか真剣に話し合った。

他にも、とても幸せなことがあった。それは、パパが二、三日の休暇を取ることができ、家族で国内旅行に出かけるときだった。日本はたくさんの名所がある国だ。自然の名所と人の手になる名所が。もっとも鮮やかな印象が残っているのは、聖なる山である富士山のふもとへの旅行、熱海海岸の遊園地、日光の山中にあるとても美しい中世の神社などだ。日本の古都、京都への旅行も記憶に残っている。これらの土地については、芸術学者やジャーナリストによってたくさんの本と論文が書かれている。私としては、パパの話や説明によって、自然と人間の創造物の美と調和を味わう能力が、私のなかに基礎づけられたとだけ言っておこう。

国内旅行はもっぱら鉄道を使った。ほぼすべて電化しており、猛スピードで走った。飛ぶように走る車両の窓から景色を眺めるのは、私にとって大きな喜びだった。とくに面白かったのは「燕」という特急列車の乗車券が買えたときだった。この特急の最後の車両には屋根つきの展望席があり、座り心地のよい藤製の長椅子が備えつけられていた。彼方に去っていく弦のように張られたレール、たえず変化し続ける周囲の風景を見ていると、私は世界の大きさを感じた。線路がどこまでも続いて、少しでも多くのものを見せてくれるようにと願った。鉄道への心震えるような気持は生涯、残っている。私たちを取り囲む科学技術との最初の接点も、列車だった。

私の幼年時代の全体的環境はこのようなものだった。あの遠い時代を一日ごとに思い出すのは難しく、また不可能だろう。だが、いくつかのエピソードは、記憶に焼きついている。それらを物語ってみよう。

ソ連人コロニーは大使館を中心に組織されていた。もちろん、全員が顔見知りだったし、必然的に、大人と子どもたちの間でとくに親しいグループもできていた。

ある日、私はいつものようにネーリャ・プロトキナに電話し、彼女の家で遊ぶ約束をした。いつものように、ネーリャはこう締めくくった。

「おはなじ（お話）は終わりね」。幼い彼女はロシア語の子音の発音がまだおかしかった。後にネーリャがきちんと話せるようになってからも、この台詞だけはまさにこういう風に聞こえたものだ。

　私は保母と出かけた。プロトキン家が借りている一軒家は、わが家のコンパウンドの近くにあった。道中、ある狭い路地でサイドカー付きのオートバイが止まった。オートバイから降りたのは、ハンチング帽をかぶり、革ゲートルをはいたヨーロッパ人の風貌の大人だった。半地下の建物から別のヨーロッパ人が彼を迎えに出てきた。彼らは話し始めた。私はオートバイをよく見たかった。私たちは立ち止まり、大人たちに近づいた。きれいなロシア語を耳にしたときの私の驚きはいかばかりだったろう。私たちソ連人で革ゲートルをはく人はいなかった。それにハンチング帽も珍しかった。ふつうは丸帽をかぶっていた。そもそもオートバイに乗る人はいなかった。私はそれを知っていた。

　ロシア語で話す変わった人たちの方が、オートバイよりも珍しくなった。そこで私はロシア語であいさつをした。

「こんにちは！」

　二人は黙って、私の方を向いた。

「こんにちは、坊や」そして警戒した面持ちで――

「君、どこの子？　お名前は？」

「ファギ・ナギだよ」

彼らはおたがいを見た。おそらく、私の変わった名前と純粋なロシア語の取り合せに驚いたのだろう。

「坊やのお父さんとお母さんはどこで働いているの？　どういう人？」

「僕のパパは新聞記者だよ。ママは通商代表部で働いているよ」

「**あいつら**だ」、オートバイ運転手は吐き捨てるように話し相手に言った。二人はオートバイの向こう側に回り、話を続けた。あからさまに馬鹿にしたように、私に一切注意を向けることなく。

日本では、大人の子どもへの態度はとても優しかった。社会的地位や出身に関係なくそうだった。政治的な好悪は子どもには及ばなかった。「赤のモスクワ」や「世界でいちばん幸せな国」についての私のおしゃべりは、周りの大人を感心させたり、皮肉な微笑、さらには驚きを呼び起こしたが、敵意だけはいかなるときも示されなかった。

たぶん、私はこのとき初めて、あからさまな、何とも説明のつかない敵意を感じた。そしてだんだん、そう、すぐでなくだんだん、まるで写真を現像するように言葉が浮かんできた。**白軍！　敵！**　彼らが日本に住んでいることを私は知っていた。私一人で彼らと戦えないのは明らかだった。すこし離れたところで私を待っている日本人の保母は、もちろん数に入らない。

私は怖くなった。そっと彼らから離れ、私たちはネーリャの家に急いだ。
彼女はもう表で私を待っており、私たちを見て叫んだ。「ほら、ファギちゃん、こんな新しいお人形があるのよ！」彼女の手には猿の人形があった。それは、四つの手足を回し、目をパチパチさせ、口を開けて大きな黄色い歯を見せた。人形の顔はずる賢く陽気であり、私の不愉快な冒険の後の緊張はすぐに去った。あの出会いは運命的なものではなくなった。だが記憶には残った。

私は子どものころから絵を描くのが好きだった。両親は何かにつけ私を励ましてくれたので、子ども部屋にはいつも私の絵が掛かっていた。夏の別荘地では、陶器の絵つけで自分の技量を試すことができた。鎌倉の海岸では、商売熱心な焼物師が、この種の創作を楽しんでみたい客向けに陶芸工房を開いていた。実際には、その店を工房と呼ぶのは無理があった。砂浜に立てられた数本の柱にかけられた藁《わら》の日よけの下に、板で作った机と腰かけがあるだけだった。机の上には絵具と筆。陶器を焼くための小さな窯もあり、いつも炎が燃えていた。下焼きだけしてうわ薬をかけていない、さまざまな形の茶碗類をとても安い値段で売っていた。いちばん高い花瓶が五十銭、いちばん安いのは五銭だったのを覚えている。今の日本では、はなはだしいインフレのせいで、円の百分の一の銭という単位はもうとうに使われていない。毎日、ママは、この店に行くために特別に、十五銭か二十銭をくれた。浜辺で水遊びをし、駆け回った後で、日よけの陰に入り、一時間か一時間半くらい湯呑茶碗やお皿に絵を描くことほど、大きな楽しみはなかった。主人は私を常連扱いし、とてもていねいに接してくれた。うわ薬を塗るプロセスがよく見えるように、窯のそばに座らせてくれた。彼は、絵が描かれた茶碗を長い鉄箸でつまみ、窯に入れ、しばらくすると取り出し、透明の濃い液体の入った桶に短時間浸けた。シューシューと大きな音がし、薄いひびが入った、キラキラ光る透明のうわ薬で被われた完成品が空中で冷めていった。海水浴場でこうした記念品を欲しがる人は多く、日よけの下にはいつも、さまざまな年齢と技量の客たちが座っていた。私は夢中になって、景色、人間と動物、幾何学模様などを描いた。主人は私の絵に興味を示し、真剣に品評してくれたので、私は自分の作品に敬意をもつようになった。私たちはとても仲良くなった。

砂浜へは、「当番」の親たちに連れられ、大勢の子どもの集団をなして行った。暑い陽光を防ぐため、大きなビーチパラソルと蔽《おお》いを立て、その陰に持ってきた食料や飲み物をしまった。それ以外にも、私たちはありとあらゆるゴム製の浮き輪や魚や動物の人形を持ってきた。この一群はいわばソ連人コロニーの出張所だった。打ち寄せる波音は、子どもたちやラムネ売り、アイス売りの声でかき消された。とくに人気があったのが「エスキモー」という、おいしいミルクアイスのつまった、底の厚いチョコレート・カップだった。

子どもたちはとくに誰からも泳ぎを教わらなかった。細かい灰色の砂に覆われたなだらかな砂浜、踏んばりの利く浅い海底のおかげで、海水浴は比較的安全だった。ただ、海岸にはボードを使って「波乗り」を楽しむ若者が大勢いたので、彼らが砂浜に飛び出してくる危険があった。後にこの遊びは一種のスポーツになった。サーフィンである。子どもたちが波乗りをすることは固く禁じられていたので、私たちは浮き輪類を使って水遊びをした。

その日、私はいつものように浮き輪を腰にはめてでなく、おなかの下に敷いて泳いでみることにした。水圧で体にぴったり押し付けられた浮き輪は安心感を与えた。スムーズに泳ぐことができた。私は突然、周りにだれもいないことに気がついた。海水浴の人々の群れは、もうだいぶ遠くにいた。サメに遭遇する危険はいつも警告されていたが、にわかに現実味を帯びた。幸い、サメと遭遇した人は私たちのなかにはいなかったが、私は気が気でなくなった。向きを変えて、急いで岸へと泳いで戻った。

身体を乾かし人心地ついてから、毛糸編みの青色の海水着のまま、焼物師のところに出かけた。

「こんにちは、パキちゃん！[原注6]」と焼物師の主人が私を出迎えた。日本人は私の名前を「パキ」と発音した。

「こんにちは！　今日はこのお茶碗をくださいな」と私は応え、二十銭銅貨を渡した。

「どうぞ、ありがとう！」

「ありがとう」

日陰の席を選び、茶碗に絵を描き始めた。そのあいだも焼物師は話し続けた。

「あのね、パキちゃん、三十分くらい前、パキちゃんのとよく似た海水着を着た人がすごく遠くまで泳いでいたんだよ。おじさんたちは、サメに襲われるんじゃないかと心配したんだ。でもその人はすぐに戻ったけれどね。その人、見た？」

「あれ、僕だよ」

「あんなに泳ぎがうまいの？　すごいね！　ぜんぜん分からなかった」

「おなかの下に浮き輪を入れていたんだよ」

主人は大笑いした。笑いながら、私のことを指さし、他の客に自分の勘違いについて話して聞かせた。

周りの人々も笑った。笑い終わると、主人は真面目な顔になり、私の目を見て言った。「もちろん、パキちゃんが無事でよかった。でも忘れてはだめだよ。海を甘く見たらいけない！気をつけなくちゃいけない！」

原注6　「～ちゃん」というのは愛称を表すための助詞で、ロシア語の「～チェク」、「～チカ」に相応する。

その日、出来事の印象をもとに私が茶碗に描いたのは、青緑色の海と白い腹をした二匹の灰色のサメだった。茶碗にはうわ薬が塗られ、その後長く、私の机の上にあった。

その夏、わが家の貸し別荘の隣には、ソ連大使館一等書記官のアスコフの家族が住んでいた。アスコフ家には、私よりすこし年下の双子の娘、レーナとベーラがいた。まったく瓜二つで可愛らしい二人はみんなの人気者だった。ある日、私が彼らの別荘で遊んでいると、着物用の布地を売る中国人がやってきた。彼は家に上がって品物を見せるように言われた。中国人はたくさんの見本を広げ、一つひとつ講釈し、自宅着とお出かけ着、暖かい季節と寒い季節、大人用と子ども用ではそれぞれどの布を買うべきか勧めた。長談義の末、娘たちの母は布地を選び、値段を尋ねた。中国人は値段を言い、交渉が始まった。売人は値引きしたが、双子姉妹のママはまだ足りないと思った。ついに彼女は、最後の切り札とばかりに、大きな声で言った——

「この可愛い娘たちをごらんなさい！　この子たちのための布なのよ。どうしてもっと負けないの？」

中国人は困り顔で母親を見て、それから娘たちを見て、驚いたように尋ねた。

「この娘たちが可愛いかね？」そして続けた。

「こんなギョロッとした色の薄い目が？　それに髪！　クシャクシャで梳《す》かしてねえ、クルクルして！　いやはや。かわいい娘ってのはこういうのじゃないよ。お目々は真っ黒で細くなくちゃ。髪の毛だって真っ黒で、真っ直ぐで、ちょっとでも縮れてちゃだめだよ。それから足！あんたの娘さん方よりも、ずっと小さな足でなくちゃ」

選ばれた布地を買ったかどうか、私はもう覚えていない。だが、その場のばつの悪さはよく覚えている。こうして私は、「美しい」と「醜い」の概念が相対的なものであることを初めて教わった。その晩、私はママとこの問題を長いこと議論し、こういう結論に至った。私たちにとっては、レーナとベーラはやはりとても可愛く、そしてもちろん、美しい女の子たちだ。だが中国人と日本人にとっての美しさはまったく別なのだ。パパは言った。あらゆる美しさを理解できるようにならないといけないと。私たちは日本人と中国人の美しさを、そして彼らは私たちの美しさを。そうすれば、私たちみんながもっとよくたがいを理解するだろう。それがとても大事なことだと。

ソ連の祝日が来ると、大使館のクラブでソ連人コロニー全体のお祝いをした。とくによく覚えているのは一九三六年のメーデー（五月一日。世界的に労働者の日とされ、ソ連では十月革命記念日に次ぐ重要な祝日だった）だ。子どもの仮装大会をしようということになった。みな、真剣に準備した。大人たちは、自分の子どもの衣装と出し物を厳重に秘密にした。当時、ソ連による北極地方の調査が急ピッチで進み、極地探検隊員が称賛されていた。ママは私のために、ビロード地の白熊のコスチュームを注文してくれた。それは腰からアゴのところまでチャックがあるつなぎの衣装で、白熊の頭部も丈夫なフードでできており、ガラス製の目までついていた。顔のところだけ開いていた。白いマスクで目と鼻を覆った。私は舞台に上がって、英雄的な極地探検隊員たちについてママが書いた詩を朗読した。出し物が終わり、誰が誰なのか大騒ぎしながら明らかにした後、楽しい遊戯をし、プレゼントが配られた。巨大な羽をつけた鮮やかな色の蝶はネーリャ・プロトキナだったし、伝統衣装を着た日本人の男の子と女の子はアスコフ家のレーナとベーラだった。その他たくさんの楽しい驚きがあった。

子どもたちに後れを取るまいと、大人たちも仮装をした。大人たちの仮装会場には子どもは入れなかったが、ママが準備するようすはよく覚えている。バラの織柄の入った空色の絹のドレスで、銀色のビーズで縁飾りをし、クジラのひげで裾をふくらませたさまは、エカテリーナ二世時代の宮廷貴婦人さながらだった。黒いビロードの仮面が衣装の仕上げだった。ママは、仮面を取るまでみんな、私だと分からなかったわと言っていた。ママは、ネーリャの父のソロモン・アローノヴィチ・プロトキンが大人気だったことも話してくれた。背の低い、がっちりした体つきのこの人物は、ふだんは無口で控えめで、人と交わろうとしなかった。いつも真面目そうだった。ピンと立った濃い毛髪に囲われた、やや陰気な顔を見ていると、始終何かに不満であるような印象さえ受けた。人は彼が笑っているところをほとんど見たことがなく、彼から滑稽な、あるいはたんに陽気な振舞いも期待できなかった。仮装会場にソロモン・アローノヴィチは、顔を隠さず、パリッとした黒い背広で現れた。ところがズボンの右足だけとても短く、膝のずっと上で切れていて、網目の細かい黒い婦人用ストッキングをはき、太もものところで真紅の幅広のガーターを締めていた。いつもと変わらず真面目なようすで、彼はホールのあちこちに行っては、陽気な笑いを引き起こしていた。プロトキンのこの寸劇については、もっとも見事な仮装の一つとして、ソ連人コロニーのあいだで長く語り継がれた。

一九三五—三六年、タス通信記者部の父のもとで、ウラジーミル・レオンチエヴィチ・クドリャフツェフ[原注7]という人物が実習生として働いた。彼は独身だった。何度かわが家にも来た。私が彼をいちばん覚えているのは、夏の別荘暮らしでのことだ。海水浴をしていると、彼は水中に潜り、子どもたちの足をひっぱって驚かせるのを好んだ。こういう冗談は、私たちにとってあまり愉快なものでなかった。やがて、彼が現れると子どもたちは叫ぶようになった。

「気をつけろ！　サメのクドリャフツェフがいるぞ！」

原注7　何事もなければ私は、彼を他の人より強く記憶にとどめなかったかもしれない。だが彼がわが家に及ぼした影響はきわめて大きかった。この名前はその後、わが家の生活でくりかえし現れた。ママと私の会話だけにとどまらないこともしばしばだった。彼は『イズヴェスチヤ』に政治的事件の記事を書き、ラジオにも、さらに後ではテレビにも出演した。クドリャフツェフ——これは別のテーマである。

ある業者が、海岸の小さな一角をコンクリートの壁でしきった。潮が引いた後、その中にさまざまな海の生き物が残った。そこでお金を払って漁具を借り、魚やタコ釣りをすることができた。料金は漁具の性能によって決まっていた。いちばん安いのは餌のついていない釣竿で、餌のついた釣竿はもう少し高かった。いちばん高い漁具はすくい網だった。もちろん、すくい網を使えば簡単に、ねらった魚やタコ、エビが取れた。ここにウラジーミル・クドリャフツェフも来た。彼はいつもすくい網を使ったので、私たち子どもはそのことで彼を尊敬しなかった。欲張りだし、あまりに攻撃的だと思ったのだ。「サメ」というあだ名は彼にとても強く定着してしまい、冬に大使館の敷地内で出会ったときでさえ、「サメだ！」という子どもたちの警戒する叫び声が響いたほどだ。

私の前に、ソ連人コロニーの職員グループの記念写真がある。私は思い出す——たくさんの名前、声、普段の表情などを。そのうちの何人かとは戦後のモスクワで再会する運命だった。その出会いについての話はまた先のことだ。今は、彼らのうちの何人かの話をしよう。

ソロモン・アローノヴィチ・プロトキンの妻、タチヤーナ・グリゴーリエヴナ。ネーリャのお母さん。とても太った優しい女性で、つねに鼻眼鏡をしていた。いつも、どこの子に対しても、喜ばせるようなことをしたがる人だった。お菓子やアイスクリームをご馳走《ちそう》したり、おもちゃをくれたり、動物園でポニーやラクダに乗せてくれたり、出し物に連れていってくれたり。通商代表のウラジーミル・ニコラエヴィチ・コチェトフ。ずんぐりした男性だが、優しそうなギョロッとした灰色の目をしていた。冗談を言うのが好きで、おかしな話をたくさん知っていた。彼の妻はニーナ・アファナーシエヴナといい、金髪のきれいな人だった。彼らは私の両親とも親しかった。子どもはいなかった。そのせいかもしれない、二人ともネーリャの両親ともネーリャと私にとても優しかった。彼らがわが家に来るときは、いつもお祭りみたいだった。私たちのための素晴らしいお土産を、かならず持ってきてくれたからだ。

両親にはソ連人コロニーの友人とは別の近しい人々、つまり親戚がいることを私は知っていた。日本では親戚たちに会うことはできなかったが、ママはよく彼らの話をしてくれた。とくにソ連から彼らの手紙を受け取ったときに。ママは、ウクライナのヴォロシロフグラード（現在のルガンスク）に住んでいる自分の両親、つまり私の祖父母について、またハリコフとドネプロペトロフスクに住んでいる兄弟たちについて話した。また、ママの妹アーニャの娘、ラーヤのことも話し、私の従姉だと言った。ラーヤは私より年上で、ピオネール隊員（九〜十四才の子どもが入るソ連の児童組織）で、学校に通っており、成績も良いということだった。

一九三五年、父は五月から八月まで約三か月、ソ連ですごした。その間、彼はモスクワ、コーカサス地方、ハリコフ、ヴォロシロフグラードに行った。ママの両親と兄弟姉妹全員に会い、たくさんの写真をみやげに帰ってきた。そこにはママの両親――私の祖父母、ママの妹たち――アーニャおばさんとメーラおばさん、ママの弟たち――モイセイおじさんとリョーヴァおじさんがいた。ママの親友のソーフォチカ（ソフィアの愛称）の写真もあった。こうして私は私に近しい、しかしまったく知らない親戚たちの顔を初めて見た。しばらくしてアーニャおばさんから手紙が来た。彼女の夫のアロンは赤軍将校だが、軍務でウラジオストクに派遣され、家族全員で引っ越したということだった。

パパの親戚の話はめったに出なかった。両親の話は一度もしたことがなく、ラースローという兄弟の話をときどきするだけだった。彼は当時ロンドンにいて、美術家で写真家ということだった。一九三〇年代初め、パパは彼から『材料から建築へ』という、ドイツで出版された本を受け取った。その本は今でもわが家にある。彼の娘はハトゥラといい、私よりすこし年下だが、私の従妹に当たる。父とラースローの文通は不定期で、この家族の存在は私たちにとって多分に抽象的だった。何年も後、もうソ連に帰ってから、ラースロー・モホイ＝ナジがたいへん著名な美術家・建築家であること、ドイツのデッサウにある芸術学校「バウハウス」（二十世紀の建築・デザインの発展に大きな影響を与えた。一九一九年、ワイマールに設立、一九二五年、デッサウに移転）の創設者の一人で、科学としてのデザインの理論を確立した人物であることを知った。

以上が、幼年時代の私の生活に何らかのかたちで関わった近親者について語り得ることのすべてである。

鎌倉の別荘では晩方、よくこの美しい町を散歩した。ママとネーリャのママのタチヤーナ・グリゴーリエヴナは、家の近くにある寺院に行くのがお気に入りだった。そこには巨大な、四階建てくらいの高さの、座ったブッダの青銅の像があった。彼の頭はすこし傾いていて、目は薄く閉じられており、手は膝の上に置かれていた。薄暗がりの中に見える彼は、別世界の存在のような印象を与えた。彼は、われわれ人間にまだ達しえない智恵を、いつの日か、明かしてくれるかもしれない。鎌倉の大仏は世界的な芸術作品であり、日本のもっとも有名な名所の一つだ。だが私たち子どもは、この巨大な青銅の像を、たんに私たちの別荘暮らしの不可欠な一部くらいに思っていた。大仏の内部は空洞だった。内部は何層かに分かれており、階段でつながっていた。大仏の背中には二つの大きな窓があり、夏は通常、青銅の鎧戸が開け放たれていた。窓からは古い公園が見渡せた。彼の顔のあたりまで登ると、こちらの方に歩いてくる人々を大仏自身が見るように、見ることができた。ここにはいつも人がたくさん来ていた。外国の観光客は著名な芸術作品を味わうために訪れ、地元の住民は日頃の喧騒から離れ、ブッダの救済のオーラに浸るために、お参りに来るのだった。

私の乳母のゆにさんは、大仏様は、私たち一人ひとりが生涯幸せであるよう、人々を救おうとしているのだ、と話してくれた。大仏への散歩を私たちがいつもおとぎ話の世界への旅のように感じたのは、そのためかもしれない。

日本では花火が盛んだった。直径が一・五〜四センチ、長さが最大〇・五メートルくらいの、厚紙でできた筒状の花火が店で売られていた。筒はあざやかに彩色されており、片端からは撚糸《よりいと》が垂れていた。花火を発射するには、筒を片手に持って、空に向け、もう片方の手で勢いよく撚糸を引っ張る必要があった。筒からは炎が飛び出し、シュートッという音とともに星のような火花が飛び、色を変え、上方で広がり、みごとな菊の花やその他の驚くべき模様に変わり、何秒か空に固まるのだった。他にもじつにさまざまな仕掛けがあった。夏には炎のショーのための特別な祭日があった。日が沈み、暗くなると、各家庭で花火をした。海際の町全体がたえず変わる色に彩られ、その明るさは幻想的な趣きだった。形のある炎と火花を放つ筒を手にした人々が道を走っていたが、まるで光り輝く幻影をつくり出す精霊のようだった。締めくくりには名人たちが仕事に取りかかる。空全体が巨大な画面となり、たえず形と色を変えながら、炎の作品がくり広げられた。そうした祭日のある日、コチェトフさんは別荘に一束の花火をもってきて、暗闇の訪れとともにそれを上げ始めた。大人も子どももとても興奮した。コチェトフさんは一本の筒を反対の端から持ってしまい、噴き出す炎でひどい火傷をした。すぐに包帯をし、最後の花火を使い切るまで出し物は続けられた。その頃までには町のお祭りも終わり、ビロードのような黒い空には、静かにまたたく星だけが残っていた。暑い夜が鎌倉に降りてきた。名誉の負傷をしたコチェトフさんは、興奮してしまった子どもたちを早く寝るよう説得する役も申しつけられ、ようやくみな家に帰っていった。

コチェトフさんは数週間左手に包帯をしていた。傷は治ったが、左手の小指側の側面に跡が残り、あの晩を思い出させるのだった。

花火祭りの思い出は、別の思い出も呼び起こす。日本は祝日が多く、それらはさまざまなテーマに捧げられていた。男の子の日や女の子の日、子ども全体の日などがあった。こうした日に各家庭では、口を開けた鯉の描かれた、柔らかい布製の長い筒を、庭先の高い棹につるすのだった。この立派な魚は、日本の言い伝えでは、幸せをもたらすという。その数は、その家庭にいる子どもの数と同じだけで、青いのと赤いのとで男の子と女の子の数を表した。風が布を大きくふくらますと、鯉たちは、まるで鱗を動かして、ほとんど生きているように、家の上を泳いだ。部屋のなかには赤い布地を張った特別な階段状の棚が置かれ、古い伝統的な日本人形が並べられるのだった。それらの人形は各家庭でこの目的のためだけにきちんと取っておかれていた。

日本には神道にちなむ祭りもあった。それらは本来宗教的なもので、神道のさまざまな神々に捧げられており、各神社にそれぞれの神がいた。若い衆が伝統的な歌と音楽に合わせて、重い神輿《みこし》をかついで回るのだった。それは十字に組んだ、二組の平行な角材の上に乗せてあった。この祭日はしだいに世俗の出来事や、軍事的テーマにも捧げられるようになった。軍服を着た大人や若者の一団が、兵器をかたどった重いものをかついだりした。通りは人でいっぱいになり、汗まみれで興奮し、いきり立った担ぎ手たちが「万歳！（ロシア語の「ウラー」と同義）」と声を合わせて叫び、調子を合わせて踊りながら、見物人のあいだを押し分けていくのだった。こうした日は、外国人は外出しないように勧告された。実際、あるとき、一人のサムライが、酒[原注8]を飲んで熱くなり、ソ連通商代表部に駆け込んできて、ドアを刀で切り付けはじめたことがあった。ママは急いで警察を呼び、連行させた。

陽気で特別なお祭りのなかで際立っていたのは、消防士たちの職業的祝祭だった。日本にとって火事は大きな災害だった。たいていの家屋は薄手の木材で作られているので、所狭しと並んだ家屋はマッチのようによく燃えた。だからこの国では、消防の仕事は昔から組織化されており、古い伝統があった。彼らの重要な役目は、火が周りの建物に広がらないようにすることだった。日本では消防士は尊敬されていた。だが、消防パレードの観衆が心待ちにしているのは、現代的な消防車や消防器具よりも、はるかにすばらしい見世物だった。それは消防士たちのトレーニングや技術のデモンストレーションであり、古い火消しハシゴの上で行う伝統的な体操だった。彼らが使うのは縄でつないだ二本の竹だった（ヨーロッパの縄ハシゴは二本の縄を横木でつなぐので、ちょうど逆である）。十二人から十五人くらいの消防士たちが、現代的な防火服を短い青い着物に着替え、ハシゴをきちんと垂直に立てる。彼らは、演目の間、ずっとハシゴを支えている。彼らの背中には白い漢字が書かれているが、彼らが東京のどの地域の担当であるかを示していた。火消しの一人がいちばん上まで登り、竹竿の断面に身をのせて、さまざまな信じられないほど危ない姿勢を取るのだった。会場にはふつう、何本かのハシゴが立てられ、観衆はある団から別の団へと見て歩きながら、十メートルほどの高さで自分の技量を見せている英雄たちに歓声を上げた。火消したちはときどき交替したが、自分の出番を終えた火消しが降り始めると、すぐに次の火消しが昇っていくというふうで、見世物のテンポは緩まなかった。もちろん、こうした行事には美味しいもの、甘いものが欠かせなかった。私たち

原注8　酒（サケ）――米から作る日本のウォッカ。温めて少しずつ飲む。酔いは早く来るが、長くない。

の保母は、こうしたお祭りにネーリャと私をかならず連れていってくれた。そして、曲芸師のような火消したちのあれこれの格好にどういう意味やわけがあるかを話したり、技が失敗したりうまくいった時に教えてくれた。

夏の海岸では、凧《たこ》揚げ競争が行われることがあった。空は文字通り、凧でいっぱいになった。恐ろしい龍の顔を描いた、二メートルもある四角形の大凧、多色塗りの湾曲した凧、小さめの白地の正方形に持主の名前を黒や青い漢字で書いた凧などが見られた。凧を上げる人から空高く舞う凧へと小さな紙片が細紐をじりじり昇っていく仕掛けもあった。特別な委員会が凧の大きさと組立、芸術的造形、飛んだ高さと時間、操作のうまさ、その他多くのポイントで評価した。だから、賞もたくさんあった。競争が終わると、見物人たちは凧上げ会場の中に入り、凧を間近に眺め、持主と話したり、競争結果について議論したりした。

一九三六年秋、コンパウンド内のある家に、ドイツから新しく来た新聞記者の家族が入った。おそらく、ナチスが政権についたことで要員の交替があったのだろう。以前いた子どものいない夫婦——私たちは彼らがドイツ人であることしか知らなかった——の代わりにやって来たのは、十才くらいの男の子がいる夫婦だった。二、三日して、エリック・フライシャーがそのドイツ人の子と友達になったと言ってきた。ハンスという名前で、いい奴だ。すてきな電気の鉄道模型をもっているという話だった。エリックはすでに、私を連れて遊びに行く約束をしていた。私は両親から、今のドイツはソ連の最悪の敵、ファシスト[原注9]が政治をしていると聞いていた。新しく来た記者はたぶんファシストだろうとも聞いた。ファシストの家に遊びに行っていいのだろうか。深刻な問題だった。

公正を期すために言っておくと、ソ連の大人たちは、他民族や外国に対する軽蔑的な発言や攻撃的な発言をそそのかすことはけっしてなかった。

「サムライやファシストがわが国の敵であることは知っておかなければならない。だが人前で彼らの悪口を言ってはいけない。私たちは外国で暮らしているのだ！」

この教えは私たち子どもに厳しく叩き込まれていた。

エリックの話ではすごいという鉄道模型を見たい、遊んでみたいという誘惑は大きかった。私は決断した。ドアを開けたのは、太り気味の、金髪を短く刈り上げた男の子だった。当然ながら、彼は日本語ができなかった。エリックは彼と容易に意思疎通できたので、私たちの通訳

原注9　ドイツ国家社会主義労働者党の党員は自分たちを「ナチ」と呼んだが、世界では彼らを「ファシスト」と呼んでいた。イタリアで、同様のイデオロギーをもつ政党がいち早く組織されていたからである。この言葉はイタリア語のfascio——斧の握りにつけた棒の束を指し、結束と権力のシンボル——から来ている。この武器は古代ローマの護衛兵《リクトル》が持っていた。

になった。スウェーデン語の知識が役立っているようだった。鉄道模型を見せる前に、ハンスは私たちを両親のところに連れていった。朝の時間帯で、ハンスのママ――太った金髪の婦人だった――が丈の長い、豪華なバラ色のガウンを着て現れた。ハンスは彼女に何か言ったが、私たちの名前だけが聞き取れた。彼女はやさしく頷《うなず》いて、出ていった。ハンスのパパは朝の支度をしていた。少しもためらわずにハンスが私たちを浴室に導き入れると、お湯の中から大きな禿げ頭が現れた。薄い色の目をした太った顔が私たちに向けられた。ハンスはまた私たちの名前を含んだ言葉を口にした。水中で屈折して見える身体から丸みを帯びた、長い金色の毛で薄くおおわれた手が、私たちに差し出された。指はふっくらしていたが、三本だけだった。小指と薬指がなかった。

人間の身体に何らかの「標準からの逸脱」を見ると、私はいつも興味をそそられた。一方では異形《いぎょう》として、他方では何か英雄的な、あるいは逆に犯罪的な出来事のしるしとして。昔の日本の物語に丹下左膳《たんげさぜん》(林不忘(一九〇〇―一九三五)の小説に登場する剣士)という高貴な侍が出てくるが、これは英国のロビン・フッドの日本版と言えよう。ある戦いで彼は、刀による激しい一撃を受け、右目と右手を失った。だがそうした状況になっても、彼は正義の戦いを続けた。左手一本で巧みに刀を使って決闘に勝利し、晩年には名声と穏やかな生活を手に入れたのである。片目の海賊や手足を失った盗賊――これはまた別の話である。そして今、私の目の前には、指を失くしたファシストが浴槽に横たわっていた……。だが、他人の家にお邪魔したからには、決められたしきたりを守るべきだった。差し出された手をハンスがタオルで拭くと、私たちは――最初にエリック、それから私が――生きたファシストの三本指の手を握った。ハンスは私たちを紹介するとき、私たちが誰なのか告げたはずである。それは、それなりの反応を呼び起こしただろう。だが表面的には何も表れなかった。

すべての義務的な儀式がすむと、ハンスは私たちを、ブラインドの下ろされた大きな客間に通した。床中に鉄道模型のレールが広がっており、ソファーとテーブルの脚のあいだを曲がりくねっていた。線路は連結点でつながったり、分かれたりしていた。橋、トンネル、駅舎、信号――これらすべての設備が、リモコンの操作通りにカチカチと鳴ったり、光ったりした。部屋が暗いので、効果はいっそう増した。二つの五両連結の列車――電車が先頭についた旅客列車と機関車がついた貨物列車――がレール上を滑らかに走り、速度を上げたり、止まったりした。ハンスは私たちにリモコンで列車を操縦させてくれた。私たちは順番に、機械の性能を堪能した。私たちの操作にしたがって信号の色や列車の走行音が変わるのを見て楽しんだ。見飽きない眺めだったが、私はどうしても遊びに夢中になれなかった。内面の緊張が去らなかった。目にしたものがしっかり記憶に焼きついたと感じたところで、私はさよならを言って家に帰った。エリックは残ってまだ遊んでいた。私とハンスのそれ以上の接近は起こらなかった。たまに会っても、ごくふつうのあいさつに終始した。言葉が通じないという壁も、政治的な敵対性を助長していた。

東京では、路上でソ連人に対して暴力が振るわれることがあった。パパは二度、そういう目にあった。一度は自転車に跳ね飛ばされた。もう一度は、中国との戦争を叫ぶ軍国デモの参加者たちに殴られそうになった。ママの話では、ファシストのサムライたちはパパを「赤の害虫」と呼び、何かと嫌がらせをするということだった。ファシストのドイツとサムライの日本の同盟について私は知っていた（一九三六年に日独防共協定締結）。そしてそのことが話題になるたびに、丸々した三本指の手が眼前に浮かんだ。

一九三七年、日本は中国と戦争を始めた（盧溝橋事件。日中戦争開戦）。東京の大通りのすべての電信柱には、日本と中国の国旗が交叉して掲げられた。これは戦争を表していた。通りには大勢の熱狂的な愛国者が「万歳！」と叫びながら練り歩き、二つの小旗――日本と中国の国旗――を振っていた。ベニータは黄色い中国の小旗（実際には日本の「同盟国」だった満洲国の旗と思われる）をもってわが家に来た。私は、どうして日本の旗がないのかと尋ねた。

「だって私は中国を応援するから」と彼女は小声で言った。「パパが言ってたわ、アメリカのいちばんの敵は日本だって」

「でも、日本とアメリカは戦争をしていないじゃないか！」と驚いて私は言った。

「同じよ。パパはそう言ったわ」

それは、日本がアメリカを攻撃する四年前のことだった（真珠湾攻撃、一九四一年十二月）。ウィルフレッド・フライシャーは状況によく通じていた。そのことを私たちは後にふたたび知ることになる。

一九三七年夏、それは日本で最後の夏だったが、両親はヨーロッパの山荘風の別荘を借りた。私たちと一緒にこの別荘を借りたのは、ソ連大使館の速記者だったヴェーラ・ルコヤーノワだ。彼女はとても落ち着いた親切な独身女性で、明るい赤髪だった。向かいにはロドフ家が別荘を借りていた。家長のボリス・ナウモヴィチは日本学者だった。背が高く痩せぎすで、いつも変わらぬ丸眼鏡の上に大きな額が広がっていた。妻のスラーヴァと、私より少し年上のすばしこい息子サーシャがいた。たぶん、この夏、私は初めてネーリャよりサーシャと多くの時間をすごし、男の友情の楽しみを知ったように思う。彼と一緒に浜辺に行き、茶碗の絵付けをしに工房に通った。彼自身は絵付けに興味はなく、私につき合って行くだけだった。その代わり、私たちはよく「魚屋」というあだ名の業者の生け簀《いす》に行って、魚釣りをした。私たちはいちばん安い餌のついた釣竿を使うので、釣果をあげて家に帰ることは稀だった。だがある日、私はついていた。私の餌にタコが食いついたのだ。幸運な釣り人の興奮とともに、私たちはタコを持ち帰り、水を張ったバケツに入れた。しばらくタコは元気だったが、やがて動かなくなってしまった。その晩、私は、ゆにさんがバラバラにしたタコの足を醤油で煮て、夕食にしようとしているのを見た。私はなんと驚愕《きょうがく》したことだろう！　タコがかわいそうだったのではない。ゆにさんが中毒を起こして、死ぬんじゃないかと思ったのだ。私は身体に毒だから食べないように、ゆにさんに懇願した。彼女の袖に取りついて邪魔をし、涙を流しさえした。善良なゆにさんは私に言って聞かせた――

「これはとっても美味しいんですよ！　坊ちゃんだって、私がタコを料理したとき、とても喜んで食べましたよ。ちょっと食べてごらんなさい、味を思い出すから」

だが無理だった。皿にのせて出されるのと、野生の生き物を直接海から捕まえてくるのとでは、話が違った。

「じゃ、わかりました。そんなに坊ちゃんが心配してくれるのなら、食べませんよ」

そう言って、彼女は調理された食べ物を台所に持ち去った。結局、ゆにさんがそのタコを食べたかどうかは、分からない。だが、まさにこの出来事のせいで、私は生涯、狩猟や釣りが嫌いになったのかもしれない。

ある日曜日、別荘暮らしのソ連人の一団でヨットを借りた。子どもたちと何時間か海上で過ごすためだった。十人くらいの一団が舷側の長板に腰かけ、暗い青銅色に日焼けした日本人の船長が波よけ板のない船尾に陣取った。褌《ふんどし》とはちまきという彼のいでたちは、船客たちのクリーム色のズボンや色とりどりのシャツやワンピースと対照的だった。彼はしゃがんで、片手に帆脚索を握り、もう一方の手で舵棒を操っていたが、そのようすは私たちの催しにロマンチックな趣きを添えた。ヨットが沖に出て、風を受けて、大きく傾くようにして、岸から離れて走り出したとき、この催しが素晴らしい冒険になるとだれもが感じた。しょっぱいしぶきを浴びて驚く女性たちの叫び声。彼女たちに水から遠い、高い方の船べりの席を譲る男性陣の気配り。船の速さと船腹にぶつかる波の響きに喜ぶ子どもたち。怖い気持ちはすこしもなかった。舵を切ると、ヨットはコースを変えて、逆側に傾く。ふたたび騒ぎが起こり、また男性と女性が席を替わる。子どもたちは、父親たちに支えられて、気持ちのよさそうな、速く飛び去っていく海面を触ってみようとする。

航海が終わったとき、この船は「シルバー」というのだとパパが教えてくれた。何年も後に、スティーヴンソンの『宝島』を読んだとき、私はこの名前に再会した（シルバー船長）。そして、あのヨットの船べりのなつかしい海が見える気がした。

秋になり、私たちは東京に帰った。

この頃、パパは自分の趣味に私を引きいれようとしていた。写真機の構造について説明し、実物を見せてくれた。ある日曜日、写真の現像を手伝ってくれないかと私に言った。私の役目は、フィルムを定着液に浸した後、水ですすぎ、艶出しのためにガラス版に貼ることだった。パパは長年の切手収集家で、見事なコレクションをもっていた。新聞記者の仕事も、当然、この趣味にあずかっていた。彼は世界中から来る郵便物に触れる機会があったし、同僚たちも切手のついた封筒を喜んで父にくれた。パパはいくつかの封筒はそのまま取っておいたが、たいていは切手の部分を切り取って、専用の平皿で水につけて剥がした。パパは手紙が来た国や、切手に描かれたものの話をしてくれた。ピンセットを使って切手を収集冊子に収めたり、薄紙のカバーをつけて特別なアルバムのページに貼ったりする方法も教えてくれた。

あの晩、両親がどういう理由で客人をわが家に招いたのか、もう覚えていない。以前は、もちろん、小さな私は寝かしつけられていた。だが私は知り合いの大人が家にいることに興奮し、階下から聞こえてくる賑《にぎ》やかな騒ぎを耳にしながら、長いこと寝つけなかったものだ。ある晩、我慢できなくなって、パジャマのままで階段から降り、客間のドアを少し開け、大人たちが楽しんでいる様子を見ていた。ウラジーミル・ニコラエヴィチ・コチェトフは開かれたドアの向こうに私を認めて、大声を出した――

「おや、この家の主人がもう一人！」、そして私の手を取って、客間に招き入れた。場が盛り上がる中、私は笑顔の客人たち一人ひとりと握手を交わした。両親も叱ろうとはせず、ママが私の手を取って、寝室に連れ戻した。

だがその日は事情が違った。

「ファギはもう大きい！」とパパは言い、よそ行き用の茶色の服を私に着せるように言った。ジャケットと折り目のついた半ズボンというでたちである。パパと一緒に客人の出迎えをし、全員集まったところで、私はあいさつをして寝室に行く、という段取りになった。私はそのパーティーで割り当てられた役割をとても誇らしく感じた。すべてが計画通りに進んだ。客たちはあいさつし、私が大きくなったこと、行儀がよいことを褒めた。ウラジーミル・ニコラエヴィチは、ずっと昔、私がパジャマのまま客人の前に現れたことを思い出し、今日はまるで違う、私が客人と楽しい時間をすごすようになるのももうすぐだろう、と言った。たぶん、この晩、父は私に、客に対する振舞いと大人へのしかるべき接し方の初歩を教えようとしたのだろう。いわば、社交界デビューである。だが人生は別様に進んでいった。

ある日、父がいつもより早く帰ってきて、タス通信から呼び出しがあったので、モスクワに行かなければならないと告げた。私はそのニュースをさほど気にしなかった。二年前も、父はソ連に呼び戻され、何か月かすごしたことがあった。彼は意気揚々と日本に戻ってきて、ソ連での暮らしぶりや建設と技術の成果についていろいろ話してくれた。ヴォロシロフグラードのママの両親の家に行き、ハリコフでママの兄弟たちにも会い、たくさんの写真と手紙をもって帰ってきた。「今度も長くいくの?」というママの質問に対して、パパはこう答えた――

「別の職場に異動になった。だから私たちみんなで日本を引き払うんだ」

ここで言っておくと、父は日本のソ連人コロニーの党組織書記だった。ソ連の基準でいうときわめて重要なポストだった。そのため父は、職務の関係上、頻繁かつ密接にソ連大使と会っていた――コンスタンチン・コンスタンチノヴィチ・ユレネフ(一九三三―三七年、駐日ソ連大使)である。二人はきわめて親しかった。一九三七年夏、ユレネフは大使としてドイツに赴任した。父もドイツに呼ばれるだろうという話もあった。ファシストの国に住むという展望はあまり魅力的でなかった。それにすべてが非常にあいまいで、噂《うわさ》のレベルだった。しかし日本からの出発は現実となり、私は世界でもっとも幸福な国、ソ連での生活を思い浮かべるようになった。

次の日、ベニータに会った私は、もうすぐ帰国するのだと話した。彼女は悲しそうにしたが、自分たちも何年かしたら日本を離れる、スウェーデンにはちょくちょく行くだろうから、また会えるでしょうと言った。

「だってスウェーデンはロシアのすぐ隣ですもんね」

「ロシアじゃない、ソ連だよ」と私は訂正した。

ソ連をロシアと呼ぶのは許されないことで、ほとんど反ソ的なことと見なされていた。

「どっちにしても、近いわ。私たち、あなたのところに遊びに行けるし、あなたたちもスウェーデンに来られるでしょ。私たち、日本からだってスウェーデンのおじいさんとおばあさんのところに行くんだもの」

そこへ犬のピンチャーが寄ってきたので、私たちは彼と遊んだ。

数日後、ベニータとフレッドと庭園で鳥小屋を作って遊んでいると、自転車に乗ってエリックがやって来た。彼はいつものように、地主屋敷の塀沿いの百メートルほどの距離を、手放し運転で猛スピードで走ってきた。自転車から飛び降り、スタンドを立ててから、私に話しかけた――

「ファギちゃん、モスクワに帰るの？　本当なの」

「うん、もうすぐ帰るんだよ」

「ファギちゃんたちが帰るってベニータが言ったとき、パパは難しい顔をして、ファギちゃんのパパはモスクワで牢屋に入れられるだろうって言ったよ」

「そんなこと絶対ないよ、エリックちゃん。僕のパパは真っ赤な共産主義者だよ！」

「でも僕のパパは、モスクワに呼び戻されるってことは、ぜったいに捕まるだろうって、言ったよ。君の国では、今、みんな牢屋に入れられているんだ」
その晩、パパが同盟に出かける前の夕食時に、私はウィルフレッド・フライシャーの考えを彼に話した。反応は思いがけないものだった。私は平手打ちをされ、二度と馬鹿なことを言うんじゃないときつく叱られた。

時がすぎ、帰国の現実がわが家の日常にはっきりと現れてきた。家には、ソ連での暮らしのための物が現れ始めた。家具付きの家を借りていたので、自分たちの持ち物といえば、衣服、食器、本、絨毯《じゅうたん》、その他の家財道具、それからたくさんの私のおもちゃだけだった。客間には、切り出されたばかりの松板の匂いが立ち込めていた。雇人たちがその板で箱を作り、新しい家具一式、食器セット、茶器や食器、ラジオ付きレコードプレイヤー、その他モスクワでの生活に必要な一切の家財道具を積み込んだ。両親のやりとりや家中の雰囲気にも、出発間近の緊張感が次第に高まっていくのが感じられた。善良なゆにさんは、私たちの好物を料理してくれ、私たちを喜ばせようとしてくれた。日本風の髷《まげ》にきちんとまとめた青みがかった黒髪、濃い色の着物の上に羽織った真っ白な上っ張り、彼女が歩くと軽い響きを立てる下駄。[原注10]すべていつも通り。それでも何かが違う。彼女の目には動揺が走り、ふだんより不安そうで、たくさん食べるように私に頼んだ。

ついに、大使館と通商代表部の職員たちが別れのあいさつに来るようになった。まとまってではなく、一人、二人ずつやってきては、お茶やコーヒーを飲みながら話し、帰り際には何か記念品をくれるのだった。会話は物静かで、笑い声はまったく聞かれなかった。全体としてこれらの訪問には、いつもの陽気で賑やかな集まりとは非常に違うものがあった。近所の人たちもあいさつに来た。いつも変わらぬパイプをくわえたスミスさん。ウィルフレッドとアグダのフライシャー夫妻。彼らは息子のエリックの発言を知らなかっただろう。親同士のつき合いは公式的ではあったが、友好的だった。思いがけず、隣の家からイラン人夫婦もやってきた。私は彼らがペルシアから来たということしか知らなかった（ママはイランをペルシアと呼んでいた）。

タチヤーナ・グリゴーリエヴナとネーリャの訪問もよく覚えている。私たちを遊びに出した後、ママたちは読書室で長いこと話しており、私たちに邪魔しないようにと言った。彼らが帰った後、ママは私のそばに来たが、動揺しており、泣いた跡があるようだった。ソ連に帰ってずっと後でママが話してくれたのだが、このときタチヤーナ・グリゴーリエヴナはとても慎重

原注10　下駄とは日本の伝統的な履物で、木製の小さなベンチのような形状である。プールや海水浴場でつかうゴム製ないしプラスチック製のサンダルに似ている。

な言い回しで、ソ連では不可解なよくないことが起きていると伝えたのだった。祖国に帰った人々からは何の連絡もなく、彼らの代わりにやって来た人は彼らのことを何も知らず、会ったこともなく、何の情報もないというのだった。ようするに、帰国した人々は跡形もなく消えてしまうのだった。彼女は、東京から出発するに当たって行き先をよく考えた方がよいとさえ仄《ほの》めかしたという。いちばん恐ろしかったのは、ママ自身、そう感じていたことだった。

客間は急にガランとした。箱がなくなった。決まった場所にあるいつもの細々したものが見当たらなくなった。家はよそよそしくなり、居心地が悪くなった。

そして、出発の日が来た。朝、エリックとベニータ、フレッドが私に会いに来た。ベニータは私に、黄色い上着と青いズボンを来た、柔らかいおかしな象の人形をくれた。私はプラスチック製の天使の像をプレゼントした。彼女はもう一度、スウェーデンはソ連に近いから、私たちはきっとまた会えると言った。お別れだった。

私たちは晩に駅に行き、列車で新潟港まで行って、そこからウラジオストクまで汽船で行くことになっていた。それは、もう寝なさいとだれからも言われない最初の晩だった。もう暗かった。ゆううつな十一月の雨が降っていた。プラットホームには驚くほどたくさんの見送りの人たちが来た。私の見知った顔はほとんどなかった。英語やフランス語や日本語が飛び交っていた。あれはお父さんと一緒に働いていた人たちで、外国の記者たちだとママが言った。雨の水滴のついた、しわの寄ったセロファンに包まれた花束で、車両デッキは文字通りいっぱいになった。ついに、列車が動き出した。私はその夜の両親を覚えていない。まるでそばにいなかったかのようだ。私はゆにさんにしがみついて座っていた。経験したことのない、不安なものが重苦しくのしかかり、すこしも眠くなかった。線路の音だけが私を少し落ちつかせた……。列車の線路の音。それはいつもたくさんの喜びを約束してくれた！　今回は何を約束してくれるのだろう？

私たちは港にいる。曇った空、灰色の巨大な倉庫。クレーンが機械の手のように、積み荷を船から港へ、その逆へと運んでいる。船腹にくっきりした白い漢字が書かれた巨大な黒い汽船。タラップのところで両親は、ゆにさんにお別れを言い始めた。そしてこの瞬間、あの重苦しい、私に近づいていた無情な事実があらわに、はっきり容赦なく、全貌を現したのだった。**もう二度と会えない！**　その事実が揺るぎなく立ちはだかっていた。私とゆにさんのあいだに、私とエリック、ベニータ、フレッドのあいだに、私と日本のあいだに。私は叫び始めた。身体の一つひとつの細胞で叫んだ。ゆにさんにしがみついて叫んでいた。彼女は私を抱きしめて、体を震わせて涙を抑えていた。無意識のうちに私は感じていた。この「**もう二度と会えない**」が、私とこれまであったすべてのこと、またありえたことのあいだに立ちはだかるだろうと。それは恐ろしかった。それまで一度もないほど、恐ろしかった。

どうやって船に乗せられたか、覚えていない。タラップは外され、汽船と岸は色紙テープでつながれていた。船上では旅立つ人々が、岸では見送る人々がテープの両端を握っている。汽船はゆっくりと動き出し、色紙テープの束がほどけ始め、張りつめ、一本また一本とちぎれていった。岸の群衆の中に、ゆにさんの姿がはっきりと認められた。彼女は暗い色の着物を着て、生活道具を包んだ四角い包みを手にしたまま、しばらくの間、船を見送っていた。それから包みを持ち上げて、それで顔を隠すようにして立っていたので、やがて見分けがつかなくなった。灰色の岸の線がまだ長いこと水平線上に見えていた。最後にそれも消えた。

人生の一つの部分が終わり、次の部分はまだ始まっていなかった。それまで二泊三日の航海が残っていた。

第二章 不安多き思春期

偉大な建設の日々
陽気な轟き、炎と音の中
こんにちは、英雄たちの国
夢想家たちの国、学者たちの国！

A.ダクチリ『熱狂者たちの行進』

航海の初日は平穏だった。公海に出ると、パパは船中を見に私を連れて出た。船側に書かれた二つの漢字は、パパの説明によると、「シベリア」という意味だった。なぜ日本船がソ連の一部の名前を冠していたかは分からない。船客は少なく、今から思えば、貨物旅客兼用の汽船だったのだろう。上客のために船長が歓迎会を開いた。わが家の他に何人かの外国人客が、大きなうす暗い照明の船室に招かれた。丸テーブルには堂々とした制服姿の船長が席につき、その隣にパパが座った。私以外に子どもはおらず、食事会は私にとっては退屈だった。

航海二日目は私の誕生日に当たった——一九三七年十一月七日（十月革命の記念日でもある）。それは象徴的だった。一日中船が揺れていて、私たちは一度も甲板に出なかった。

三日目の午後にはもうウラジオストクが見えた。私は両親と船べりに立って、海の向こうから現れてくる国を見ていた。私がこれから住むのは、日本にいたとき「祖国」と呼んでいた国だ。私はこの国を断片的な話や、明るい熱狂に満ちた歌を通して知るのみだった。

私たちの前に、なだらかな輪郭の火山を背景に、少しずつ灰色の都市が浮かび上がってきた。雲の多い空。家々に立てられた白い旗。ところどころ、白い文字が書かれた赤い布も見えた。白い旗は私を戸惑わせた。

「ママ、どうしてあんなに白い旗がたくさんあるの？　ここには白軍はいないんでしょ！」

「あれは旗じゃないのよ、坊や。あれはベランダで洗濯物を干しているだけよ」とママは私を落ち着かせた。

港で私たちはすぐ、窓のない巨大な、人気のない倉庫に通された。高い天井からぶら下がる、いくつかの薄暗いランプがようやく暗闇をかき消していた。しばらくすると、私たちのスーツケースと荷物箱が全部持ってこられた。見たことのない制服を着た人々が、すべての中身の点検を始めた。彼らは例外なく、すべての箱を開け、注意深く一つひとつの品を点検した。一人が蓄音機を取り出し、点検した後、すべてのレコードを一枚ずつ、順番は気にせず、聞き始めた。私は彼の忍耐強さに驚いた。彼は、レコードを一枚かけるたびに、蓄音機を几帳面に回し、回転する盤に目を据えて冷然と聞いていた。彼の周りには、レコードの小さな山が二つできた。一つの山は、ソ連への持ち込みを禁じられたものだった。何年も後になって気づいたのだが、それはF．シャリャーピンやA．ヴェルチンスキー、P．レシェンコ（亡命系の著名な歌手、音楽家）などの歌曲やアリアを録音したものだった。私は一つの山から別の山へと歩き回る一方で、荷物の多さと検査官たちの人を寄せつけない重々しさに驚いていた。この人たちだってこんな仕事はとっくにうんざりしているだろうに、と思った。彼らが何を探しているのか、なぜこんなに厳しいようすなのか、私には分からなかったのだ。ようやく点検が終わり、スーツケースが閉められ、荷箱が釘打ちされた。両親は、荷物をモスクワに送る手続きをすませた。倉庫の出口で、ママの妹のアーニャが出迎えてくれた。彼女の夫はRKKA[原注11]指揮官のアロン・フェルレルで、当時ウラジオストクに勤務していた。アロンの行動は当時としてはたいへん勇気あるものだった。この時代、外国から帰ってきた者の出迎えに行くことは（要職の人物も一緒に出迎えるのでなければ）、軍人にとって少なからぬ勇気を要した。当時の私は、もちろん、そんなことは分からなかった。後年も、アロンおじさんは私たちへの献身や好意を幾度も示してくれた。だが、当時はほんとうに危険なことだったのだ。

原注11　RKKAとは「労農赤軍」の略。一九四三年（正しくは一九四六年）までソ連軍はそう呼ばれていた。

どうやってホテルまで行ったかは覚えていない。客室は一部屋で、暗緑色のビロードのカーテンで二つに仕切られていたことだけ覚えている。ママとアーニャは十年くらい前にハリコフで会って以来だったので、座って話し始めた。話すことはいくらでもあった。アロンおじさんは自分の軍用ベルトを外して、試しに締めてごらんと私に言った。それは私の茶色の外出着にとてもよく似合うと、おじさんは言ってくれた。私は誇らしさでいっぱいになった。半ズボンなのがすこし恥ずかしかったが、おじさんは、半ズボンこそ子どもの軍服だと元気づけてくれた。じつは、私には赤軍の制服は奇妙に見えた。長いシャツをズボンに入れずにベルトで締めているのがだらしなく、スカートのようだった。私の軍服のイメージと合わなかった。日本の軍人がするような肩章でなく、襟章をしていることにも驚いた（ソ連軍では一九四三年まで襟章で階級を表した）。アロンおじさんは黒い襟章をつけており、襟章一本ごとに三つのエナメルの赤い正方形が光っていた。その正方形はなぜか「積み木《クービキ》」と呼ばれていた。

私の従姉のラーヤも、学校を終えてやって来た。彼女は十三才で、私のほとんど倍の年だった。

「なんてお名前？」

「エリック（エルヴィンの愛称）」と私はよく考えずに答えた。「ファギ」という以前の名前は新しい生活に合わなかった。すべてがあまりに変わってしまい、新しい名前で新しい生活に入っていくのが自然な気がした。

ラーヤはソ連的熱狂に満ちており、私たちの祖国がすべての資本主義世界より優れているという確たる信念に満ちていた。彼女は意気高らかに私に話して聞かせた。国内の成果、学校でのピオネールとコムソモール（十四～二十八才の青年を対象とした共産党の下部組織）の熱気あふれる活動、さまざまなサークル活動、夏休みのピオネール・キャンプなどについて。ラーヤは「輝かしい未来」の建設の高揚した雰囲気に少しでも早く私を浸すことをピオネール隊員の義務と考えていた。そうすることで、敵である資本主義国、日本に長く住んでいる間に私の心にたまった悪い沈殿物を溶かそうとしたのだった。だが、ラーヤがソ連の生活について話すことと、彼女のみすぼらしい服や町のようすはちぐはぐだった。何より、私が通りで見かけた人々の陰うつなようすと合わなかった。人々は交流をまったく望んでいないようで、彼らにものを尋ねたり、ちょっとしたお願いもできそうになかった。それは私にとって慣れないことで、警戒心を抱かせた。

私たちがウラジオストクにいる間、アーニャおばさんとアロンおじさん、ラーヤは毎日、ホテルにやってきた。だが自宅には招待しなかった。このことも私を驚かせた。だってママは、彼らは私たちにとってとても近しい人々、親戚だと話していたから。私たちは町を散歩した。私は町行く人々を、数少ない自動車を、見慣れぬかたちの路面電車を、注意深く観察した。汽船からも見えた赤い布に白字で書かれた言葉にも私は驚いた。そこに何と書いてあるのか、パパに聞いた。パパの返事では、ソ連人ならだれでも知っていることが書かれているということだった。だれでも知っていることをなぜ通りで書く必要があるのか、私には分からなかった。なぜ男の子たちがトラックを追いかけて走るのかも分からなかった。なぜ運転手が出発前に、エンジンの前で何かのレバーを長いこと大変そうに回しているのか、どうしてその後でやっと出発できるのかも、分からなかった。要するに、どちらを見ても不可解な、見慣れぬことばかりだった。

数日後、私たちはモスクワに旅立った。私はモスクワがソ連でもっとも大きな町——日本にとっての東京のような——であることを知っていた。モスクワが見られるのを心待ちにしていた。列車の切符を買い、私たちは二週間の列車の旅をすることになった。車内では気持ちよく眠ることもできるのだった。これもまた驚きだった。

モスクワ行の列車は暗緑色に塗られた、とてつもなく大きな車両からできていた。列車の中央には他の車両とははっきり違う一台の車両があった。その外壁には、茶色のニスを塗った細い薄板が何枚も打ち付けられており[原注12]、ドアなどの金属部分はよく磨かれた青銅製だった。それは「国際車両」であり、私たちもそれで旅することになった。その車両にはツインの客室しかなく、二部屋ごとに洗面所がついていた。寝台は二段になっており、昼間はそれが座り心地の良い長椅子になった。車両の内装は、暗いニスを塗った木と輝く青銅からできており、日本の一流ホテルと似ているので私は嬉しかった。それでしばらくの間、私たちはおなじみの家族旅行の雰囲気に浸ることができた。私は、ソ連の第一印象から感じていた緊張がほぐれた。一つだけ気づまりだったのは、パパが私たちとは別のクペー（ツインの客室はそう呼ばれていた）で知らない人と寝起きしなければいけないことだった。

私が車両内を見て回っている間、両親は見送りに来てくれたフェルレル家の人々とお別れのあいさつをしていた。彼らは最初クペーに来たが、やがてホームに出た。何分かしてパパとママが戻ってきた。列車は動き出し、長い旅が始まった。窓の外には、見送りの人々が別れの手を振りながら、少しずつ遠ざかっていくのが見えた。

列車は海岸沿いに出て、スピードを上げつつ、レールの継ぎ目ごとに音を鳴らし始めた。私が窓のそばに立っている間に、両親は父の同室者と知り合いになった。二十五才くらいの若い人で、丸顔のスポーツマンタイプで、刈り込んだ金髪と青い目をしていた。あごのところに目

原注12　何年も後（もう七〇年代末だった）、「パネル」という言葉がよく使われるようになった。それは、建築物や家屋の張り地に用いられる木の薄板のことである。連想から私は、昔の「国際車両」のことを思い出したものだ。ソ連の鉄道ではとっくの昔になくなっていたが。

につくへこみがあり、顔立ちに愛嬌を添えていた。私も紹介された。たしか、ジェーニャ（エヴゲーニーの愛称）という名前だった。そう呼んでくれとその人は言った。モスクワまでの道中、彼は私たちから離れなかった。もっぱら私と一緒に窓のところに立ち、極東の森林やシベリアのタイガ（密林）、窓外に見える山や川の話をした。列車がバイカル湖岸を通ったときは、この湖についてくわしく話した。私にＧＴＯの二級バッジをくれた。[原注13]それは、巨大な車輪で縁取られたエナメル仕上げの赤い星をバックに、ゴールテープを切る走者が描かれていた。とても印象的なバッジだった。車輪に縁どられた図像は、「ソ連（ＣＣＣＰ）」と金字で書かれた赤い板に、二本の鎖でつながっていた。今にして思うと、この同行者ジェーニャは私たちを監視する「機関」の職員だったのだろう。

列車がモスクワの「北駅」[原注14]に着いたのは晩だった。もう暗かった。私たちの到着日時について父がタス通信社に電報を打っていたにもかかわらず、出迎えはなかった。もう初雪が降っており、モスクワの冬は力を増しつつあった。寒さがはっきりと感じられたが、私にはそれが自然に思われた。

「だってここは北駅だもんね！」

私の言葉はママの微笑を誘った。パパは駅の係員のところに行って、タスに電話した。迎えの車がやって来た。モスクワに私たちの住いはなかったので、タスの建物に連れていかれた。

私たちがすべての荷物とともにたどり着いたのは暗い廊下であり、そこでモスクワでの最初の夜がすぎた。朝になるとパパは用事を片付けに出ていった。昼ごろ戻ってきて、モスクワの当座の暮らしに借りた部屋に私たちを連れていった。父の知り合いのタスの守衛が自分の親戚に頼んで、私たちに部屋を貸してくれたのだ。彼らのところは二部屋あるので、しばらくのあいだなら貸せるということだった。私たちが落ち着いたのは、アリスタルホフスキー横丁三番地だった。その建物は今でもそこに立っている。タガンカ地域のサドーヴァヤ大通りに下っていく小さな通りに立つ二棟のレンガ造りの高い建物の一つだ。私たちは家財道具ともども、いちばん上の四階の共同住宅（そこには二つの家族が住んでいた（ソ連時代、都市部で広まっていた住宅形態。一つのアパートに複数の家族が住み、台所・トイレなどを共有した））の一部屋に住むことになった。部屋を貸してくれた方の家族だけ覚えている。主人は五十くらいの痩せた人だった。定期的に咳の発作に襲われ、そうすると彼の妻——体格のよい感じの良い人で、金髪を編み髪にしていた——

原注13　ＧＴＯとは「労働と防衛の準備完了」の略語で、いくつかのスポーツ実技からなる複合科目だった。それをパスすると、一定の身体的訓練を経たことの証明になり、バッジが与えられた。一級と二級があったが、一級の前にさらに予備段階があり、ＢＧＴＯ「労働と防衛の準備をせよ」という名称だった。

原注14　この駅の正式名称はヤロスラヴリ駅だが、当時は——そしてずっと後まで——「北駅」と呼ばれていた。私にとってはその名前であり続けている。

がソーダ入りの牛乳を温めて飲ませるのだった。彼らの名前と名字は覚えていない。ヴォーヴァという息子がいて、たしか三年生だった。彼らは親切にしてくれ、私たちが不在だった数年間にすっかり変わってしまったこの国の生活に戻る手助けを、可能な範囲でしてくれた。私たちが日本で暮らしていたことにはほとんど興味を示さなかった。ヴォーヴァだけがときどき、どういうことのない、もっぱら地理的な質問をした。

パパは東京にいたときと同様、朝から仕事に出かけた。帰ってくる時間はさまざまで、晩は私たちと一緒にすごした。以前に比べれば、はるかに忙しくなかった。ママが一緒に出かけることもあり、そういうときは私は一人きり、あるいはヴォーヴァと一緒だった。ママとパパが共産党中央委員会の党統制委員会（ＫＰＫ）（党員の思想信条、党と国家への忠誠、行動と生活などを調査した機関）の調査を受けていたなどとは、当時の私に知るよしもなかった。[原注15]

ある日、私が家に一人でいると、家主の妻が廊下で私を見かけ、小声で尋ねた。

「エリック、あんたは何人なの？」

私はこういう質問には慣れていた。日本では。だがここはモスクワだ……。私はいつものように誇らしく答えた。

「僕はソ連人の男の子だよ」。そして付け加えた。「知ってるでしょ！」

「知ってるわよ」と家主の妻は答えた。「でも、ソ連人の男の子といってもいろいろでしょ、ロシア人、ウクライナ人、ユダヤ人、グルジア人……」

この言葉は私にショックを与えた。どういうことだ。だって僕たちの祖国が素晴らしいのは、この国ではみんなが平等、みんながソ連人だからじゃないのか。だがソ連でも、私には理解不能な特徴で人々が区別されているのだ。

その晩、私はドキドキしながら、ママに尋ねた。

「ねえ、僕はウクライナ人なの、ユダ人なの？」

「ユダ人じゃなくてユダヤ人ね」とママは言った。「世界にはたくさんのいろいろな民族が住んでいるのは知ってるでしょ。ソ連にもいろいろな民族が住んでいるけど、とても仲よく暮らしているのよ」

次の日、私は家主の妻に自分が何人か告げた。

「そうだと思ったわ」と彼女は言った。こうして私の民族問題との最初の接触は終わった。

原注15　一九九二年、短い期間だが、私はＫＧＢと党中央委員会の文書館に比較的容易にアクセスすることができた。私は父と母の個人調書を読むことができ、この数か月の彼らの生活をほぼ一日ごとに再現することができた。だがそれについては、また後で述べたい。

私にとって驚きだったのは、ソ連での曜日の数え方だった。法律で定められた「六日制」という仕組が用いられていた〔一九三一年から一九四〇年まで実施された〕。労働日と準休日と休日があり、すべて日付が固定されていた。休日は六で割り切れるすべての日であり、準休日はその前日であり、残りはすべて労働日だった。一九三七年十二月五日は準休日で仕事がなく、国中が新しいスターリン憲法〔正式名称は「一九三六年ソ連憲法」。一九三六年に制定され、一九七七年まで有効だった〕の一周年を祝った。私たちは家族そろって祝日労働者集会に出かけた。今から思うと、それはタガンカ広場で行われたのだった。吹奏楽団が演奏し、赤旗やスローガンが掲げられ、臨時の演壇には偉い人たちが立っていた。広場に来た人々は勇壮な音楽が差しはさまれる一連の演説を聞いていたが、あまり注意深くではなかった。それより自分たちでお喋《しゃべ》りし、あちらこちらに移動していた。それでも演説が終わるごとに拍手をしていた。演壇にいる同志たちが一人ずつ、順番に登壇した。じつに驚くべきことに、だれ一人、笑みを浮かべなかった。演壇でも、私たちの周りでも。祝日でも何でもないようだった。私たちは演壇の近くに立っていた。すると突然、パパが手を上げ、発言を求めた。言っておかなければならないが、彼はすべての出席者たちと外見がまったく違っていた。彼一人だけ、丸帽をかぶっていた。手には曲がった柄のついたステッキ、灰色のコート。黒っぽいラシャ地のジャンパー、灰色の綿入り上着、耳覆い付きの帽子、ハンチング帽を背景にすると、彼はまるでブルジョワのような、異質な雰囲気を与えた。

背が高いのでなおのこと目立った。周りの人々は驚いたように彼を見ていた。ためらいの後に、彼は壇上に招かれ、タス通信の特別通信員が発言すると告げられた。他の発言者同様、パパにも拍手がされた。間もなく祝日集会は終わり、人々はいそいそと、驚くほど冷淡に散っていった。人気のなくなった広場で、音楽家たちは自分の金管楽器や太鼓をカバーにしまい、別の人々は旗やスローガンを巻いていた。

モスクワに来てもっとも強い印象を受けたのは、開業してすでに三年目の地下鉄だった。この点でソ連が日本にまさっていることは、まったく議論の余地がなかった。東京の地味な地下鉄は、モスクワの「コムソモールスカヤ駅―文化公園駅」線と「クールスカヤ駅―キエフスカヤ駅」線とは比べ物にならなかった。革命広場駅の彫刻や、開業したばかりのマヤコフスキー駅のステンレス製アーチ間のモザイク天井を、私は誇らしい気持ちで見上げたものだ。駅のプラットホームでは地下鉄車両のかたちをした売台で、地下鉄従業員の制服を着た娘たちがお菓子を売っていた。偉そうにした機関士助手たちが、重々しい大きな声でプラットホーム中に響くように叫んだ。

「発車オーライ!」そして助手席に入り、まだ閉められていないドアのそばに進行方向と逆向きに立ち、青い車両を暗いトンネル口へと走らせるのだった。ああ! 本当に素敵だった!

こうして地下鉄は私の鉄道愛をさらに強いものにした。

一九三八年が近づいていた。新年のツリー（ヨールカ）が売りに出始めた。それは、ソ連でツリーを立てて新年を祝うことが認められるようになって、二年目か三年目のことだった（新年とキリスト降誕祭（ロシアでは一月七日）を祝うためのツリーは「宗教的」、「ブルジョワ的」として一九二〇年代後半～一九三〇年代前半、禁じられていた）。ただし、休日ではなかった。いわば、各自自由にということだった。ツリー用おもちゃの生産はまだ行われておらず、売りに出ているのはわずかだった。『ムルジールカ』や『ピオネール』などの子ども向け雑誌には、ツリー用おもちゃの材料と作り方を解説した記事が出た。おもに色紙と糊、それからホウ酸ビーズを光り物にして作るのだった。ヴォーヴァと私は熱心に、厚紙から鎌と槌（ソ連のシンボル）を切り出し、五角形の星を糊付けした。この作業は私に創作の喜びを与えた。両親はお店で、工場製のガラスのおもちゃをいくつか買うことができた。ツリーはみごとな出来栄えだった！　私たちはそれを家主の部屋に立てた。家主の妻とママがいっしょにご馳走を作り、新年を祝うため大みそかの晩に集まった。

このとき初めて私は、大人が酒を飲む場に居合わせることになった。酒というものは知っていた。食堂の棚にはつねに何本かの酒瓶が並んでいたから。それに触ることは固く禁じられていた。酒を飲むと酔っ払い、正気を失い、馬鹿騒ぎをするということだった。大人がときどき酒をたしなむのは、食欲増進のためなのだった。だがサムライたちは軍事的な祝日に日本酒をたくさん飲んで、暴れていた。だから私は酒を飲むのはとても悪いことだと思っていた。

陽気になった主人は酒瓶を開け、無色の液体を大人たちのグラスに注いだ。新年を迎えるパーティーが始まった。私がせがむので、ママは透明な液体の入ったグラスを私の鼻先に差し出し、「ウォッカ」というお酒だと言った。その匂いは鋭く、気持ち悪かった。驚いたことに、家主はとても満足そうに飲み干した。ただし、グラスの中身を一息に、まるでまずい薬を飲むように、飲み干すのだった。

そのお祝いの細かいことは何も覚えていない。夜遅く、大声でお祝いを言い合い、電灯を消してツリーのロウソクに火をともした。新しい一九三八年が来たのよと、ママが説明してくれた。しばらくして私たちは家主一家にいとまを告げ、自分たちの部屋に戻った。パパはふらふらした足取りで進み、壁に手をつき、面目なさそうに笑っていた。部屋に戻ると彼はベッドに座り込み、ママがシャツを脱がす手伝いをした。

「パパ、酔ってるの?」

「うん、坊や」

「暴れん坊みたいに酔ってるの?」

「もっと悪いぞ、坊や!」

「エリック、邪魔をしないの。パパは寝ないといけないの」。ママが割って入った。

私も自分のソファーベッドに行った。お祝いのイルミネーションを見るため、窓のところで立ち止まった。モスクワ中が光に溢れていた。とりわけ目を引いたのは、さまざまな色の光線と、それがたくさんの建物の屋根に積もった雪に反射するさまだった。


真冬になった。ヴォーヴァはよく橇を持って滑り台に出かけた。この愉しみについては、日本でママが子ども時代の思い出話をするとき、よく話してくれたものだ。ある日、パパが新しい橇を持って帰ってきたので、私たちも滑りに出かけた。私たちが住むアリスタルホフスキー横丁はそれ自体、よい滑り台だった。車の行き来はほとんどなく、子どもたちは来る日も来る日も、気ままに滑っていた。だが何と私たちは驚いたことだろう。新しい橇は滑らないのだ！ パパは橇をヒモで引っぱって滑らせようとした。それもうまくいかず、フウフウ言って雪の上を引かなければならなかった。どうしても滑らないのだ！ なのに横を行く子どもたちの橇は、矢のように滑走し、サドーヴァヤ大通りの人通りに飛び出す前に、全力でブレーキをかけないといけないほどだった。私たちが途方に暮れているのを見て、子どもたちが私たちの橇を調べ、説明してくれた。

「この橇は新品だ。慣らしてない。だから滑らないんだよ。僕たちの滑り木を見てごらん！」

そして陽光を受けて輝く、まるで鏡のような二本の滑り木を、私たちに向けて見せた。私たちは自分たちの滑り木を見てみた。そこにはみっともない、ざらざらした黒い塗料が覆っていた。今日は滑るのは無理だと分かった。子どもたちは、毎日乗っていれば一月もしないでよく滑るようになると私を慰め、自分たちの橇に乗らせてくれた。横丁の終わりで見守ってくれながら。だが毎日の橇遊びは、間もなく終わりになった。

それから何日かたったある早朝、六時に家のドアがノックされた。家主の妻がドアを開けた。建物の管理人が動揺したようすで駆け込んできた。

「お宅には日本から来た人が住んでいますか」

「ええ、住んでいますけど」

「いま、家にいますか？」

「います」

「その人たちに、どこにも行かないように言ってください」

十時ごろ、ＮＫＶＤ（内務人民委員部）の制服を着た人がやってきた。両親の身分証明書を調べ、いっしょに来るようにパパに言った。彼らが出て行きドアが閉まったとき、家主の妻は言った。

「おしまいだわ。もうあなたたちはアレクセイ・リヴォヴィチには会えないでしょう」

そして自分の部屋に走り去った。ママは石のように動かなかった。起きたことの重圧の下、一日がゆっくりすぎていった。家の中ではだれもがひっそりと歩き、ほとんど会話もなかった。早い冬の夕暮れ、またドアがノックされた。入ってきたのはパパだった。生きていて、傷一つなかった。

「アレクセイ・リヴォヴィチ！　あなたは聖人です！」と家主の妻が叫び、家中の人が彼女の言うとおりだと言った。誰もが高揚した気分だった。パパの話では、NKVDの地区支部に行き、身分証明書を再度調べられ、個室に通された。しばらく一人で置いておかれた。その後、パパの仕事についていくつか些細《ささい》な質問をされた。パパの党員証が党中央委員会の検査をパスしていることを知ると、彼らはふたたびパパを一人にした。今度はすぐ戻ってきて、帰ってよいと告げた。パパは職員に礼を言って、家に帰った。

「機関」との接触は後遺症なしにはすまなかった。それは危険な前兆であり、両親は不安を隠せなかった。一月の終わり、ママは私に、しばらくの間、ハリコフに住む彼女の妹、メーラおばさんのところに行かなければならないと言った。なぜなのか、ちゃんとした説明はなかった。両親は逮捕をほぼ現実的なこととして覚悟していたのだ。もしそうなれば、私を待っているのは、粛清された親の子どもが入れられるNKVDの特別施設だった。それは少年院とほとんど変わりないものだった。両親は私をハリコフの親戚のところに送って、こうした将来から救おうとしたのである。

旅行と聞いて、私は喜んだ。ママとパパと離れて暮らすのは、少し不安だった。だが新しいことは、何でもいつも興味深い。私たちは出発の準備を始めた。

ハリコフにはママが連れていってくれた。駅ではママの妹のメーラとママの親友のソーフィチカが出迎えてくれた。二人とも私たちに何度もキスをし、自分たちのことを呼び捨てで呼んでいい、「おばさん」と付けなくていいと私に言った。それで私は生涯、ママの兄弟姉妹のことは「おじさん、おばさん」抜きで、親しく呼んでいた。

メーラはきゃしゃで、短髪にしていて、ママよりもずっと若かった。暗い色の髪、さびしそうな眼差し、善良な微笑みは、彼女の大人しい性格によく合っていた。メーラは独身だった。小さな裁縫工場で技師として働いていたが、公共事業単科大学の夜間コースでも学んでいた。幸い、単科大学は通りをはさんで彼女の家の向かいにあった。その通りは一九一七年まで「県知事通り」と呼ばれていたが、革命後は「革命通り」という名前になった。

メーラが住んでいた七番地は二階建ての一軒家だったが、二十世紀初頭、当時流行の「モデルン」様式で建てられたものだった。所有者は金持ちの歯医者だった。私が来たころ、建物内部はすでに大きく改造されていた。地下室から屋根裏まで無秩序に据えられた壁や思いがけない場所に開けたドアで区切られた十くらいの住居の集合体となっており、いわゆる「上海」式だった。以前の所有者は、刈り込んだ灰色のあごひげを生やし、鼻眼鏡をかけた威厳ある老人で、ビロードの襟付きの黒い外套を着ていた。彼は妻とともに一階の二部屋に暮らしていた。彼は何らかの方法で、青銅製の表札を掲げた正面玄関を自分だけのものにし、自宅で患者を診察する権利を持ち続けていた。彼のところに来るのは、基本的に革命前からのお得意様で、彼自身同様、博物館か舞台で見るようなタイプの老人ばかりだった。

　メーラは豪華な大理石造りの暖炉のある、天井の高い部屋に住んでいた。かつて二階の大広間だったのを仕切ったものだった。バルコニーへのドアとつながった大きな窓からはたくさん陽光が入った。仕切り壁の向こうには独身の女性が暮らしていた。台所はなかった。階段の長い手すりに沿って、各家庭のドア脇に、調理用バーナーを置いた小さな食卓が並んでいた。トイレに行くには一階の廊下に降りなければならなかった。一九三四年まではまだ仕切られていない大広間全体を、アーニャとアロンの家族が使っており、メーラは彼らと一緒に暮らしていた。士官学校を終えたアロンが極東に派遣され、アーニャと娘のラーヤも彼のもとに去ってしまうと、居住面積（住宅難の都市部では居住者一人につき定められた面積が与えられた）の切詰めが行われ、仕切り壁とドアがもう一つ取り付けられたのだった。

　一九二〇年代、ママもここに住んでいたので、厳しくなった住宅事情を見て、かつての明るい雰囲気を惜しんでいた。

メーラは食器棚やたんす、カーテンなどで自分の部屋を二つに仕切っていた。奥は寝室だった。暖炉のある前側は居間になった。寝室にある小さなドアは屋根裏部屋につながっており、広い物置として使っていた。

ハリコフに到着した日、私たちはいっしょに食事をし、それから中庭に出た。ママは、隣の九番地の一階にある「活字鋳造所」を私に見せた。ここで彼女のハリコフでの勤務が始まったのだった。

次の日、私たちはソーフォチカの家に行った。ソーフォチカというのは、ママの親友だったソフィア・イサーコヴナ・カルマンソンの呼び名である。幾多の不幸と出来事が二人を長い年月、隔てたにもかかわらず、ママとソーフォチカは生涯の終わりまできわめて親しい、頼りにし合う関係だった。

ソーフォチカが住んでいたのは、町の中心のゴーゴリ通り十一番地にある、高い建物の共同住宅だった。彼女は家族がなかった。ソーフォチカは、最晩年まで驚くほど美しく、女性らしかった。長いまつ毛の大きな灰色の目、かたちのよい鼻、表情豊かな口元が、見事なスタイルと結びついていた。当時の流行に合わせた短髪は、彼女の容貌の旧約聖書的な趣きをやや消していたが、それでもたいへんな美人だった。だがソーフォチカはその容姿の美しさと同じくらい、人に対して求めるものも大きかった。非妥協的だったと言ってもいいほどだ。そして重要なことだが、自分自身に対しても厳しかった。要求の高さと妥協のなさのために、彼女は家庭を作ることがなかったのだろう。彼女は自分の人生を、やはり孤独な弟と幾人かの友人のためにすべて捧げた。

この共同住宅にはソーフォチカの他に五つの家族が暮らしていた。ソーフォチカは約十平方メートルの部屋に住んでいたが、これはママが労働組合の市ソヴィエトで働き始めたときに割り当てられたものだった。彼女たちは夜間の高校で知り合い、親しくなり、やがてソーフォチカがここに引っ越してきたのだ。ファーニャ・ザクがアレクセイ・ナギと出会い、モスクワに去り、さらに日本に行った後、その部屋はソーフォチカのものとなった。だから、部屋に入ったママは特別感慨深げだった。この部屋には、ソーフォチカの他に、ツィーリャ・リトヴィンとゾーリャ・リトヴィンという夫婦が住んでいた。彼らは、まだ結婚を夢見る若いころからママと友人だった。彼らは心のこもった歓迎会を開いてくれた。彼らの息子のオーシクは私よりすこし年下だったが、私のソ連での最初の友達となった。

ハリコフに何日か滞在した後、ママはモスクワに帰った。私は個人経営の託児所に入れられ、メーラが働きに出ている間はそこですごさなければならなかった。労働時間中、保母が一人で子どもたちの面倒を見ていた。彼女はきれいな中庭のある小さな建物に日当たりのよい部屋を持っていた。子どもたちはめいめい昼食とコップを持ってやって来た。午前中は童話を聞いたり、お話をしたり、絵を描いたり、粘土遊びをしたりした。それから持ってきた食べ物を食べ、保母が入れてくれる紅茶を飲んだ。午後は、彼女が注意深く見守るなか、ずっと中庭ですごした。この育児所に通っていた期間、目覚ましいことは何も起こらなかった。ただ一つ良かったのは、私たちのいた建物の場所である。それはソーフォチカが住むゴーゴリ通りだったのだ。だから、彼女はよく私を託児所から連れ出し、自分の家に連れていってくれた。そこで私は、広い出窓でオーシクと遊び、楽しい時間をすごした。二十世紀初頭に建てられた六階建ての建物は、壁の下半分の厚さが一メートル以上あった。だからリトヴィン家の出窓は、二人の男の子がおもちゃを広げて遊んでも、大人の邪魔にならないだけの広さがあったのだ。しかもオーシクはじつにたくさんの、さまざまな形の積み木セットをもっていた。それで遊んでいると飽きることがなかった。その後、私はあれほどの積み木セットにお目にかかったことがない。

両親のいない暮らしに、私はかなり早く慣れた。それは言うまでもなくメーラとソーフォチカのおかげだった。二人は限りない優しさと注意深さをもって私に接してくれた。同じ建物の一階にショイヘトという一家が住んでいた。娘のリータは、私の従姉のラーヤ・フェルレルと同い年で幼馴染だったが、私とメーラのところによく遊びに来た。五才の年の差を彼女は気にしなかった。日本での暮らしについていろいろ質問をし、私の話をメーラやソーフォチカと一緒になって、大人のように論評するのだった。よく私に、何か日本語で言うようにせがみ、それぞれの単語がどういう意味か知りたがり、言葉の響きに驚くのだった。日本語にエル（L）の音がないことが彼女には信じられなかった。

ラーヤと違って、リータは私を思想教育する必要があるとは思わないようだった。

メーラにはニコライ・ズバーハという、農業関連の仕事をしているボーイフレンドがいた。彼は寮に住んでおり、資格向上クラス〔再教育や資格を取るためのコース〕だったか大学院だったかで学んでいた。休日になるとコーリャ（そう呼んでいいと私に言ってくれた）はメーラのところに来て、私たちは一緒に散歩に出かけた。革命通りを下っていくと、ロパニ川という小さな川に出た。それはハリコフを流れる三つの川の一つだった。もう一つの川はハリコフ川といい、三つ目はネテーチ川といった。どの川も水量が少なく、美しい眺めではなかった。おそらく、それで「どうにもこうにもハリコフ川は流れない」という地元特有の言い回しができたのだろう。コーリャは、この言い回しに三つの川の名前が含まれている〔「どうにもこうにも」のところにロパニという単語が、「流れない」のところにネテーチという単語が隠れている〕ことに私の注意を向け、その意味を説明してくれた。おそらくこのときから、私は単語の組合せや順序によって言葉のニュアンスが変わる、ということに気づくようになった。これは面白い発見だった。

ある日、私たちは家から遠くないところにある、ジュラヴリョフカという名の地区に行った。そこはまったく都会らしくなく、農村のようだった。町の中心から遠くないところに、生い茂った果樹園に囲まれた小さな一軒家がいくつもあるのは珍しかった。コーリャは私に、果樹園や公園、並木道といったものは都会にとってとても大切だ、だって空気をきれいにしてくれるからね、と話した。その締めくくりに「緑地は町の肺」という印象的な言葉を教えてくれた。

町の目抜き通り（スムスカヤ通りといった）にはいろいろなシロップで味付けした炭酸水をコップ売りする店があった。大理石のカウンター、ニッケルめっきの蛇口やコップの洗い場、愛想のよい売り子の手許で勢いよく吹き出す白い水流、シロップをかき混ぜるのに使う、長いねじれた握り手のついた専用の平たいスプーン、すべてが華やかな感じだった。なかでも目立つのは、特別なスタンドにずらりと並んだ、色とりどりのシロップの背の高い細い瓶だった。店はとても人気があり、週末はとくに賑わった。散歩の後でここに寄って、珍しいシロップを選んで、時間をかけて一、二杯飲み、オーシクも私も大いに満足した。

当時のハリコフの誇りは、暗灰色のコンクリートとガラスでできた巨大な国家経済館、通称「ゴスプロム」だった。この建物は当時のソ連で、容積がもっとも大きい建築物として有名だった。一九二六年に建てられた構成主義風の建築は、他の建物と一風変わっていて、中々の見ものだった。建物の陰に入り、ひんやりした暗色の壁に触ったり、三階と六階のところで建物をつなげている渡り廊下を見上げながら歩いていると、未来と出会っているようだった。実際、そうだったのだ。ゴスプロム館は、スリップフォームという工法で造られた一体型建築物だったが、この技術が広く使われるようになるのはずっと後のことだった。この建築方法が世界的に普及し始めたのは一九三〇年代であり、ソ連では五〇年代だった。だが当時の私たちには、この先進的技術を評価できなかった。

ゴスプロムの近くにはタラス・シェフチェンコ〈ウクライナの国民詩人〉の銅像があった。ウクライナ民族の運命を思い悩む、頭を垂れた詩人像が、三面体の角柱の上に立っていた。その周りには、彼の作品の主人公たちが螺旋《らせん》状に配置されていた。台座の周りの像はたくさんあって見ごたえがあった。とはいえ、印象の強さという点では鎌倉の大仏には敵わなかったが。

私たちは休日、ときどき、ハリコフ森林公園に出かけた。森林公園そのものが好きだったわけではない。だがそこまでの道のりが——路面電車の十一番で行くのだが——とても楽しみだった。とくに「未来の路面電車」に乗れたときは！　座席は柔らかく、二両編成の車両は流線型だった。普通の路面電車とは構造が違うだけでなく、塗装も通常の赤黄色でなく淡青色だった。家からいちばん近い停留所のあるプーシキン通りで、私はいつも期待しながら遠くを見つめていた。青いかっこいい車両がやってこないだろうかと。メーラやソーフォチカはよくこう言ってくれた。

「じゃあ、二台だけやりすごしましょう。もしかしたら三台目があんたの好きなやつかもしれないものね！」

それで本当に「僕の青いやつ」がやってきたときの嬉しさといったら！　私たちはそれに半時間くらい乗って森林公園に行くのだった。あるときなどコーリャ・ズバーハがこの路面電車で、全路線、それも行き帰りとも乗せてくれた。この小旅行は長いこと私の誇りだった。話してほしいという人がいるたびに、私は喜んで、こと細かにこの電車旅行の話をしたものだった。

全体として、ハリコフでの私の暮らしはまったく恵まれたものだった。心優しい親戚と知人に囲まれ、オーシクとの友情、リータ・ショイヘトとのつき合い、たいていは快い、新しい印象のおかげで、両親がいないことはある程度まで補われていた。ママは手紙をくれ、メーラがそれを読んでくれた。もちろん、それは直接のふれ合いの代わりにはならず、さびしく思うこともあった。

四月半ば、ハリコフでの暮らしが三か月にもなる頃、突然ママがやって来て言った。「私たちの新しいおうちができたのよ。モスクワに帰りましょう」

また引越し、また新しい印象か。いいじゃないか、面白そうだ！

パパが駅で私たちを迎えた。地下鉄を乗り継ぎ、初めてモスクワに来たときに到着した北駅まで来て、さらに電車に乗った。二十分ほどすると、もう郊外だったが、「ローシ」駅という短い名前の駅で降りた。列車の進行方向の右側には似たり寄ったりの普通の二階建て家屋が並んでいた。左側にはほとんど駅のところまで低い松林が迫っていた。私たちはそちら側に出た。二本の小道のうちモスクワ側の方を通って、私たちは松の木かげに入った。林はすぐに切れ、小さな沼にかかった木橋を渡ると、今度は本物の森が現れた。ただ、森は柵で囲われており、木々の向こうには、ぽつぽつと立派な建物が見えた。それは「スヴェトラーナ」という休暇施設で、私たちの家はその向こうのジャムガロフカという別荘村にある、とパパは説明した。沼を越え、休暇施設の敷地を越え、ようやく別荘村に着いた。三つ目の十字路を左に折れ、二階建ての木造家屋の横をすぎ、低い柵の木戸の前に私たちは止まった。灰色の高屋根の、小さな一階建ての家だった。しっくい仕上げで黄色く塗られた正面の壁には三つの窓があった。窓はそれぞれ、格子で九つの正方形に区切られていた。家の両側にはテラスが建て付けられていた。

「さあ、着いたわ」とママが私に話しかけ、いちばん左の窓を指さして、「これからここに住むのよ」と言った。

右側の別の木戸から、愛想よく微笑みながら大人の男女が出てきた。この建物の隣人となるエフィム・ペトロヴィチとヴェーラ・ウラジーミロヴナのゴトリボヴィチ夫妻だった。私は彼らに紹介された。ヴェーラ・ウラジーミロヴナはとても喜んで、下の娘のガーリャが私と同い年だから、「うんと仲良し」になってねと言った。

私たちはまだ完成していないテラスを通って、中庭から家に入った。ドアを開けると、二つの部屋のあいだに位置する台所に入った。二部屋のうち、窓が通りに面している、約十五平方メートルの部屋が私たち家族のものだった。中庭に面したもう一つの部屋には、ツェツィリヤ・ヨシフォヴナ・ヴィレンスカヤというとても年を取った、痩せたおばあさんが住んでいた。

パパが最初に私に言ったのは、家の住所を覚えなさいということだった。そして一語一語区切って発音した。「モスクワ州、ヤロスラヴリ鉄道、ローシ駅、ジャムガロフカ村、団地通り、六番地」

私はこのとき初めて、パパの発音に外国人ふうの訛《なま》りがあることに気づいた。以前も、パパのロシア語が他の人のロシア語と違うように聞こえたことがあったが、気にしなかった。もちろん、この発見によって私がパパへの態度を変えることはなかった。ただまたしても、パパには他人と違う性質があることに気づき、かすかな当惑を感じた。原注16
わが家の転居先の前史は、資料的にある種の面白さを持っているだろう。村の始まりは二十世紀初頭、バクー出身の石油商ジャムガロフによって築かれた。最初に彼が、イチカ川という変わった名の小川沿いの松林に別荘を建てた。三階建ての丸太造りで、内部は「モデルン」様式で仕上げられていた。イチカ川は堤防でせき止められ、大きな人口湖が作られた。一九一七年頃、ジャムガロフカ湖の周りには、豪華な高級別荘がいくつか建っていた。三〇年代初め、ここに典型的なソ連の別荘村が作られ始めた。だが現実の進行によってこの計画は修正されることになった。

一九三六年、モスクワ北部郊外のオスタンキノ村とロストキノ村に全ソ連農業博覧会の準備地が作られ始めた。博覧会の目的は、コルホーズ（ソ連型集団農場。一九二〇年代末から強制的に進められた農業集団化の拠点となった）建設の成果を広く示すことだった。当然、この敷地内の建物は撤去され、住民は組織的に移住させられた。移住者には新しい土地が与えられ、家を建てるための貸付けも行われた。希望すれば、古い家を分解し、新しい土地に運んで組み直してくれたそうだ。博覧会場から移住した人々のかなりの部分が、ジャムガロフカ村に新しい土地を得た。こうして別荘村は、定住者の住む郊外へと変貌した。住民の大部分はモスクワで働いていた。今日ではこの地域はもうモスクワ市の一部となっており、ジャムガロフカという名称は人口湖の名に残っているだけだ。

家の共同所有者は、当初、ゴトリボヴィチ家とヴィレンスキー家だった。ヴィレンスキー家には、おばあさんのツェツィリヤ・ヨシフォヴナと五十代の独身の息子がいた。この家の完成後まもなく、ツェツィリヤ・ヨシフォヴナの息子が電車に轢《ひ》かれて不慮の死を遂げた。その災難の後、住人のあいだで法律的・経済的問題がどのように解決されたのか、さだかではない。だが私の両親がこの家の一部を入手したときには（「敷地の六分の一と建物の六分の一」と売買契約書にあるのを私は後に読んだ）、建物の所有者はゴトリボヴィチ夫妻だけだった。彼らが私たちに売ったのは一部屋と台所の一部、そしてテラスだった。ツェツィリヤ・ヨシフォヴナは、彼女が生きているあいだ、小部屋を一つ借りる権利を有していた。当時の言い方でいうと、彼女は「生き残り組」だった。彼女の先祖、そして彼女自身も、一九一七年の十月革命以前は相当な資産家だった。革命後、全財産を奪われ、稼ぎ手の息子も失い、その出身ゆえに年金ももらえなかった彼女は、手元に残ったわずかな貴重品を売り、家屋を売って得たお金で暮らしていたのだろう。これらの不幸に加え、ツェツィリヤ・ヨシフォヴナは片方の足が短かった。革命前に作られた矯正靴をはき、杖《つえ》をついて、やっと歩いていた。彼女の旧式の衣装、みすぼらしく束にまとめられた灰色のわずかな髪、刺すような眼差しからは「過去の遺物」の空気が漂っていた。彼女は知り合った当日から、ソヴィエト政権に対する反感を公然と語り、そ

原注16　ただし言っておくと、それから何年も後、私は父の空想小説『世界の屋根の上での利権協定』――一九二六年に出版され、長らく発禁になっていた――を読み、それが完全に正しいロシア語で書かれていることを確認した。党統制委員会の文書館で彼の自筆の調書を読んだときも、このことは確認できた。

の無慈悲そうなようすは私を怯《おび》えさせた。おそらく、高齢（八十才くらいだった）と身体的障碍《しょうがい》のおかげで、最終的な弾圧から免れたのだろう。こうして、私たちは異質な信条をもつ人と共同住居で暮らすことになったのである。

新しい家を手に入れたのは三月初めだった。両親は近所づきあいを始めた。近くの家々にはさまざまな家族が住んでいた――根っからの労働者の家族から革命前からのキャリアを持つ知識人の家族まで。後者では、たとえば、とても押し出しのよいレヴィタン夫妻（子どもはいなかった）がいた。妻のソフィア・サモイロヴナは法律家だった。夫のヤコフ・セミョノヴィチは経済専門家だったが、昔は歌手だったそうで、美しいバスの持主だった。また、グラース（「眼」の意味）という変わった名字の医者の家族もいた。彼らの娘はゴトリボヴィチ家の上の娘ツィーリャと仲良くしていた。この愛想のよい娘たちと彼女たちと親しい地元の若者たちも、私の両親と知り合いになった。ママもパパも話し上手で、これまで見てきたこと、経験してきたことを面白く語れるだけでなく、いろいろな話題で話ができた――とりわけ当時人気のあった政治の話題で。春になると、二人は新しい知人たちと毎晩のように湖へ散歩に行った。

私の到着までに、生活上不可欠なことはすでに準備できていた。目新しいものもあった。たとえば中庭のトイレである。この環境が私をおおいに悲しませたとは言わない。だが、いくらか気恥ずかしかった。そこに行くには、隣家との塀沿いを歩いていかなければならなかったが、周囲から丸見えだった。しだいに気恥ずかしさはなくなったが、若干のきまり悪さは残った。

水はウィンチ付きの井戸で汲んだが、その水はとても美味しかった。台所にはいつも水を汲んだバケツが二つあった。私は自分でもロープをあやつって井戸の水を汲み、小気味よく動くウィンチで重いバケツを持ち上げてみたかった。だがそれは子どもたちには固く禁じられていた。

ハリコフの騒々しいバーナーの代わりに、台所のテーブルには雲母の小窓のはまった二つの灯芯付きのコンロが静かに輝いていた。ママは日本から持ち帰った大きな真鍮《しんちゅう》製の、輪状の灯芯付きのコンロも並べた。

私たちの部屋にはタイル張りのオランダ式暖炉（調理もできるロシア式暖炉と違って暖房用のみの暖炉）があったが、それは台所側で火をつけるようになっていた。家具は、日本製の二つのベッド、正方形の食卓、六つの椅子だけだった。残りの家具は荷物箱で代用した。パパは箱で戸棚を組み立て、ママがカーテンで飾りつけをした。オランダ式暖炉の裏には食器セットの箱が開けずに置いてあった。その上に衣類の入ったスーツケースが積まれていた。それらの荷物は、二つ折りの日本の屏風《びょうぶ》で見えないようにした。絹製の屏風には、ほとんど実物大の何羽かの鷺《さぎ》が、黒地に刺繍《ししゅう》されていた。日本から運んできた家具や生活用品をすべて出すのはスペース的に無理だったので、食器セットや大きな家具は梱包《こんぽう》したままハリコフに送ってしまった。それらは、メーラが屋根裏の物置部屋にしまっておいてくれた。
こうして、わが家は自分の家を手に入れた。この頃、党中央委員会での検査も良い結果が出た。党統制委員会でパパはこう告げられた。アレクセイ・リヴォヴィチ・ナギはタス通信の仕事を継続するよう推薦済みであり、メーデー後、職場に復帰すべしと。両親は上機嫌だった。メーデーはみんなで過ごそうと、ママがわたしをハリコフから連れ戻したのだった。この家は別荘にしよう、タス通信がモスクワ市内に住居をくれるだろう、とパパは話していた。

同じ家に住むガーリャ・ゴトリボヴィチ——すこしうぬぼれ屋さんの元気な女の子——の他にも、近所には私と同じくらいの年の子どもたちがいた。隣の二階建ての家の二階にはモシン家が住んでいた。そこには子どもが七人——女の子三人と男の子四人——いた。そのうちの一人、セリョージャは私と同い年で、他の子もそれほど年が離れていなかった。日本のおもちゃが物を言って、近所の子どもたちとはすぐに親しくなった。五年生も六年生も珍しいおもちゃを見に来ては、遊んでいった。とくに人気だったのは鉄道模型だった。残念なことに、部屋があまり広くないので、模型を思う存分、広げるわけにはいかなかった。そこで、中庭で線路をつなぎ、手で列車を動かして遊んだ。芝生の上や低木の下に敷かれたレールはまるで本物のようで、独特な魅力を添えた。

メーデーが近づいてきた。みんな、祝日の準備をしていた。お菓子を買い、小さな赤旗を手に入れ、それをもって隣町のロシノオストロフスクの公園で開かれる政治集会に出かけようとしていた。政治集会の後、体操選手たちの演目があり、いろいろな運動やマスゲームをするのだった。最後に、ホルンと太鼓の音に合わせて、選手たちがピラミッドを作り、一番軽い選手が頂点に上って、赤旗や星を高く掲げるのだった。その後は公園内の散策、アイスクリーム、炭酸水、ブランコ、その他のお楽しみ。しかもその間ずっと、ブラスバンドの賑やかな音楽が流れているのだった。この催しについてガーリャ・ゴトリボヴィチ、セリョージャ・モシンや近所の子どもたちは熱心に話し合っていた。

祭日間近のある早朝、入り口がノックされた。ママは目を覚まし、テラスの扉を開けに出ていった。

「どなた？」

「パスポート検査です」

ママは愛想よく訪問者を招き入れた。ＮＫＶＤの制服の男が一人と私服が二人、部屋に入ってきた。パパと私も目を覚まし、着替えをすませた。制服を着た上官が身分証明書と書類を示した。彼は助手の一人を、建物の管理者を呼びにやった。私服の職員は怯えきったヴェーラ・ウラジーミロヴナを連れてきた。捜査が始まった。指揮官は、机の上に置いてあった二つの腕時計に目をとめ、父の男物の方はポケットにしまい、ママの時計をもったまま、彼女に尋ねた。

「あなたのですか？」

「そうです」

「どうぞ」と言って、それは返してくれた。

訪問者たちの行動と振舞いを見ていて、私はウラジオストクの倉庫を思い出した。あのときと同じ、揺るぎない順序立ったしかたでスーツケースを、紙箱を、木箱を開けていく。家中を引っかき回した。台所の戸棚を調べ、テラスに置いてあった木箱の中の自転車を検分した。一つ一つの物を念入りに調べた。彼らがとくに目を止めたのは、日本のおもちゃの拳銃だった。だがおもちゃだと分かると、急に興味を失った。

手に取って調べられる物のカサコソした音が、切れ切れの言葉によってさえぎられた。パパは落ち着いた表情で、視線を落としたまま、姿勢をただしてベッドに座っていた。「令状（オルデル）」という言葉が発された。私には「勲章（オルデン）」と聞こえ、パパは勲章をもらうのだと思った。ただ、なぜ勲章をくれるのに何かを探したり、家中をひっくり返さなければならないのか、分からなかった。

「パパ、どんな勲章をもらうの？」

「いちばん大きなやつだよ、坊や」

「話してはいけない！」と指揮官が叫んだ。

こうして私と父の最後の会話が終わった。

数時間後にすべてが終わった。父は、捜査員によって選び出された書類といくつかの物を書類カバンと緑色のファイバー張りのスーツケースに詰め、薄手のコートを着て、帽子をかぶった。ママと私を抱きしめ、別れを告げた。捜査員たちに付き添われて、出ていった。木戸のところには黒い「エム」、M‐1という軽自動車が待っていて、みんなそれに乗って行ってしまった。捜査員たちは父とともに、荷物を詰めたスーツケースを二つ、持ち去った。

打ちのめされたママ、取り乱し怯えたヴェーラ・ウラジーミロヴナ、そして起きたことの恐ろしさがまだ完全には分かっていない私は、台所のドアがきしむ音に、ふり返った。出てきたのは、杖をついたツェツィリヤ・ヨシフォヴナだった。鋭い目つきで私たちを見やった。

「あんたたちのところにも革命がやって来たね。わが身にふりかかって来たね。さあ、これからどうなるか……。どうなるだろうねえ！」

父のいないメーデーだった。あの悲劇の直後の数日間を細部まで思い出すのは今でもつらいし、それに、たぶん不可能だろう。ママは私に隠れるように、窓のところに長いあいだ立ったまま、泣いていた。わが家の正面は、広々した空き地に向いていた。その空き地は一キロ以上先まで見通せた。ママは長いこと、希望をもって窓の外を見つめていた。

初めのうち、ママは「パパは出張で、すぐに帰ってくるわ」と話していた。もしかすると、自分にもそう信じ込ませようとしていたのかもしれない。だが世の中にはいつも善意の隣人がいるもので、間もなく私は、パパは逮捕されて牢屋にいるのだとはっきり分かった。この話題にとくに熱心だったのは、モシン家の子どもたちだった。たぶん、彼らの父親も牢屋に入っていたからだろう。ただし、それは何か経理上の犯罪でのことだった。彼らの暮らし向きは悪く、母親の稼ぎだけで暮らしていた。彼らは父親のことは話さないようにしていたが、近所では彼がどこにいるのか知っていた。当時は「社会的に近い人々」と「社会的に異質な人々」という考え方があった。前者は道を踏み外してしまったが、それでも「われわれ側」の人々のことであり、後者は「人民の敵」だった。モシン家の父親は、もちろん「社会的に近い人々」に属していた。彼らとわが家の状況は比較にならなかった。モシン家の優位は明らかで、彼らはそのことをひそかに誇っていた。あるとき、思いがけない告白のように、セリョージャの何才か年上の兄ワーシャ・モシンが私に言った。

「うちの親父も牢屋にいるんだ。もうすぐ帰ってくるかもしれないけど」

そして実際、しばらくすると彼らの父親は帰ってきて、正常なソ連の生活に戻ったのである。

この頃、もう一つ記憶に残る出来事があった。私は中庭で、鉄道模型で遊んでいた。木戸の中に十七才くらいの二人の若者が入ってきた。彼らは私にあいさつした。そのうちの一人はグスタフと名乗った。中庭にママが出てきて、若者たちに部屋に入るように言った。彼らはていねいに、しかしはっきり断った。ママは、グスタフは私のお兄さんだと言った。私は彼の存在を知っていた。だが彼の突然の出現と、私たちに対して距離をおく態度のせいで、私は固まってしまった。グスタフと友人は鉄道模型を眺めていた。

「これ、何の車両か知ってるかい」と、八輪の黄色いタンク車を手にとって、グスタフが訊《たず》ねた。

「これは予備機関車だよ」と私は答えた。「機関車が故障したとき、これに操縦席をつけて、車両を引っ張るんだよ」

かすかな笑みがグスタフの顔をよぎり、彼は口を開いた。

「いや、そうじゃない。丸いかたちの車両は液体輸送のために特別に作ってあるのさ。石油、ガソリン、灯油とかね。丸いかたちがいちばん便利なんだ。金属も少なくてすむし、作るのも簡単だろう。液体は、機械や丸太とちがって、どんなかたちにもなるからね」

ママが、灰色の薄い皮を張った小箱を持ってきた。真鍮の錠を開けると、三つの仕切りに象牙製のチェス駒が入っていた。一つの仕切りには白い駒、もう一つの仕切りには黒い駒、三つ目の長い仕切りには革の下敷きのついた白と黒のプラスチック製の盤が筒状にたたまれていた。

パパはチェスをするのが好きだったが、グスタフも好きらしかった。
「これはパパからあなたによ」とママは小箱をグスタフに渡しながら言った。
二人はそれからもしばらく話していた。ママは事件のことを伝えた。それ以来、私たちは彼に会うことがなかった。それが、私が兄に会った唯一の機会だった。[原注17] 父がモスクワに帰ってから逮捕までの数か月間にグスタフと会ったかどうか、私は知らない。おそらく会っただろう。それどころか、グスタフは少なくとも前に一度、ジャムガロフカに来たことがあったと思う。なぜならうちの住所と場所を知っていたのだから。実際のところを知るのは、もはや不可能だが。

一九三八年の夏が来た。私は幼かったせいで、わが家を襲った不幸から比較的容易に立ち直り、友達とすごすふつうの夏の日々に入っていた。かくれんぼや「十二本棒（缶けりに似たかくれんぼの一種）」、「コサックと盗賊（警ドロのような遊び）」などをして遊んだ。とくに人気のあった遊びはラプタ（クリケットに似たロシアの伝統的球技。バットで球を打って得点を競う）だった。私は他の子どもに較べて足が速かったので、上手なラプタ選手と認められるようになった。年上のチームに誘われることさえあった。

その間、ママはクズネツキー・モスト通り二十四番地のＮＫＶＤの窓口で長い行列に並んでいたのだった。最初、彼女は「取調べ中である」と言われた。夫のための金と差入れは受け取ってもらえた。その後、レフォルトヴォ刑務所に移送されたと告げられ、そちらに通った。そこでもこうくり返された。

「取調べ中である」

そしてやはり差入れと金だけ受け取られた。手紙類はだめだった。

「禁じられている！　面会は絶対に認められない！」

職員が出てきて、大声でこう言うこともあった。

「頭文字がK、L、M、N……の者は、今日はもう受け付けない！」

そしてママは空手で家に帰るのだった。

九月中旬、ママは言われた。「ナギ、アレクセイ・リヴォヴィチは通信権剥奪の上、十年の重禁固刑を言い渡されました。書類を受け取りに、クズネツキー・モスト通りのNKVDの窓口に行ってください」

原注17　モスクワ・エネルギー大学（MEI）の在学中と卒業後、私は学生時代のグスタフを知っている人々と知り合いになるチャンスがあった（彼もMEIの学生だった！）。彼は一九四一年、三年生を終えたあと、学生部隊の一員として前線に出た。だが前線にまで行きつかず、車両が爆撃され、グスタフは死んだ。そのことを私に話してくれたのは、無事に生き残った学生部隊の兵士で、グスタフの友人だった。

ママはもちろん、そちらにも通った。窓口の職員は、来訪者には低すぎて具合の悪い小窓の向こうで、彼女の国内パスポートを調べ、何かのファイルをのぞき、レフォルトヴォ刑務所で最後に言われたのと同じことを単調にくり返すだけだった。あるとき窓口の職員は、行列の長さにイライラしたようすで、ママのパスポートを引ったくり、そこに赤鉛筆で印をつけた。その後は何度通っても、職員たちは何の書類も見ず、オウムのようにくり返すだけだった。

「通信権剥奪の上、十年の重禁固刑の判決を受けました」

事情通の人は、それは銃殺のことだと言っていた。それを信じることはママにはできなかった。現在イスラエルで暮らしている私の従姉のイザベラ・マリヤヒナも当時を回想して、不安な張りつめた年月だったと述べている。彼女の家族は、非常な幸運と言うべきだが、スターリン時代の粛清を免れたにもかかわらずである。彼女の回想の一つを引用してみよう。

機械じかけの玩具

彼らは一九三七年、日本からモスクワに帰ってきた。アレクセイ・リヴォヴィチ・ナギは東京のタス通信の記者。彼の妻はファーニャ・ミナエヴナ、息子のエリックは七才だった。ファーニャは私の母の従妹だった。やがてこの家族は親戚たちを訪問し始め、わが家にもみんなでやって来た。私は素晴らしいおみやげをもらった。機械じかけの玩具である。変わった流線形をした自動車だった。それは明るい空色だったが、私が驚いたのは、車輪の向きが変わることだった！うまく調整すれば、弧を描くように走らせることもできた。自動車が障害物にぶつかっても、自動で向きを変えるのだった。素敵だった。

その他、何を覚えているだろう？　エリックは私より二才も年下なのに、何かと私に指図したがった。積み木の家をどうやって作るか、熱心に私に教えようとした。私は積み木の家の作り方などわかっていたが、我慢して彼の指図に従った。そもそも、正直言って、積み木遊びは私には面白くなかった！　それでも遊ぶとなれば、もちろん、他人が作っているのを見るより、自分で作りたい。だがエリックはお客さんだったので、調子を合わせてあげた。

それからしばらく、私は自動車であまり遊ばなかった。とてもきれいだったので、遊んで傷をつけたり、壊したらどうしようと思ったのだ。

ところが突然、自動車がなくなった！　私はパパに、自動車はどこかと聞いた。パパは返事として唇に指を当て、ようやく聞こえるくらいの小声で言った。

「シッ！」

それが「お黙り！　聞くんじゃない。自動車のことは忘れなさい」という意味だと、私は悟った。

胸が締めつけられた。だが反論や、ましてや駄々をこねるなど、ありえなかった。

私たち子どもは、どう振る舞うべきかをどこで学んだのだろうか。大人に教えられた記憶はない。だが私は、よその人と何を話してよいか、何を話してはいけないかを知っていた。たとえば、私にはイリヤというおじさんがいた。ママの兄弟だ。おじさんがうちにやって来ると、会話はイディッシュ語になる。彼はいつもある人間の悪口を言っていた。それはだれあろう、スターリンだった！　おじさんは彼を「実の父」とか「全民族の最良の友」などと呼んだ。だが、それらの言葉にはどれほどの皮肉と嘲りがこもっていたことだろう！　とくにイディッシュ語で言われると意地悪く聞こえた、「我ラノ愛スル父」……。私はそのことでイリヤおじさんをひどく嫌っていた。彼は私の世界観の調和を乱した。総じて毒づかれるのは不愉快だった。

私はイディッシュ語の会話がすべてわかっていたが、両親はそのことに気づいていなかった。というより興味がなかったのだろう。彼らは、私たち子どもにわからないような話をしたいときは、イディッシュ語に移るのを常としていた。だが私はわかっていたし、おじさんのことも嫌いだった。だがそのことをだれかに話そうという気はまったくなかった。

ずっと後になって、あの自動車の運命を私は知った。

一九三八年四月、アレクセイ・リヴォヴィチ・ナギは逮捕された。あの自動車は、私たちが「日本のスパイ」と関係があることの証拠になりかねなかった。パパは自動車を取り上げ、それを新聞紙で何重にもくるみ、ぼろ切れでくるみ、また新聞でくるんだ……。彼は家から離れたモスクワのはずれに行き、人気のない建物の中庭に入り、自動車の包みをゴミ箱に捨てたのだった！

父を駆り立てたのは恐怖だった。逮捕されるかもしれないという恐怖はつねに私たちにつきまとっていた。私たちは暗黙の掟《おきて》にしたがって生きていた。私たちはみな、よく整備されたメカニズムに従って動く、機械じかけの玩具に他ならなかった。

（一九九八年、イスラエル）

パパの逮捕後、ママは自分の番を覚悟していた。当時はそれが普通だった。ママが逮捕された場合、私を待っているのは、逮捕された「人民の敵」の子どもたちのための施設だった。それは犯罪者収容所とほとんど変わらない場所だった。最悪の事態に備え、ママはふたたび私をハリコフのメーラのもとに送った。そのとき私を連れていってくれたのは、ママのいちばん下の弟のリョーヴァだった。

学年の始まり〔九月〕が近づいていた。秋には私は満八才になるので、学校に行かなければならなかった。私は勉強にあまり関心がなかった。学校に行きたいかと尋ねられると、行きたくないとはっきり答えていた。学校はとても面白いという、隣人のリータ・ショイヘトの話はなぜか信じられなかった。それでも私は、メーラの家からそう遠くないダーウィン通りにある、ハリコフ市第一小学校の一年生になった。一九三八年九月一日、私の学校教育が始まった。

メーラは仕事があり、夜間学校にも通っていたので、私の面倒を見る人が必要だった。サーニャ・ザマージイという、ポルタワ近くの農村から来た十八才くらいの娘がうちに来るようになった。彼女はきれいな人で、とても几帳面で、ちょっと厳しかった。彼女の父親は一九三〇年代の初め、富農（多少とも財産のある農民が「富農」というレッテルを張られ、弾圧の対象となった）と認定され、追放されていた。家族が所有する家畜と農具は徴発され、当時組織されたコルホーズのものとなった。サーニャの母親と他の家族は自分の家に残ることができた。サーニャは都会の暮らしになかなか慣れることができず、私は自分にできる範囲で彼女の手助けをした。とくにサーニャが馴染めなかったのは都会の食べ物だった。食料が新鮮でないように感じられ、料理方法もきわめておかしなものに思われた。私たちの関係は良好だった。

一年次の勉強については、とくに鮮やかな記憶は残っていない。覚えているのは、最初に来た先生――背の高い、短髪できれいな顔立ちの女性だった――が数日で替わってしまったことだ。その後に来たのはだらしない、騒々しい、ぼさぼさ髪のマリヤ・イワーノヴナだった。同級生はだれも覚えていない。記憶に残っている名前は一つだけ――ジェーニャ・ボイコ。男の子のような髪型をし、茶色の縁取りをした多色の毛糸編みチョッキを着た、気の強い女の子だった。それで全部だ。彼女のことだけ覚えているのは、たぶん、彼女の名字がとても変わっていると思ったことと、当時は短髪の女の子が珍しかったからだろう。

私は熱心には勉強しなかったが、いつも中間グループに入っていたので、学校のことでメーラに迷惑はかけなかった。学校は私の生活を厳しいリズムの下に置いた。そのリズムを時々破って、ソーフォチカとオーシクのところにお客に行ったり、映画館に行ったり、あるいはたんに町を散歩したりした。週に一、二度ソーフォチカが来た。彼女も、私の養育に責任を感じていた。晩にはよく、リータ・ショイヘトが一階から上がってきて、四方山《よもやま》話をしたり、ちょっとした用事を済ませたりした。ある晩、リータは『ソ連の歴史』という教科書を持ってきて、糊《のり》を貸してくれと言った。メーラが持ってくると、リータは紙とはさみを取り出して、いろいろな大きさの四角形を切り、教科書のいくつかの肖像写真に貼りつけた。集合写真のいくつかの顔には、小さな紙片を貼って消した。その作業をしながらリータは、この人たちは人民の敵で、学校で何ページのだれの名前を塗りつぶし、だれの写真に紙を貼るように言われたのだと説明した。そのとき私は初めてブリューヘル、エゴーロフ、ブハーリン、ルイコフ、カーメネフ（いずれも一九三〇年代後半に粛清された重要な軍人や政治家）という名前を聞いた。リータが彼らの顔に紙を貼ってしまう前に、私はその顔をじっくり見て、何か犯罪的なもの、敵らしい影を見つけよう、せめて感じ取ろうとした。だができなかった。ふつうの顔だった。レーニンやスターリンよりも上でも下でもない顔だった。そのことを私は口に出して言ってみた。メーラとリータは驚愕し、そんなことを絶対にどこでも言ってはいけないと私に長いことお説教した。

ある日、ソーフォチカが私を赤軍記念館の映画上映会に連れていってくれた。当時有名だった『ヴォロチャーエフの日々』（ワシーリエフ兄弟監督、一九三七年）という映画をやっていた。この映画は連合国の干渉軍（ロシア革命後、社会主義政権を倒すために欧米や日本が派遣した軍）との戦いの最終段階を描いたもので、日本軍の極東からの撤退がテーマだった。ソ連の人気俳優、レフ・スヴェルドリンが日本人将校を演じており、彼が出てくる場面で日本語が使われていた。私は自分でも気づかぬまま、ロシア語字幕が出るより前に日本語の台詞を声に出して同時通訳していた。映画は、列車の最後尾に結わえつけられたホウキの場面で終わった。干渉軍はソ連の大地から一掃された。ホールに明かりがつき、気がつくと、私たちの列にはだれも座っていなかった。遠巻きにした人々が、私たちの方を見やりながら、何ごとか話し合っていた。ソーフォチカは私の手を強く握って、急いで映画会場を出た。外はもう暗かった。私たちは黙っていくつかの建物を通りすぎた。ソーフォチカは立ち止まり、自分の正面に私を立たせて、言った。

「もう二度と、他人の前で日本語を話してはだめよ。日本語を知っていることを、知らない人に話してはだめ。約束してちょうだい」

その口ぶりで、私はこれは重大なことだと悟った。私は約束し、それを守った。そのため、いくつかの単語以外、日本語は忘れてしまった。

三〇年代末のソ連では、和解不可能なほど敵対的な資本主義諸国に包囲されているという考えが、共産党のプロパガンダによって社会の意識に強く植えつけられていた。一人ひとりのソ連人が武器を手に祖国を守り、必要とあらば、ためらうことなく生命を差し出す覚悟がなければならなかった。「最後の一滴まで自らの血を捧げる」というスターリンの言葉はだれでも知っていた。その際、少なからぬ役割を演じたのが映画である（「すべての芸術中、我々にもっとも重要なのは映画である」とレーニンが言っている）。『国境での出来事』（D．ボゴレーポフ監督、一九三八年）や『国境で』（A．イワノフ監督、一九三八年）は、極東での日本軍の挑発行為を扱った映画である。西側列強によるソ連侵攻の可能性をテーマにした映画『もし明日戦争が始まったら』（E．ジガン監督、一九三八年）は国中で上映された。この映画のラストで、敵は間を置かず撃退される。文学も後れを取らなかった。『ハサン湖の戦い』、『スパイ』、『国境警備兵カラツプと飼い犬ヒンズーの物語』[原注18]、セルゲイ・ミハルコフ（詩人。映画監督ニキータ・ミハルコフの父）の詩『ミーシャ・コロリコフ』――これらはすべて、ソ連に対する日本帝国主義の陰謀についての作品だった。言っておかなければならないが、日本軍、さらには日本全体に関する「敵」のイメージは広まっており、根強かった。人気のあったジャズ歌手、レオニード・ウチョーソフはサムイル・マルシャーク（詩人・児童文学作家。戯曲『森は生きている』は日本でも有名）の詩『サメ』に曲をつけて歌ったものだ。

極東のサメは
狩りをしている
悪者のサメは
お隣のクジラに襲いかかった。
「クジラを半分も喰らったら
俺も満腹になるだろう。
だがもう二、三日したら
残りの半分も食ってやろう」

「いや、何と巧みなものだ！」と物のわかる人は語り合った。「日本や中国とは一言も書かれていない。ただ『クジラを半分も喰らったら』とあるだけで、全部わかるでしょう！」

このような雰囲気の中、日本との関わりが呼び起こすものは、よくても警戒心だった。そんなものは呼び起こさないに越したことはない。それで大人たちは私に強く言って聞かせたのだ。

一九三八年十二月のある晩、メーラが職場から嬉しそうに興奮して帰ってきた。パパが逮捕されたとき内務省人民委員（大臣に相当する）だったエジョフが人民の敵であることを暴かれ、逮捕されたのだ。彼の代わりに、ラヴレンチー・パーヴロヴィチ・ベリヤが任命された。彼は革命前からの党歴を持つ、医学の教育を受けた人物だった。階下からリータが上がってきて、歴史の教科書のエジョフの肖像に紙を貼った。ソーフォチカもニコニコしながらやって来て、国が変わるかもしれないとみんなで話し始めた。おそらく、こういう話し合いは多くの家庭で行われたことだろう。二日ほどの予定で私に会いにきたママは、モスクワのＮＫＶＤの受付で改修工事がされたという話をした。受付の窓がすこし高くなり、係員の対応もていねいになり、花を飾ったテーブルさえ置かれたということだった。だが、実情は何も変わらなかった。人民の敵、さまざまな種類の破壊者やスパイの摘発が続いた。

そうこうしているうちに、一九三九年が近づいてきた。メーラは食卓に小さな松の木を置いた（ハリコフの近くでは本物のエゾマツは生えなかった）。それを綿や、奇跡的にメーラのところに残っていた革命前の飾りや、新しい真冬爺《ジェト・マロース》さん（サンタクロースに相当）の人形で飾った。

原注18　戦後、この作品を再版するとき、作中の飼い犬の名前が「ヒンズー」から「ヒングー」に変えられた。おそらく、当時友好的な関係を築こうとしていたインド国民の感情を害さないようにと配慮したのだろう。

言うまでもないが、学校で教えられることや、メーラとソーフォチカが私に読んでくれる児童雑誌『ムルジールカ』、『ハリネズミ』、『マヒワ』に書かれてあるのは素晴らしいことばかりで、日本で両親に教えられたことと合致していた。だがその一方で、大人たちはよく、身の回りで起きていることについて小声で、熱狂したようすもなく話し合っていた――それどころか、しばしば恐ろしそうに。まるで二つの生活があるようだった。一つは職場や学校の生活で、それはいつも楽しく幸福だった。もう一つは家での生活で、不満と絶えざる不安があった。一方では英雄的労働に関するスローガンと愛国的な歌があり、他方、食料店ではバターや肉が買えなかった。一方では無敵で世界最強のソ連軍があり、他方、自動車がまるで奇跡のように扱われていた。一方では世界最高・最長の飛行記録を誇っていたが、他方、飛行機の音がするだけで子どもたちが建物から飛び出して、空を見上げ、みすぼらしい複葉機U-2を見つめていた。一方では……、いや、こんなことはいくらでも思い出せる。

サーニャから聞く話も、ソ連の生活の矛盾を気づかせるのに一役買った。農村の暮らしはコルホーズのなかったころの方がずっと良かった、と彼女は言うのだった。

この二面性は私を戸惑わせた。だがしだいに、ソ連の生活の不可分な付属物として慣れてしまった。あたかも身体障碍者が自分の義肢に慣れるように。だが、身体障碍者が義肢を自分の身体の有機的な一部と認められないように、私もソ連での生活を通じて、この二面性を有機的に受け入れることができなかったし、正常な生活だと感じられなかった。

ソ連に敵対的な小国、日本で自動車が人々の関心を引くとしたら、車種の違いだけだった。それに日本では、運転手が車の前で重いレバーを回してエンジンをかけてから運転席に飛び乗らないと、車を発進させられないなどということはなかった。飛行機に注意を払う人などいなかった。食料品は何でも買えたし、何の問題もなかった。

私は、ソ連の生活で目につく不一致を正当化するものを見つける必要があった。そしてそれを見つけた。こんな暮らしをしている人々が幸せだと言うのは、十月革命までの暮らしがいかに悲惨だったかということだ。ソ連体制の下、生活がとても楽になったので、さらに良くしていこうとわが身を惜しまず働いているのだ。この目的は立派だと思ったので、私は安心してソ連の生活を見られるようになった。日本でのことをおしゃべりしないようにと身近な大人たちがくりかえし言うのは、資本主義国の生活の話をしてソ連人を侮辱しないようにという配慮なのだろうと理解した。


東京にいたときから私は、ソ連が北極圏を制覇しつつあることを知っていた。ソ連に帰ってみると、人々はたんに知っているどころか、北極圏で起きていることを自分たち一人ひとりに直接関わる出来事として受け止めていた。新聞とラジオは毎日のように北極圏の越冬地や探検隊のようすを伝えていた。だから私はすぐに、北極圏制覇の道のりに詳しくなった。

蒸気船「チェリュースキン」号がムルマンスクからウラジオストクまでの北極海横断を試みた（一九三三年）。航海の初めのころ、カラ海峡で探検隊員の一人が女の子を生んだ。生まれた場所にちなんで、その子はカリーナと名づけられた。このできごとは北極圏制覇における一つの偉業のごとく受け止められた。だれもがカリーナと彼女の母親を誇りに思い、子どもたちは羨ましがった。一九三四年二月のある夜、極地付近で「チェリュースキン」号はチュコト海の氷山のために難破した。探検隊員と船員は全員、氷上に脱出することができた。ただ一人だけ、食料品を最後にもう一箱運ぼうとして遭難した備品担当員を除いて。[原注19]

難破した隊員たちは飛行機によって救出された。国中がこの大事件を、固唾《かたず》をのんで見守った。極地に飛んだ操縦士たちは素晴らしい技量を発揮した。ひどい悪天候の中、彼らは正確に方角を見きわめ、整備されていない氷上に着陸し、大勢の遭難者たちを乗せて飛び立ったのだ。彼らには最初のソ連邦英雄の称号が与えられた。探検隊長のオットー・ユーリエヴィチ・シュミット、船長のヴォローニン、飛行隊員のレヴァネフスキー、リャピデフスキー、ヴォドピヤーノフ、マズルク、副操縦士スピーリン、その他多くの名前が至るところで語られ、全国民の偽りない愛を受けた。一九三七年には四名の越冬隊員――パパーニン、クレンケリ、シルショフ、フョードロフ――が極点付近の氷上に着地した。そして世界で初の、流氷型の北極調査基地が作られたのである。国中が不安と熱狂に満ちて、四名の勇敢な越冬隊員たちが住み、働いている流氷の動きを見守った。地上本部との通信は短波通信員エルンスト・クレンケリが行った。同じころ、砕氷船「ゲオルギー・セドフ」号が氷に閉じ込められる漂流事故が起こり、それは約二年も続いた。船長バディギンと船員たちの写真が、店や映画館、学校、病院などすべての公の場所で見られた。

学校の壁新聞を作っていた私は大きな満足をもって、氷に閉ざされたパパーニン隊のテントや砕氷船や白熊を描いたものだ。その頃、学校ではメーデー朝会に向けて準備をしていたが、祝日の数日前になって、仮装大会があるという話が流れた。日本で作った白熊の衣装が役に立つときだ！

朝会の日、私は白熊の衣装をそのまま着て出かけた。熊の頭部だけジャンパーの背中に入れて。私の思いがけない衣装は、学校でショックに近い効果をもたらした。とくに教師とピオネール長たちに。じつは白熊が登場する劇が準備されており、もし私の衣装のことを知っていたら参加させてあげたのに、というのだった。私と私の衣装は「飛び入り」で劇に出ることにな

原注19　備品担当員の名字はユダヤ系のもので、今は正確に思い出せないが、メンデレーヴィチとかモギレーヴィチといったと思う（モギレーヴィチが正しい）。人々は深い尊敬をこめて彼の名を口にした。船を最後に離れるべきなのは船長であること（この場合、ヴォローニン）については、なぜか関心が払われなかった。

った。白熊役の三年生は私に、自分の後を歩き、すべての動きをそっくり真似し、そして一言も話すなと命じた。衣装を着た私が舞台に上がると、観客の大きな歓声が上がった。私はまじめに「リーダー」の後をついて歩き、遅れずに彼の身ぶりを真似しようと懸命だった。劇の筋は分からなかったが、すべて問題なく終わった。劇が終わってみんな一緒になると、子どもたちが私に近づいてきて、ビロード地をつまんだり、ガラス製の目や腰からアゴのところまであるチャックを調べたりした。熊の頭部もかぶって、四つ這《ば》いになってくれと頼まれた。もちろん多くの人が、とくに大人が、どこでそんなにすごい衣装を手に入れたのかと訊いた。私はモスクワでだよ、と答えた。最後には子どもたちも慣れてしまい、一人の男の子が白熊の短い尻尾を引きちぎって、意地悪く笑いながら私に差し出した。私はその尻尾をチャックの中にしまい、ジャンパーを着て、家に帰った。気分はいささか害されたが、春の陽気、もうすぐやってくる休暇、そして私の衣装が学校で引き起こした反響は、引きちぎられた尻尾が残した嫌な後味を洗い流してくれた。

学校が終わった。ママがやって来てお祝いをしてくれ、ヴォロシロフグラード（それ以前と現在の名称はルガンスク）に私を連れていった。自分の両親に会わせるためだった。
メンデル・ザクとゴルダ・ザク――私の祖父母である――はモスクワ通り十一番地に住んで

いた。立派な名前をもったこの通りはたいそうみすぼらしく、モスクワと共通するものは何もなかった。

　メンデルおじいさんとゴルダおばあさんは、木造一軒家の二つの小部屋を借りていた。その家はローシのわが家を思い出させた。小さな黒いあごひげを生やし、黒っぽい服を着た痩せたおじいさんと、明るい色の服を着た太った丸顔のおばあさんは、パパがソ連から持って帰った写真で見ていたので、すぐに分かった。私にとって第一の驚くべき発見は、おばあさんとおじいさんがママと話すときに使う言葉だった。初めて聞くこの言葉はユダヤ人の言葉だった。[原注20] そして彼らのロシア語は、パパと同様、すこし変だった。パパは軟らかい子音〔ロシア語には「硬い子音」と「軟らかい子音」がある〕が発音できなかったが、文法やイントネーションはまったく正確だった。だが、ママの両親は、間違ったロシア語を耳慣れない、歌うような訛りで話すのだった。その訛りは、彼らがママと話すときに使うユダヤ人の言葉の響きによく似ていた。おばあさんとおじいさんとの意思疎通が難しくなることがあり、そんなときはママが通訳のように助けに入った。後で気づいたが、ママはメーラやソーフォチカ、オーシクの両親との会話でも、ときどき、私に分からないユダヤの言葉に移るのだった。どうやら、話の内容を私から

原注20　この言語が「イディッシュ語」という名であることを私が知ったのは、ずっと後だった。

隠すためのようだった。

おばあさんは私たちをとても歓迎し、ご馳走を作ってくれた。クネーデル〔小麦粉で作る団子〕の入った鶏のスープ、メインには「ゲフィルテ・フィッシュ」という魚の詰め物料理、デザートには「レケフ」という糖蜜菓子を焼いてくれた。料理はとてもおいしかったが、レケフは食べられなかった。このお菓子は蜂蜜を使うのだが、私は蜜の匂いだけでも気持ち悪くなってしまうのだった。だが、これはユダヤ料理との出会いの小さな代償だった。全体としてユダヤ料理はとても気に入った。

ある日、ゴルダおばあさんが、彼女とメンデルおじいさんから贈り物がしたいが何が欲しいかと尋ねた。当時、私は珍しいものを集めることに興味を持ち始めていた。収集趣味のきざしのようなもので、やがて本格的なコレクションとなっていった。この趣味はハリコフにいたころ、始まった。一九三〇年代末、新しい貨幣が導入された。レーニンの肖像が入った紙幣が初めて現れた。原注21 メーラやソーフォチカが新しい貨幣を手に入れた晩など、私たちは興味深くそれらを眺め、議論したものだ。あるときソーフォチカが、一九二四年発行のルーブリ銀貨を大切に持っていると言った。大きな硬貨には労働者と農民が描かれていた。労働者が農民を抱き寄せるようにして、山々の陰から昇ってくる輝かしい未来の太陽を指さしていた。硬貨のレリーフは人物たちの生き生きした表情、彼らの衣装と作業道具を細部まで再現していた。ソーフォチカにその硬貨をねだるわけにはいかなかったので（親しい人からの贈り物だったのだろう）、私はいつかこんなルーブリ銀貨を手に入れたいと思っていた。だから、欲しい贈り物はないかというゴルダおばあさんの質問にこう答えた。

「おばあちゃん、ルーブリ銀貨、もってる?」もちろん、試しに聞いてみただけで、おばあさんがそんなものをもっているという期待はまったくなかった。何と驚いたことだろう、彼女が頷いて平然と答えたときは！

「もってるよ、坊や」。そして食器棚に近づき、上の棚を開けた。彼女は小さな袋から何枚かの銀貨をテーブルの上に広げた。ソーフォチカの銀貨と同じ大きさのものも、もう少し小さいものもあった。だが、それらの銀貨の片面には双頭の鷲が、もう片面にはきれいな鼻ひげとあごひげを生やした人（ニコライ二世）が描かれていた。私はとてもがっかりした。赤色ソ連のシンボルの入った硬貨の代わりに、正しくも打倒された白色ツァーリの肖像が差し出されたのだから。私はおばあさんにお礼を言ってから、自分が欲しいのはどういう銀貨か説明した。残念ながら、そういう銀貨はゴルダおばあさんのところにはなかった。彼女はため息をついて銀貨を

原注21　貨幣単位は三つあった。「コペイカ」、「ルーブリ」（百コペイカが一ルーブリ）、そして「チェルヴォネツ」（十ルーブリが一チェルヴォネツ）。レーニンの肖像は、一、三、五、十チェルヴォネツの紙幣にしかなかった。チェルヴォネツは戦後まで残ったが、一九四七年、戦後最初の貨幣改革で廃止された。

袋にしまい、食器棚に戻した。

ついでに言っておくと、おばあさんは何かと私に、よく寝たか、食べ物はおいしいか、ここが気に入ったか、その他生活上の細々したことを尋ねたが、メンデルおじいさんはというと、まったく私に話しかけなかった。どうやらある種の驚きをもって、私を見つめるだけだった。私の服装を眺めたり、中庭で近所の男の子と話しているところや、ママやゴルダおばあさんの相手をしているようすを眺めていた。私が自分の孫だとどうしても得心できないようだった。当時、ザク夫妻には孫は二人しかいなかった――アーニャの娘のラーヤとファーニャの息子の私である。他の子どもたち――モイセイ、メーラ、リョーヴァ――はまだ独身で子どもはおらず、かつ東はウラジオストクから西はドネプロペトロフスクまで、ソ連の端と端で暮らしていた。悲しむべきことに、これは私たちのただ一度の出会いとなった。ラーヤも、ゴルダおばあさんとメンデルおじいさんと長い時間をすごしたことはなかっただろう。祖父母というものがどれほど子ども時代を豊かにするものか、私は知らずにしまった。ヴォロシロフグラードの三日間はあっという間にすぎ、ママは私をハリコフに連れて帰り、自分は新しい仕事を探しにジャムガロフカの自宅に帰っていった。

戦前、ハリコフにはよくママとメーラの弟のリョーヴァが来た。彼は極東での軍務を終えた後、モスクワの食品大学に入学した。休暇の折は、ハリコフのメーラやヴォロシロフグラードの両親のもとですごしていた。彼は私のことも気にかけてくれた。いっしょに散歩したり、極東での軍務の話や、パンの焼き方、ケーキその他のお菓子の作り方も話してくれた。私は甘いものに目がなかったので、とても面白かった。ある日、彼はもう一人の、まだ会ったことのなかったモイセイおじさんと一緒に来た。モイセイはドネプロペトロフスクに住んでおり、そこの化学技術大学で教えていた。物腰が柔らかく冗談好きなリョーヴァと対照的に、モイセイはいかめしかった。彼のいかめしさは何となく見せかけのような感じがした。何かにつけて、自分が労働者階級出身であることを誇示しようとするのだった。彼が誇らしげに語るところでは、革命後、メンデルおじいさんと彼は皮革業者の協同組合に入り、仕事ですぐれた成果を挙げたので、表彰の花輪と「労働英雄」と金字で記された赤いたすきをもらった。表彰された彼は、まず労働者予備校（若い労働者を高等教育機関に入学させるためのそうした速修コースがあった）、それから単科大学に入学を認められた。彼は低い声で、わざと粗暴な表現をつかって話した。私のことは「甥っ子」とか「エリッツァ」と呼び、「ツァ」というのはユダヤ人の言葉で親しみを表すのだと説明した。

その頃、近所の子どもたちは、どこからか私たちの中庭に迷い込んだ二プード（約三十三キログラム）のダンベルとの闘いに夢中だった。私もそれを持ち上げようとしてみた。だが同年代の

ハリコフの著者（左端、1939年）

子どもたち同様、両手で取っ手をつかみ、地面から少し持ち上げるのがやっとだった。このことを知った叔父たちは、力試しをすることにした。野次馬が見守る中、彼らは順番にダンベルに挑戦した。リョーヴァは片腕では肩のところまでしか持ち上げられなかった。モイセイは完全に腕を上方に伸ばしてダンベルを持ち上げた。最初は右腕で、それから左腕でも。観衆の興奮したどよめきが彼の褒美だった。私はと言えば、公衆の面前での偉業達成に、叔父への誇らしさでいっぱいだった。

この日の晩、ソーフォチカがやって来た。下からリータ・ショイヘトも上がってきて、私たちはお茶を飲みながら大人の会話に参加した。モイセイは、何年か前、彼の働くドネプロペトロフスクの化学技術大学で分光学に関する国際学会があり、彼もよい報告をしたという話をした。学会後のパーティーで、ヨーロッパから来た客人たちが陽気になって、《ロザムンデ》という第一次世界大戦時に人気のあった歌を合唱したそうだ（ここで言われているのがヤロミル・ヴェイヴォダの作曲した《ロザムンデ・ポルカ》（《ビア樽ポルカ》の題でも有名）のことなら、この歌が流行したのは第二次世界大戦時）。

「考えてもみろ！」とモイセイは叫んだ。「かつての敵――ドイツ人、フランス人、イギリス人――がソ連に来て、あの勇ましい歌を一緒になって歌うんだぞ！　こっちの年寄り教授でもハモり始めたのがいたよ。俺たち、大学院生と若い教師たちはまとまって座っていたんだが、《ロザムンデ》のお返しに《師団は谷も山も越えて》（ロシア革命後の内戦時に流行した軍歌）を声を合わせて歌ったよ。力一杯な。もちろん、連中はすぐ静かになって、何か褒めるようなことをボソボソ言い出したよ。俺は赤色戦線を歓迎する意味でこぶしを振り上げ、『自信を持て！』と言ってやった」

モイセイのこの話は、彼が労働者出身であることを、私の意識に強く植えつけた。彼は数日後ドネプロペトロフスクに帰っていったが、彼との次の出会いはまったく違う場所と状況で実現した。

男のつきあいというものが足りないと私はいつも感じていたが、コーリャ・ズバーハとリョーヴァがときどき埋めてくれるのだった。

夏の間、メーラは、ママの許可を得て、私をピオネール・キャンプに送ることに決めた。サーニャがこの時期、故郷の村に帰ってしまうからだった。キャンプで二か月すごすことになった。この計画は私にとって心躍るものではなかった。キャンプ場はハリコフからだいぶ遠く、ポルタワ近郊のノーヴィエ・サンジャルィ村にあった。そこへは列車で一晩、さらにバスに一時間乗らなければならなかった。

出発の晩、メーラとソーフォチカとサーニャが私を駅まで連れていった。この別れは一時的なもの、二か月だけだと分かっていたし、ピオネール・キャンプについてはたくさん楽しい話を聞かされていたものの、正直、行きたくなかった。キャンプのリーダーが私に気づき、私の第十班入隊についてお祝いの言葉を述べ、車両番号を教えてくれた。列車が来た。私はとうとう我慢できなくなり、泣き出した。サーニャとの別れは、ゆにさんとの別れを思い出させ、私はいっそう大声で泣き出した。リーダーたちと驚いた子どもたちが集まってきた。皆、われさきに私をなだめてくれた。とても親切だった。すすり上げながら、私は列車に乗った。私たちの班の指導者は私の肩を抱いて、席に連れていってくれた。私はスーツケースをもって自分の席に落ち着いた。列車は夜中に発車した。

ピオネール・キャンプが目立った思い出を残したとは言えない。覚えているのは、毎朝の整列、当番の報告、赤旗の掲揚、まずまずの食事、ヴォルクスレという流れの穏やかな川での水泳、暖かで明るい砂浜、楽しい雰囲気などである。興味ごとにいろいろなサークルがあった。私が関わったのは絵画サークルと、少しだけ「生き物係」でひよこやウサギ、二頭のかわいい子ヒツジ、それからハリネズミの世話をした。川岸のところどころには、きれいな青い粘土が取れる場所があった。私たちはその粘土で思い思いのものを作ったが、作品を保存することはできなかった——焼く場所がなかったからである。それで、ホールの出窓には青い動物や自動車、カップや花瓶が並べられたままになっていた。

私は、ママと離れて親戚の家で暮らすハリコフの生活は一時的なものだと感じていた。キャンプ生活はなおさらである。多分そのせいだろう、仲間との関係は軽いもので、目先だけの、先の見通しのないものだった。それで私の記憶には、私の周りにいたピオネール隊員や指導者たちの名前も顔も残っていない。

特別な出来事だったといえるのは、音楽の出し物に参加したことだろう。あるとき私は、当番の壁新聞を作りながら、《闘牛士のアリア》を口ずさんでいた。様子を見に来たリーダーがそれを耳にして、ピオネール隊の合唱の練習に参加してキャンプファイアーの出し物に出なさいと言った。私は作曲家マトヴェイ・ブランテル（ソ連時代の作曲家、一九〇三―一九九〇）の新しい歌《青春》のソリストに選ばれた。歌の出だしは「このグループには素敵な娘がたくさんいる／でも僕が恋するのはただ一人！」というもので、とても恥ずかしかったが、メロディーが気に入ったので頑張った。歌の評判は上々だった。

キャンプの二か月はあっという間にすぎ、八月の終わりにはハリコフの駅でメーラとソーフォチカとともに、リョーヴァおじさんも出迎えてくれた。彼はいつものように、夏休みはウクライナに帰り、ハリコフのメーラの家とヴォロシロフグラードの両親の家ですごしていた。社会の状況と雰囲気がやや和らいだので、ママは私を引き取ってローシで一緒に暮らす決意をした。彼女はもう働いていたので、迎えに来られなかった。リョーヴァは新学年が始まる九月にモスクワに戻るので、ハリコフから私を連れてくるよう、ママが頼んだのだった。サーニャも一緒にジャムガロフカに引っ越すことになった。

一九三九年頃、モスクワの北にあるロシノオストロフスクという小さな町（そこにはターミナル駅があった）が、近隣のジャムガロフカ村とメトロストロイ村と合併した。ロシノオストロフスクは有名な北極海飛行士バーブシキンの生まれ故郷だったので、合併してできた市はバーブシキン市と名づけられた。

わが家に帰ってきた私は、バーブシキン市第九小学校の二年生となった。これ以後、私は生涯、ママと離れ離れになることはなかった。家庭事情と住宅事情でどうしても別々の家に住まなければならなかった一九六〇年代の数年間を除いて。

数日後、ママはウクライナからやって来たサーニャを駅で出迎えた。私たち三人は一つの部屋で暮らした。寝るときは、ママと私はセミダブルの日本製ベッドに頭を互い違いにした。サーニャは窓のそばのソファーベッドに寝た。夏のあいだは、サーニャはテラスで寝た。食堂はツェツィリヤ・ヨシフォヴナと共用だった。彼女のキツい性格にもかかわらず、私たちの関係は良好だった。必要があれば、ママとサーニャと私は、彼女の家事手伝いをしてあげた。夏にはもちろん、彼女もわが家のテラスを使ったが、晩方、開けられた窓のそばに腰かけて、昔の思い出話をすることもあった。彼女の考えでは、昔のロシアは少しも悪いものではなかった。サーニャは興味深そうに彼女の話を聞き、話の細部に入って質問した。その答えは夢見がちで長々しく、しばしばおとぎ話のようであった。つらい今日から逃れて過ぎし日に思いをはせるとき、そうであるように。私はツェツィリヤ・ヨシフォヴナの話をやや疑わしく聞いていたが、ママはというと、もうまったく信じていなかった。

ここで、前にお話したママの「個人調書」の補足を少々しておきたい。とくに、彼女がたいへん物知りだったことについてである。当時、私は読書欲が育ちつつあった。いや、正しくはまだ自分で読むのでなく、ママに読んでくれとせがんでいたのだが。彼女はいつもそのための時間を作ってくれた。プーシキンやグリム兄弟、アンデルセン、ハウフの童話、アレクセイ・トルストイの『ブラートの冒険、あるいは金の鍵』、マーク・トウェインの『トム・ソーヤの冒険』、エルショフの『せむしの子馬』、その他たくさんの本。その中には私の知らない言葉、分からない言葉がよく出てきた。私に分からない言葉や表現の意味をママが説明できなかったことは一度もなかった。今でも誇らしく思うのだが、ママはほとんど私の高校卒業まで、私の百科事典役をみごとに果たしたのだった。彼女が受けた体系的教育はきわめて限られたものだったにもかかわらずである。

ヒエンカ（ママは十五才までそう呼ばれていた）は幼年時代を、タタール・モギリョフ県のユダヤ人村（二十世紀初頭、ロシア帝国領内には五百万人以上のユダヤ人が住んでいた。彼らは、基本的に政府が定めた「ユダヤ人居住区」での居住を義務づけられていた）の、家父長的な子沢山の家庭ですごした。家の稼ぎ手は父親（私の祖父メンデル）だけだった。製皮工だった彼は、小さな作業場で来る日も来る日も働きづめだった。母親（祖母ゴルダ）の肩に家事すべてと五人の子どもの世話がのしかかった。村にはタルムード学校《イエシヴァ》（ユダヤ教の聖典を学ぶための学校）が一つだけあったが、女の子は行けなかった。それ以外の学校は大きな村や町にあり、やはり村の大部分の子どもたちは通えなかった。

ママの話によると、彼女はモギリョフ市の学校で学ぶ裕福な隣人の息子から初等教育を受けた。彼の名はマーリャ、正しくはマルキエルといった。二人の交友についてのママの物語からは、思春期の子どもたちの清らかな結びつきが浮かんでくる。村の女の子の向学心が男の子の心に共感を呼び起こし、彼は喜んでギムナジウムで得た知識を分け与えたのだった。マーリャが週末や長期休暇で帰ってくると、ヒエンカに問題を出し、答えをチェックするのだった。本を読ませ、要約させ、それから本の内容について議論するのだった。マーリャこそは、彼女の意識にいくらかの革命思想と反宗教思想を注ぎ込んだ最初の人物だった。

ママは自分の幼年時代について話すのが好きだったが、ときにはまったく反宗教的な行動についても話してくれた。たとえば金曜日の晩遅く、安息日を告げる星空の下、彼女は友人たちと散歩に出かけた。それは禁じられていなかった。だが花を摘むことは許されていなかった（金曜の日没から安息日に入る）。ヒエンカは家のみんなが寝静まった時分に、いつも家に帰った。かならず野原の花で作った花束を持って。土曜の朝、食卓には花瓶に活けられた花が飾られており、祝日らしい雰囲気を漂わせた。花束がどこから現れたか、だれも尋ねなかった。だがもちろん、いくらかの疑念が漂っていた。

ヒエンカのいたずらがすべて罪のないものだったわけではない。あるエピソードが記憶に残っている。当時、どのユダヤ人村にも、聖書（トーラー）の研究とユダヤ教の教えの解釈に打ち込む、きわめて宗教的な人々がいた。彼らは必要な儀式をきわめて厳格に執り行い、定められた祈りの合い間は瞑想《めいそう》にふけった。タタールスク村にもそういう人がいた。名はシムハ＝プラフタといった。黒いユダヤ衣装を着、キッパー（ユダヤ民族衣装の一つで、帽子の一種）の上につば付き帽をかぶり、あごひげをはためかせて、埃《ほこり》っぽい小道を歩いていた。そしていつもの深遠な問題を小声で論じていた。足元を見つめ、身振りも少なく、外界から遊離していた。彼の家族は村の人々の喜捨で暮らしており、当然ながら、生計の重荷やたくさんの子どもの世話はすべて彼の妻にのしかかっていた。マーリャからいくらか進歩的な考えを学んでいたヒエンカは、形成されつつある自分の先進的立場からすれば「寄食者」ともいうべきこの人物を、少々懲らしめてやろうと思い立った。

土曜日の朝、信心深いユダヤ人たちがシナゴーグから帰ってくるころ、ヒエンカはシムハ＝プラフタ家への道中にある門扉のかげに隠れていた。普段、彼は一人で皆より遅れて歩き、大多数の信者とはまったく別に行動していた。いつものように一人ぼっちで歩いてくるシムハを見つけると、ヒエンカは紙切れで一杯の古い財布（それはとても立派に見えた）を埃道にそっと置いた。そして門の節穴からのぞきながら、事件を待ち始めた。何分か後、シムハが運命の場所に近づいてきた。伏せられた彼のまなざしは財布に釘づけになった。彼は通りすぎようとしたが、急に立ち止まり、あたりを見回すと、路上の財布をしげしげと見た。夏の暑い日中。通りには誰もいない。家々ではシナゴーグから戻ってきた家族を迎えている。敬虔《けいけん》なユダヤ人の前には丸々と膨らんだ財布がある。安息日だ。何も運んではいけない、持ち上げても、手に取ってもいけない。お金ならなおさらだ！　だが一方で、膨らんだ財布を道に捨て置いてよいものだろうか？　もし不届き者が通りかかったらどうする？　それはぜったい駄目だ！　シムハは決断を迫られた。そろそろと、注意深く、しかも足で、彼は財布を突っつき出した。手近な門扉のそばに隠そうとして。それはまさにヒエンカが隠れている門扉だった。こうして、彼がようやく門までの距離の半分まで来たとき、この小娘の挑発者はあの世からのような声を出したのである。

「シムハ＝プラフタ、安息日だぞ？」

シムハは石のように固まった。そして我に返ると、走って逃げていった。この出来事がどのように人々の知るところとなったか、それは分からない。ただ分かっているのは、犯人は割り出され（それに彼女も否認し通そうとはしなかった）、厳しく罰せられたということだ。ただどういう罰だったかは、ママはけっして言わなかった。

その他の点では、彼女の生活はユダヤ人村の子どもたちの単調な生活と変わらなかった。夏は戸外で過ごし、冬は服がないので、もっぱら家ですごすのである。

十五才になったヒエナ（ヒエンカの正式な名前）は両親の許しを得て、ルガンスクに行き、一人暮らしを始めた。

ルガンスクにはローテンベルグ薬局があった。彼女はそこで、最初は売り場の小間使いとして、それから正式な売り子、薬剤師助手[原注22]として働いた。

原注22　薬剤師助手というのは、特別な試験を通って、化粧品や衛生用品に関して客に助言したり勧めたりする権利をもつ、上級の売り子だった。

物質的独立を得たヒエナは、夜間学校に通い始めた。彼女の体系的教育は数年間続いた。ママの話では、薬局の主人ローテンベルグは何かにつけ、彼女の勉強を励ましてくれたそうだ。古典学校の上級に通っていた彼の息子の影響で、ママは当時流行っていた公開の政治討論会に行くようになり、活動的な社会生活に興味を持った。

ヒエナは政治サークルにも顔を出すようになり、あるサークルでは当時、ルガンスクの労働者のあいだで有名だったクリメント・ヴォロシロフ（革命家、軍人。後に国防人民委員、ソ連軍初の元帥など歴任。ソ連時代、ルガンスクがヴォロシロフグラードと改名されたのは彼を記念して）に会った。全世界的正義の理念はヒエナを魅了し、やがて彼女は強い信念を持った「赤」、つまりプロレタリア革命の信奉者となった。そうした気分はユダヤ人の一部の若者に広まっていた。彼らはその理想の実現に、彼らを締めつける「ユダヤ人定住区」と教育に関する「民族割合」（ユダヤ人の進学者数を制限するための差別的制度）からの解放の可能性を見ていたのだ。

第一次世界大戦が始まる前、両親のメンデルとゴルダは他の子どもを連れて、ルガンスクに移ってきた。大戦とその後始まった内戦の間、ザク一家はこの町で生き抜いた。

町では幾度となく、かつ思いがけない権力の交替があったというママの話をよく覚えている。短期間だが、ドイツ軍がルガンスクを占領したこともあった。だが町の日常は続いており、ある晩（春のことだった）ヒエナは友人たちと連れ立って公園に行った。町の住人と一緒に占領軍の兵士たちも散歩していた。革命思想、そして突飛な行動を好む若者らしさから、彼女は襟の折り返しに赤いリボンをつけていた。目立つ娘だったので、散歩をしている人々はふり返って彼女を見た。ある者は恐ろしそうに、ある者は驚いて。だが、あいまいな賛同を表わす人々もいた。

彼らに向かって、何人かのドイツ軍の若い将校が固まって歩いてきた。その一人が、片眼鏡でヒエナを眺めやり、赤いリボンを指さして言った。

「ボリシェヴィキはおだぶつだ」。そしてニコッとして敬礼した。他の将校たちが大笑いする中、二つのグループは離れていった。

数日間、ルガンスクがウクライナ・ナショナリスト、おそらくペトリューラ軍（セメン・ペトリューラに率いられたウクライナの民族主義的勢力。一九一九―二〇年、短期間、ウクライナを支配）に占領されたこともあった。何人かのコサック兵がメンデル・ザクの家に宿営した。ある晩の夕食時、いちばん小さな、まだ四才のリョーヴァが食卓に近づいた。かなり酔っていたコサック兵の一人が話しかけた。

「食いたいか、ユダヤのガキ」。そしてパンを一切れさし出した。

リョーヴァはパンを受け取って、食べ始めた。するとコサック兵は、親愛の情を込めでもするかのように、力いっぱい彼の頭を打った。その打った跡は、生涯、リョーヴァの頭頂あたりの凹みとして残った。

しばらくすると、ルガンスクはブジョンヌィ将軍（帝国時代からの軍人。ソ連政権を支持し、後にソ連軍元帥）率いる名高い第一騎兵隊によって奪還された。軍靴を響かせ、騎兵隊のパトロール隊が家に入ってきた。彼らは隠れている白軍兵を探していた。ママは、家に白軍兵はいないし、赤軍兵が味方に危害を及ぼすはずはないと信じて、座って本を読んでいた。だが酔っぱらった兵士がママに近づき、彼女のこめかみに拳銃を突きつけ、隠れている「白野郎」を出せと要求した。冷たい金属の銃口がこめかみに触れているのを感じながらもなお、ママは恐怖を覚えることなく、読書を続けたそうだ。ゴルダの押し殺した叫びをパトロール隊の司令官が聞きつけ、駆けつけた。司令官は頭に血がのぼった兵士を叩きふせると、捜索を中断して兵士たちを引き揚げさせたという。


その後、ウクライナにソヴィエト政権が樹立された。店々のウィンドウには国家の新しい指導者たちの肖像が貼り出された。薬局の主人の母親、ローテンベルグ老夫人は、レーニンとトロツキーの顔を見ながら、蔑むようにぞんざいに言った。

「なんて悪い顔だろうねえ！　ごらん、まるで追いはぎじゃないか」。そしてある意味、彼女は正しかった。薬局は国有化され、所有者のローテンベルグ、彼女の息子は補助労働者にさせられた。薬のことは何も知らない元赤軍兵が管理者になり、ヒエナ・ザクは上級労働者に任命された。時折、二人きりになると、ローテンベルグは倉庫から石鹸《せっけん》箱を運びながら、ヒエナに言うのだった。

「何と時代は変わるものだろうねえ。だれに想像できたろうか！」

正義は実現したかに見えたが、ヒエナは薬局の状況に喜びを感じられなかった。

そうこうするうちにハリコフ市は、ウクライナ社会主義共和国の首都になった（一九一九―三四年）。エネルギーにあふれた若者たちは、活動的な生活と可能性に充ちた大都市に押し寄せた。メンデルとゴルダの子どもたちもまた、この流れに引き込まれた。最初にハーヤが、次にヒエナがハリコフに赴いた。ハリコフで彼らの名前はロシア風になった。ハーヤはアーニャに、ヒエナはファーニャに。

ママがハリコフの「活字鋳造所」で、それから労働組合の市ソヴィエトの印刷部門で働いていたことは、この回想録の初めの方で述べた。つけ加えておくと、まさにこのころ、夜間学校の授業で、ママはソフィア・イサーコヴナ・カルマンソン、つまりソーフォチカに出会ったのである。二人は親友となった。きわめて親しい、心からの友情は人生の終わりまで続いた。ソーフォチカのことはすでに何度も述べてきたが、これからも度々思い出すだろう。

一九二七年、ファーニャは当時としては権威ある学習グループへの参加を認められた。労働者や貧農の社会的出身でありながら、十分な教育レベルを有する数千人の若い労働者男女の一人に選ばれたのである。彼らはさまざまな高等教育機関に派遣された。薬局での労働経験を買われ、ファーニャは化学を学ぶよう提案された。これは名誉あることだった。しかしジャーナリスト、アレクセイ・ナギとの出会いが彼女の人生を大きく変えた。彼女はモスクワに行き、男の子を生んだ。私だ。そしてアレクセイと私とともに日本に行き、七年もの長きにわたりその地で暮らしたのである。

日本での生活は、消し去りがたい跡をママに残した。ソ連の外交官やジャーナリストとのつき合い、避けがたい（しばしば義務的な）外国人との交際によって、人前での振舞いやマナーのしかるべきルールが身についた。ママは比較的短期間に、英語と日本語の会話をマスターした。文明的な、（今風に言えば）世界水準の暮らしも、難なく受け入れた。だが、こうしたあらゆる長所にもかかわらず、何かの書類で証明できるような具体的専門がママにはなかった。そうした状況のまま、幼い息子と「逮捕された人民の敵の妻」というレッテルを背負って、モスクワ近郊のジャムガロフカ村にいたのである。

私の目の前には彼女の労働手帳（個人の労働履歴を記録した手帳）がある。最初の記載は一九三八年九月九日のものだ。ファーニャ・ミナエヴナ・ザクは会計係として、モスクワ州食料局の果実・

野菜コンビナートに雇われている。一九三九年一月二十一日、「モスクワ州食料局のコンビナート再編による人員削減のため、解雇」とある。一九三九年二月十一日、ムィチシ地区消費組合に会計係兼カード係として採用された。ママはここで一か月働いて、自己都合により退職している。ふたたび就職したのは三か月後。ちょうどこのころ、ハリコフに来て、私を連れてヴォロシロフグラードの両親のもとを訪れたのだ。

一九三九年六月、ファーニャ・ミナエヴナ・ザクはモスクワ市コミンテルン地区保健課の第九児童相談所に、社会法律部付き保健婦として採用された。さらに自分の英語力を生かすために、ママは通訳と教師を養成する二年間の夜間課程に入った。こうした課程の修了証書があれば、それに相応する仕事に就くことができた。ママは児童相談所で一九四一年八月十一日まで働き、戦時疎開の直前に解雇されている。幸いなことに、一九四一年春、ママは外国語課程を修了し、英語の教師と翻訳者の正式な資格をもって疎開先に行くことができた。

戦争前の出来事で思い出されることをいくつか話してみよう。

私が二年B組で学び始めたバーブシキン市第九小学校は、私の家の近くにあった。

この学校のことは、私が受けた「傷」のことでとくに覚えている。ある日、二階に駆け上る途中、凍った踊り場で滑って転び、頭を石の階段に打ちつけ、眉のところを切った。血が噴き出た。騒ぎの中、教務主任のピョートル・アントノヴィチが駆け付けた。彼はその背の高さと厳格さゆえに「ムチ」と呼ばれていた。彼は私を抱きかかえ、学校の保健婦と一緒に町の診療所に運んでくれた。そこで傷を縫った。曲がった針と本物の絹糸で。抜糸するまで私は片目をふさいだ状態で学校に通い、その日のヒーローとなった。階段の踊り場はその後、定期的に掃除をし、滑り止めの砂を撒くようになった。私は右眉の上に傷が残ったが、それは私の顔を男らしくしたように思えた。私は丹下左膳のことを思い出して、ひそかに傷を誇らしく感じた。

三年生のとき、上級生たちとの不愉快な衝突が起きた。何人かの不良生徒が、朝食（午前十～十一時頃、学校で食べる）用に渡されるお金を年少者から巻き上げていた。そんなのっぽの上級生が小さな子に近寄って、顔を近づけて、そっと言うのだ。

「二十コペイカ出せよ」

「これしかないんだよ」

「出せ。さもないと放課後、見てろ」

とくにおそろしかったのが六年生のヴォローチカ・コチノフとその仲間のヴォローチカ・リストフだった。多くの生徒がお金を渡していた。そして朝食抜きでその日を過ごすのだった。親や教師に言いつけるのはみっともないことと考えられており、子どもたちは我慢していた。だが私にとっては、親であれ教師であれ、大人に助けてもらうのは当然だった。私の番になり、お金を渡すのを断ると、コチノフは放課後、私を殴った。次の日、私は教務主任のピョートル・アントノヴィチにこのことを告げた。関係者たちが職員室に呼び出され、憤った教務主任は然るべき教育的措置を施した。数日後の放課後、学校の出口のところで、私の顔に思いきりカバンが叩きつけられた。留め金がまともに鼻に当たり、血が噴き出た。事件は遅番授業（生徒数が多い学校では午前中心の授業と午後中心の授業の二部制を取るところがあった）の後の晩で、窓に射す月明かりに、リストフのジャンパーが浮かんで消えた。子どもたちの叫び声に当直の教師が駆けつけた。次の日、私とリストフが職員室に呼び出された。教務主任のピョートル・アントノヴィチは、私には頷く一方で、リストフに怒鳴りつけた。何と怒鳴っていたか覚えていない。覚えているのは、リストフが黙って泣いており、透明な涙が彼の鼻をつたって落ちていたことだけだ。そのようすは哀れだった。

数日後の昼休み、私たちの教室に一人の上級生が入ってきて、エリック・ナギってのはどいつだ、と聞いた。それは八年生のヴィクトル・コチノフで、ヴォローチカの兄だった。これはきわめて異例のことだった——八年生が昼休みに三年生の教室に来て、知らない三年生に話があるというのだから。同級生たちはうやうやしく周りに集まり、大きな少年が私の隣に座って、話をするのを聞いていた。話の内容は普通だった。私がどこに住んでいるか、ジャムガロフカ村のだれと知り合いか、だれとよく遊ぶか。十分くらい私と話すと、ヴィクトルは腕時計を見て（彼の腕には本物の腕時計があった！）、別れを告げて立ち去った。それきり私たちは会わなかった。弟のコチノフとリストフはというと、彼らにとって私は単純に存在しなくなった。彼らがその後、他の生徒たちにどんな態度を取ったかは分からない。ようするに二人は私を「シカト」したわけだが、もちろん私は残念に思わなかった。

この小さな出来事は私にとって非常に大きなものだったと言えるだろう。私にとってはこの時から、力による社会の教育が始まり、幼年時代から少年時代への移行が始まったのだ。私は理解し始めた。自分で自分を守れるようにならなければいけないこと、正義のためにつねに大人に頼るわけにはいかないこと。その一方、学校や近所には、大人も恐れるような札付きの不良とつき合っている少年たちがいた。彼らは仲間の庇護《ひご》をかさに着て、傍若無人にふるまうことが多かった。私にはそんな庇護者はいなかった。彼らのうち何人かは私を知っていたし、私も「顔見知り」ではあったので、通りすがりにあいさつを交わすくらいのことはあった。だが、彼らの支援を当てにすることはできなかった。相互の利益がまるでなかったし、お互いの存在を知っているのも近所に住んでいるからにすぎなかった。

この時期に起きたもう一つの出来事も非常に大きかったように思う。ある日、モシン家（隣家に住むこの家族のことは前に述べた）のワーシャとセリョージャと私は鉄道模型遊びをし、電車や客車をレール上で走らせていた。電気が使えなかったので、「可動車両」はいつものように手で走らせていた。

遊びの合い間に、ワーシャが聞いた。

「エリック、お前、何人だ？」

この質問の意味はもう知っていた。

「僕、ユダヤ人だよ」

「ああ、そうか、つまりユダ公《ジード》だな」

それはまったく悪気なく言われた。その短い単語を私は初めて耳にした。侮辱的なものは何も感じなかった。セリョージャはすぐに提案した。

「おい、これからお前のこと、そう呼ぶぞ。いいな」

「いいよ」

そして三日ほど、彼らは私のことをそう呼んだ。私は何も感じず、返事をしていた。あるとき、ママがそれを聞いた。ママは私に家に帰るように言い、その単語の苦い意味を話して聞かせた。それまで私が知っていたのは、資本主義国アメリカでは白人が有色人種——黒人、黄色人種、インディアン——を差別するということだった。だが、ソ連でも異なる民族に異なる態度を取ることがありうる、という重要なことを私は理解した。「わが国ではすべての人が平等だ」という言葉は万人に通ずる規則ではなかった。

私はモシン兄弟に、その単語は侮辱的だと思うと説明し、その呼びかけに返事をするのをやめた。二人の名誉のために言っておくと、その後二度と、戦後、反ユダヤ主義が実質的に明白な国家政策になった時期でさえ、この二人からそうした言葉を聞いたことはない。たしかに、その頃、私たちはもう友人付き合いをしていなかったが。時代が私たちの行く道を大きく分けていた。

こうして、いくつかの小さな体験をへて、私は思春期へと入っていった。幼年時代に作られた「世界でいちばん正しい国」での生活という虹色の絵は、厳しい現実に突き当たって、ますます暗いものになっていった。

三年生になると、自分で本を読むようになった。ジュール・ヴェルヌ。『神秘の島』。この本は私の心を鷲づかみにし、冒頭の一文は生涯記憶に刻み込まれた。

「――この気球はのぼっているのか？

――いや、反対に、下がっているんだ！」

私はこの本を一気に読み終えた。そこにはすべてがあった――遠い国々、正義のための闘い、インターナショナリズム、大海原の果ての未開の秘島での文明的な生活、海賊、ネモ船長の秘密……。それに加えて、自然や技術、科学に関する膨大な情報。私はその後も『神秘の島』を、喜びをもって何度か読み直した。独力で読み通した最初の本がこの作品だったのは私にとって幸運だったと、今でも思う。まさにこの本が地理学とSF文学への関心を私に植えつけてくれた。ちょうどこの本を読んだ後、ママは日本から持って帰ってきた、小さな『世界地図帳』をくれた。英語で書かれている説明や地名が遠い国々のロマンをかきたてた。今日でも私は、この地図帳のうち奇跡的に残った数ページをなつかしく手に取る。M・イリイン（ソ連の児童向けノンフィクション作家）の『物のはなし』、Ja・ペレルマン（ソ連の児童向け科学作家）の『面白い天文学』、『攻撃と防御』（武器の歴史についてのこの本の著者名は、残念ながら覚えていない）といった本がわが家に現れた。『神秘の島』以後、私は熱心に読書するようになり、それ以来、いつも「今読んでいる本」があるようになった。私は本を読む行為自体も、自分の選択で新しいことを知ることができるのも好きだった。忘れがたい『三銃士』や『アイヴァンホー』、プーシキンの『ベールキン物語』。それから詩との出会い、やはりプーシキンの『ウパスの木』、『悪鬼』、『冬の道』、S・マルシャークの訳した英国のバラード『ヒースの蜜』、『神父と羊飼い』、『宝島』、それから当時人気のあったウラジーミル・ベリャーエフとアレクサンドル・カザンツェフの空想小説など。とても全部は思い出せない。

ちょうどこの頃、学校で地理を学ぶようになった。夢中で読んだ旅行記や『世界地図帳』を持っていたおかげで、私は文字通り、地図や地形図のとりこになった。毎晩、私は国々や五大陸をまたがる大旅行をした。どこにどんな川が流れているかを調べ、大海に浮かぶ神秘的な島を探し、世界でいちばん高い山々といちばん深い海溝を突き止めた。まもなく私は世界地図や各国地図を自在に使いこなせるようになった。

ある時、ソ連地図を調べていると、ウクライナ南西部国境から黒海に伸びる帯状の地帯に線影が付けられていることに気づいた。線影の上部には注記があった――「ソ連の国家利害地域」。ママは、これはベッサラビアといって、革命以前はロシアの一部だったのだと教えてくれた。隣国ルーマニアが第一次世界大戦時にベッサラビアを占領した。だがソ連政府は、いずれベッサラビアはソ連に返されなければならないと考えている、ということだった（一九三九年、ソ連に併合。ソ連解体後、モルドヴァ共和国として独立）。ママは革命と内戦期のこの地域の出来事を扱った『コトフスキー』という映画に連れていってあげると約束した。

本と地図、たまの映画の他に、もう一つ知識の源があった。ラジオである。子どもと若者向けの番組が素晴らしい役者たちによって放送されていた――ヴァレンチナ・スペラントワ、ジナイーダ・ボカリョワ、比類なきニコライ・リトヴィノフ。出演者紹介のコーナーでは、しばしば「音声模写　アンドリュシナス」という謎めいた名前が出てきた。この簡単な紹介のかげにいるのは、動物や鳥の声をじつに見事に再現する役者だった。童話や人気の本を元にした番組――『両生類人間』、『燃える島』、『チムールと仲間たち』、そして音楽番組――は、もちろん全部ではないが、その多くを私は楽しみにしていたし、いくつかは続きが待ちきれないほどだった。

わが家には日本から持ち帰ったドイツのボッシュ社製のラジオ受信機があった。それは周波数域が広かったので、ママはときどき外国の放送を聞いて、英語のリスニング力を失わないようにしていた。当時、ソ連でよく使われていたのはSＩ二三五型という真空管の受信機だったが、それに比べるとわが家のボッシュは技術の極みだった。近所の大人たちが聴きにやってきた。もちろん、私の友人たちも。この受信機は私たち「団地通り」の子どもたちの自慢だった。近所の上級生さえ聴きに来て、「外国を味わう」のだった。そんな時、ドイツの放送が入ると、子どもたちは知っている単語を聞き取ろうとするのだった。[原注23]

戦前に関するもっとも明るい思い出は夏と結びついている。近所には五才から十八才までたくさんの男の子と女の子が住んでいた。敷地の広い家では部屋を別荘として貸していた。別荘生活者の子どもたちとも、すぐに共通の趣味を見つけて一緒に遊んだ。

ジャムガロフカ湖の岸辺にはボート乗り場と松林があったので、バーブシキン市のこの地区

原注23　戦前は、大部分の学校でドイツ語が教えられていた。

は魅力あるリゾート地だった。私たち子どもは、ボートを漕いでみたいというのが夢だった。だが、ボートとオールは国内パスポートと引き替えでなければ借りられず、かつ有料だった。

わが家と同じ建物に住むガーリャ・ゴトリボヴィチは私と同い年だったが、私たちは近所づきあいはするものの、仲良しというわけではなかった。だが、彼女の姉のツィーリャは私を弟のように可愛がってくれた。よくお喋りをしたし、自分の友人にも紹介してくれた。年上の少年たちとの関係をスムーズにしてくれたのは彼女だった。

近所の子どもで目立っていたのは、アブラム・グリンブラトとユーラ・バクシュトの二人だ。彼らは私よりかなり年上だったが、とても仲よくしてくれた。

まず、アブラムのこと。やせっぽちで物静かな子だった。工作が大好きで、手近な材料でさまざまな動く模型を作るのが好きだった。いつも技術的な課題について考えていて、身の回りに解決のヒントを探しているようなところがあった。ある時、わが家にあったぼろぼろの日本の荷物箱の中にブリキの薄板を見つけると、それを使ってモーターボートの模型を作り始めた。船体はブリキ板で作り、エンジンは蒸気機関だった（今から考えるとジェット原理だった）。靴用ワックスの缶に三本の銅製の筒を据えつけ、その端を船尾から出した。筒の一本にスポイトで水を入れ、この「ワックス缶システム」を一杯にする。缶の下にロウソクの燃えさしをセットし、缶の水が沸騰し始めたところで、模型を湖面に置いた。ボートはしばらく動かなかったが、突然ゴトゴトと音を立てて、弧を描いて走り出した。これには観ていた子どもも大人も、大いに興奮したものだ。ロウソクが消えるまで模型は回り続けた。おそらくこの実験に霊感を得て、アブラムは本物のボートを作ろうと思いついたのだろう。そうすればボート乗り場に頼らずに湖でボート乗りができる。このアイデアに大勢の子どもたちが夢中になり、アブラムの住む家の中庭は「造船所」になった。近所の子どもたちは思い思いに材料を持ってきた。化粧板、釘、タール、ブリキ板、トタン板、木板——要するに、少年団の考えで役に立ちそうなものはすべて集められた。設計者のリーダーはアブラムだった。ボートの見た目を考える役目の第一助手には、親友のユーラ・バクシュトがなった。私たちがどれほど熱中したことだろう！釘を打ったり、焚火で溶かしたタールを麻屑で船体に染み込ませたりする作業に、だれもが幸福を感じた。竜骨の設計について真剣に話し合い、最終的に、竜骨の下部に水道管の一部を固定することにした。そうすれば航行時、進路を安定させるのに役立つだろうと考えたのだ。ボートの動力についての議論といったら！オール式か、カヌーのパドル式か？もしかしてクランクシャフトの車輪を付けたら？どの案にも賛成者と反対者がいた。水かき車輪を付けることに決まった。こうしてボートが完成し、ユーラの指揮下、白と青のペンキで塗り上げられた。建設者たちは誇らしくボートをかつぎ、湖へと運んでいった。道中、野次馬が加わった。舷側に水かき車輪のついた、白い甲板の青色のボートは水上でじつに映えた。水泳パンツとT

シャツのアブラムがボートに乗り込んだ。車輪が力強く回転を始めると……驚く観衆の眼前でボートはひっくり返った。アブラムは水中に消えた。数秒後、彼は岸のすぐそばに立っており、腰まで水につかっていた。青い船底と車輪の水かきが水面に出ていた。竜骨を支える水道管の一部が、ひときわ高くつき出ていた。失望は大きかった。いちばん悲しいのは、美しいボートがあっという間にひっくり返ってしまったことだった。せめてもう少し浮かんでいてくれれば！

その後、私たちは何度もこのボートのことを思い出した。だが驚くべきことに、私たちがもっぱら話したのは、ボートを造るときの創造の情熱、共同作業、その際の議論と冗談などであった。それこそが私たちの記憶に刻まれた主たるものであり、失敗の無念さではなかった。[原注24]

船作りでアブラムの第一助手だったユーラ・バクシュトは明るい人柄で、私たちの第九小学校でも、地域でもよく知られていた。他の少年たちより浅黒く、太っていて、丸顔でバリカン刈りだった。「燻製《くんせい》」というあだ名がついていた。通常の学校以外に音楽学校にも通っていて、学校の催しではよくバイオリンを弾いた。男の子のいたずらには進んで加わり、その熱中ぶりで仲間を引き込むのだった。あるとき、私がいる前でユーラとアブラムは『十二の椅子』〔イリヤ・イリフとエヴゲーニー・ペトロフの合作風刺小説。一九二八年に発表されて以来、ロングセラー。映画化もされた国民的作品）について話し始めた。二人の興奮は尽きることを知らなかった。私はその本を貸してくれとユーラに頼んだ。彼は私を疑わしそうに見たが、貸してくれた。すぐに私は読み始めたが……「はまらなかった」。当時の私にはまだ、この小説の風刺、あっと言わせる筋立て、言葉の巧みさが理解できなかった。私に「イリフとペトロフの時代」が来たのはもっと後だった。その時は、読み終えられなかった本をユーラに返し、年長者が年少者に示した寛大な態度をありがたく思った。

わが家でとても重要かつ楽しかったのは、ママの弟のリョーヴァとガールフレンドのレーナの訪問だった。親戚への情愛というものを、私に初めて植えつけたのはこの二人だった。私にとってさらに重要だったのは男のつき合いだった。この若い、陽気な大学生たちはとても優しく、子どもの遊びにもつき合ってくれたので、わが家だけでなく私の仲間にも歓迎された。黒髪を大きなお下げにした、しなやかで美しいレーナは、少女たちと一緒によく野の花で花束を作った。わが家の向かいのくぼ地で花を摘むのだった。リョーヴァはよく私たちと湖に行き、ボートを借りてくれた。そうして私たちは一緒に、楽しい時間をすごすのだった。

原注24　興味深いことに、何十年か後、私たちはもう国外に住んでいたが、ボストンに住むアブラムの家を訪れたとき、この出来事を思い出し、失敗の原因を分析してみた。クランクシャフトの車輪が水面よりあまりに高く付けられたため、重心が上がり、船のバランスが失われたのだろうということで、二人の建設者の意見は一致した。

ある日曜日の早朝、リョーヴァとレーナがやって来て、今日はすごい冒険をするのだと言った。だから、ママと私は急いで朝食をすませ、一刻も早く準備をして、電車に乗らなければならない、と。私たちはモスクワまで来て、さらに地下鉄に乗った。地下鉄から路面電車に乗り換えた。そうして到着したのは、豪華な真っ白い宮殿だった。吹き抜けの柱廊と、星のついた金色の尖塔《せんとう》が美しかった。それはヒムキ（モスクワ郊外）にあるモスクワ―ヴォルガ運河の北河岸駅だった。観光船で運河めぐりをするのだ！

だが、冒険したのはママと私だけではなかった。観光船の切符の入ったハンドバッグを、レーナが地下鉄に置き忘れてしまったのだ。リョーヴァは港の係員のところに行って、こういう場合どうしたらいいかと尋ねた。真っ白な制服に身を包み、金の錨《いかり》の記章のついた帽子をかぶった係員は、慌てふためいたリョーヴァを見て、訊ねた。

「どの船の切符でしたか？」

「『レヴァネフスキー』号です」とリョーヴァは答えた。当時ほとんどの観光船は、北極飛行隊の飛行士たちの名前がついていた。

「それじゃですね、ずっと乗り心地の良い『ソヴィエト共和国』号で運河めぐりをするチャンスがありますよ」と係員は教えてくれた。「切符はまだ売り場で買えますよ」

それ以上のアドバイスはありえなかった。係員との会話はそれで終わった。

ママとリョーヴァは切符を買い、私たちはゆらゆらするタラップを登って、巨大な車輪式汽船に乗りこんだ。さまざまな音の汽笛が離岸を知らせ、車輪が回り始めた。パドルが水面を叩き、旅行が始まった。リョーヴァを先頭に、私たちは船中を見て回った。エンジン室に行き、ブリッジにも行き、操縦士が舵輪を操るようすも見た。過ぎ去る岸辺には林や集落が見えた。漁師や泳いでいる子どもが、汽船に向かって手を振り、乗客もそれに応えていた。

とくに強い印象を残したのは水門通過だった。私たちの「ソヴィエト共和国」号が、まるで瓶の中の玩具のように、コンクリート製の巨大な水室内の水位に合わせて上がったり下がったりするのは、驚くべき光景だった。

素晴らしい天気、休日の華やいだ雰囲気――これ以上ない一日だった。ただ一つ残念なのは、レーナのハンドバッグがなくなってしまったことだった。

数日後、リョーヴァが来て、地下鉄のジェルジンスキー駅近くの遺失物係に行ったところ、レーナのハンドバッグがあったと話してくれた。中には「レヴァネフスキー」号の切符も入っていた。だが私たちは、もちろん「ソヴィエト共和国」号の方が面白かったよね、と意見が一致した。

一九三九年夏、モスクワでは大きな催しがあった。モスクワと私たちのバーブシキン市のあいだに特別に仕切られた広大な敷地で「全ソ連農業博覧会」が開催されたのだ。ラジオや新聞、雑誌がこの博覧会について、ソ連のすべての共和国と地方の生活を知ることができる魔法の町のように書き立てた。

ある日曜日（ソ連はすでに七日制の暦に戻っていた（ソ連が正式に七日制に戻ったのは一九四〇年））、ママと私は全ソ連農業博覧会、略して「博覧会」に出かけた。正門の前には、ステンレス板で組み立てられたヴェーラ・ムーヒナの彫像「労働者とコルホーズ農婦」があった。[原注25] 一九三六年、この像はパリの万国博覧会のソ連パビリオンを飾った。共産主義勢力のイメージをブルジョワ世界に誇示した後、鋼鉄の若者たちはモスクワに戻ってきて、しかるべき場所を占めたのだった。私たちは興奮して像の周りを何遍か回った。パリの博覧会でのように、もっと高い台座に据えればもっと見栄えがするのに、とこっそり言う人もいた。だがパリに行ったことのあるソ連人は少ないのだから、その指摘の是非が分かる人も少なかった。私たちがとくに気に入ったのは、像の前方に造られた長方形のプール側からの眺めだった。力強く前方に向かう、巨大な力強いソ連の勤労者像が、国の象徴である鎌とハンマーを高く掲げ、その衣服が旗のようにはためく姿が、水面に効果的に映っていた。写真機を持つ幸せ者は、記念写真を撮った。ソ連芸術の手本によって「心の準備」をした来場者たちは意気高揚し、晴れがましく正門のアーチをくぐるのだった。

会場内ではソ連を構成する各共和国が、民族建築風のパビリオンを建てていた。ロシア共和国（ソ連を構成した民族共和国の一つ。現在のロシア連邦に当たる）は主幹産業分野に関するパビリオンをいくつか出していた。それ以外にも、畜産、養鶏、狩猟、毛皮獣飼育、農業機械、さらにいくつか（よく覚えていないが）パビリオンがあり、ミチューリン菜園（果樹園実験場。ロシアの生物学者・農学者イワン・ミチューリンを記念して命名）もあった。

パビリオン内には展示物や絵画、彫像の他に、精巧に作られたジオラマもあった。入植地やコルホーズ農場、企業の模型が細かいところまで再現していた。あるジオラマのガラスには革命前の農村における土地分配を示す地図が描かれていた。地主が所有する肥沃な土地が茶色で、農民たちの貧しい土地がバラ色で示されていた。地主の土地は村のすぐそばにあり、農民たちの土地はとても離れていた。ジオラマの照明が替わると、地図が描かれたガラスの向こうに、快適なコルホーズ村の模型が現れた。この切替は「昔と今」をテーマにしていた。私はサーニャに、地図と模型はどう比べて見たらよいのかと訊いた。彼女はちょっと考えてから言った。「そうねえ、エリック、今はすべての土地をコルホーズが持ってるのよ。地主は全然いなくて、

原注25　当時、ステンレス鋼は装飾素材によく用いられた。前にも述べたが、地下鉄のマヤコフスキー駅はこの合金で作った波状模様のアーチで飾られていた。このようにして、政治思想とともに、ソ連の科学技術の進歩のプロパガンダも行っていたのだろう。

土地は国家のものなの。コルホーズ農民だって土地は持っていない。だから地図で示す必要がないんでしょう」

農村のことではサーニャは私の先生だった。彼女は農村出身だったからだ。だがこの説明の深さを真に理解できたのは、後に私自身が何年か農村で暮らしたときである。

私がとくに強い印象を受けたのは、極東のパビリオンだった。壁の下部が装甲板のような装飾で、戦艦の甲板を思い出させた。こうして、農業博覧会であっても、ソ連の防衛力と近隣の日本の脅威を示したのである。

いくつかの共和国パビリオンには、伝統工芸のアトリエがあった。中央アジアのパビリオンでは絨毯を織っており、ウクライナとベラルーシのパビリオンでは手ぬぐいを刺繍したり、籠を編んだりしていた。ロシアのパビリオンの一つでもレースを編んでいた。それらはすべて来場者の眼前で行われるのだった。

たしかウズベクのパビリオンだったと思うが、本物の綿の株の上方に「同志スターリンに招かれたマムラカト・ナハンゴワ」という絵が照らし出されていた。明るい色の総《ふさ》つきショールを羽織ったかわいい黒髪の女の子が、ブラウスにレーニン勲章をつけ、「首領」にやさしく抱きかかえられている。マムラカトの名は有名で、アレクセイ・スタハーノフ、ピョートル・クリボノス、マリヤ・デムチェンコなどの国民経済の模範労働者たちと並び称されていた。綿花畑で働く十三才のマムラカトは、担当時間内に大人の同僚たちの二倍も多く綿花を摘んだのだった。彼女は両手で綿花を摘むことで、そのような成果を挙げたのだった。伝統的には、片手で綿花を摘み、もう片手で籠を押さえるのが普通だった。彼女は大人と子どもの手本とされた。ソ連最高の勲章は、彼女の比類ない功績の証しだった。

特別パビリオンでは「記録」を持つ鳥や動物が展示されていた。一年に三百個も卵を産んだレグホン種の白いニワトリたち、一年に一万三千リットルも乳を出した牝牛のレンタ、ものすごい数の子豚に乳をやった母豚、優雅な競走馬、どっしりした輓馬《ばんば》、大量の脂肪を持つ食用羊、柔らかい長毛の羊など。サーニャと私はこれらを一種独特な動物園として見たのだが、サーニャはどんなによい乳牛でも一年に五千リットル以上乳を出すことはないと主張した。一羽のニワトリが年に三百個の卵を産むというに至っては、まったくありえない話だというのだった（いずれも、品種改良を重ねた今日では不可能な数字ではない）。

記録保持者の動物の他に、ソ連各地から集められた珍しい動物の檻《おり》もあった。中央アジアのラクダやロバから、極寒地方の橇引き犬やトナカイまでいた。

もう一つ、私にとって特別面白かったパビリオンは「北極地方」だった。ガラス張りの高い建物正面にはソ連の北極地方の地図が描かれていた。建物の中といったら！　それはもう、たくさんの興味深いものがあった。

まず、パパーニン隊の伝説的テントの実物があった。丸窓を通して中を覗《のぞ》くことができた。また、チュクチ人（ソ連最北東のチュコト半島とその周辺に住む少数民族）の移動住居もあり、そこには本物のチュクチ人女性が座っていて、トナカイの皮で「クフリャンカ」や「トルバザ」と呼ばれるチュクチの民族衣装と履物を縫っていた。パビリオンの天井には「飛行艇」を模した小さな木製飛行機がつるされていた。これに乗ってゴロヴィン飛行士が初の北極飛行を果たしたのである。このパビリオンは本当に立ち去りがたかった。その夏、私はこの博覧会にもう二、三回行くことができたが、毎回長い時間を北極パビリオンですごした。探検隊員たちが果たした過酷な自然との闘いの勇敢さ、遠い旅のロマンをじかに感じることができた。会場近くには、巨大な氷塊をかたどった「北極」という喫茶コーナーがあった。そのてっぺんにはアザラシがアイスで一杯のカゴを鼻で支えていた。私の北方研究はかならずアイスを食べて終わった。

だが、博覧会でもっとも強い印象を受けたのは、民族衣装を着た、広大なわが国に住む全民族の代表者たちとの出会いだったろう。コーカサス諸民族が身につけた、銃弾筒を縫い付けた色とりどりのコーカサス衣装や毛皮帽子、マント。中央アジア諸国の代表者たちがまとったけばけばしい色のガウン、丸帽、ターバン、毛長のトルクメン帽。カザフ人とモンゴル人の刺繍入りガウンと、毛皮で縁取りした帽子。ヤクート人と北方諸民族の皮製の服。彼らは来場者のあいだを歩き回り、諸民族の友好を演出していた。これらすべては仮装舞踏会のような華やかな印象をもたらした。この見世物の参加者たちがどこまで本物だったかは、分からない。だがとても印象的だったのは事実だ。

会場の目抜き通りを真っすぐ行くと、半楕円《だえん》形のガラス屋根をした「機械化」パビリオン前の広場に出た。そこにはありとあらゆる特殊自動車、トラクター、コンバイン、草刈り機、電気搾乳機、その他の農業技術が展示されていた。広場の中央には、暗紅色の花崗《かこう》岩で作られた同志スターリンの像がそびえていた。やや頭をかしげた彼の姿からはソ連民族と国の運命への配慮が漂っており、地面まで届くような長いコートからは揺るぎない安定感が感じられた。「スターリンは私たちのことを考えている。スターリンは私たちを守っている」――この思想がわが国の生活全体を貫いていたのだ。

児童相談所の法律部付き保健婦（これが正式名称だった）としてのママの給料はせいぜい並といったところだった。しかるべき食事をし、英語講習の授業料を払い、サーニャにお給金を払うためには、副収入なしには不可能だった。それでママは、日本から持ってきたものを定期的に古物店に持っていった。その際、つねに彼女の念頭にあったのは次のことである。父が逮捕されたとき、彼女には没収命令書の写しが渡されたのだが、そこにはこう記されていた。A.L.ナギの個人所有物（自転車とラジオ受信機を含む）は国家に没収されたものとするが、特別な指示があるまでF.M.ザクのもとに留め置かれる（ただし処分する権利はない）。自転車とラジオ受信機以外に、何をもって「A.L.ナギの個人所有物」と見なすか、書類には明示されていなかった。そのため、ママは売る物を選択する一定の自由を有していたのだ。

モスクワでの孤独な生活はママを苦しめた。彼女はメーラとソーフォチカ、その他の若いころからの友人たちが住むハリコフに移り住むことを夢見ていた。英語講習を終えたら引っ越す予定だった。一九四〇年、夏の休暇に彼女は、荷物の一部を移すため、ハリコフに出かけた。だがモスクワのクールスク駅で二人組が近づいてきて、NKVDの職員証を出し、執務所に来るように言われた。そこで彼女はA.L.ナギの所有物の没収命令書を示された。ママは、品物はそちらの好きなようにして下さいと答えた。だが、職員たちは彼女を信用すると言って、四つあるスーツケースのうち、彼女が示す二つだけ没収することにした。ママは当てずっぽうに二つを指さし、必要な書類にサインして、残りのスーツケースを持ってその場を去った。この事例は、「機関」が私たちのことを忘れていないことをはっきり示していた。ママは「私たちは監視されている」という確信を生涯、持ち続けた。

戦争前の年月は、私の記憶にどのようなものとして残っているだろうか。同年代の子どもたち、ピオネールやコムソモールの精神的風土を作っていたのは何だろうか。もちろん、第一に、すべてを貫く絶え間ない共産主義プロパガンダだった。その中心思想はこうだ。正義の共産主義社会の建設という理念を世界に――全世界に！――打ち立て広めることに、私たち一人ひとりが、老若男女を問わず、責任を負っているのだと。映画、ラジオ、新聞（とくに『ピオネール・プラウダ』）、たくさんの威勢のよい文学――すべてが一点に集約された。「私たちは共産主義を建設している。世界のすべての国の労働者たちは、資本家との正義の闘いにおいてソ連の支援を心待ちにしている。共産主義は全世界で勝利する！」外国の革命運動家への支援機関もあった。たとえばMOPR（国際赤色救援会）の会費は、外国でのストライキ運動支援や共産主義思想の普及に充てられた。外国の労働者の支援のためであれば、軍事介入も私たちは否定しなかった。外国の友人たちを戦闘においても支援する準備をすべきだと考えられていた。以前触れたBGTOやGTOのバッジの他にも、GSO（衛生防衛に関するバッジ）、「ヴォロシロフ射撃手」などのバッジがあり、「パラシュート・マスター」というバッジはパラシュート降下回数を示していた。その他、いろいろなバッジがあった。モスクワのゴーリキー記念文化公園には高さ五十メートルのパラシュート塔があった。そこで希望者は、ロープに結わえられたパラシュートを使って、降下練習を楽しむことができた。アトラクションとして、こうした塔はとても人気があった。私たちの住むジャムガロフカ村の近く、ローシ駅の向こう側にある地下鉄建設者たちの居住区にも、高さ七十メートルの塔があった（当時、モスクワ州でいちばん高いと言われた)。そちらは訓練用に建てられたそうだが、そこから人が跳躍するのはだれも見たことがなかった。そのせいか、この塔は破壊活動家によって設計されたもので、パラシュート練習者が土台にぶつかって死ぬ仕掛けがあるのだと噂されたりした。戦後、この塔は撤去された。飛行・化学協働協会(OAKh)では、一つの建物の住人全員や一つの企業の労働者全員が団体会員になった。その場合、建物の外壁にはこの協会の文字が大きく(三分の一平方メートルくらい)目立つように、プロペラや防毒マスク、その他軍事関連の航空・化学の図柄とともに描かれたものだ。そういう建物は今でもモスクワで見ることができる(ただしその文字はもう色あせているが)。軍事知識を持っていることは広く推奨され、軍事関係の仕事に関わっていることは誇りとされた。こうしたことが実際にどれくらい真剣なものだったかについて、語るのはよそう。それについては今では何百という本が書かれている。ただくり返しておきたいのは、理念上は、ソ連の全軍事力は、地球上のすべての場所に住む労働者の利益を守ることに向けられていたということだ。当時の私の個人的感覚としては、わが国はその解放運動を始める準備ができており、ただ命令を待つのみという感じだった。

たくさんの細々したことが思い出される。それらすべてを詳しく語る必要はあるまい。当時の政治的事件は、私たちに知らされているかぎりにおいて、ソ連で喧伝《けんでん》されていた理念と中心的スローガンの正しさを物語っていた。

すべての国の労働者よ、団結せよ！

このスローガンは至るところにあった――通りにも、新聞にも、紙幣にさえ……。実際、一九三九年、西部のウクライナとベラルーシが解放され、一九四〇年六月には同時に四つの国――エストニア、ラトヴィア、リトアニア、モルドヴァが解放された。これらの国々の労働者たちはソ連構成共和国となることを自ら求めたのだ。彼らは敬意をもって迎え入れられた。私はとくにモルドヴァのことで喜んだ。ウクライナの西側、わが国の地図で線影をつけられていた、あのベッサラビア地方はモルドヴァという名前になった。労働者が団結したのだ！　私たちはこれを勝利の行進の始まりと見なした。

たしかに、こうした疑いようのない成功とともに、よく分からないことも起きていた。ソ連政府はファシスト・ドイツと平和友好条約を結んだ（独ソ不可侵条約、一九三九年八月締結）。リッベントロップ（ドイツ外務大臣）が飛行機でモスクワに来た。新聞は彼が同志モロトフや同志スターリンその人と一緒に写っている写真をたくさん載せた。

フィンランドでも不可解なことが起きた。一九三九―四〇年の冬、フィンランドの資本家たちが戦争を仕掛けてきた。だがフィンランドの労働者の救援にソ連赤軍が駆けつけたとき、赤軍はなぜか歓迎されなかったのだ（冬戦争）。レニングラード近くのわずかな地域を除いて、フィンランドはブルジョワの支配下に留まった。

だが、こうした口惜しい突発事にもかかわらず、私たちは幸福な未来に突き進んでいた。その素晴らしいシンボルとなったのはソヴィエト宮殿である。クレムリンの近くに建設される計画だった（以前、その場所に救世主大聖堂があったことは、私はもちろん知らなかった〔一九三一年、ソ連政権によって爆破・撤去。ソ連崩壊後、再建された〕。かりに知っていたとしても、気にしなかっただろう。戦闘的無神論は私たちの意識に強く植え付けられていたし、歴史的建造物の保存など問題にならなかった）。ソヴィエト宮殿は、ソヴィエト政権の世界的勝利と共産主義の旗の下での連帯のシンボルだった。建設計画にはボリス・イオファン〔ソ連時代の建築家。スターリン時代の代表的建築を多く手がけた〕を中心とした建築家グループが携わった。宮殿は世界でもっとも高い建物になるはずだった――ニューヨークのエンパイア・ステートビルよりも高い建物に。そして最上部は「より前に、より高く」手を掲げたレーニンの像で飾られるはずだった。宮殿の絵は至るところにあった。ポスターにも、切手にも、新聞雑誌にも、わが国の最新の出来事を伝えるニュース映画でも。プロパガンダ文学では、ソヴィエト宮殿は主人公たちの活躍の場だった。地方では、ソヴィエト宮殿はもう完成したと思っている人も多かった。プロパガンダの力はそれほど強かった〔独ソ戦などのため、ソヴィエト宮殿は完成せずに終わった〕。

戦前のモスクワの生活の背景はこうしたものだった。それらすべてを、ソ連全体を、いや全世界を見守っているのがスターリンだった。詩人アレクセイ・スルコフが書いたように、「微笑みながら見つめているスターリン、ソ連の普通の人！」だった。善良でやさしく、賢い巨人、ほとんど全知の半神であり、すべての人とすべてのことに気を配っている。クレムリンの彼の窓には夜が更けるまで灯りが消えないのだった。

第三章 戦争の年月

ドイツ人がポーランドにいたって大丈夫、
僕たちの国は強いのだから！
一月もしないうちに
戦争は終わるだろう！

G.シュパリコフ

フィルムを逆回ししてくれ
正気を失った映画技師よ、
あの、たとえようのない夏に
その後、続いた春と冬！

D.サモイロフ

一九四一年春、私は三年生を終え、ママは外国語講習を終えた。彼女はもう資格を持ち、翻訳者や教師として働くことができた。その夏、ママは私を連れてハリコフの親類を訪れるつもりだった。今の家と交換するための住居探しと仕事の口があるか調べようと思ったのである。六月初め、サーニャはウクライナの故郷の村に帰った。彼女は故郷で一月くらい過ごす予定だった。

六月九日か十日、正確に覚えていないが、夜の十時頃、ドアをたたく人がいた。どなたですかというママに――

「開けてください、ＮＫＶＤです」

入ってきたのは制服を着た二人の男性で、丁寧なあいさつをし、着席を求めてから腰かけ、テーブルに没収命令書を置いた。この命令書のことを知っているかとママに尋ねた。ママは知っていると答え、逆に、去年の夏、クールスク駅で二つのスーツケースが没収されたことはご存知ですかと尋ねた。職員たちは知っていると答え、今日来たのは所有物の没収手続きを完了するためだと説明した。新しい書類を作りながら、彼らは、残り二つのスーツケースのＡ．Ｌ．ナギの所有物、および自転車とラジオ受信機はすべて没収されると言明した。これにより逮捕状と没収令状に定められた手続きはすべて完了するとのことだった。

パパの自転車は箱にしまったまま、テラスに置いてあった。それに乗ることはママが禁じていた。だけど受信機は……。受信機と別れるのはつらかった。私の顔に何か浮かんだのだろう、職員の一人が私の方に首を振って、言った。

「この子がかわいそうだな！」

書類の作成が終わると、ママはサインするように言われた。書類の写しを渡され、ＮＫＶＤ

は今後、わが家に対して所有物に関する請求を行わないと言明した。職員たちは受信機を運び出し、自転車を転がして、闇夜に消えていった。

翌朝、ツェツィリヤ・ヨシフォヴナが昨晩遅くの客は何者か、訊きに来た。開けられたドア越しに受信機がないのに気づき、訊ねた。

「まさか持って行かれたのかい？」

「持って行かれた」と私は答えた。

「あいつらかい？」

「あいつらだよ」

彼女は頭を振り、黙って自分の部屋に引っ込んだ。彼女があれこれ言わないでくれたことを、私たちはありがたく思った。

その約一週間後、六月二十二日、ファシスト・ドイツが不可侵条約を破ってソ連に侵攻してきたことが発表された。


最初の数日間、私は戦争というものを大人たちの話でしか理解できなかった。もうラジオがないので、私とママは、モロトフの演説の昼の再放送を近所の家で聞かせてもらった。お隣の、理髪師のグリーシャ・ルィクリンおじさんは、家の前で私たちを出迎えると、熱心に説明し始めた。

「わかるか、あいつらはすごい三角形を作りやがった。ブレスト―キエフ―ミンスク（ドイツ軍の最初の攻撃目標となった主要都市）だ！」

そして彼は、ソ連の都市への最初の爆撃を分析した。大きなジェスチャーで、悪辣な不可侵条約破棄への怒りを表現していた。彼は背の高い、痩せぎすな人だったが、長い髪を振り乱し、その目は復讐の欲望に燃えていた。

「いや、大丈夫だ！　あと一月か二月もすれば、あいつらは何ちゅうことをしでかしたか知るだろうよ。目にもの見せてやる！」

まさにこういう気分が支配的だった。この戦争は間違いなく勝利であり、秋までには終わるだろうとだれもが確信していた。『もし明日戦争が始まったら』という映画のように。その日の終わり、隣家の窓際に置かれたラジオでは歌が流れていた。

立ち上がれ、巨大な国よ、
立ち上がれ、生死をかけた戦いに！
ファシズムの悪の力、
呪われた侵略者との戦いに！

高貴な怒りが
大波のように盛り上がり
民族の戦いが始まる、
聖なる戦いが！〔開戦直後に作られた軍歌『聖なる戦い』の歌詞〕

この歌は不安をかき立てた。楽観的な気分が少しだけ色褪《あ》せた。開戦初日は日曜日だったが、前線がどんなふうに推移するかについてのおしゃべりと詮索で過ぎた。二、三日後、ソ連西部の占領が疑いようのない事実となり、占領地がすぐに奪還できないことが明らかになると、これは数週間で済む話ではないと皆、理解し始めた。数日のうちに、爆撃機による空襲の可能性があるから、光が漏れないよう、窓の遮光措置をする命令が出た。それができないものは夜、灯りをつけることができなかった。軍事裁判にかけられるかもしれなかった。火のついたマッチ、ろうそく、さまざまな強度の電灯の絵と、それぞれどのくらいの距離からその光が見えるかを記載したポスターがあちこちに貼られた。すべての窓ガラスに両側から対角線に紙のテープが貼られた。こうすると、爆弾の衝撃波に対して丈夫になるのだった。集落の各家屋は、空襲時に避難する「防空壕」を作らなければならなかった。「防空壕」というのは深さ二～二・五メートル、幅〇・八～一メートルの溝のことだった。その長さは、収容人数とどの程度の快適さを求めるかで決まった。防空壕の両端には、外部に対して直角になるように、一つずつ出口が作られた。防空壕全体と出口の一つ（非常用）は丸太と板で覆われ、その上に土が敷かれた。爆弾が直撃すればこんな設備は役に立たなかったが、爆弾や高射砲弾の破片からはかなり身を守ってくれたのだ。

六月の終わりにはもう、爆撃機の空襲がどんなものか身をもって知ることとなった。その始まりは途切れないサイレンが知らせた。それは、まだ明るい晩の七時頃、鳴り響いた。防空壕はもう完成していたので、私たちの建物の住人は一番大切なものだけ持って出た。その晩、私たちは初めてドイツ軍の飛行機のエンジン音を聞いた。その音は波をなすようで、間もなく私たちはわが国の飛行機と敵の飛行機をすぐ聴き分けられるようになった。もちろん、私たちは敵の飛行機をこの目で見てみたかった。空の一部が見える防空壕の出口ににじり寄った。約二時間後、断続的なサイレンが空襲の終わりを告げ、皆、自室に寝に帰った。

一九四一年七月三日、同志スターリンの全国民向けの演説がラジオ放送された。演説の冒頭、労働者、農民、兵士、水兵、指揮官、政治将校たちへのいつもの呼びかけに続け、彼はいつもと違う呼びかけをした。「……兄弟姉妹、友よ、皆さんに呼びかけます！〔「兄弟姉妹」というのはキリスト教の伝統的な呼びかけで、ソ連指導者としては異例だった〕」国家の状況は思いがけないものできわめて深刻であることが、最初の数語から明らかだった。おそらく、まさにこの演説が戦争の早期終結の期待を完全に打ち砕いたのだった。それにしても、この戦争がまさか四年近くも——日本との戦争も入れれば四年以上も——続くと予想した人は少なかった。

この頃、すでにヒトラー軍の空襲は定期的に行われていた。重要な鉄道拠点、駅の向こう側の森の中にある基地、私たちの家の近くにある軍の国境警備隊学校などのために、私たちのバーブシキン市は、戦略的攻撃目標となっていたのだ。毎晩、空には灰色の細長い防空気球が上った。暗い通りと黒色の窓は町のようすをすっかり変えてしまった。多くの知合いの男の人は見慣れぬ軍帽をかぶるようになった。わが家の隣人エフィム・ペトロヴィチ・ゴトリボヴィチも含め、多くの人が国民義勇軍に入った。国民義勇軍というのは、年齢や健康問題のために徴兵されなかった人々を組織した武装団だった。夜中、敵の爆撃隊向けに信号弾を打ち上げるスパイがいるという話が広まった。何人かはすでに突き止められ、逮捕されたなどと言われていた。毎日（正しくは毎晩）、二回の空襲があった。一回目は晩の六時から九時まで、二回目は十一時以後、明け方まで続いた。晩の空襲はさほど恐ろしいものと見なされていなかった。空に機影は見えず、銃撃音も聞こえなかった。だが夜中の空襲は危険だった。しかし私たち子どもは、危険を完全には理解できていなかった。空襲はすぐに、日常的にくり返されるありふれた出来事になってしまったので、なおさらだった。しかも、起きている事実の厳しい本質を捨象してしまうと、防衛対空砲も加わる夜中の空中戦は、とても格好良い、ワクワクする見物だったのだ。

敵の飛行機を探してたえず動き回る、無数の探照灯が放つ青みがかった光線。すると、一つの光線の中に小さな銀色の機影が映る。直ちに、その光線にいくつかの光線が加わり、探照灯兵たちは飛行機を追い求め、重なる光の中心に捉えようとする。照射された敵機パイロットは必死に操縦し、死の光の網から逃れようとする。高射砲が射撃を開始し、飛行機に向かって赤い炎が列状に飛んでいくのがはっきり見える。あれは曳光弾の連射だ。敵機の周りに爆発の煙が上がる――高射砲だ。砲弾が直撃すると、ファシストの飛行機はカッと燃え上がり、バラバラになる。あるいは曳光弾や至近爆発によって燃え始めることも多かった。高射砲が敵機を打ち落とすたびに、興奮した観衆たちの「ウラー！」という叫びが上がった。この光景を観るのは危険でないとは言えなかった。とくに敵機が私たちの家の上空にいるときは。私たちは、機関銃の発射音や高射砲の射撃音の遠さを耳で測りながら、空の様子を見ようと防空壕からにじり出るのだった。全体としてこの見物の印象は、鎌倉の花火大会に負けていなかった。だが「大会」ごとにかならず人が死ぬこと、そして私たち自身、いつ犠牲になってもおかしくないと思うと、私たちの興奮は冷水を浴びせかけられるのだった。それがとくによく分かるのは、翌朝、焼き焦げた草のなかに重い鋼鉄の弾の破片を見つけるときだった。破片は鋭く尖っており、不用意に触るとすぐに手を切った。こんな破片、しかも爆発で真っ赤に焼けた破片に当たれば、命を落としかねなかった。

ジャムガロフカ村で防空壕を作るあいだ、住民を驚かせる発見があった。カール・マルクス通りとチチェーリン通りの交差点にある小さな薬屋の裏手に、かなり広い空き地があった。そこには出入口のない柵があり、立派な丸太づくりの別荘が建つ一区画を囲っていた。以前、その別荘には幼稚園が入っていたが、一九四一年頃、幼稚園は別の建物に移り、柵内の別荘がだれの管理下に移ったかは不明だった。時々人が来たが、とくに注意を引くような人々ではなかった。乗用車で乗りつけることもあった。開戦最初の週、近所の人々はその区画の周りに防空壕を掘り始めたが、とくに上から指示があったわけではない。柵のこちら側から塹壕《ざんごう》を掘り始め、敷地内へと伸ばしていった。かつ、真っ直ぐでなく、弧状に掘っていった。間もなくこの一帯に噂が広まった。カール・マルクス通りに地下道が発見された。本格的な防空壕として使えそうだという話だった。私は、セリョージャとワーシャのモシン兄弟と一緒に見に行った。少しずつ深くなる防空壕の底が、煉瓦の壁にぶつかっていた。その壁にはすでに十分な大きさの正方形の穴が開けられ、中に下りられるようになっていた。周囲には、この発見に興味津々の人々が立っていた。何人かは実際に下りていった。私たちはしばらく様子をうかがい、だれも禁止しなさそうなのを見て取ると、暗闇の穴に下りていった。足は、きれいな砂が敷かれた固い床に降り立った。私たちは大型煉瓦で作られたトンネルの中にいたのだ。私の頭はアーチ状の上部につかえた。両方向に約十五メートルずつ歩いてみたが、何の変化も面白いものも見つからないまま、私たちは外に出た。懐中電灯を持っていないのが残念だった。数日後、いつもの空襲で、〇・五トンのフガス弾がジャムガロフカ池の堤防に落ちた。私たちは被弾地に爆弾の破片を探しに出かけた。破壊された堤防の両側に、例の地下道の続きを見つけたときの私たちの驚きは、いかばかりだったろう。もちろん、破壊されたトンネルを見つけたのは私たちが最初ではなかった。昔の幼稚園と堤防を結ぶ直線上に住んでいる人々は、この安全な隠れ家への入り口を見出すべく、懸命に土を掘り始めた。そして何人かはそれに成功したのである。何年も後に知ったのだが、これはムィチシ水源からモスクワに水を運ぶため、エカテリーナ二世時代に建設された水道の跡だった。ヤロスラヴリ鉄道モスクワ線のヤウザ駅近くにある二十一のアーチをもつ美しい水道橋は、この水道と直接つながっているそうだ。

ママは、ウクライナにいる親戚と友人たちの運命をひどく心配していた。妹のメーラはコーリャ・ズバーハと結婚していた。一九三九年の終わりにアーラチカという娘が生まれた。親友のソーフォチカとその二人の弟はハリコフの企業で働いていた。弟のリョーヴァとレーナは大学卒業後、結婚し、ヴォロシロフグラードの職場に配属された。そこにはリョーヴァとママの両親、つまりゴルダおばあさんとメンデルおじいさんも住んでいた。同じく一九三九年、リョーヴァとレーナにもエーリャという娘が生まれた。戦争が始まったとき、レーナとエーリャは、レーナの実家があるザポロジエ〔ウクライナ東部の町〕にいた。エーリャは開戦の翌日二才になったばかりだった。ママのもう一人の弟モイセイはまだ独身で、ドネプロペトロフスクで暮らしていた。戦争が始まるとコーリャ・ズバーハはすぐ前線に行った。家族、コーリャ、ソーフォチカたちとの連絡手段は郵便だけだった。ママと私は、ポルタワ近郊の村に里帰りしたサーニャ・ザマージイの運命もとても心配だった。彼女からは何の連絡もなかった。

戦線はどんどん東部に拡大し、キエフ、ヴォロシロフグラード、ハリコフに近づいていた。「疎開」という言葉があちこちで聞かれるようになった。それはつまり、軍需工場と産業拠点を東方に移すということだった――ヴォルガ川、ウラル山脈、西シベリア地域へと。占領の可能性がある地区と集中的に空襲を受けている地域についても住民の移動が言われ始めた。

八月初め、私たちはサーニャが戻ってくる望みを捨てた。ハリコフとヴォロシロフグラードからの手紙には、工場の職員とその家族全員の疎開の準備が進んでいると書いてあった。ついにママも疎開について話すようになった。彼女が働いている児童相談所では、職員の疎開は手配できないということだった。ママは自分で出発方法を考えなければならなかった。ノヴォシビルスク〔シベリアの拠点都市〕には、お隣のヴェーラ・ウラジーミロヴナの妹が住んでいた。エフィム・ペトロヴィチは義勇軍に入る際、二人の娘ツィーリャとガーリャを連れて疎開するよう、妻に強く言っていた。ヴェーラ・ウラジーミロヴナは妹と手紙をやりとりし、私とママも一時的に住まわせるという約束を取りつけてくれた。私たちは出発の準備を始めた。

ママは、当面、持ち物を売ったり物々交換で食いつなぐことになるだろうと覚悟した。日本製ベッドのマットレスも持って行くことにした。これを敷ける場所があれば、何とか暮らせるだろうと考えたのだ。ママはマットレスに、足踏み式シンガーミシンの機械部分――彼女は「ヘッド」と呼んでいた――をくるんだ。このミシンも日本から持ってきたものだった。

私は、父の切手コレクションのうちとくに貴重なもの、それから高射砲弾や爆弾の破片を入れた箱を持って行きたいとママに頼み込んだ。戦場から遠く離れた後方の人々に見せようと思ったのだ。荷物の一部は、事前に普通便でノヴォシビルスクに送った。ヴェーラ・ウラジーミロヴナ・ゴトリボヴィチと娘のツィーリャとガーリャ、そしてママと私がシベリアに出発したのは一九四一年八月十四日のことだった。

疎開先のノヴォシビルスクには、私たちの知っている幹線〔シベリア鉄道〕で行った。だがそれはまったく別の旅行だった。前回と異なるのは快適さの度合だけではなかった。私の席は補助寝台で、日中は小さなサイドテーブルのついた二人分の座席になった。隣の列はヴェーラ・ウラジーミロヴナとツィーリャ、ガーリャが座った。四つ目の席には略式の軍服を着た偉そうな男が座っていたが、一日中列車の警備司令室に行っていた。車両の一つにそういう部署があった。そこでは乗客の監視をしていた。一日に二回、パスポート類のチェックを行い、乗客の乗り降りを管理していた。これはすべて、スパイと脱走兵の捜査のためだった。スパイのことは以前から聞いていたが、「脱走兵」という言葉を見聞きするようになったのは開戦後である。旅行初日、ママは私に、日本での過去については一切他言無用だと厳しく言い渡した。日本とソ連は戦争していなかったが、日本がドイツの同盟国であることは誰でも知っている。何であれ日本とのつながりを口にすれば、どんなひどいことになるか分からなかった。

当時のノヴォシビルスクについては、木造家屋が立ち並ぶ町という印象が残っている。クラースヌイ・プロスペクト（赤色大通り）という目抜き通りにだけ高層の建物がいくつかあり、その中では「シベリア」と「セントラル」というホテルが目立っていた。それから巨大な丸屋根を持つオペラホールがあった。

町の中心近くの公園には、革命闘争に倒れた人々に捧げられた、一風変わった彫像があった。岩の塊から突き出た腕が燃えるたいまつを握っている像だった。後年、私は仕事でノヴォシビルスクに来たとき、かならずこの像を見に行った。そして疎開生活や、この変わった像を初めて見たときの印象を思い出すのだった。また、別の連想に誘われることもあった。[原注26]

ノヴォシビルスクでは二週間ほど、ヴェーラ・ウラジーミロヴナの妹の小さな丸太づくりの家で暮らした。この間、ママは住む場所を手に入れるために、仕事を探した。だがすぐに分かったのだが、ノヴォシビルスクで住居と仕事を手に入れるのは望み薄だった。彼女は英語教師と翻訳者の資格証明書をもって州の民衆教育局に出向いた。そこで彼女はタタール地区での仕事の指令書を渡された。

そしてまた、旅のための簡単な荷造り。ノヴォシビルスクからタタールスクまで西に四五〇キロだった。タタールスクという町は巨大な鉄道拠点だった。まさにこの駅から、ソ連時代に建設されたトゥルキスタン―シベリア幹線（略称「トゥルクシブ」）が南方に出ていた。荷物を送り、列車に乗り、今回はたった七時間でタタールスクに着いたが、あいにく夜中だった。どこで泊まれるかとママは駅で尋ねた。私たちは、身元と来訪目的を明らかにするため、駅の警備司令部に連れていかれた。州民衆教育局の指令書と疎開証明書はそれ相応の反応を引き起

原注26　ある時、ノヴォシビルスクからの出張の帰り、飛行機の窓から、下方に漂う灰色の雲を眺めていた私は、アメリカ合衆国の歴史についての本(何という本だったか覚えていないが)に描かれた光景を思い出した。前世紀のニューヨーク。フランスが合衆国に贈った自由の女神像。それは運ぶ際に分解された。最初に届いたのは、たいまつを握る腕の部分で、それは他の部分が届いて組立が始まるまで、町の目立つところに展示されていたそうだ……。だが、そのあとが違う。ニューヨークでは、たいまつを握る腕が自由の女神像全体を飾っている。ノヴォシビルスクでは、無名の腕の持主は岩の塊の下、あるいは地下牢に閉じこめられたままのように見える。とはいえ、こうした連想が訪れたのはずっと後のことだ。子どもの時分は、この像のロマンチックな独創性に惹きつけられたし、ロシア革命と自由の希求のシンボルとして受け止めたものだ。

こし、私たちはホテルの宿泊許可書を出してもらい、地区民衆教育局の住所を渡された。次の日かならずそこに出頭し、仕事に関する指示を受けるようにと念押しされた。

私たちは手荷物をもって、舗装されていない、まったく人気のない暗い通りに出た。歩道代わりに木の板が敷かれていた。ひどいぬかるみ。駅の司令部で、ホテルはすぐそばだと言われたが、正確な場所は教えられなかった。騒々しい男性のグループが近づいてきた。空軍士官たちだった。ホテルはどこか教えてほしいとママは頼んだ。軍人たちは喜んでわれさきに説明してくれた。

「この通りの左側を、ぬかるみに沿って二十分くらい左に行きなさい。照明のついた看板が見えてきます。黄色地に緑の文字で『ホテルル』と『ル』が二つ書いています！」彼らは強調して、「ホテルはそこだけです」とつけ加えた。

すべてその通りだった。私たちはチェックインをし、ベニヤ板の壁の小さな二人用部屋に通された。受付にあるたった一つの電話は一晩中使われていて、客たちはさまざまな用事で話していた。戦時中はすべての重要な施設に当直がいた。始終、人の声が聞こえてきた。

「駅につないでください！」

「すみません、急いでいるんです。お願いしますよ！」

「空港をお願いします！」

「大至急、国家銀行に！」

「向こうが出ないってどういうことですか？　あなた、軍法会議って知ってますか？」

「第二二五七一部隊の公共食堂営団、お願いします！」

「至急、軍司令部に！　お嬢さん、あなたのせいで作戦が失敗しますよ！」

「急いでモスクワに！　つながらない？　つながるはずだ。待ちますよ」

「ゾロティフ大佐を出して！　ちょっと待って、今、彼の伝令兵が来るから……」

「お嬢さん、空港をお願いしたでしょう！……」

ホテルの電気は、どうやら全客室で、早い時間帯から切られていた。だが外界はベニヤ板の壁の向こうの熱を帯びた電話となって私たちの部屋に入り込んできた。眠れなかった。ママは言った。

「真っ暗な中であの会話を聞いていると、ここがニューヨークか、少なくともロンドンのような気がするわね」

翌朝、ママは、絶対にホテルから出てはいけないと私に言いつけて、地区民衆教育局に出かけた。彼女は昼ごろ帰ってきて、地区民衆教育局長のオストロフスキーという人がとても親切にしてくれたと言った。農村では教師が足りなくて困っているという話で、農村の方が都市より食糧事情がよいだろうとも教えてくれた。いくつかの選択肢を示されたので、ママは鉄道に一番近い——約四十キロ離れた——コンスタンチノフカ村の七年制学校を選んだ。

地区民衆教育局で、コンスタンチノフカ村の教師がタタールスクに来たときに泊めてもらう家の住所を渡された。数日後、別の用事で来ていた荷馬車に荷物を積んでもらい、私たちはコンスタンチノフカ村に出発した。ママと私は四十キロ、荷馬車と並んで歩き通した。

この地方の自然は典型的な森林ステップだった。草原には、もう秋づいて黄色い、背の高い草が茂っており、ところどころに林が島状になっていた。私たちの道づれは、健康上の理由で徴兵を免れた、コンスタンチノフカ村の二人の男性（「二人の百姓」と私たちは言われた）だった。点在する林は「切れ端」と言い、その間に広がるのが「ステプ」（ステップ（草原）のこと。少し訛っている）だと教えてくれた。「切れ端」に生えているのは白樺とヤマナラシで、他の樹木はなかった。ヤナギの低木も見えた。村々の近くの「切れ端」には名前があり、多くの場合、革命前に所有していた地主の名字にちなんでいた。林の切れ端は、まるで映画のように、次から次へと現れ、ステップの長い地平線は見えなかった。お百姓さんの一人は少し足を引いており、ジェジェーラという私たちには耳慣れない名字だったが（後で知ったが、彼はコンスタンチノフカ一帯で名の知れた鍛冶屋だった）、この地方の動物や鳥について熱心に話してくれた。たくさんの生き物がいるということだった。オオカミ、キツネ、ウサギ、鶴、アヒルなどは私も知っていたが、トビネズミやハタリスなど、初めて聞くものもあった。彼は「ステプと切れ端の他にも沼と湖があってな、アヒルだけでのうて、カモだのスズキだのもおるで」と話した。彼の話からするに、ここの自然はとても多様で、豊かで、面白そうだった。ジェジェーラさんはウクライナ訛りがあったが、それは多くのシベリアっ子同様、彼の先祖もウクライナ出身なのだった。

道中、私たちはカザトクリという不思議な名前の村で一時間ほど休んだ。徒歩旅行は丸一日かかった。

コンスタンチノフカ村に着くと、ママは教師として、私は四年生として登録された。私たちは学校出納係のイワン・セジコの家に住むことになった。彼の妻のワシリーサはてんかん——ここでは昔風に「ぶっ倒れ病」と呼んでいたが——を患っていた。子どもは二人で、息子のコーリャ、娘のヴェーラだった。シベリアの村の暮らし、その慣習やしきたりを私たちに最初に教えてくれたのはこの家族だった。ワシリーサとヴェーラはママと、コーリャは私とよく話をした。

セジコの家は、この村の基準からすれば、大きかった。部屋が二つあり、つながっていた。私たちは通り抜けできる方をあてがわれた。もう一方の部屋にも、私たち以外に二人の教師が暮らしていた。ロシア語とロシア文学を教えていたタチヤーナ・ミハイロヴナと数学教師のマリヤ・アレクサンドロヴナである。どちらも二十五才くらいで未婚だった。感じの良い、親切な女の人たちだった。

私たちは早速、コンスタンチノフカ村から、ヴォロシロフグラードのママの両親と弟のリョーヴァ、ドネプロペトロフスクのモイセイ、ハリコフのメーラとコーリャに手紙を出した。

リョーヴァは勤め先のパン工場と一緒にヴォロシロフグラードからケメロヴォに疎開し、同じ頃、彼の妻レーナと娘エーリャ、そしてレーナの両親もザポロジエからキルギスに疎開することができた。彼らは文字通り空襲のさなか、ザポロジエを逃れたのだった。一九四二年三月、キルギス南西部ジャララバードで、レーナは息子ヴァレリーを生み、エーリャの弟ができた。ジャララバードでレーナの母親が亡くなった。やがてリョーヴァはウラル地方に異動となり、ニジニー・タギール（ウラル地方の鉱工業都市）でようやく、レーナの父グリゴーリー・セミョーノヴィチも含め、家族の再会を果たすことができた。

メンデルおじいさんの手紙には、ゴルダおばあさんが膀胱《ぼうこう》がんを患っており、絶望的だと書いてあった。その身体では疎開は無理で、自分はおばあさん一人、置いていくつもりはないとあった。

モイセイの手紙はケメロヴォから来た。化学者である彼は、弾薬を製造する軍需企業に動員されていた。一方、妹のメーラは当面、娘アーラチカとハリコフに残り、本格的な疎開を待っていた。前線からコーリャの葉書が二通届いた。当然のことながら、私たちは祖父母とメーラの運命を非常に案じた。とくにママは、彼らを助けられないわが身の無力さに苦しんだ。

ソーフォチカと彼女の独身の弟アロンとボリスは軍需工場で働いていたので、ウラル地方のニジニー・タギールに疎開していた。

農村についての私の知識は、わが家のお手伝いだったサーニャの話と全ソ連農業博覧会の訪問がすべてだった。しかも正直に言うと、私は全ソ連農業博覧会の印象により重きを置いていた。だが今や、私の眼前には本物のシベリアの農村があった。もちろん、これからお話するコンスタンチノフカ村の様子は、疎開後すぐに分かったのではなく、三年間の生活を通して少しずつ理解したものである。だが、疎開生活の背景を知ってもらうために、最初に村の全体についてお話しした方がいいだろう。

村には大通りと呼ばれる道があり、大半の家屋がそれ沿いに並んでいた。また、この通りには、学校、窓のないバラックのような施設（あるときはクラブ、あるときは農産物の倉庫として使われていた）、「創始者《イニシエーター》」という仰々しい名前のコルホーズ本部もあった。コルホーズ本部の裏にはさまざまな経済施設——牛小屋、羊小屋、穀物乾燥場、農業機械置場などがある。後になって分かったのだが、この「創始者」という言葉は、大部分の村の住人にとって何も意味していなかった。

「創始者なんて知らねえよお」とコルホーズ員たちは私の質問に答えるのだった。「地区からお役人が来て、そう呼べって言うのさ。俺たちはどうだっていいよ、呼び名で暮らしが変わるわけじゃなし！」

村の中心には煉瓦造りの小規模なバター工場もあった。工場の敷地は柵で囲われており、部外者立ち入るべからずの趣きだった。だが実際は、地元住人はみな、どこに行くにも近道になるので、工場の敷地内を通っていた。ただし工場の建物だけは入れなかった。

この工場から少し離れた場所だったが、大通りと並行して、牛小屋や羊小屋のあるコルホーズ本部の中庭の反対側に、いわゆる行政施設の通りがあった。ここには村ソヴィエトや郵便局、生活協同組合店、それから別の建設中の店などがあった。通りをはさんだ向かいには、革命前から残っている煉瓦造りの教会があった。教会内部は荒れ果てており、大通りにあるバラックの代わりに、クラブや倉庫として使われることもあった。だがたいていは放置されていた。その隣の立派な建物には、昔、司祭が住んでいたそうだが、今は学校の所有物だった。私たちが村に来た当初、この建物は使われていなかった。

後にこの建物は教師寮となり、ママと私は、タチヤーナ・ミハイロヴナとマリヤ・アレクサンドロヴナと一緒に、セジコの家から引っ越した。教務主任のジナイーダ・ワシリエヴナ・サムィギナと算数の教師ガリーナ・ワレンチノヴナ・アビィシェワとその母親もここに住んだ。彼女たちはスターリングラード（独ソ戦最大の激戦地）からの疎開者だった。

教会と教師寮の裏手には、沼地化した大きな湖の岸が広がっており、ところどころ小さな池になっていた。岸から約二十メートル離れたいちばん奥の池は「クブィ」（語末にアクセントがあった）と呼ばれていた。なぜそう呼ぶのかは誰も知らなかった。クブィだからクブィだった。

村から離れた湖岸には、打ち捨てられた風車があった。二十世紀初頭に作られたものだそうだ。老人たちは、風車が動いていた時代をまだ覚えており、持ってきた穀物を挽く順番を待ちながら若者同士で楽しくすごしたことを懐かしんだ。

だが村の顔を作っていたのは、もっぱら人家だった。丸太作りの家は、シベリアで普及していた「五つ壁」（正方形の家の真ん中に壁があり、二部屋から成る家屋）の木造農家《イズバー》だった。二つの部屋のうち、ロシア式暖炉《ペチカ》のある大きい部屋で一日の大半をすごした。小さい部屋には暖炉がもう一つついていることもあったが、多くの場合、大部屋のペチカの裏面で暖めた。通常、小部屋は整頓されており、寝室として、また貴重品の入った長持を他人の目の届かないところにしまうための場所として使われた。そのため、小部屋にはめったに客を通さなかった。村には鉄製の屋根をもつ立派な家も何軒かあり、それは所有者の豊かさ——より正しくは、権力との近さ——

を象徴していた。だが、大多数の家は「土壁」で作られていた。土壁というのは芝土のことである。家の中の床も、多くの場合、土でできていた。私にとって「土壁小屋」（芝土で作った家屋をそう呼んだ）はまったく思いがけないものだった。この建築物は、四角い芝土を何層も積んで、外側と内側から粘土を塗って作った。堅固さを出すため（この建築素材はきわめて脆《もろ》かったので）、低く厚い壁は少し内側に傾いており、屋根も芝土で覆われ、屋根裏部屋はなかった。建物面積は約二十平方メートルだが、その四分の一強をペチカが占めていた。ペチカこそ熱の源であり、料理のかまどであり、家庭生活の中心だった。土壁小屋には窓が二つあった。一つはペチカの脇にあり、もう一つは居間の上座の近くだった。上座には、どの家も例外なく、聖像画《イコン》が少なくとも一つ、置かれていた。私はこの村で初めて、この正教会の象徴を見たのだった。

初めて私を土壁小屋に入れてくれたのはコーリャ・セジコだった。頭の切れる、農民的ずるさもある少年だった。彼はノックもせず、ドアを開けた。そして私たちは入った。通りからいきなり家の中に。

「ほら、エリック」と彼は言った。「見てみろ、シベリアのコルホーズ農民の暮らしぶりってやつを。お前、モスクワでこんなもの、見たことないだろ」

ただ一つの部屋にはペチカと、それに付属した寝床〔ペチカから向かいの壁に張り出して作る〕があった。

上座のイコンの下には板製のテーブルと二つの長いすがあった。寝床とペチカの上にはひどく古い、つぎはぎの布団と毛皮製室内着があり、寝床の下には長持が置かれていた。白塗りの家具は一つもなかった。床、壁、天井——すべて侘《わび》し気な粘土で塗られていた。唯一の装飾と言ってよいのは、同じ図柄の絵葉書が三枚あるきりだった。それには、全ソ連農業博覧会の「農村経済機械化」パビリオン前に立つスターリン像が印刷してあった。二枚は上の方に、一枚は下の方に、一個の画鋲で壁に止めていた。写真の茶色っぽいトーンが、粘土の壁の色と妙にマッチしていた。

この土壁小屋にはヴァルコという家族が暮らしていた。彼らは三人兄弟だった。私より二、三才年上のワシーリー、同い年のセミョン、一番下がペーチャだった。彼らの母親はコルホーズで働いていた。父親は監獄に入っていた。

私たちが入ったとき、家には少年たちしかいなかった。最初に私が目にしたのは、ペチカからはみ出しているお尻だった。それは、セミョンがペチカ内にきちんと井の字型に薪を並べていたのだった。ペチカの中にはジャガイモの入った鉄鍋が見えた。こういうふうに並べると薪が燻《くす》ぶらずによく燃えるのだと、コーリャが説明した。

一番下のペーチャが訊いた。

「ジャガイモ、何個ずつ？」

「俺たちは二個ずつ、ママは四個だ」

少年たちは黙って、珍しいものを見るように私を見つめていた。私のことを人間だと思っていないような気がした。会話は弾まなかった。数分後、コーリャは私を連れて家を出た。


もう一つ、私を驚かせたことがある。学校の教師を除けば、ほとんどの大人が読み書きができなかったことだ。学校出納係のイワン・セジコは、署名ができることを自慢にしていた。彼は自分の名字を二つのdをつけて書いたが、一つはしっぽが上に向かって、もう一つは下に向かって跳ねていた（ロシア語アルファベットのd（д）は二つの筆記体があり、一つは上方に跳ね、もう一つは下方に跳ねる。「セジコ」という名字にdは一つしかない）。

「念のためな。どっちがよいか分からんから」と彼は言っていた。

時々、私は親戚や前線への手紙を口述で書いてくれと頼まれた。手紙は親戚一人ひとりへのあいさつに始まるのが常だったが、当時は紙が非常に不足していたので、新しい報せを書くためのスペースが残らないことがしばしばだった。口述する「おばさん」（村では女性のことをこのようにしか呼ばなかった）はとくに残念がりもせず、手を振って言うのだった——

「ほかに書くこともないわ、達者だと分かってくれりゃええ！」

こうしたすべてのことは、農業博覧会の陳列物やジオラマに示されていたコルホーズ像といかにかけ離れていたことだろう。

村に到着して数日後、私たちは学校に行った。ママは仕事に、私は四年生の授業を受けに。学校は一続きの長い建物だったが、二度にわたって作られたらしかった。建物の半分は鉄製の屋根がついていたが、もう半分は粘土屋根だったからである。建物全体に沿って廊下と教室と職員室があった。廊下の端には「女性用務員」（学校の掃除婦をそう呼んでいた）の小部屋があった。彼女たちの仕事は、建物の掃除の他に、始業・終業の合図の鈴を鳴らすことや、ペチカに火を入れること、教室と廊下の灯油ランプの管理などであった。

この学校に通うのはコンスタンチノフカ村の子どもだけでなく、近くのＭＴＳ（機械トラクターステーション）居住地と近隣の村々の子どもたちもいた。ゴロジェンカ村は二キロ離れており、オルロフカ村は六キロ離れていた。

私とママは、子どもたちでいっぱいの廊下に入っていった。完全な沈黙が私たちを迎えた。子どもたちは私たちをびっしり取り囲み、無言で見つめている。ママはやっとの思いで人の壁をかき分けて「職員室」という札のかかったドアにたどり着く。私は一人残され、「焼け出され者」（「疎開者」という言葉は民衆の間でこう変形していた）の見本よろしく立っている。鈴が鳴り、子どもたちは各教室に散って行った。

一人の先生が近づいてきて、ダリヤ・アキーモヴナと名乗り、私を教室に連れていった。

「さあ、皆さん、転校生ですよ。モスクワから私たちのコンスタンチノフカ村に疎開してきて、この学校でお勉強します。お名前はエリック・ナギです」

ダリヤ・アキーモヴナは授業を始めた。たしか算数だったと思うが、よく覚えていない。覚えているのは、教室中が私を見つめていたことだ。休み時間が待ち遠しかった。学校の休み時間がどういうものか、皆さんもご存知だろう。騒いだり、走り回ったりである。「新入り」の登場もそう長くは子どもたちの注意を引かないのが普通だ。だが、ここでは「新入り」はきわめて珍しかった。全員が学校に入る前から顔見知りであり、どの子がいつ学校に行くのかも知れ渡っているのだ。新しい家族が引っ越してきても（普通は指導的立場の同志の交替によるものだった）、あまり注意を引かない。そうした家族もたいていシベリア出身だから。だが、私たちの出現はまったく新しい出来事だった。第一に、私たちは戦火を逃れて来た。第二に、「あのモスクワから」来た。第三に、「ロシアから」――シベリアの人はソ連のヨーロッパ地域をロシアと呼んでいた[原注27]――来た。第四に、私の服装は村の子どもたちには見慣れないものだった。そして第五に、まったく聞いたこともない名前と名字だったのだ。

休み時間、私は同級生に取り囲まれて廊下に出て、ペチカのそばに立っていた。周りには他学年の生徒たちも集まってきた。一年生から七年生まで。私を黙って正面から見つめ、小声で印象を話し合っていた。後で知ったことだが、彼らをもっとも驚かしたのは、私の半ズボンとハイソックスだった。後になって同じ家に住む教師のタチヤーナ・ミハイロヴナが話してくれたのだが、何人かの生徒は「どうしてモスクワっ子は膝出してんだ?」と聞きに来たそうである。

用務員が鈴を鳴らしながら通っていき、子どもたちはしぶしぶ私の観察を止め、見たものを話し合いながら、教室に散って行った。その後も休み時間ごとに同じことがくり返された。私を観察し、慣れるまで約一週間かかった。ずっと顕微鏡の下にいると感じるのは辛いものである。時折、私はカッとなって訊いた。

「なんでそんなふうに僕を見るんだよ! 君たちと同じふつうの男の子だよ、僕は!」

だがその答えは沈黙だった。

やがて私に慣れた同級生たちが、珍しがり屋を追い払うようになり、事態は正常化した。いろいろ質問されるようになった。質問はまったく思いがけないものだった。

「クレムリンは俺たちの村の教会より大きいか?」

「モスクワには何台、自動車があるんだ?」

「スターリンも、ツァーリが歩いて行ったのと同じところに行くのか?」

原注27　前にも書いたように、戦前はソ連のことを「ロシア」と呼ぶのはまったく許されないことで、「反革命的」と見なされた。「ロシア」という呼称は肯定的な意味では用いられなかった。だから、シベリアでこの呼称が普通に使われていることは、私にとって大きな驚きだった。

これはトイレのことを言っているのだが、私は分からなかった。それで、もっと分かりやすい、あからさまな言葉で聞き直された。

「スターリンは強いのか？」

「ドイツ人はもうモスクワを占領したのか？」

「モスクワに飛行機はあるか？」

「モスクワにスナツメンはいるの？」

最後の質問は聞き直して分かったのだが、質問した女の子は「スポーツマン」という言葉と戦前によく使われた「ナツメン」（少数民族出身者という意味の略語）をくっつけていたのだった。私は可能なかぎり、質問に答えたが、つねに聴衆を満足させられたわけではない。モスクワにある自動車は何十台というレベルではないこと、クレムリンは村の教会よりはるかに大きいこと、私が自分の眼でクレムリンを見たことがあるなどとは、彼らには信じがたかった。また、スターリンは生理的には普通の人間であり、ただ飛びぬけて賢明で善良なのだ、という話も子どもたちはまったく受け入れなかった。とくに最後の点に彼らは懐疑的だった。「善良さ」と「ソヴィエト政権」をつなげて考えることができなかったのだ。シベリア人たちにはそれだけの理由があった。革命前のシベリアの生活がどれだけ自由で豊かだったか、どれほど多くの人が革命後の内戦で、またその後「暮らしを滅茶苦茶にされ、コルホーズに無理やり入らされた」ときに死んだか、村の年寄りたちが後で話してくれた。
ある時、朗読の授業でマーシャ・ジクシュンが宿題に出された詩を朗読するように言われた。前に出て、彼女は朗読を始めた。

梨とリンゴが熟れ
酸っぱい汁に充ち溢れ……

先生のダリヤ・アキーモヴナが直した。「プラムが汁に充ち溢れ、ですよ！」「それはどういう意味ですか？」とマーシャは訊ねた。彼女は「プラム」が何か知らなかった。先生は彼女とクラス全体に、プラムという果物があって、リンゴや梨と似ているが、もう少し小さくて、大きな種が中にあると説明した。生徒たちの話によれば、リンゴは以前、村の生活協同組合に時々あったし、梨もたまにタタールスクの市場から運ばれてきたということだった。

私は少しずつ地元の子どもたちの世界に入っていき、ときには情報交換をするようになった。彼らは、私が聞いたこともないようなことをたくさん話し、見せてくれた。ただその時、「度胸試し」をさせられることもよくあった。まず、学校で飼っているグローズヌィ（「恐ろしい」という意味がある）という名の去勢馬に乗ってみろと言われた。私が馬の背中によじ登った途端、だれかがムチをくらわした。馬が走り出した。私が最後に動物の背中に乗ったのは、東京の動物園だった。ポニーだった。ちゃんと鐙《あぶみ》がついており、鞍《くら》の端につかまっていることができた。そもそものポニーは、絶対安全というスピードでしか歩かなかった。勢いよくギャロップするグローズヌィに、私は鞍なしの「裸馬」で乗り、必死で手綱にしがみついた。ムチで打たれてしばらく走った後、馬はだく足になり、やがて歩き出した。私はグローズヌィから落ちなかったが、お尻が血だらけになり、何日かは歩くのも大変だった。こうして最初の試練をパスした私は、村の生活に溶け込み始めた。その後も試練と「しごき」は数多くあった。鞍なしの馬に乗る、いろいろな馬車――小型荷馬車、馬橇、二頭立ての屋根付き馬車など――に馬をつなぐ、馬犂《ますき》で畑を耕す、斧《おの》を使いこなす（この道具はどこにでもあるので、私は生涯、この道具の使いこなし方を忘れなかった）、その他諸々である。

一九四一年十一月七日の私の誕生日はいつもと違うものだった。家でのお祝いはなかった。そもそも村では、自分の誕生日を知っている人は少なかった。村ソヴィエトでは生まれた年を記録するだけで、それもとくに急ぐ話ではなかった。人々は国内パスポートを持っておらず（都市部への人口流出を防ぐため、農民には国内パスポートが渡されなかった）、軍の召集時、徴兵委員会の書記は当てずっぽうに誕生日を書き込んでいた。

ママは、今年の十一月七日は国家の記念日のみ祝うことにした（新暦十一月七日はエルヴィンの誕生日であり、かつ十月革命記念日でもあった）。ちょうど革命記念日にちなんで、バター工場が変わったヴァレニキ（小麦粉で作った皮で果物やジャガイモなどを包んだ食べ物）を三個ずつ、教師に配給してくれた。そのヴァレニキは、パン生地の代わりにプロセスチーズを使い、中身は甘く味付けした脱脂凝乳だった。ヴァレニキは晩に取っておくことにし、私は湖に散歩に出かけた。シベリアの十一月はもう真冬である。雪が降り、水は凍り、氷は十分固かった。男の子たちはもう葦《あし》の茂みを歩き回っていたが、歩くなら白い氷の上を歩かないといけない、暗色の氷は薄くて危ない、と話していた。なぜ薄い氷が暗色かというと、氷を通して水が見えるからである。私も氷の上を歩いてみたかった。一時間ほど湖上を歩いた後、家に帰ろうとした。これまで歩いてきた道とは別の直線コースを選んだ私は、つい注意を怠ってしまった。身体の重さにきしむ暗色の氷に足を載せたことに気づかなかった。一メートル前方に水面が見えた瞬間、身体が後ろに倒れ、私は水に落ちた。幸い、深くはなく、せいぜい腰まで浸かっただけだが、水から上るのは容易でなかった。服が水を吸って重くなり、上がろうとすると氷が割れてしまうのだった。私の身体を支えてくれる、固い白い氷まで一歩一歩、歩まなければならなかった。なかば凍ってパリパリいう服のまま、私は家にたどり着いた。ママは私を叱らなかった。すぐに乾いた下着に着替えさせ、ベッドに寝かせようとした。だが家の女主人のワシリーサ・セジコは、ペチカの上の熱い寝床に私を寝かせ、羊の毛皮の室内着でしっかりくるんで、こう言った。

「ぐっすり眠らすべ。あとで熱い牛乳、飲ますべ」

　こうして私は病気にならずに済んだ。


　学校ではおかしな出来事なしにはすまなかった。五年生の文学の授業で、文学教師のアンナ・ミハイロヴナ（スターリングラードから疎開してきたとても上品な女性）が、民衆の謎々の例を挙げるよう、生徒たちに言った。機知に富んだワーリャ・ガリツカヤが手を挙げ、目を細めて謎々を出した。

「両足の間にぶら下がってて、X《ハー》で始まる。Π《ペー》を見ると、おっ立つもの。なーんだ？（XとΠはそれぞれ男性器と女性器を表す俗語の最初の文字）」

　先生は困ってしまったが、動じた様子を見せまいとした。クラスの子は全員答えを知っていて、どうなるか興味津々で見守っている。沈黙。アンナ・ミハイロヴナは小声で尋ねた。

「じゃあ、だれか答えの分かる人？」

　あちこちから叫び声が上がる。

「象だよ！」、「象だ、象！」

アンナ・ミハイロヴナは困惑した。生徒たちはわれがちに説明した。

「象の足の間には長い鼻《ホーボト》があるでしょ。それで食べ物《ピーシャ》を見ると、すぐに持ち上がる、でしょ？象だよ！」

「はい、いいでしょう。ほかに謎々を知っている人は？」

エネルギッシュなマーシャ・ジクシュンが手を挙げた。

「彼女は彼を愛しているけど、いじめる。彼は彼女を憎むけど、探し求める。だーれだ？」

生徒たちは、もう先生の質問を待たずに、騒ぐ。

「シラミと人間だあ！（ロシア語で「シラミ」は女性名詞、「人間」は男性名詞なので、それぞれ「彼女」、「彼」という代名詞を使うことを利用した謎々）

この答えはもう説明が要らなかった。

コンスタンチノフカ村に来た最初の日から、私たちは戦争を実感した。軍に召集された男性の戦死を伝える「戦死公報」が村に届くようになった。それまで私は、人の死の報せに身近に接したことがなかった。死というものはまったく抽象的な概念だった。村では各家庭の生活が丸見えである。「戦死公報」が届いたことはすぐに村民全員の知るところとなる。死者が出た家には人々が集まり、声をかぎりに泣く妻と親族の悲しみを黙って見ているのだった。嘆き悲しむ親類縁者に加わって大声で泣いたり叫んだりする人がしばしばいた。村にはこういうことを自発的かつ職業的に行う泣き女がいた。こうした「弔い」を二、三時間した後、訪問客たちは、戦死者の親戚たちの振舞いがどうだとか、泣き女の泣きっぷりがどうだとか話しながら、散って行った。この「弔い」は私にひどく不快な印象を与えた。女性たち——親類と泣き女たち——がある種の義務を果たしているように思えたのである。泣き叫ぶ声が最高潮に達した瞬間でも、妻が急に静かになって、訪問客の質問に答えたり、何か頼みごとをしたりするので、なおさらそんな気がした。

あれから何年もたった今になってみると、コルホーズ村の重苦しく厳しい生活にもかかわらず、人々が痛切な悲しみを感じていなかったとは思わない。むしろ、昔ながらのしきたりにくるむことで、真の感情を隠していたのだろう。

すべてのソ連の学校がそうだが、出欠簿には生徒たちについての詳細なデータが記されていた。出身民族もその一つである。子どもたちは、私がユダヤ人であることを知って、衝撃を受けた。私の人となりに対する好奇心の第二の波が来た。その好奇心にはいくらかの警戒心が混じっていた。彼らがそれまで生きたユダヤ人を見たことがないのは明らかだった。だが、彼らは固く信じていた——ユダヤ人は悪い奴らだと。こうした態度を反ユダヤ主義と呼ぶことはできない。むしろ、先入見と定義すべきものだろう。数日間、彼らはうさん臭そうな目で私を見ていた。その目には戸惑い、警戒、驚きがあった。やがて彼らはこう要求してきた。

「おい、とうもろこし《ククルーザ》って言ってみろ！」

この神聖な言葉が何の問題もなく発音された時、彼らの驚きは計り知れなかった。

「いや、お前、嘘をついてんだろう。ユダヤ人はこの言葉を正しく言えねえはずだ！」

「じゃあ、どんなふうに言うはずだっていうの？」

答えはなかった。やがて私がユダヤ人であることへの注目はおおよそ止んだ。だが時々、いろいろなきっかけで彼らはそれを思い出した。とくに、ファシストの野蛮行為について情報局[原注28]のニュースを聞いた時などがそうだった。

秋も深まった頃、ヴォロシロフグラード占領のニュースが届いた。それは事実上、おじいさんとおばあさんの「戦死公報」だった。ママは何日か、夜中、静かに泣いていた。

一九四一年十二月、家の主人のイワン・セジコが、ハリコフがファシストの手に落ちたとい

原注28　戦争初期、タス通信は戦争情報局と統合され、この組織がニュースの発信をつかさどることになった。この部門は「ソ連情報局」、あるいはたんに「情報局」と呼ばれた。終戦後、ソ連情報局は廃止され、非軍事部門であるタス通信が再興された。

う報せを持ってきた。それを伝える彼の口調は、嬉しそうというのではないが、いくぶん高揚した感じだった。そこには、控え目に言って、ソヴィエト政権に対する批判的態度が現れていたのだと思う。だが私たちにとっては、そのニュースは悲劇でしかなかった。ハリコフにはママの妹のメーラと二才になるアーラチカが残っていた。彼らが脱出できたかどうか、分からなかった。前線にいるコーリャ・ズバーハ〔メーラの夫〕は手紙や葉書を私たちに送ってきて、メーラとアーラチカについて何か分かったかと聞いてきた。だが、彼を安心させるようなことは何一つ書けなかった。

終戦後、ようやく私たちは親族たちの運命を知った。ゴルダおばあさんはファシストの軍が町を占領する一週間前に亡くなった。メンデルおじいさんは家から引きずり出され、「ガス車」[原注29]に乗せられた。彼は八十五才だった。

メーラとアーラチカは、隣人たちの目の前で、家から引きずり出され、トラックで運ばれた。その後、二人を見た者はいない。ハリコフ近郊のドロビツキー・ヤールの森でゲシュタポたちが「ユダヤ人問題の最終的解決」作戦を実行した。おそらく二人はそこで死んだのだろう。

コンスタンチノフカ村の七年制学校で、私は四年、五年、六年と学んだ。生涯を通じて、深い感謝とともにこの学校を思い出す。こういうことを言うと、都会の住民は疑わしく思うかもしれないし、それも無理はない。だが、分かってもらえるように話してみよう。

ロシア語・ロシア文学の教師で、シベリア生まれのジナイーダ・ワシリエヴナ・サムィギナという先生がいた。彼女の容貌は、初めのうちは少し怖かった。背が低く、痩せっぽちだが、頭部が驚くほど大きく、あきらかにモンゴル系の顔立ちで、とても細い目はまぶたにできた脂肪の塊に埋もれていた。それは何かの病気の後遺症だった。彼女は戦前、上まぶたと下まぶたの脂肪の塊の除去手術を二回受けたが、残念ながら成功しなかった。手術後しばらくすると、傷跡だらけのまぶたはふたたび脂肪に覆われてしまった。ジナイーダ・ワシリエヴナは目を開けることとさえ生理的につらかった。残念ながら、子どもたちは彼女の外見にいつも同情をもって接したわけではない。だが彼女の知識、はきはきした素晴らしい話し方、そして強い意志は、深い尊敬を呼び起こした。必要なときは、地理と歴史の授業も難なく代講した。彼女の授業はいつも面白かった。私はジナイーダ・ワシリエヴナに生きたロシア語の基本を学んだ。

彼女にロシア語を教わるのは、授業中だけではなかった。国家の祝日、サムィギナ先生は学

原注29　ちまたで「ガス車」と呼ばれていたのは、ドイツ人技師ポールによって設計された、人間輸送のためのきわめて独特な自動車である。車室には四十人もの人間が詰め込まれた。より多く入るよう、人々は両手を上げているよう強制された。ドアが固く閉ざされ、ガス車は走り出す。エンジンの排気ガスが閉ざされた車室に流れ込む。目的地までのおよそ半時間後には人々は死に絶える。あとは死体を、用意された土穴に埋めるか、火葬するだけだった。

校や集会場、トラクターステーションなどで演説を行った。彼女の生き生きした演説は、つねに注意深く、本物の関心をもって傾聴された。

何回目かの開戦記念日でジナイーダ・ワシリエヴナが演説したときのことを思い出す。その晩、集会場に集まったのは、日々の過酷な労働で疲れ切った女性コルホーズ員、そして夏休み中、工場や畑で働く私たち学校の生徒だった。灯油ランプで照らされた舞台には、赤更紗《さらさ》で覆われた机があり、村ソヴィエト議長、コルホーズ議長、党活動員が座っている。演台にはサムィギナ先生。およそ三十秒間も、彼女は無言で、線のように細い目で、静まり返った会場を鋭く見つめていた……。そして――

「戦地では！　戦地では、砲弾が爆発し、弾丸が飛び交い、銃声が鳴り響き、人々が死んでいきます……！」

もちろん、これはお定まりの「同志諸君、本日の式典は……」よりずっと印象的だった。

教師グループはしばらくの間、教会のそばの、学校が所有する建物を寮にして暮らしていた。一年半ほど、私たちはジナイーダ・ワシリエヴナと一つ屋根の下に住んでいた。彼女は晩によくママと私の部屋に来て、モスクワの生活についてあれこれ尋ねては、長いこと話をした。彼女は大新聞や文芸雑誌で働くことを夢見ていたが、それがかなわぬ夢であることも知っていた。彼女は私たちがモスクワに帰るとき、彼女は私に、当時としては大変貴重な贈り物を下さった。それは真新しいシャポシニコフとヴァリツェフ著『代数学問題集』で、「学びなさい、そうすれば栄光が訪れます！」という添え書きがあった。

他にも先生方はいて、私たちより後に疎開してきた人もいた。だがだれよりも私の成長に影響を与えたのはジナイーダ・ワシリエヴナだった。

学校には蔵書があった。それはベニヤ製の両開き本棚で、ふだんは南京錠がかけられていた。鍵は算数担当のミハイル・ペトロヴィチ・ボルィチェフ先生が持っていた。彼はまだ若かったが、強度の近視で、戦争初期は兵役を免除されていた。毎週水曜の放課後、彼は戸棚を開けてくれ、希望者は自分の読みたい本を選ぶことができた。だが子どもたちは何を読めばいいかよく分からなかったので、ミハイル・ペトロヴィチから質問することも多かった。

「レフ・トルストイの『幼年時代』、『少年時代』、『青年時代』は読んだこと、ある？」

「ありません」

「読みなさい」

もし生徒が彼の推薦する本をすでに読んでいれば、ミハイル・ペトロヴィチは何か別の本を挙げた。だが、もし生徒が自主的に読みたい本を探そうとすれば、反対しなかった。どんな本をベニヤ板の本棚で見つけて読んだかを思い出すと、とても良い蔵書だったことが分かる。何冊か挙げてみよう。ジェームス・クックの探検について書かれたA．ネクラーソフの『南の大陸を求めて』。ラ・ペルーズ、ダントロカスト、デュモン・デュルビレなどフランスの船乗りについてのニコライ・チュコフスキー『艦隊の指揮官たち』。シートンの『動物記』。歴史ものではA.K.トルストイ『白銀公爵』、S.セルゲーエフ=ツェンスキー『セヴァストーポリの苦闘』、A.ノヴィコフ=プリボイ『対馬』。思うに、これらの本は私の中に自然への愛と歴史への興味を植えつけ、旅への想いを確固たるものにした。

強い印象を受けた本のうちに、A.N.トルストイ『ピョートル一世』がある。十七世紀末から十八世紀初頭の古きロシアの雰囲気を伝える生き生きした言葉、登場人物たちの鮮やかな形象、ロシアとヨーロッパの対比、ロシア史のエピソードなどがあいまって、この本は私にとってピョートル時代の百科事典のようなものだった。

同じくらい強い読後感を残したのは、A.ノヴィコフ=プリボイの短・中編集『海は呼ぶ』である。出版は一九三三年。暗青色の上等なレザークロス装丁と緑色で刻まれた題名が、今でも目に浮かぶ。海と関わりのある作品のストーリーとテーマは、驚くほど多彩だった。女性革命家が非合法にロシアからイギリスに渡る話（『暗闇の中で』）、運命のいたずらで貨物船の火夫として働くこととなったアルゼンチンの司祭の話（『しょっぱい洗礼盤』）、第一次世界大戦のロシア水兵たちの勇猛果敢さの物語（『潜水夫たち』）。短編『無秩序な航路』と中編『海の女』は遠洋航海の船上の男女関係についての作品だった。そして、最後に、まったく国際的な（全世界的と言ってもいい）精神に貫かれた、世界の水兵の友愛についての中編『海は呼ぶ』。後にこの中編を読み直そうとしたとき、どうしても見つけられなかったのは偶然ではないだろう。高邁《こうまい》な人間性とともに冒険の自由なロマンを高々とうたい上げたこの作品は、あちこちの図書館の閲覧から外されたようである。この本のいくつかの作品を読んで、私は初めて、性的な主題に出会った。ソヴィエト市民は純粋な愛によって結婚するのであって、性生活は営まないかのごとく言われていた（「私たちにセックスはありません！」〈一九八六年、アメリカ市民とソ連市民で行われたテレビ討論番組で出た有名な発言〉）。子どもが生まれるプロセスは、私たちの理解では、なかば抽象的な概念だった。私たちの性教育は、多くの場合、中庭や路上で行われたのである。こうした中、ノヴィコフ＝プリボイは突然燃え上がる愛や情熱、男女の親密さについて、明るく清らかに物語っていた。一言でいえば、この本は私の思春期の成長に大きな影響を及ぼしたのである。

あるとき、本棚を漁《あさ》っていた私は、他の本の下に埋もれていた、一度も開かれたことのないアルフレッド・ブレーム（ドイツの動物学者）『動物の生活』という大型本を見つけた。哺乳類《ほにゅうるい》についての本だった。そこには、オオカミやウサギ、牛、熊の他、遠い国のエキゾチックな動物の絵や説明もあった――カモノハシ、カンガルー、アリクイ、ナマケモノ、キツネザルなどなど。私に続いて他の子どもたちもこの本を手に取った。だがちょっと読んで、こんな奇妙な動物が実在するはずはないと言うのだった。

そして、何と言っても、ミハイル・ゾーシチェンコ（ソ連の国民的風刺作家）の短編を読む喜びは忘れられない。その分厚い作品集とは長いあいだ離れられなかった。まさにゾーシチェンコこそ、初めて私を風刺文学の世界に呼び入れた作家であり、そのことで私は彼に感謝している。

村の住民の大部分はめったに村を出ることがなく、出てもせいぜい地区の中心地であるタタールスクまでだった。子どもたちはと言えば、近隣の村々より遠くまで行くことは、事実上なかった。だから彼らは、本で読むほとんどすべてのことを作り話だと思っていた。たとえば、象が実在するとか、海水は飲めないとか、雪を見たことのない人がいるとか、彼らは想像だにできなかった……。地元の子どもたちが書物をおとぎ話として受けとめる一方で、私にとってそれはまだ手の届かない、しかし現実にある世界への出口だった。

学校の蔵書には本当に恵まれたと思う。

学校はコンスタンチノフカ村の文化的中心でもあった。国の祝日があるたび、演説会や手作りコンサートの夕べが準備された。そうした催しの中心人物はウラジーミル・ミハイロヴィチ・マルィギン先生だった。彼は心臓病を患っていた。プログラムを作り、熱心にリハーサルをした。出演希望者はいつもたくさんいた。ウラジーミル・ミハイロヴィチは学校の夕べだけでなく、大人向けのコンサートの準備も引き受けていた。

あるとき、タタールスクの地区教育会議に出席したマルィギン先生は、K.シーモノフのシナリオによる戦争映画『ロシアの人々』を見た。彼はその映画を舞台用に脚色し、村の集会場で上演した。人々は息をのんで、その劇を見た。こうした夕べの一つひとつが、村の生活の一大イベントだった。上演日のずっと前から心待ちにされ、上演後何週間も、あれこれ議論されるのだった。とくに驚きをもって思い出されるのは、役者たちだった。

「ワーリカ・ガリツカヤはまあ、うまいこと婆さん役をやっとった！」

「ワーシカ・スモリニャコフのドイツ兵役は、怖いぐらいじゃったの！」


一九四二年一月、雪の吹き荒れる暗い晩、セジコ家の扉に妙に大きな音のノックが響いた。普通、地元の住民はノックなどせずに他人の家に入る。女主人のワシリーサが何ごとかと出て行き、ふさふさの白い毛皮襟の外套《がいとう》に身を包んだ女性を連れて戻ってきた。彼女は暗色の毛糸帽をかぶり、顔を半分も隠すゴーグルをしていた。シロギツネの毛皮の襟に気がついて、私は叫んだ。

「ソーフォチカ！」

私たちは橇から二つのスーツケースを下ろし、彼女を座らせ、炒めたジャガイモを食べさせた。燻ぶりランプの弱い、揺れる光の下で、彼女はハリコフからの疎開時の混乱とウラルまでの厳しい暖房貨車[原注30]（人員輸送のために暖房装置だけ入れた貨車）の旅を物語った。ソーフォチカの来訪は喜ばしいことであると同時に、悲劇的でもあった。なぜ喜ばしいかは言うまでもない。悲劇的なのは、メーラがハリコフに残ったことがはっきりしたからだった。彼女は、第一次大戦時のドイツ軍の占領を経験した年寄りたちの話に望みをかけ、病気の娘を連れて脱出することを拒んだのだった。メーラの頼みでソーフォチカは、戦前にハリコフに送ってあったわが家の荷物からいくつかの物を持ってきてくれた。

　ソーフォチカはニジニー・タギールからコンスタンチノフカ村までの旅の苦難についても話した。とある乗換え駅では三昼夜も列車に乗れず、駅長は彼女に待合室の床掃除をさせ、その後でようやく列車に乗れる手続きをしたそうだ。

　ソーフォチカはコンスタンチノフカ村に留まり、私たちと一年半ほど一緒に暮らした。トラクターステーションで所長秘書の仕事をした。一九四三年夏、ニジニー・タギールに帰っていった。そこにはハリコフから疎開してきた戦車工場があり、彼女の弟たちが働いていたのだ。

　ソーフォチカが運んできてくれた物は、ほぼすべて「食べて」しまった。ママは衣服（自分の分、私の子ども服、少し残っていたパパの分）を食物に交換した。最初の冬の私たちの主な食べ物は、物々交換で得たジャガイモと牛乳だった。教師として働いているママは、毎月、村協同組合で私たち二人分の小麦粉を受け取った。ペチカでパンを焼く術を覚えなければならなかった。タチヤーナ・ミハイロヴナはママに、すりつぶしたジャガイモと小麦半々でパン生地を作るやり方を教えてくれた。そういうパンはすぐ固くなってしまうが、小麦粉を一か月持たせることができた。

教師寮に引っ越してから、私たちは小さな土地をもらった。そこでジャガイモを植え、キュウリを育てた。馬糞と敷き藁を混ぜたもので畝を作り、そこにいくつか穴を開けて、土を入れ、キュウリの苗を植えた。キュウリはたくさん水をやる必要があり、毎日、私は湖からバケツで運んだ。一つの穴ごとに朝晩一杯ずつ水が必要だった。ママは時々、牛を持っている人から少しばかりのバターを手に入れることができた。どこかの家で豚や子牛をつぶしたときは、肉も。そんなとき、わが家はご馳走だった。

もっとも重宝したのは、卵を産んでくれる二羽の鶏だった。私たちがコンスタンチノフカ村を離れるときまで一緒にいた。

まったく手に入らなかったもの、それは甘いものである。疎開初日から砂糖は姿を消してし

原注30　「燻ぶりランプ」とは、ガラスを嵌めずに用いる灯油ランプである。その光は弱く、空気が少し動いただけで、猛烈に煤を出すのだった。灯油の配給がとても少なかったので、こうした照明でないと灯油が足りなかった。

まった。私の口に入った唯一の甘味は、凍ったジャガイモである。だがそれが何の喜びももたらさなかったのは、言うまでもあるまい。

一九四二年初め、学校出納係のイワン・セジコが軍に召集され、間もなく戦死した。私たちは彼の家でコンスタンチノフカ村の生活を始めたのだった。彼の死によって、銃後で営まれる農村の暮らしに多少なりとも変化が生じた。

一九四一年秋、コンスタンチノフカ村に、ヴォルガ・ドイツ人自治共和国から追放されたいくつかの家族がやって来た（ヴォルガ・ドイツ人自治ソヴィエト社会主義共和国には、十八世紀にドイツから移民してきたドイツ系住民が住んでいた。独ソ戦が始まると、対ドイツ協力の疑いで、中央アジアやシベリアに強制移住させられた）。子沢山の農民の家庭だった。彼らの大部分はロシア語がうまく話せなかった。シベリア人たちは彼らにどう接してよいか、分からなかった。一方では、彼らはドイツ人であり、敵と言ってもよかった。だが他方では、農作業に慣れたふつうの人々だった。気さくで、勤勉で、見た目も地元住民とほとんど違わなかった。結局、彼らは仲間と見なされ、分けへだてされなかった。

戦死したイワン・セジコの後任として学校出納係に選ばれたのは、ヴォルガ・ドイツ人のダヴィド・ヴィーゲリだった。彼は五十すぎだった。背の高い、痩せぎすな人で、口ひげの下に手巻煙草をくわえ、いつもつば付きの帽子をかぶっていた。始終、何か仕事をしていた。教室の机を直したり、馬小屋を整頓したり、暖炉用の薪を割ったり、馬具を修繕したり。仕事ぶりはゆっくりで、無口だった。私は、彼が大工仕事をしている小屋に行くのが好きで、自分も道具を使って何かさせてくれとよく頼んだ。彼はけっして駄目と言わず、ただ、のみや鉋《かんな》を渡す前に、それをどう扱わなければならないか、ゆっくり説明してくれた。私は彼から斧の使い方の手ほどきを受けたのである。ある時、彼が何かの書類にサインすることがあった。何と私は驚いたことだろう。ラテン文字でサインするものとばかり思っていたのに、彼が書きつけたのは「Д」と「Виг...」というまごうかたなきロシア文字だったのだ。

ドイツ人の学齢期の子どもたちは学校に通い、大人たちはコルホーズで働いた。ヴィーゲリの娘はアンナという色の浅黒い可愛い女の子だったが、学校でピオネール・リーダーになった。覚えているのは、アンナが私たちと一緒に、有名な《カチューシャ》の歌の新しい歌詞を習ったときのことだ。そこにはこういう一節があった〔従軍した恋人を待つカチューシャの歌が有名だが、同じ曲にソ連製ロケット砲の歌詞をつけた「前線バージョン」もあった〕。

俺たちロシア軍の「カチューシャ」が
ドイツ野郎に「お陀仏《だぶつ》よ!」と歌う……

子どもたちは、アンナがこの歌詞にどう反応するか興味津々で見ていた。しかし無駄だった。彼女の自制ぶりは見事だった。だがやがて、アンナは敵性民族の一員として、ピオネール・リーダーの役から外され、コルホーズに送られた。

ちょうどその頃（このことは前にも書いたが）、校長が教会の隣の建物を教員寮に改築することにし、その仕事をダヴィド・ヴィーゲリに任せた。

新聞では占領地でのファシストの蛮行、とくにユダヤ人に対するそれが報道されていた。村の住民たちは、追放されてきたドイツ人と私たちの衝突を予期した。ヴィーゲリはママと私にいちばん悪い部屋を用意するだろうと噂する者もあった。だが、彼らが心底驚いたことに、改築を終えたヴィーゲリは、私たちをいちばん大きな、いちばん日当たりの良い部屋に招き入れたのである。ヴォルガ・ドイツ人たちとの交流は私たちにきわめてよい思い出を残した、と強調しておきたい。

一九四二年春、上からの指示にしたがって、ヴォルガ・ドイツ人の十四才以上のすべての男性と十五才から四十五才までの女性は全員、さらに東方の労働ラーゲリに送還された。ダヴィドとアンナのヴィーゲリ親子も村からいなくなった。年寄りの女性と小さな子どもだけが残った。ドイツ人の子どもは学校に来なくなった。コルホーズで働く母親や祖母を手伝ったのである。この報せを私たちは全員、同情と憐みをもって受け止めた。私はドイツ人の同級生たちと仲が良かった。彼らが後で話してくれたところでは、労働ラーゲリからたまに来る家族の手紙には、寒くて不便なバラック暮らしや鉱山での過酷な労働のことが書かれていた。戦争が終わって数年後、彼らの多くが現地で亡くなったことを私たちは知った。ダヴィド・ヴィーゲリと彼の家族がその後どうなったか、残念ながら分からない。

前線で負傷し、もう軍務につけない人々が村に帰って来始めた。そのうちの一人――シェケルという名字だった――は左手が不自由だったが、学校出納係になった。彼は地元住民を新習慣で驚かせた。他人の家や部屋に入るとき、ノックをしたのである。ノックせずに入ってしまったときは「入っていいかいけんか、聞かんかったな！」と釈明するのだった。

こうして村の生活に文化的振舞いの要素が入ってきた。

学校にはもう一人、負傷兵が来た。軍事教官のワシーリー・プラトノヴィチ・ヴィシュニャコフである。背が高く、美男で、とてもやさしい二十代の男性だった。彼の授業で私たちは、モシン小銃M一八九一／三〇型の精密な構造について学んだり、校庭で行進をしたりした。軍事教練の初めに、日直が報告をすることになっていた。私たちはだれもが、軍事教練のある日に日直が回ってくるのを大きな幸運と感じた。「起立！　気をつけ！」と号令をかけ、欠席者名と授業の準備完了を先生に報告し、「報告終わり！」と言う。すると先生が「報告よし。

教練開始」と答えるので、クラスの方を向いて「休め、着席！」と号令をかける。戦場で起きていることに参加しているような感じがして、胸が高鳴った……。ワシーリー・プラトノヴィチは授業中、前線の出来事の話をすることもあった。私たちは彼を英雄のように、感嘆の念をもって見つめた。実際、彼は生徒たちに対してとてもやさしく、国の守り手にふさわしい態度だった。

一年に二度、コンスタンチノフカ村には軍の徴兵委員会がやって来て、近隣の村に残っている男性を点検した。一九四三年、学校の書庫を管理していたミハイル・ペトロヴィチ・ボルィチェフ先生が、強度の近視にもかかわらず召集された。間もなく、彼の婚約者でやはり教師のヴェーラ・イワノヴナ・バグニュークは、彼が「行方不明」であるという通知を受け取った。さらにしばらくして彼女は、ミハイル・ペトロヴィチ宛の自分の手紙の束を軍から受け取った。その上にはなかば掠《かす》れた鉛筆の文字で「戦死」と書かれていた。
同じころ、徴兵委員会はウラジーミル・ミハイロヴィチ・マルィギン先生を前線軍務に適格という決定をした。そのことを知った彼は気を失った。委員会は決定を取り消した。

その間、村には他の疎開家族も来るようになった。その中にはレニングラード封鎖の脱出者たちもいた（レニングラードは一九四一年九月から二年半にわたりドイツ軍に包囲され、六十万人以上の餓死者を出した。スターリングラードと並んで独ソ戦の代表的戦地）。私がとくに仲良くなったのは、ボーリャとリョーニャのバラノフ兄弟で、彼らは母親と祖母と一緒に逃れて来たのだった。海軍兵の父親はレニングラードに残っていた。彼らは封鎖の悲惨さについて話してくれた。この兄弟とつき合うのは私にとってとても楽だった。分かり合えることや共通の関心がずっと多かったからである。

コンスタンチノフカ村には映画が来ることもあった。だいたい三か月に一度だが、たいてい突然だった。集会場か教会のうち、空いている方で上映した。字幕付きの無声映画だった。リールごとに上映したが、かならずしも順番通りになっていなかった。リールとリールのあいだで五〜十分の中断が入った。だがそれを気にする人はいなかった。映画を観るという行為そのものが重要だった。リールを交換する間、観客たちは見たばかりの内容について暗闇の中で議論した。映写機を動かす電気は発電機で起こしたが、それは少しの謝礼と引き換えにだれかが手動で回していた。映画技師には一リールにつき二ルーブリ払った。時々、発電機を回している人がふざけて回転を急に速めたりすると、映写機のランプが焼き切れてしまうことがあった。そんな事件も観客をいっそう興奮させるのだった。こうした状況下で私が観た映画に『勇敢な七人』や『グラント大尉の子どもたち』などがある。そのうちのいくつかは、後にモスクワでふたたび観る機会があり、そのときは普通の条件で観ることができた。

軍務を免除された数少ない若者のうち、際立っていたのはレオニード・ヴォルコフである。脊髄炎を患っている彼は寝たきりの生活を強いられており、固いベッドから下りることができなかった。戦争が始まったとき、彼はクリミアのサナトリウムで療養していた。病人たちの疎開が成功し、レオニードは家に帰ってくることができた。戦前、黒海のサナトリウムにいたレオニードは、村の住人より視野が広かった。彼の探求心旺盛な性格もそのことに与って力があった。レオニードはたくさん本を読んでおり、活動欲と交際欲にあふれていた。彼の周りには村の知識人たちのグループができ上った——教師や准医師、何人かの疎開者たちである。ヴォルコフ家はあたかもコンスタンチノフカ村の貴族サロンだった。レオニードの父親はバター工場の上級技師で、村の有力者だったので、病気の息子と話をさせるため、地方や地区センターから来るさまざまな出張員や代表者を自宅に招いた。レオニードの家に行くと、ほとんど毎晩、よそから来た人々の面白い話を聞くことができた。一時休暇兵が偶然、ヴォルコフ家に立ち寄ったときなどは、その人の話を聞きに行かないわけにいかなかった。それにヴォルコフ家のために言っておくと、彼らは来る者は拒まずだった。

レオニードは腹ばいになって、散髪をすることができた。希望者を自分の固いベッドの前の低い椅子に座らせ、髪を切ったのである。彼は、この行為から美的満足を得るようで、とてもていねいに散髪した。彼の仕事ぶりは、村の住民が用いる羊毛鋏《ばさみ》の散髪とはまったく別ものだった。

彼は写真も趣味だった。赤ガラスの嵌まった穴がついた小箱を置き、厚手の布団をかぶって、撮影した。私の疎開時代の唯一の写真はレオニード・ヴォルコフが撮ってくれたものである。

レオニードの父親は何度か私を工場に連れて行き、牛乳加工のようすを見せてくれた。工場で作っているのはバターだけではなかった。現場主任は、牛乳から凝乳を作るところ、さらに脱脂凝乳からカゼイン（牛乳に含まれるタンパク質の一種）を作るところを見せてくれた。カゼインは飛行機製造に欠かせない接着剤の原料になる。

コンスタンチノフカ村に疎開中の著者（1943年、L. ヴォルコフ撮影）

他にも、牛乳を固めるための巨大な木製樽が回転するところや、前線の兵士やパルチザンに送るコンデンスミルクを作るために牛乳を濃縮するところなどを見た。コンデンスミルクを味見させてくれたこともあった！　だが私の工場見学は、ある忘れがたい出来事の後に打ち切られた。バターの製造過程で現場主任は、液体成分の検査のため、定期的にサンプルを取った。特別なカップで量ったバターの塊を溶かし、水分を飛ばして、もう一度量る。一回目の検査後、ヴォルコフの父親は言った。

「水分は十五パーセントだ」

それからまた機械を回転させた。

次の検査では、水分が十八パーセントだった。現場主任は満足そうにうなずき、バターを梱包するよう指示した。私はなぜ水分が増えているのか分からず、尋ねた。

「でも、バターの水分が十八パーセントなのは、十五パーセントより悪いでしょ？　どうしてそうするの？」

その返事は、注意深い視線だけだった。

それから二度と工場に行くことはなかった。当時の私にどうして分かっただろう。国家規準で定められた技術的要求の奥義、つまり、生産量を増やすために製品の質を落とすことを認める許容誤差などというものが。後に私自身、技師として働くようになり、時折このことを思い出したものである。

一九四三年初めの極寒の頃、コンスタンチノフカ村に、大勢のカルムイク人（ヴォルガ川下流に住むモンゴル系民族。ヴォルガ・ドイツ人同様、対独協力の疑いで強制移住させられた）が追い立てられてきた（これよりふさわしい言葉は見つからない)。一部のカルムイク兵がファシストに降伏し、敵軍についてヒトラー側で戦ったのだと私たちは説明された。だから、すべてのカルムイク人たちがカスピ海沿いの草原からシベリアに移住させられるのだった。例によって民族全体の流刑であった。ヴォルガ・ドイツ人の次は彼らだった。

おそらくエルマーク(十六世紀、シベリアに遠征したコサック隊長)時代からの伝統だろう、地元住民はモンゴル系の人々に対してきわめて敵対的だった。一例を挙げると、人を侮辱しようと思えば「キルギス人、キルギス人!」とはやすだけで、流血沙汰の侮辱になったのである。

カルムイク人たちは、住む場所も食糧も与えられなかった。彼らはコルホーズ本部「創始者」で受領証と引き換えに、何本かのスコップとバール、斧を貸し与えられ、自分たちで土小屋を作るように言われた。凍土を掘り、冬に木を伐るのは、草原で生まれ育った彼らには容易でなかった。何人かはしかるべき書類を出して、政府に没収された居住地の代替に家畜を要求したが、無駄だった。伝統的偏見と上からの指令(それがあったと私は確信している)が、彼らへの敵対的態度を後押ししていた。カルムイク人たちは糊口《ここう》をしのぐために、ほんのわずかな食糧と引き換えに、衣服を差し出した。老人や小さな子どもを抱えたこれらの人々が、このひどい条件の下でどうやって夏まで生き延びたか、想像を絶する。春になると彼らはコルホーズで働くことを許可され、住居を立てるための区画も与えられた。一緒に働くなかで地元住民たちは、カルムイク人たちも人間であると感じるようになり、敵意は次第に薄らいでいった。だが私の印象では、わだかまりのようなものは最後まで残った。

一九四三年の春、ソーフォチカはニジニー・タギールに帰って行った。ニジニー・タギールで彼女と弟たちは、リョーヴァとレーナ〔著者の叔父夫婦〕の家庭と親しくつき合い、彼らの交友は長く続いた。戦後、ソーフォチカたちはハリコフに帰った。一九四七年、リョーヴァとレーナはスヴェルドロフスク（以前、そして現在のエカテリンブルグ）に居を構えた。そのため彼らはめったに会わなくなったが、私たちと会うときは、それぞれ相手のことをとても温かく話した。ソーフォチカとリョーヴァたちのつながりは文通のかたちで続いた。

時々、私たちのもとにケメロヴォに住むモイセイ〔著者のもう一人の叔父〕から手紙が届いた。ウラジオストクのフェルレル家〔著者の叔母の家族〕からも届いた。ドイツの同盟国である日本を警戒して、一九四二年、極東の町々に住む多くの家庭が西シベリアに疎開した。アーニャ・フェルレルとラーヤ、小さなアーラチカは、私たちの村から百十キロ離れた、オムスク州カラチンスク区にいたのだ。近いように思われたが、結局、会うことはできなかった。

一九四三年冬、突然、何日かの予定でモイセイが来た。彼はケメロヴォからカラチンスクに住む妹のアーニャに会いに行き、その帰りに私たちのところにも立ち寄ったのだ。彼は、ほぼ一日中工場で働いていること、アーニャと娘たちの生活環境の厳しさなどを話した。私は、工場で何を作っているのかと尋ねた。おそらく軍事機密に気をつかってだろう、叔父はこう答えた。

「必要なものを作っているのさ」

「液体爆弾のＫＳとか№２とか？」と私は自分の知識を見せた。

「どうして分かるんだ？」

「だって、おじさんは化学者でしょう。僕たち、軍事教練で液体爆弾のこと、習ったもの。ドイツ人は『モロトフのカクテル』って呼んでるんだって」

モイセイはニヤリと笑って、何も答えなかった。彼はわが家に三日いて、私たちの生活を見て、ついでの橇に乗ってタタールスクまで行き、ケメロヴォの工場へと帰って行った。


冬の夜長、私とママは「燻ぶりランプ」の灯りで読書をした。日本を思い出すこともあった。ママはパパの話をした。だが、そう度々ではなかった。家に私たち二人しかいないときだけだった。パパは収容所で生きているものとしてママは話した。彼が帰ってくる日を夢見ていた。時には空想をめぐらせて、パパは何か特別な任務で外国にいるんじゃないかしらとも言った。

「だってアレクセイは五つも言語を知っているんですもの。あんな人を使わないってことはないわ！」

あるいは父が前線で英雄的な功績を立て、休暇で私たちのもとに帰ってきたら、という話もした。

「そうしたらわが家はお祭りね！」

だがたいていは、お隣の先生たちが遊びに来て、さまざまな話題でおしゃべりした。多くは戦争前の生活と、戦争が終わったらどうなるかということだった。

私たちの生活を明るくしたもう一つの楽しみがあった。私とママはよく歌を歌ったのだ。彼女が若いころの歌を歌った。おとぎ話のように遠いヴェネツィアについての《若いゴンドラ乗り》や第一次世界大戦時の英国の英雄的水兵についての《兵曹長ジョーンズ》、それからロシア民謡やロマンスだった。燻ぶりランプの揺れる灯りは、壁に不思議な影を描き出し、そこに私たちは歌詞の挿絵を見るのだった。歌への愛は今日に至るまで私とともにある。ただし、ママは私の歌の才能については辛口で、よくこう言った。

「歌心がない人にかぎって歌いたがるのねえ！」

だが私は、何も称賛を求めているわけでなく、時にふれ、親しい人たちと声を合わせて歌うのが好きなだけだ。

以前も触れたように、教師寮は沼沢地の近くにあった。コンスタンチノフカ村の住民はそこで野生のガンやカモの狩りをした。大人の男がいないので、私の年齢の子どもたちが狩りをした。最初、ママは品物と野鳥を交換していたが、一九四二年夏、私がせがむのに負けて、父の暗青色の英国製ジャケットを猟銃と交換することにした。それは十六口径の二連銃だった。火薬と雷管と散弾は、村協同組合では売られているためしのない食糧の代わりに、配給で受け取ることができた。夏から秋にかけて、私はガンとカモをしとめた。固くて沼臭い肉は美味しいものではなかったが、それでも食事に多少の変化がついた。だが、たとえうまく行ったときでも、私は狩りに喜びや満足を覚えることはなかった。弾が当たって湖面でバタバタする鳥や空中で急降下する鳥を見ても、私の心は喜ばなかった。狩猟は、生涯、私にとって異質の営みだった。食べ物のためにやらなければならないだけだった。

一九四四年秋、疎開先から帰るとき、ママは猟銃をバケツ一杯のサーロ〔豚の脂身〕と肉の塊に交換した。それは疎開後の生活の助けとなった。

一九四三年春、コンスタンチノフカ村ではノヴォシビルスクから来た測量隊がベースキャンプを張った。村には、保護色の変わったつなぎを着た人々と見たことのない装置を積んだ荷馬車が現れた。馬も一緒に連れてきていた。マルコフという名字の隊長は、妻と息子と一緒に来ていた。測量隊の出納係は彼の妹で、やはり息子と一緒だった。彼らはみな都会の住民だったので、村の疎開民たちはすぐに彼らと親しくなった。初めて知合いになった時、出納係の女性はママに、自分の夫は何かの経理の不正に巻き込まれて監獄にいると話した。だが幸いなことに、それで夫は前線に出ずに済んだのだ。二人の男の子、ヴォロージャ・マルコフと出納係の息子エジク・ベルゲルは私より一つ年下だった。学校で私たちはすぐに親しくなった。とくにエジク・ベルゲルとは仲良しだった。

子どもの頃、私は鉄道の運転手になりたかった。その後、旅行や探検と関わりのある職業に興味を持つようになった。船乗り、測量士、地理学者、地質学者、等々。特派員の仕事や外交官についても考えた。ちょうどその頃、モスクワに外交官を養成する国際関係大学ができた。そのニュースはコンスタンチノフカ村まで届き、私の夢に何がしかの希望を与えた。ある日、エジクと将来の職業について話していて、私は外交官になるつもりだと言った。それに対してエジクは、当たり前のように言った。

「でも君はユダヤ人だろ。ユダヤ人は国際関係大学には入れないよ」

「ソ連でそんなことはありえないよ！」と私は言い返した。

「何言ってるんだ。だれでも知ってることだよ。間違いないって」

思うにこれは、「世界でもっともよい」わが国の平等に関する、生涯で二度目の衝撃だった。相手がどの民族かによって態度を変える人がいることは、私ももう分かっていた。だが、ソ連政府の命令でそのようなことが起きうるとは、とても信じられなかった。しかしヴォルガ・ドイツ人とカルムイク人のひどい例は、私の心にぼんやりした不安を落とした。

測量隊の仕事は、土地の測量を行い、地図を作成することだった。つまり、測量隊で働けば、色々な場所に行けるということだ。

十二才以上の子どもは、夏は全員、コルホーズで働いた。女の子たちは草むしりをし、秋には唐箕《とうみ》のレバーを回して、風選作業（風を起こして穀物を殻やゴミから選り分ける）をした。男の子たちは土を耕す、馬鍬《まぐわ》で均《なら》す、草刈り機で草を刈る、その他何でもした。コルホーズでの労働で、私は農作業のいくつかのコツを学んだが、それはしばしば思いがけないものだった。たとえば、人間にとっては一度耕された土地よりも処女地を耕す方が楽だが、反対に馬にとっては処女地で犂を引く方がつらいとか、耕地を均すときは馬よりものんびりした牛を使う方がよいとか、そういったことである……。だが、こうした知識も農作業そのものも、私に喜びを与えることはなかった。ただ、満足だったのは、同年代の子どもたちに農作業で負けなかったことだ。私が村の仕事を立派にこなせることに驚きを隠さない子どもたちもいた。コルホーズで働くと、その分だけ労働日が記録された。秋には、それで小麦粉と牛乳を受け取ることができたが、ごくわずかな量だった。測量隊で働けばコルホーズ労働から免除されるという村ソヴィエトの通達を見て、私は測量隊に志願した。よく知らない仕事を、それも村から遠く離れたところでやってみたいという物好きは少なく、私は測桿手《そっかんしゅ》として採用された。調査班の一員として、私は生まれて初めて、保護者なしで二週間の調査旅行に出発した。ママはいくらか不安そうだったが、隊長の保証を信じて、私を旅立たせた。

私たちの最初の調査拠点は、隣のチストオーゼルスキー地区のオリギンカ村だった。その後もたいてい、よその地区の村々に行った。調査から戻ってくるたびに、私はコンスタンチノフカ村の住人が知らない村の話をした。人々は敬意をもって、だがいくらかの不信も交えて、私の話を聞いた。

調査班は三人で構成された。主任調査士(調査班のリーダーでもあった)、作業員、そして測桿手である。主任調査士は地形図やコンパス、経緯儀を使い、専用の作業ノートに記録を取った。私たちのリーダー兼主任はニーナ・ニコラエヴナ・グジョワという人だった。今から思うに、彼女は遠征隊で働く女性の典型で、独身で年齢不詳、わが国を半分くらい踏破した経験豊かな地形学者だった。彼女は決まった家を持たないようで、すべての持ち物を運んでいた。晩には、自分が行ったことのある辺境の写真を見せてくれ、その土地の話をしてくれることもあった。私は、南コーカサスや中央アジアに実際に行ったことのある人の話を初めて聞いた。

次に作業員の任務は、馬の世話、馬具と荷馬車の整備、定められた地点に製図板のスタンドを立てること、作業後に装置を片付けることなどだった。私たちの調査班の作業員は、モルドヴァ人のヴォロージャだった。体格のよい丸顔の、二十才くらいの気のよい青年だった。コンスタンチノフカ村を出発する前、ママは、息子がどんな人たちと出かけるのか確かめるために、ニーナ・ニコラエヴナとヴォロージャと話をした。ママはヴォロージャに、どうして前線に行かないのかと尋ねた。彼は、意味深げにニヤッとして、南方の訛りで答えた。

「召集されなかったんです。たぶん、僕たちソヴィエト・モルドヴァは、まだソ連に入ったばかりで信用されてないんでしょう。それで、本物の前線の代わりに労働前線に送られたんです」

調査先で、私は彼に訊いたことがある。資本主義時代のモルドヴァでブルジョワのために働くのは大変だったかと。ヴォロージャの返事はこうだった。

「ブルジョワのためじゃないよ。自分のために働いていたさ。働いただけ稼いださ、人それぞれ、能力と意欲しだいでね」

調査班の三人目、測桿手は、主任調査士に指示された方向に向かって先頭を進み、なるべくはっきりした特徴（自然ないし人工の）のある場所を見つけるのが役目だった。その地点に測定板――黒い四角形と三角形が刻まれた三メートルくらいの薄い板――を立て、きちんと垂直に支えなければならなかった。

主任調査士が器具を用いて距離と方角を測り、測量図に印をつけ、作業ノートに記録を取り、「サイン」（その地点は記録したという合図）を出す。そうすると測桿手は、測定板を持って次の地点へと歩き始めるのだった。主任調査士と作業員は、装置一式を積んだ荷馬車とともに、測稈士のいた場所まで行く。調査班が一日に踏破した距離が長ければ長いほど、広い地域を測定したことになる。測稈士の仕事は、観察力と方向感覚の良さが要求される創造的なものだった。私たちは一日で二十キロから三十キロ歩き、帰りはみんなで荷馬車に乗って調査拠点に帰った。調査から戻ってあまり疲れていない晩は、私とヴォロージャで村の若者の集いに出かけたりした。

ひとり立ちした生活、調査班での自分の役割の自覚、そしてシベリア特有の夏の好天のおかげで、測量隊での仕事はとても良い思い出である。二か月でかなりのお金——約六百ルーブリ——を稼ぐことができたのも誇らしかった。それはコルホーズの稼ぎでは、とても無理な金額だったのだ。

一九四四年夏、ソ連軍は自国の国境を越え、戦況の好転がはっきりした。間もなく勝利するという希望が現実の見通しとなった。ママはモスクワへの帰宅を話題にするようになった。

帰宅のための具体的行動は、親しかった隣人たちに手紙を出すことから始まった。レヴィタン夫妻——ソフィア・サモイロヴナとヤコフ・セミョノヴィチ——が返事をくれた。法律家のソフィア・サモイロヴナは、ソ連のヨーロッパ地域に戻るには呼び出し状が必要なので、私たちに関する必要な情報を送るようにと書いていた。自己所有の住宅を持っていることを証明する書類も必要だった。

夏が終わる頃、私たちはソフィア・サモイロヴナが作成してくれた呼び出し状を受け取り、出発の準備を始めた。私たちの持ち物はずいぶん減っていた。日々の暮らしのために多くの物を交換したり、売ったりしていた。だが、ママと私は三つの物だけは大切に取っていた。父が収集した、私たちにとっては思い出の品となった帝政時代・ソ連初期の切手コレクション。日本製ベッドの大きなマットレス（二人で寝ることができ、「マットレスを敷けば、そこがわが家」と私たちは言っていた）。そしてシンガーミシンのヘッド部分。作業台なしでもこのミシンで縫物ができるのは私だけだった。ゆっくりとしか縫えなかったが、出来ばえは悪くなかった。後に、ローシの家でふたたびヘッド部分は作業台と一体となった。このミシンはとても役に立った。マットレスとミシンというもっともかさ張る、もっとも重いこの二つが、私たちの主な荷物だった。

十月中旬、私たちはコンスタンチノフカ村を離れた。タタールスクでは、コンスタンチノフカ村の教員に宿を貸してくれるクラフチェンコ家に泊まった。最初に駅に来たとき、私はショックを受けた。駅には何週間も寝泊りしている人々がいた。切符の事前購入や行列などは話にもならなかった。切符売り場の二つの窓口は、ごった返す人々でまったく近づけなかった。彼らは頑として窓口から離れなかった。駅を通る列車には何枚かずつ切符の割り当てがあったが、それもすべての列車にではなかった。人々は争うように切符を買った。要するに、列車に乗れるかどうかきわめて怪しかった。私たちは何度も駅に行き、切符が買える行列を探したり、呼び出し状を見せて警備司令部にかけ合ったりしたが、すべて無駄だった。問題はただ力によってのみ解決可能だった。それも物理的な力である。もし、ある幸運な出来事のおかげでママがタタールスク駅長の妻と知り合いにならなかったら、どうなっていたか分からない。その出来事は、ある知的な感じのよい女性が、市場でママのタオル織のガウン（これまた日本製の）を買おうとしたときに起きた。私たちの境遇を知って、その女性は何とかしてあげましょうと言った。数日後、私たちの妖精は、モスクワ行列車の到着時刻四時間前に駅に来るようにと私たちに告げた。駅長本人に会うことはなかった。だが彼の部下たちが駆け回って、あれこれ世話をしてくれた。列車が到着した時、私たちの手には切符があった。それも一等車の！　私たちの世話をしてくれた駅の職員たちが、大柄の明るい女性車掌に切符と呼び出し状を見せ、私たちの荷物を客室に運んでくれた。機関車は轟くような汽笛を鳴らし、駅長夫人は手を振って、私たちの道中無事を祈ってくれた。汽車はゆっくり動き出した。窓外では駅周辺の施設が過ぎ去っていき、間もなく、ずっと忘れていたガタンゴトンという車輪の音に喜びとともに気づいた瞬間、私たちは広大な草原に走り出ていた。もう十月の終わりだった。

約三十分後、私たちの車室に車掌がやって来て、切符と呼び出し状はあるにせよ、何かつけ足してほしいとほのめかした。

「お金でなくとも」と彼女はつけ加えた。「食べ物でもいいです」

ママはガーリャ（という名前だった）に深皿を持って来させ、猟銃と交換したサーロと肉でそれを一杯にした。

しばらくすると、今度は男の車掌が来た。ガーリャと交替した、痩せたセルゲイ・ワシリエヴィチという人で、やはり「お礼」を求めた。でもガーリャにもう食べ物をあげたから、というママの返事に対して、セルゲイ・ワシリエヴィチは威厳をもって答えた。

「あれはガーリャにです、今度は私に」。そして自分の深皿を差し出した。

その代わり、モスクワまでの道中、車掌たちの嫌がらせは一切なく、良好な関係が保てた。恵まれた一等車での疎開先からの帰郷。パパも一緒だったウラジオストクからモスクワへの旅を思い出さずにいられなかった。乗客は多く、席はほぼすべて埋まっていた。私たちの客室にはもう二つ席があり、貫禄《かんろく》のある出張員が座っていた。一人はどこかの省の役人だった。上質のラシャで仕立てた保護色の軍服を着ていた。名前はタヴェリー・ユーリエヴィチといい、とても親切だった。毎晩、自分の人生のエピソードを生き生きと語ったが、なかには信じがたいような話もあった。もう一人の相客は軍事関係の技師だった。彼の服装はまったく文民風だったが、それは当時としてはとても珍しかった。無口な人だったが、必要なときは進んで手助けしてくれた。停車駅に着くと、鉄道配給券で食糧を買ったり、お湯をもらったりしてくれた。

隣りの客室には、戦死した海軍軍人の未亡人と私と同い年の息子、ゲーナがいた。彼の父親は高い位階だったので、ゲーナはレニングラードで開校されたばかりのナヒーモフ海軍学校への入学が決まっていた。彼は、外した詰襟から真新しい水兵シャツを自慢気にのぞかせていた。ゲーナは私とのつき合いを拒まなかったが、あらゆる文民的なものへの侮蔑を隠そうとしなかった。

「お偉い技師さんなんだろうな」と私の客室の相客を評して言った。「軍服も着ないで、モスクワにご出張か！」

彼がよく話したのは海軍の今後の展望であり、自分がその一員であることを誇らしげに語った。読書を通して冒険のロマンに憧れていた私は、どうやったらナヒーモフ海軍学校に入れるか、訊いた。

「成績証を添えて、両親の名前で願書を出せばいいのさ」

「でも、僕はママしかいないんだ。父親はいない」

「それなら、僕みたいに父親の戦死公報なり、戦死を証明する書類を出せばいいよ」

おそらくこの瞬間、疎開先からの車中でゲーナと話しながら、私は初めて、彼と自分の違いを実感したように思う。戦地で倒れた大祖国戦争の英雄の息子と、逮捕された「人民の敵」の息子の違い。そしてぼんやりとだが、自分の将来が否応なく制限されていることを意識し始めたのだ。

窓外には戦時中の銃後の暮らしが広がっていた。私たちはそれを面白い映画のように眺めていた。駅では、前線に向かう車両を先に行かせるため、私たちは長く止まった。向こうから来る列車は負傷者を運んでいた。ウラル山脈近くの待避駅で、私たちの列車は貨車の隣に停車した。貨車は、見るからにコーカサス系の人々で文字通りすし詰めだった。内戦の映画に出てくるような、暗色のマントと毛皮帽をまとった男たちが、私たちの車両の横を歩きながら、自分の子どもや妻のための水と食料を乞うていた。彼らを厳しく監視する兵士たちは、彼らと周囲の接触を制限しようとしていた。コーカサス人たちの英雄的な服装と誇り高い物腰は、その物乞いのようすと甚だしいコントラストをなしていた。彼らを見ているのはとてもつらかった。タヴェリー・ユーリエヴィチは、占領時にヒトラー軍に協力した「裏切り者の民族」がシベリアと中央アジアに移住させられているのだと説明した。でも占領軍に協力したのは一部の人だけじゃないのかな、という私の疑問に対して、タヴェリー・ユーリエヴィチは両手を広げて、二つのよく知られたことわざで答えた――

なった。

「木を伐れば木っ端が散る。一人はみんなのために、みんなは一人のために、だよ！」

これらのことわざは当時、とても普及しており、その後もさまざまな話題でよく聞くことになった。

私たちの列車が動き出し、私はデッキに立ち、車掌のガーリャの肩越しに、マントを着た二人の男が警護兵に連れ戻されていくのを見た。

「ごらん、あいつらがたかれないようにしたよ」とガーリャは言った。「ずっと食うや食わずで行くのさ。ああいう連中の列車は何度も見たよ」

私はダヴィド・ヴィーゲリのこと、娘のアンナのこと、ヴォルガ・ドイツ人、カルムイク人たちを思い出した。今また、チェチェン人、カラチャイ人（コーカサス系民族）たち……。クリミア・タタール人や黒海ギリシア人（黒海沿岸に住む少数民族）のことは、当時まだ何も知らなかった。

列車はウラル山脈を越えた。首都に近づいていることは、公安機関の警戒が強まったことからも感じられた。切符とパスポート類の点検回数が増えた。カザンを過ぎたあたりで、私たちの列車にはＮＫＶＤの特殊班がいるらしいという噂が流れた。前線方面に行く乗客の書類を厳しくチェックするのがその任務ということだった。そして実際、私たちの客室に制服を着た三人の男が入ってきた。まず私たちの相客の書類をチェックし、次に私たちの番になった。ママはモスクワ行の許可証が添えられた呼び出し状、パスポート、私の出生証明、そして切符を出した。私たちの書類を注意深く調べた後、上役らしい男が言った。

「呼び出し状に息子さんの名前、父称、名字が記されていません。『息子が同行する』と書いてあるだけです。これでは不十分だ。それに、息子さんの出生証明の母親欄には『ザク、ファーニャ・ミハイロヴナ』とあるが、あなたのパスポートには『ファーニャ・ミナエヴナ』とある」

実際、その通りだった。

「したがって」と上役は続けた。「あなたたちは次の駅で列車を降り、取調べのために警備司令部に引き渡さなければなりません」

ママはひどくびっくりしてしまい、書類の誤りは、呼び出し状を急いで作成したことや息子が未成年であるせいで起きたのだと、しどろもどろに説明した。係員は、規則は規則だと言ったが、幸い、絶対容赦しないという様子でもなかった。彼の同僚たちは目を見交わして、黙っていた。ママは混乱して、黙ってしまった……。沈黙を破ったのは私たちの相客、軍服姿のタヴェリー・ユーリエヴィチだった。彼は低い声で重々しく言った。

「もちろん、私は部外者で、この女性と男の子に会ったのは、この列車が初めてです。だが、私たちはもう何日も一緒に旅をしている。私は彼らの様子を見てきました。母親と息子であることに疑いはありません」

もう一人の相客も、その意見を支持してくれた。貫禄のある二人の出張員の証言のおかげで、事態は私たちに有利な方向に転じた。調査班の上役は紐とじの帳面に何か書き込み、サインをして、同僚たちにもサインさせた。彼らはあいさつして、車室を出て行った。

しばらくしてようやく、ママと私は我に返り、相客たちに何度もお礼を言った。私はこの一件が父の運命と結びついたら、どうなってしまうだろうと思った。そんなことを考えたのは初めてだった。これ以降、私は何か決断をしたり行動を取るとき、自分の社会的立場を考慮するようになった――「人民の敵」の息子という立場を。

私たちの列車がモスクワのヤロスラヴリ駅に到着したのは、一九四四年十一月四日の午前四時だった。車掌のガーリャが、降車ホームでも書類検査があるから前もって準備しておくようにと教えてくれた。ママは書類を用意し、相客たちに心を込めてお別れを言い、車両から荷物を下ろした。車中の点検で紐とじの帳面に何か記録が取られたことを覚えていたので、私たちはモスクワで厳しい書類調査があると覚悟していた。

早朝で、まだ暗かった。都市の遮光措置はまだ解除されていなかった。乗客の群れが、スーツケースや包みで押し合いながら、駅の暗い構内を目指して、狭いホームを進んでいた。そこには柵があり、書類を調べる懐中電灯がまたたいていた。ママが大声で叫んだ。

「エリック、どこ？　ママから離れないで！」

柵の出口まで来ると、海軍兵が書類をチェックしているのが見えた。チェックはまったく形式的だった。ママは私を指さして言った。

「ほら、これが息子です！」

点検者は、私たちの顔と書類をチラッと照らし、私たちをちょっと見てから、忙しそうに言った。

「どうぞ、どうぞ！」

抜けられた！

始発の電車でローシ駅に到着した。もう明るくなりつつあった。駅のそばの松林はなくなっていた。後で聞いたところでは、一九四一年、厳寒の戦時中の冬、松林はすべて薪にされてしまったのだった。ホームから沼と木橋がよく見え、さらに遠くには、サナトリウム「スヴェトラーナ」の見覚えのある柵が見えた。

私たちは六時に家に着いた。私たちの家にはだれかが住んでいた。窓をノックすると、眠そうな老人の顔がのぞいた。私たちが物乞いでなく、立ち去るつもりもないことがわかると、彼は私たちをしぶしぶ食堂に通した。私たちの部屋のドアはベニヤ板で覆われていた。そのベニヤ板沿いに、折り畳みベッドが置かれていた。

「部屋だって？」老人は目をこすりながら言った。「ここには部屋なんかないよ！」

ママは彼の間違いを手短に説明した。私たちは、ドアを遮っている物をどかし、自分たちの部屋に入った。

わが家の日本製ベッドが、荒れ果てた部屋の真ん中にあった。床には、日本製の食器の破片とパパのコレクションの郵便切手が散乱していた。ベッドの上には折り畳み式テーブルが引っくり返してあり、その隣には六つの椅子や黒い絹地に白鷺を縫った日本の屏風が、雑然と並べられていた。壁にはパイプをくわえた横顔のスターリンの肖像。暖炉は無事だ。よし、大丈夫、暮らせるぞ！

部屋や食堂、テラスの整理をしていると、私たちもほとんど忘れていた日本時代や戦争前の暮らしの細々したものが出てきた。そのうちのいくつかはその後、長いこと私たちの手許にあった。私とママはベッドを元の位置に戻して、持ち帰ったマットレスを敷き、その上に座った。ようやく一息つき、落ち着きを取り戻した。

数日後に私は十四才になるのだった。疎開先からジャムガロフカ村に帰ってきたのと、日本からソ連に帰ってきたのは、だいたい同じ時期だった。七年の違いがあるだけで。人生の半分を日本で、もう半分をソ連で過ごしたのだ。

だが、その二つは何と違っていたことだろう……。

第二部

さまざまな出来事

私の大切な女性たち
——妻ラヒリ、娘スヴェトラーナ、孫娘のアーニャとマリーナ——
に捧ぐ

調査票《アンケート》

戦争も終わりに近づいた一九四四年十一月、私とママは、疎開していた西シベリアのコンスタンチノフカ村からの帰宅許可を受け取った。私たちはモスクワ郊外のバーブシキン市に住んでいた。この町は「ロシンカ」という名前の方が通りがよかった（ヤロスラヴリ線の「ロシノオストロフスカヤ」駅にちなんで）。

私たちの部屋は荒れ果てていた。床には割れた食器が散らばっており、部屋の中央にはマットレスのないベッドが斜めに置かれており、その上には折り畳み式テーブルが引っくり返っていた。紙テープを十文字に貼った窓ガラスは埃だらけで、カーテンはビリビリだった。オランダ式暖炉は冷たかった。家の整理と住民登録の手続きで数日がすぎた。パンやその他の食糧の配給券をどうやって手に入れるかが問題だった。そのためにはママは仕事を見つけなければならず、私も学校に行く必要があった。

疎開中、ママは村の学校で英語教師として働いていた。私も同じ学校に通っていたが、自分の母親が教師をしている学校で学ぶのは、かならずしもよいことではない。だがそれはまた別の話だ。ロシンカには四つの中学校があり、私は英語を教えている学校を見つける必要があった。

ママは就職のための手続きをひどく恐れていた。その理由は、とても長い、大判の紙で四ページにわたる調査票《アンケート》である。そこには、自分の経歴と社会的出自を、すべての補足的状況を含め、詳しく記入しなければならなかった。「きれいな調査票」とか「よい調査票」という概念は、高い政治的信用を意味した。わが家の「補足的状況」について言えば、指導層の好意を期待することはとてもできない性質のものだった。考えてもみてほしい――

「七年間、外国に住んでいた。それも日本に（大戦中、日本はソ連と中立条約を結んでいたとはいえ、この国に対するソ連の態度は昔から否定的だった）」

「ママの夫、私の父親はハンガリー生まれで、一九三八年に逮捕され、『通信権剥奪の上、十年の重禁固』の判決を受けた（私たちは当時まだ、これが銃殺の別称であることを知らなかった）」

「民族――ユダヤ人」

首都モスクワとその近隣は、人里離れたシベリアの農村とは違う。勤労者全般、なかでも教師に対する管理監督は厳格だった。「よろしくない調査票」の人間に対してはとくに厳しかった。だからママは、人目につかない、なるべく地味な仕事を見つけようとした。

戦前、ママはモスクワの地区児童相談所で、社会法律部付き保健婦として働いていた。一九四一年春に夜間の外国語講座を修了し、外国語関連の仕事に就くことができる証明書を受け取った。疎開中、村の学校で働くことができたのも、この証明書のおかげだった。

この先、ママは首都を離れて、青春時代を過ごし、親類の住んでいたハリコフに帰るつもりでいた。そこでなら翻訳者か、場合によっては教師として、英語の知識を活かせる仕事につけるだろう。私もその考えに賛成だった。ハリコフのおばさん〔メーラ〕の家には長いこと住んでいたし、初めて学校に行ったのもハリコフだったから。

すぐに明らかになったのだが、ママはモスクワで以前と同等の仕事、いや、もっと悪条件の仕事にさえ就けそうになかった。試みはすべて失敗に終わった。人事課の職員は、記入済みの調査票を見てママの人生の詳細を知るや否や、取りつく島もなかった。そうして一月ほど過ぎた。

戦争は勝利に近づいていた。ママが青春を過ごしたハリコフはすでに解放されていたので、引っ越すことも考えてみた。だが占領中、この町に残った親類はみな死んでしまった。頼る当てがなかった。

私たちの気分は最低だった。もしこの時、驚くべき出来事が起こらなかったら、その先どうなっていたか分からない。前にも書いたように、私は学校で英語を勉強していた。ロシンカの学校の一つで英語を教えていることを知って、ママは私を連れて行った。

校長先生が私たちの相手をした。折り襟の黒い制服に身を包み、ボタンを全部きちんとはめた、初老の痩せぎすの人だった。濃い眉の下の注意深いまなざしと、きちんと分け目をつけた真っ白い頭髪が印象的だった。優しそうに私たちを見つめて、彼は言った。

「はい、うちには英語の授業があります。でも英語の教師がいないんです」。そして注意深くママを見て訊ねた。「息子さんはどこで英語を学んだのですか」。彼の声は低く、くぐもっていたが、話し方はゆっくりで明瞭であり、O《オー》の母音をいくぶん強く発音した。

「疎開先の、ノヴォシビルスク州タタールスク地区のコンスタンチノフカ村です」とママが答えた。

「あなたのご専門は何ですか？」と校長はさらに質問を続けた。

「主な専門は翻訳です。でもシベリアでは学校で英語を教えていました」

「疎開からお戻りになってだいぶたちますか」

「一か月ちょっとです」

「分かりました」と校長は言った。「息子さんの入学を認めますが、ただしあなたと一緒であることが条件です。もうどこかにお勤めですか」

「いえ、まだ就職していません」

「では、今、お仕事を見つけたわけですな。願書を書いてください」

それから起こったことは、私の親族の間で伝説として語り継がれている。

校長は引き出しを開け、そこから未記入の調査票を取り出して続けた。

「いいですか、就職のためにはこの調査票に記入しないといけません」

「知っています」としおれた声でママは言った。

「結構。ただし、調査票の質問項目には詳しく答える必要があります。たとえば、ここに『外国にいたことがありますか?』という質問がありますね。『いいえ』と書くのでは駄目です。『いいえ、外国にいたことはありません』と書かないといけません。あるいは『あなたの家族に粛清された人はいますか? いつ、どこで、何の理由で?』という質問。『私の家族には粛清された人はいません』と書かないといけません。分かりましたか」

このことをすべて、校長はすこし身をかがめ、ママの目をじっと見ながら話した。

「分かりました」とママは小声で答えた。「家で調査票を書いてきます」

「お願いします」。校長は答えた。「明日、この書類と願書をもって、息子さんを連れてきてください。君は何年生かな?」

「七年生です」

「よろしい。明日来たら、教室に連れて行ってあげよう。七年B組だ」

ママは自分の過去を隠したくなかった。隠しごとを持って生きるのは辛かった。だがどうしても仕事を見つけなければならなかった。生活の糧を得るためにも、この一歩を踏み出すしかなかった。それに校長は信頼できる人のようだった。

ママは調査票を、言われた通りに記入した。そして採用され、一九五五年に年金を受け取るまで、この学校で英語を教えた。

なぜゲラシム・ヤコヴレヴィチ・マスロフ――それが校長の名前だった――があのような行動を取ったのか、私たちには謎だった。やがて、マスロフ家の人々（学校には彼の妻と娘も働いていた）がハリコフ出身であることが分かり、ママは嬉しく思った。ママはマスロフのもとで長年働いたが、なぜ彼が危険を冒してまで自分を採用してくれたのか、ついに尋ねることはなかった。

その後長い年月が過ぎ、一九九四年三月八日、私たちはデュッセルドルフに来た。私たちは避難民用の寮に住まわされた。その建物は大規模改修が済んだばかりで、ほとんど住人がいなかった。私たちの部屋は三階だった。六階にもう一家族が住んでおり、二階にも男性が一人で住んでいた。その男性はモイセイ・ゲルトといい、面白い、社交的な人物だった。毎晩のようにお茶を飲みながら、私たちは「本音の話」をした。彼がハリコフ出身であることが分かり、私たちは町のことや、私たちのあいだにどんなつながりがあるか話し合った。私はモイセイに校長の話をした。私が彼の名と父称を口にした瞬間、モイセイは叫んだ。

「マスロフ！」

「そう、マスロフ！　でも、どうして？……」私は驚いた。

「戦前、私はハリコフの彼の学校に通っていて、彼の娘のガリーナとも同級だったんだ。最近まで、モスクワに行くと、彼女の家に泊まっていた。君も彼女を知っているだろう？」

「もちろん、知っている。ガリーナ・ゲラシモヴナは数学を教えていたよ。でもどうして、マスロフ校長は私たちの状況が分かったのだろう。どうしてあの時代に、あんな危ないことをしたのだろう？」

「そりゃあ、ゲラシムはとても頭のよい、洞察力のある人間だったからね。少し話して得た情報をつなぎ合わせただけで、自分の前にいるのがどんな人々か、分かったんだろう。女性が一月以上も配給券なしで暮らしている、仕事もしていない、とくに実務系にも見えない、それに多分、お母さんは外国の服を着ていたんじゃないか……」

「着ていた……。日本から持って帰った、暗緑色の冬物のコートを着ていた……」

「ほら見たまえ」とモイセイは締めくくった。「賢い人にはそれで十分さ。もちろん、何かあったとき上に対する責任は、自分で引き受けるつもりだったのだろう」

実際のところ、どうだったのか、今となってはだれにも分からない。

重要なのは、あの困難な時代に私たちが親切で、勇気ある人と出会ったということだろう。

個人調書

一九五〇年春、ＭＥＩ（正式名称は「モロトフ記念レーニン勲章モスクワ・エネルギー大学」）の学生クラブのロビーでは、大学アマチュア芸能コンクールの準備が進んでいた。私が所属する電気工学部の演目のリハーサル中だった。大学中の関心、競争と創造の精神――ただし、あくまで共産主義イデオロギーの指導の下での創造に限られていたが――、そしてもちろん、私たちの若さがあいまって、和気あいあいとした雰囲気だった。心を許し合う感じさえあった。

リハーサルをしていたのは、私たちの人気者のタチヤーナ・カルタショワだった。彼女は学科・学部のパーティーや関連団体の催しでも評判が高かった。タチヤーナが仕上げていたのは、当時人気のあった歌、《川辺の夕べ》と《露のおりた、曲がりくねった草原の道》だった。彼女は二年生で、私は一年生だった。

タチヤーナの優しい声が、いつものようにしっとりと、かつ高らかに響いた。伴奏が曲の情感を盛り上げるとき、彼女の灰色の瞳は喜びに輝いた。タチヤーナの魅力は、歌とルックスだけによるものではなかった。彼女は女性的で、とても感じがよかったので、アプローチする男子学生が少なくなかった。二曲を最初から最後まで歌ってみて、彼女はリハーサルを終えて、帰り支度を始めた。

私は、彼女が何か不安そうにしていることに気づいた。学年末だった。二年生にとってはとても大事な時期である。三年に上がる前に学生たちは専攻のコースに割り振られるが、全員が希望通りになるとはかぎらない。選考プロセスは、第二学年の終わりに始まるが、まず大部の、五十くらい質問のある調査票に記入しなければならなかった。タチヤーナはちょうどその時期で、見るからにソワソワしていた。希望の専攻に進めるかどうか心配なのか、と私は尋ねた。

「そんなことが心配なんじゃないわ」とタチヤーナは答えた。「昨日、学務係で受け取った調査票のことが不安なの」

そして彼女は、一九三〇年代半ば、彼女の両親が逮捕され、矯正労働ラーゲリに送られたことを話した。刑期を終えた両親は公民権剥奪の上、シベリアのオビ川下流地域に居住を命ぜられ、残る生涯そこを離れられる見込みはなかった。タチヤーナはモスクワ郊外で、母の妹である叔母に育てられた。彼女は高校を銀メダル（金メダルに次いで優秀の生徒に与えられる）で卒業し、入学試験なしでＭＥＩに入った。入学書類提出の際、彼女は両親のことを黙っており、今になってどうしたらよいか、悩んでいた。言い換えれば、調査票の記入誤りを認めるか、隠し続けるかだった。「調査票データの秘匿」は何に関するものであれ――学歴、民族、社会的出自、ピオネール隊の在籍、両親の外国居住――、きわめて厳しく罰せられた。良くてコムソモールと大学からの追放、悪くすると裁判や監獄行きもありえた。それは事情によってさまざまだったが、重要なのは過失者とその周囲の者たちがどれくらい意図的だったかだ。だから、よくよく考えなければいけなかったのである。そしてタチヤーナは考えていた。

つけ加えておくと、私たちはその後、二年生になってから典型例を見ることになった。私たちの学年に新顔が現れた。ヴォロージャ・ベレジンという名前だった。薄い黒髪の、警戒するような目つきをした長身の青年だった。彼はきわめてよそよそしく振舞った。しばらくして分かったのだが、彼は二年前に入学した際、自分の両親に逮捕歴があることを隠していた。成績優秀のメダル受賞者として通信技術学部に入ったのだった。国防に関わるこの専門分野の学生は、とくに厳しく調査される。そして「その筋」がベレジンの過失を突き止めた。彼はコムソモールと大学から追放された。一年間、工場労働者として働くように言われた。工場でコムソモールに復員し、良い評価を得ることが条件だった。彼はその条件を果たし、ＭＥＩに復学することができた。ただし通信技術学部でなく、私たちの電気工学部に。この体験が彼にどれほどの精神的ダメージを与えたか、一口には言えない。だが彼の振舞いには長いこと、周囲への不信と緊張が漂っていた。

しかし、それは後になっての話だ。私は今、タチヤーナに自分の意見を言わなければならなかった。彼女は、私も父親が逮捕されていることを知らなかった。入学時に私がそのことを申告したことも知らなかった。私の正直さは、ソ連社会特有の生活ルールによって説明できる。この社会では一人ひとりが「その筋」――内務省やKGB――の絶え間ない監視下にあるという感覚である。どんな集団にも――共同住宅であれ、学生グループであれ、七年生の教室であれ、情報提供者がいた。共産主義の理想への貢献という名目で、あるいは何らかの見返りと引き換えに、あるいはたんに逮捕の脅しによって「その筋」に集められた情報提供者たちが。もちろん、自発的な「協力者」たちもいた。たとえば、わが家の隣人たちもそうだった。彼らはわが家の状況をよく知っており、何かあれば「その筋」に通報しないとは言い切れなかった。密告されれば摘発があるはずであり、それは自己申告よりずっと悪かった。どんな上司、どんな委員会――大学の入試委員会も含めて――の前でも、災いに見舞われた不幸な人間としてふるまうのがよかった。同情、さらには憐みを求めるのがよかった。役人、委員長、委員たちが自分たちの優越と支配をあからさまに感じること。そうすれば、彼らの理解と有利な結着を期待できた。そもそも、集団から外れて、一人だけ恵まれているというのはあまり褒められたことでなく、疑わしいとさえ見なされた。困ったことがあるんです――病気、火事、泥棒に入られた、夫や妻が不貞を働いた、子どもの出来が悪い――、それは結構！　役所に行ってみなさい、もっといいのは党やコムソモールの指導部だ。あなたの事情を分かってくれるだろう。言い換えれば、あなたが彼らに頼らざるを得ないことを快く思うだろう。その上であなたを助けてくれるか、あなたの要求が無理筋であることを懇切丁寧に説明してくれるだろう。

こうした考えに基づいて、私はタチヤーナに言った。

「コムソモールの学部指導部に行って、すべて正直に話した方がいい。君は成績もいいし、社会活動にも積極的に参加している。本人が認めれば、罰は軽くなる。他人の通報で明るみになってごらん！　大変なことになるよ」

タチヤーナは私の論拠を聞き、同意したが、こうも言った。

「私たちの学生寮に、私によくしてくれる卒業生がいるの。彼は大学に残って、人事課で働いているわ。まだ居住面積が与えられていないから、今でも寮に住んでるの。まず彼のところに行ってみるわ。アドバイスがもらえるでしょう」

そう言って、彼女はリハーサル会場から去った。

アマチュア芸能コンクールが終わった。電気工学部二年生タチヤーナ・カルタショワはコンクールの賞状を受け取った。春の年度末試験が終わった。夏休み明けの九月一日、私たちは大学に戻ってきた。

タチヤーナは私に会うなり、話し始めた。人事課で働いている知人に相談したところ、「コムソモール追放はやむを得ない。だが大学には、もしかしたら残れるかもしれない」という見立てだった。もしかしたら！　まずはコムソモールの学部指導部に行かなければならなかった。知人と話した後、すぐにタチヤーナはそこに行った。彼女は事情を説明した上申書を書くように言われた。この問題を学部コムソモール集会で検討するのは秋の新年度初めまで延期する、という決定が下された。

「だからこうして、集会を待っているの」と彼女は暗い表情で言った。

学部コムソモール集会というのは大ごとだった。そうしたことは、年に三度か四度あった。集会は入念に「準備」された。学年やグループ単位のコムソモール・リーダーを通して議題が通知され、「世論」が形成され、しかるべき方向の発言が用意された。要するに、自由な意見交換の可能性を排除し、上から降りてくる決定が問題なく採択されるよう、手はずが整えられるのだ。この集会には大学コムソモール委員たちはかならず出席し、「中央委員会コムソモール・オルグ」の肩書をもつ委員会書記さえ出席した。大学コムソモールは規模が大きく、地区コムソモールと同等だったため、当局の監督も念入りだった。そのため、学部集会には、コムソモール委員会の代表者の他に、共産党学部指導部および大学党委員会のメンバーもかならず出席した。必要なときに二、三コメントをしたり、正式な発言をすることもあった。

タチヤーナ・カルタショワに関する集会の準備は、学部指導部での聞き取りから始まった。なぜ入学時に調査票データを隠したのかという質問に対して、タチヤーナは、どうしてもＭＥＩに入学したかったので、両親のことが妨げにならないか心配だった、と答えた。聞き取りの際、指導部メンバーが強い関心を示したのは、彼女の周りにこのことを知る者がいたか、彼らの反応はどうだったかについてである。タチヤーナは四人の同級生と私の名前を出した。私たちは全員、一人ずつ、指導部に呼び出された。指導部メンバーは、なぜ私たちがカルタショワの行動を知りながら通報しなかったかと問い質した。同級生たちは、彼女の将来を傷つけたくなかったからと答えた。タチヤーナの誠実さと党・国家への忠誠についてはいささかの疑いも持ったことはないと、彼らは証言した。彼らは全員、同じ寮に住んでおり、おたがいの生活はすべて知っていた。私もこの点を追及された。私はこう説明せざるを得なかった。自分自身、理想的とは言いがたい調査票データがあるが、入学書類の提出時には後ろめたいことがないよう、隠さなかった。タチヤーナにも、今回のことは自分自身で申告するよう、アドバイスした。それがいちばん正しい道だと思ったからだ。もしもコムソモール指導部や大学本部が、私なり他の人間からこのことを知ったとしたら、彼女はもっとひどいことになっただろう。だから私が通報するより、タチヤーナ自身が話す方がよいと考えた、と説明した。十一月の初め、集会の準備が整い、革命記念日明けのとある日に決まった。

ところが革命記念日の直前、一つの出来事が起きた。それは記憶に深く残るとともに、タチヤーナ・カルタショワの「事件」とも間接的関わりがあった。彼女の同学年にボリス・ブロイドという学生がいた。飛びぬけて優秀な若者だったが、当時の基準からしても形容しがたいほど貧乏だった。両肘に穴のあいた縞のジャケットの下には「イカ胸」シャツ——襟と前の部分だけのワイシャツ——を着て、すり切れたズボンをはいていた。だが彼は長身で、堂々としており、気持のよい声と鮮やかな弁舌を兼ね備えていた。熱心に勉強し、成績はつねに「優」だった。祝日前夜、彼らの学年ではMOPI——女子学生の多い教育大学——のある学部と合同パーティーを開いた。学生寮の廊下で私とすれ違ったさい、ボリスは私の新しい濃紺のラシャ地の背広に目を留めた。親類が送ってくれたお金で作った背広だった。彼は一晩背広を貸してくれないかと頼み、私たちは服を交換した。その晩、私は学生寮に泊まることにした。ボリスは高揚した様子でパーティーから帰ってきて、自分がいかに人気を博したか、それに与って私の背広がいかに役立ったか、熱く語った。話は最近の問題へと移り、その一つに私の将来の専攻決定があった。私はボリスを心から信頼していた。それで自分の調査票の「汚点」に関する心配について話した。タチヤーナのことは黙っていた。コムソモール指導部は、このことをだれかに話したり、ましてや議論することを固く禁じていた。ボリスは私の話を聞き終わると、そんなことは何でもない、彼自身、相当厳しい状況なんだと言った。ボリスの家族——両親と彼と彼の弟――はリトアニア出身だった。リトアニアのソ連併合（一九四〇年）後、ボリスの父親はそれに関する辛辣な政治的小話を知人に漏らした。家族は全員、ヤクーツク（東シベリア）に強制移住させられた。だが、ボリスは金メダルで高校を卒業した。「離反者」一家の出でも金メダルを取れたのなら、自分にはそれだけの価値があるのかもしれない。そう考えたボリスは「金メダル付きの卒業証書」と移住禁止の印を消したパスポートをもってモスクワに出てきて、ＭＩＩＴ（運輸大学）の橋梁・隧道《ずいどう》建設学部に入学した。成績優秀者なので学生寮で暮らすことができ、優秀な成績で一年次を終えた。二年次に上がるさい、私たちのＭＥＩに転学し、ここでも学生寮に住むことができた。当時としてはきわめて稀なケースだったが、ボリスは成し遂げたのだった。彼は私と同学年の学生たちと同じ部屋に住んでいた。

当時、十六才になると国内パスポートが支給されたが、それは、中央に小さな写真がついた、すかしの入ったベージュ色の厚紙だった。それは一年ごとに更新され、十八才になるとようやく冊子体のものに交換されるのだったが、ボリスが持っていたのは、まさにそういう一枚紙のパスポートだった。その更新はヤクーツクの居住指定地で行わなければならなかった。彼にタチヤーナと同じ道を勧めるのは馬鹿げていた。彼は自分の状況をよく理解しており、自分の行動の責任を取る覚悟があった。そもそも彼はいかなる助言も求めていなかった。パーティー後の明るい気分で、私を元気づけようとして話してくれただけだった。私がどれくらい元気づけられたか、分かってもらえるだろう。コムソモール集会が目前に迫っていたのでなおさらだった。

祝日が終わった。数日後の放課後、私は学生寮に立ち寄った。ボリスの部屋も覗いた。彼と相部屋だった私の同級生たちは、ボリスは突然、故郷に帰ったと言った。彼らはひどく落ち込んでいた。話は弾まず、居心地が悪かった。タイミングを見計らって、私は彼らのうちの一人に、ボリスに何かあったのかと小声で尋ねた。彼は私を廊下に連れ出し、階段の踊り場の窓際に連れて行った。

「最初に言っておくけど」とボリスの隣人は言った。「僕たちは国家の秘密を口外しないという誓約書を書かされた。起きたことを君に話すのは、君がボリスと親しかったことを知っているし、君ならボリスや誓約書を書いた僕たちに不利になることはしないだろうと信じてだよ。それでね、昨夜遅く、もう寝ようとしていたとき、ドアがノックされて、寮管理人のクラヴジヤ・イワノヴナと一緒に三人の男が入ってきた。ボリスはすぐ『僕に用があるんだ！』と言って、二段ベッドから飛び降りた。男たちは逮捕令状を示し、書類を調べて、荷物を整理する時間を少しだけ与えて、ボリスを連れて行った。彼が荷造りしているあいだ、僕たちは今夜起きたことを口外しないという誓約書にサインさせられた。クラヴジヤ・イワノヴナは、だれかが僕たちの部屋に入ってこようとしたときの用心に、ドアのところに立っていた。ボリスは、僕たちにお別れを言うとき、必要な教科書を送ってもらいたいから、住所を知らせると約束したよ。見た目にはとても落ち着いていた。分かったかい？」

「ああ、とてもよく分かったよ」

と同時に私は、ボリスがつねにこのことを予期しており、覚悟していたことも分かった。だからこそ外面の平静さを保つことができたのだ。


ボリス・ブロイドの話には続きがある。友人たちは彼から手紙を受け取ったのだ。シベリアの小都市エニセイスク郊外の矯正労働収容所から。そこで彼は、収容所の業務（おそらく採鉱だろう）関連の専門分野を通信教育で学ぶ許可を得たのだった。私たちは彼に教科書を送った。一九五六年（スターリン批判が行われた年）、私はＭＥＩに卒業生バッジを受け取りに来た。大学本部棟の階段で、私たちは文字通りバッタリ出会った。釈放され、完全な名誉回復を受けたボリスは、勉学を続けるためにモスクワに来ていた。彼の話によれば、彼は裁判なしで収容所に送られた。輸送車両で、彼は四十人の囚人の長を任された。彼はその試練を乗り越えた。収容所では技術専門学校の課程を終え、修了証書も得た。その後、ボリスはＭＥＩを卒業し、家庭を持ち、精力的に働いた。つけ加えておくと、彼の両親もヴィリニュスに戻り、父親は建築技師としてふたたび働くことができたそうである。だがこれはすべてずっと後のことであり、まったく別の時代の話だ。

だが今は……。今は学部コムソモール集会の日がやってきた。この催しは通常、ＭＥＩの学生クラブのホールで行われた。集会に先立って学生のあいだでは、集会の議題はきわめて重い個人調書問題だという噂が流れていた。指定された時間にホールはコムソモール員たちで一杯になった。お定まりの席次があった――舞台前には一年生と二年生が座り、一番遠い列、映写室の窓下には最高学年の学生が陣取った。舞台袖から議長団メンバーが出てきた。その顔ぶれは集会の重要度を物語っていた。

赤い布で覆われたテーブルには学部指導部の書記オレーグ・ヴェセロフスキーとその他のメンバーが座り、加えて学部長のバービコフ教授、ＭＥＩ中央委員会コムソモール・オルグのリョーヴァ・シェルストニョフ、ＭＥＩ党委員会を代表してマルクス・レーニン主義講座のソルキン助教授――軍服着用の権利を持つ退役少将だった――が着席した。ソルキンはまさに軍服を着ていた。金色の肩章がキラキラ輝き、その場に特別な重みを添えた。指導部書記が開会を宣言した。彼はタチヤーナ・カルタショワの過失について手短に報告し、事件の政治的側面を強調するとともに、この集会の特別な重要性に注意を促した。タチヤーナ・カルタショワおよび本事件に関与したコムソモール員たちへの判決を、本集会が下すからである。次に発言したのはバービコフ教授だった。

「数日前、管轄当局が明らかにしたところでは、本学部の学生間に異分子が潜入し、定着していた。幸い、当局は異分子の発見と隔離に成功した……」

学部長はその「異分子」の名前を言わなかった。彼の演説を聞いていると、外国のために働いていたスパイが排除されたかのような印象を受けた。この報せによって集会はいっそう緊張した雰囲気になり、出席者はおたがいに疑念を抱くかのようだった。

最初に演壇に呼び出されたのはタチヤーナだった。過失の動機を説明するように、とくに彼女の事情を知っていた人々の名前を挙げるよう求められた。タチヤーナは指導部で話したように、両親の運命について黙っていた理由をあらためて説明し、事情を知っていた同級生の名前を挙げた。だがそのとき、私の名前を言うのを忘れた。指導部の一人が意味ありげに質問した。

「他に知っていた人はいないのですか?」

タチヤーナは演壇を下りかけていたが、もう一度マイクを手にして言った。

「言うのを忘れていましたが、この春に私の心配事をエルヴィン・ナギにも話しました。かならず自分でコムソモール指導部にすべて話すようにと助言したのは、彼だけです」

タチヤーナの相談を受けていた者たちが一人ずつ演壇に上がり、発言した。

「はい、知っていました。黙っていたのはタチヤーナを裏切りたくなかったからです。彼女の不幸の原因になりたくなかったからです。彼女の誠実さについては信じていました」

表現はすこし違ったかもしれないが、意味はこうだった。私が演壇に上がる番が来た。学部指導部で話したことをくり返した後で、私はこう締めくくった。

「一九三八年、私の父は逮捕されました。大学入学の際、私はそのことを申告しました。同じような状況にいる人の気持は分かるつもりです。この会場には、タチヤーナ・カルタショワ以外にも、自分の経歴の細部を申告しなかった人がいるかもしれません。その人たちは今日の集会で申告することで、苦しみを減らせるだろうと思います」

討論が始まった。発言者は二つのグループに分かれた。一方はタチヤーナの行動を、わが国の公正な制度と社会への不信を表すものだと非難し、厳しい制裁を要求した。もう一方のグループはおもに、自分の経歴のさまざまな欠点を重荷に感じている学生たちだった――両親が粛清された、戦争中、占領地域に住んでいた、ソ連以外の国で生まれた（そういう人もいた）等々。彼らは公正さを訴えた。

「どうしてそうなるんだ？　わが国ではだれもが平等だ。同志スターリンも、息子は父親の責めを負わないと言っている（一九三五年の有名な発言）。だけど実際はそうでないことがしばしばだ。だから、こういう好ましくない行動を取ってしまう人が出るんだ！」

タチヤーナを糾弾する人々の話を聞いていて、私は、先日行われた大学コムソモール年次総会でのある発言を思い出した。ＭＥＩコムソモール委員会の年次報告後、新しい委員が選出された。委員候補たちは壇上で自分の経歴について話した。そのうちの一人が（たしかフォーチンという名字だった）、自分の発言をこう始めた。

「私の父親は人民の敵として、一九三七年に銃殺されました！……」

この一句は激しい口調で言われ、「人民の敵」と「銃殺」という言葉が強調された。父親に対するこれ見よがしの憎悪と処分の正しさを確信したようすに、私は呆然とした。私はその候補の誠実さを信じられなかった。彼は委員に選出された。

父についてそんなふうに言うことは、私にはできなかった。父の無実を信じていたし、そもそも政治的理由で粛清された人々の大部分は無実だと信じていた。この分裂状態――罰される人々の無実を信じる気持と、同時に、処罰の事実を形式的に受け入れること――、これこそ私たちの生活の一つの特徴だった。

集会はなおも続いていた。各人に対する公正な、その人個人を見る態度を求める声に対して、ＭＥＩ中央委員会コムソモール・オルグのリョーヴァ・シェルストニョフが発言した。よろしくない調査票をもつある知人が「……秘密工作、まごうかたなき秘密工作！」に及んだ話をした。大学党委員会メンバーのソルキン将軍も登壇した。上品な容貌と穏やかな声は、キラキラ輝く肩章とズボンの赤い幅広の飾り筋に似つかわしくなかった。彼は居丈高でなく、教え諭すような調子で話した。残念ながら、これは自然なことです。人を選ぶときは、きれいな調査票の人を優先します、と。能力や実務適性が、立派な調査票データとかならずしも一致しないことについて会場から質問が出ると、彼は両手を広げて認めた。「かならずしも一致はしない。だが時間が経てば、すべてがしかるべき場所を得ます」。だが、どれくらいの時間とどんな場所のことか、判然としなかった。

不調和発言はしだいに、準備された集会方針に取って代わられていった。指導部書記オレーグ・ヴェセロフスキーはすでに、タチヤーナ・カルタショワの懲戒の度合を議題に上げようとしていた。そのとき発言を求めたのは、大衆扇動担当次長のイーゴリ・ルミャンツェフだった。ヴェセロフスキーはしぶしぶ彼の発言を認めた。イーゴリは、学部コムソモール組織の指導においてヴェセロフスキーに次ぐ立場にあり、扇動とプロパガンダという当時わが国のどんな組織でも最重要視された任務の責任者だったにもかかわらず、である。イーゴリは私たちと同学年だった。感じのよい外見、背が高く、成績優秀、学内でも有名な長距離選手。生まれついてのリーダーで、人を説得する驚くべき技量を持っていた。しかも、壇上で声高に語るのでなく、個人的会話のなかで説得してしまうのである。彼の地位では壇上で発言することもしばしばあったが、その時も「大衆の激情」に訴えたり、煽《あお》ったりはけっしてしなかった。各人が自分一人に言われていると感じるような言葉を見つけることができた。見せかけでない親切と誠実さゆえに、彼は愛され、尊敬されていた。

「とても悪いことだ」とイーゴリは話し始めた。「集団のなかに、同志の信頼を裏切る人がいるというのは。僕が言っているのは自分自身のことだ。僕の父親は一九三六年に逮捕された。僕はそのことを、高校時代、コムソモールに入るとき隠していた。高校卒業時、金メダルを授与されたときもそのことを話さず、調査票に書かなかった。大学に入るときも黙っていた。それだけじゃない。学部指導部のメンバーに推薦されたときも、言わなかったのだ。僕は人生の重要な局面で、学業と社会活動の同志の集団的信頼を裏切ってきた。僕には君たちとともにタチヤーナを裁く権利はない。学部コムソモール集会で僕の告白を公正に審議するよう、お願いする」

会場全体が衝撃を受けた。死のような沈黙。

数秒たって、議長のオレーグ・ヴェセロフスキーが、発言を求める者はいないかと尋ねた。沈黙。議長団の一人が、ホールの奥で挙げられている手に注意を向けた。一人の女子学生が壇上に登り、名前を名乗り、自分も両親の逮捕歴を隠していたと告白した。その後は、堰《せき》を切ったように発言が続いた。

「自分について申告しなかったことが……」

「書かなかったことがある……」

「調査票に記入しませんでした……」

「言わなかったことが……」

ある者は詳しく語り、別の者は議長団にメモを渡すだけで済ませようとした。だが集会は、自白した者に登壇するよう求めた。会場中をある種の興奮が包んでいた。「仲間」意識を持って、自白者の流れと一つになろうとするコムソモール員もいた。「仲間」に聞いてもらうのはまだいい。だが大部分の人々は、前代未聞のショーの観客だった。一緒に勉強し、ふざけ合い、同じ寮に住んでいた学生たちが、じつは暗い生い立ちの秘密を心の奥底に隠していた。そして今、学部全員の前で、その秘密を明かしているのだ。とはいえ、彼らがこの見世物から受けるショックには、悔いる人々への同情も混じっていた。集会は予定されていたコースからはっきり逸脱した。議長団は、登壇者たちの自己暴露の発言を尻目に、この後どうすべきか話し合っていた。二十二人目の自白者の後で、重苦しい沈黙が訪れた。指導部書記のヴェセロフスキーが立ち上がった。本日の集会を閉会し、タチヤーナとイーゴリを含め、自白者たちの個人調書については学部指導部の検討に一任するという提案をした。提案は承認された。大多数の学生は、タチヤーナとイーゴリ、そして自分の過ちを告白した全員に同情していた。コムソモールと大学から二十四人も追放することは、指導部としても受け入れがたいだろうと思われた。事件の当事者たちも温情的な結果を望んでいた。コムソモール員たちはいつもとまったく違う集会について熱心に話し合いながら、散って行った。

学生クラブの廊下で、オレーグ・ヴェセロフスキーが、私とすれ違いざま、言い放った。

「君の発言のせいで大変なことになったぞ！」

「でも、彼らが隠し続けるよりよかったろう！　違うのか?!」と私は叫んだ。

「あいつらにとっては、よかったかもな」とオレーグは答えて、出て行った。

翌日、電気工学部の集会の話題で、大学中が持ちきりだった。この出来事がＭＥＩの他学部に影響したかどうか、私は知らない。一つだけ分かっていたのは、発言者たちの告白は私によって引き起こされたのでなく、もっぱらイーゴリ・ルミャンツェフによるものだということだった。私たちの間での彼の権威はとても高かった。後で知ったことだが、集会に先立つ学部指導部の席上、イーゴリは自分の調書問題を明かし、タチヤーナの件とともに審議するよう、求めていたのだった。しかし、指導部書記たちは、並のコムソモール員と大衆扇動担当次長の問題を同じ集会で取り上げるのを渋った。イーゴリの件は学部指導部とＭＥＩコムソモール委員会だけで審議することが提案された。「家のごみは外に出さない（ロシアのことわざ）」である。イーゴリはタチヤーナの運命を和らげようと思って、集会で発言したのだろう。だが、他の学生たちまで発言するとは思っていなかったに違いない。くり返しになるが、まさに彼の発言が雪崩を引き起こす石となったのだ。

学部指導部は一学期かけて、調査票データの秘匿を自白した学生全員の個人調書を調べた。

審理は型通りに進んだ。

「罪を認めますか」

「認めます」

「警告および個人登録カードへの記載付きの厳重譴責《けんせき》とする」

だれも放校にはならなかった。それが一番重要だった。


最後に言っておかなければならないが、スターリン時代、二十名以上のコムソモール追放は、基本的には大問題ではなかった。放校処分も同様である。他のモスクワの大学で同様の事件が起きても、同じように決着しただろうと確信をもっては言えないのである。フルシチョフの「雪どけ」時代（一九五六年のスターリン批判後、一定の自由化が進んだ）、つまり一九五〇年代後半でさえ、モスクワ大学で「反ソ連学生組織の摘発」があったことを思い出してもらいたい。このとき、放校処分となった「首謀者」たちのために文系学部の学生たちが立ち上がり、授業ボイコットを行った。大学当局は彼らに次の通達を行った。

「明日、サボタージュが中止されない場合、ストライキを行う学部の学生を全員、除籍とする。除籍者の代わりに、全学年で地方大学から学生を編入させる」

全員、すぐに大人しくなった。

私たちのMEIでは、はるかに厳しい時代だったにもかかわらず、この一件は事実上「おとがめなし」になったのである。もちろん、一学部で（いや大学全体でも）調査票に問題のある学生が二十四人も一斉に暴露されるのは緊急事態だった。私の考えでは、温情的処分の原因は学長にあったのだろう。学長のヴァレーリヤ・アレクサンドロヴナ・ゴルプツォーワは、ゲオルギー・マクシミリアノヴィチ・マレンコフ——党と国家においてスターリンに次ぐ人物——の妻だった。ボリス・バジャーノフはパリで出版された『スターリンの個人秘書の覚書』のなかで彼女のことを「賢いヴァレーリヤ」と呼んでいる。彼女なら自分の学生たちに対する粛清を防ぐことができたはずだ。

きっと、そうだったのだろう。

学生時代の著者（モスクワ、1951年）

私たちは金色の太陽の下に生きている……

一九五七年、党と政府は、前年に宣言した民主的改革を継続しており、その一環として、同年夏、モスクワで第六回世界青年学生祭典を開催することを決定した。首都では精力的かつ全面的に祭典の準備が進められた。道路や建物の景観整備の他、モスクワっ子たちの服装にも気が配られた。雑貨店や百貨店には輸入物の衣服と靴が大量に、手ごろな値段で出回った。モスクワっ子たちは着飾った。モスクワは色とりどりの国旗と五大陸を塗り分けた祭典のシンボルで飾られた。さまざまな分野に関する多くの大会プログラムが出版された。社会政治的テーマの報告と討論、スポーツ大会、展覧会、演劇、コンサート、屋外の催しもあった。外国企業の視察団との会合、さまざまな交歓会、ゴーリキー記念文化公園での仮装大会、その他多くのイベント。二週間、モスクワは世界の若者たちの首都になろうとしていた。

開会式当日、五大陸の色に塗られた真新しいバスとトラックの列が、完成したばかりのルジニキ・スタジアムに向けて、サドーヴァヤ通りを走った。モスクワっ子たちは道路に詰めかけ、歓声を上げて外国の代表団を迎えた。バスやトラックを取り囲んで交通を妨げ、予定されていた運行スケジュールを狂わせてしまうほどだった。開会式は予定から二時間も遅れて始まった。

これは、モスクワに大勢の外国人が訪れた、初の国際的催しだった。そのため、外国人と地元住民の接触を最小限に抑える経験が政府にはまだなかった。もっと後の、一九六〇年代末の第十二回世界青年学生祭典や一九八〇年のモスクワ・オリンピックでは、外国人と自由に交流できたのは、事実上、選ばれた人々だけだった。だが一九五七年は、交流はまったく自由だった。もちろん、いくつかの対策は取られていた。社会主義陣営の代表団は、都市中心部のアクセスしやすい地区に泊まった。一方、第三世界と資本主義国の代表者たちは中心から離れたところに住まわされたので、彼らのところまで行くのはやや面倒だった。たとえば英語圏とフランスの代表団は、中心から離れた国民経済達成博覧会地区《ヴェーデーエヌハー》のホテルにいた。イスラエル代表団となると、郊外の寮に住まわされた。だが、祭典の招待客たちは都市交通網の無料乗車券を持っていたので、用意されたバスを使わないこともあった。だからソヴィエト市民たちは、望みさえすれば、客人たちに接触するチャンスがあった。

祭典のプログラムが始まった。モスクワっ子たちは予告された催しに積極的に足を運んだ。だが彼らの関心を集めたのは催しだけではない。外国人を見ること、できれば話をしてみることにも関心があった。そのため、彼らのホテルには毎晩、物見高い人々が集った。だがソ連人の大多数がそうであるように、大半のモスクワっ子は外国語ができなかったので、交流はたいてい次のように行われた。外国語ができるだれかが、一人の外国人との会話を試みる。会話者の周りに人だかりができる。視線は客人に集中し、会話の内容を訳してくれと要求する。好奇心むき出しのモスクワっ子を振りほどくのは不可能で、外国語のできる人は無理やり通訳にさせられ、会話はすぐにインタビューと集団尋問の中間のようなものになった。外の世界の代表者との安全な接触を求める集団から抜け出すのは容易でなく、こうした会話はしばしば外国人の側から打ち切られた。押し寄せる人波と大きく見開かれた五十もの目を見返すことに耐えられなくなってしまうのだ。こうしたとき、変なことも起こった。

あるとき私も、英語でだれかと話をしてみようと、国民経済達成博覧会近くのホテルにやって来た。その晩、私の話し相手となったのはケンブリッジで学ぶイギリスの大学生だった。数分後には二十人くらいが私たちを取り囲んでおり、さらにしばらくすると私たちの会話は「公開の催し」と化していた。家族構成、モスクワへの交通費、住宅環境、奨学金、仕事、給料についての質問、さらには共産主義思想についてどう思うか、あなたは共産主義者か、そうでないならどうしてか……、などの質問が浴びせられた。そこへ、人混みを無理やり通り抜け、三十才くらいの屈強な若者が私たちに近づいてきた。そのポスター風の外見はいかにも先進的労働者という感じだった。彼はイギリス人の真ん前に立ちはだかり、黙って注意深く一分半ほども、珍しい陳列物を見るように、彼を見つめた。そして、ブルジョワ社会の代表者の目を見据えて、尋ねた。

「どうしてあんたらの国では、労働者が一日十二時間も工場で働くのに、資本家どもは何もしないで大金をせしめるなんてことが認められるんだ?」

私は質問を訳した。私のイギリス人は、検察官のような若者の視線にいささか恐れをなし、肩をすくめた。

「どこからそんな情報を得られたのでしょうか」と彼は答えた。「私は一人、知合いの資本家がいますが、とても勤勉です。休日も働いています。どうもありがとう。僕、ホテルに帰らないと」

そしてクルッとふり返って、人混みを抜けようともがき始めた。

「あーあ、何でからむんだ。せっかく話し始めたところなのに。お前さんの政治教育なんていらないんだよ」。周囲の人々は憤慨して、散って行った。

ホテル敷地の出口で、私は、かっちりした黒い背広と白いワイシャツを着た、縁なし眼鏡をかけた若者と出会った。彼はニコリともせず、私と英語で話し始めた。彼のようすは外国人らしくなく、どちらかといえば、きわめて役人風だった。カナダ代表団のメンバーだと自己紹介をした。彼は自分たちの学生生活について話し、カナダ学生の生活はソ連学生のそれととてもよく似ていると力説した。ただし、住宅環境はカナダの方がいいです……。単調な話し方で、感情がなく、どこかぎこちなかった。しばらくやり取りした後、私は自分でも思いがけず、叫んだ。

「あなた、ソ連人でしょう！　どうして人を騙《だま》すんですか！」

彼はまごついて、一言も言わずに姿を消した。あれは、サーカスなどでいうところの「サクラ」だったに違いない。祭典の主催者たちは、モスクワ国際関係大学と外国語大学の学生グループを用意し、ソ連の若者に接触させていたのだろう。外国人の話とのバランスを取るために。サクラはイスラエル代表団にもいた。代表団には見た目がユダヤ人に似た人間（実際にユダヤ系だったかもしれない）があてがわれ、つねにユダヤ人たちに随行した。その男は巧みに立ち回ったので、イスラエル代表団との会合の際、ソ連国内のユダヤ人の現状を訴えたメモをうっかりこの男に渡してしまうユダヤ系のモスクワっ子もいたほどだ。彼らは祭典後、きわめて不愉快な目にあった。

祭典のプログラム中、国民経済達成博覧会のパビリオン前で、大規模なコンサートに合わせてイスラエル代表団の講演会が予定されている日があった。所定の時間、ステージ前には非常に多くの人々が集まった。二千人を下らなかったと思う。来たのはおもに、ユダヤ人の若者と老人だった。講演会場への道中、老齢の女性たちが膨れた足を引きずるように歩きながら、尋ねていた。

「**私たちの同胞**はどこで話をするの？」

彼女たちの中には数年間、家から出たことのないような人もいた。所定の時間になった。ステージは人気がなかった。さらに十五分たった。何の変化もない。ようやく、舞台に人が出てきて、マイクなしでこう言った。

「運営上の理由で、イスラエル代表団の講演会は中止になりました」
彼はこの情報を何回かくり返し、聞こえない人に伝えてくれるよう、頼んだ。集まった人々は、この事態にそれほど驚きもせず、ゆっくり散っていった。

だが、イスラエル代表団の発言を完全に止めることは不可能だった。プログラムでは首都のいくつかのクラブで同様のコンサートが予定されていた。チケットはおもに工場労働者に配布されていた。イスラエル人の公演は人気がなかったので、コンサート開始前のクラブ周辺で、ウォッカ一本で手に入れられた。交換してくれる人はいくらでもいた。こうして私と友人たちはコンサート会場に入った。

演目は多彩だった——ダンス、歌、素晴らしいロシア語訳付きのヘブライ語やイディッシュ語の詩の朗読。私たちを驚嘆させたのは『外科医』というパントマイムだった。当時、このジャンルはわが国では広まっていなかった。演者は、不器用で粗暴な外科医を演じた。手術中、何かが思うようにいかなかった外科医は、興奮状態になってしまい、患者の腸を手に巻き取り始める——長いロープを巻くように。患者は死ぬ。外科医はびっくりしてこのことに気づくと、死体を運び出させ、次の患者を呼び入れる。これらすべてを、パントマイムらしく一言もなしに演じたのである。大成功だった。拍手、「アンコール！」の叫びがあがり、演目はくり返された。この演目のインパクトの鍵は、滑稽さと重苦しさの結合だった。外科医の不器用な手つきと取り乱すさまを笑いつつも、下手くそな手術によってもたらされる死は、重苦しい印象を与えた。

最後にイスラエル代表団の混声合唱があった。イスラエル、アラブ、そしてロシアの歌が歌われた。とても上手で、息が合っていて、高い音楽的素養を感じさせた。リーダーが言った。

「セラフィム・トゥリコフ作曲、エヴゲーニー・ドルマトフスキー作詞の歌《ソヴィエト青年マーチ》です」

合唱団は歌い始めた――

私たちは金色の太陽の下に生きている
仲良く暮らしている
私たちは自分の祖国を誇りに思う
自分の家が大好きだ
私たちは自分の祖国を誇りに思う
若者にはすべての道が開かれている
明るい国だ、私たちの母国は
どこにでも友がいる!

私たちは全員、この歌をよく知っていた。「平和のための闘い」のころ（一九五〇年代、ソ連は平和共存の国際政策を掲げた）、流行していた歌である。祝日の行進のときは、他の「景気のいい」歌同様、元気よく歌ったものだ。ただ、歌詞の意味にはとくに注意を払っていなかった。うんざりするほどありきたりな内容だったから。だがこのとき、この歌詞は、イスラエル国内のムードと近隣との関係に驚くほどよく合っていた（前年の一九五六年、第二次中東戦争（スエズ危機）があり、シナイ半島の情勢は緊迫していた）。敵に囲まれた若い国家は、どうしても欠かせない真の平和を目指している。世界中にいる真の友は、イスラエルの成功と困難に心から共感しているのだ……。歌はまったく別の意味で充たされた。私たちは、歌の理解が思いがけなく変化したことに気づき、驚いてたがいを見交わした。会場には歌が響いた——

勇気にあふれている、
わが国の若者は
若者は鋼鉄のように鍛えられている、
嵐の中で、炎の中で
若者は鋼鉄のように鍛えられている
世界の建設に取り組んでいる

明るい国だ、私たちの母国は
どこにでも友がいる！

会場は声を合わせ、合唱団と一緒に歌い終わった。怒涛《どとう》のような拍手。「ブラボー！」「がんばれ！」「ウラー！」という叫び。ものすごい騒ぎ。人々は舞台に押し寄せ、親しく言葉を交わし、抱き合い、踊った……。混然一体となっていた。

イスラエル人との一体感、ありふれた歌詞に吹き込まれた新しい意味を心に抱いて、私たちはコンサート会場を後にした。ソ連の歌を使って自分たちの気持を見事に表現したイスラエル人たちの機転にも感心した。

祭典は続いた。面白いコンサートもあれば、私たちが見たこともない若い外国の芸術家たちによるアヴァンギャルド芸術の展覧会もあった。ポーランドとチェコの劇団の素晴らしい演劇、スペインと南米の民族歌曲と舞踊、その他さまざまだった。文化公園では仮装大会があった。外国人が踊りや馬鹿騒ぎに引き込もうとしたのに対し、逆にモスクワ住民が尻込みしてしまったのは残念だったが。

お別れの時が来た。多くの人は知り合いができていた。私も二人のイギリス人とよい関係ができていた。何度か約束しては会い、おしゃべりしたり、散歩したりした。この後もつき合いが続くという希望は、だれも持っていなかった。

年月がたった。私たちの生活は大きく変わった。外国旅行や外国人と知り合うチャンスは以前よりずっと増えた。世界的にそうだ。ただし、イスラエルの近隣と国内状況だけは変わっていない。隣国との相互理解はないし、その見込みもない。

だがそれでも、モスクワの第六回世界青年学生祭典を思い出すとき、すべてのエピソードの上にあの歌が響きわたるのだ——

私たちは金色の太陽の下に生きている
仲良く暮らしている
私たちは自分の祖国を誇りに思う
自分の家が大好きだ
私たちは自分の祖国を誇りに思う
若者にはすべての道が開かれている
明るい国だ、私たちの母国は
どこにでも友がいる！

叔父の墓碑

もの悲しい用事でドネプロペトロフスクに行くことになった。その二年前、私の叔父でママの弟のモイセイがこの町で亡くなった。彼は独身主義者ではなかったが、六十年の人生で、結局、家庭を持たなかった。親しい女性もいなかった――少なくとも私たちが知るかぎりは。叔父は気難しい性格だった。陰気と言ってもよいくらいだった。同僚の家族と同じアパートを借り、廊下の端っこの九平方メートルの部屋に住んでいた。叔父が死んだ日、同居人は私たち親戚に電報を打った――叔父の部屋の窓際に置いてあった封筒で住所を調べて。

葬式に来たのは、スヴェルドロフスク（今のエカテリンブルグ）からモイセイの弟のリョーヴァ、タリンから妹の夫のアロン・フェルレル、そして私、「モスクワの甥っ子」（叔父は私をそう呼んでいた）だった。ドネプロペトロフスクに親類が集まったのは、これが初めてだった。以前は集まる理由もなかったし、モイセイが客嫌いだったので、集まろうという話も出なかった。その代わり、彼は毎夏、小さなスーツケースをもってソ連中をあちこち旅した。彼の兄弟姉妹はモスクワ、スヴェルドロフスク、タリンに落ち着いていた。彼は教師だったので休暇が長く、親戚中を回ることができた。あれこれ手伝いをしてくれた。あるところでは畑を耕し、別のところでは家の修繕を手伝い、また厳しい時代には金銭的援助もしてくれた。どの家にも長居はしなかった。よその家庭生活を見るのがつらかったのかもしれない。

そして、死んでしまった。不勉強な学生が何とか追試をパスする、試験期間末のことだった。叔父の同僚はほぼ全員、休暇で出かけてしまっており、小さな葬式だった。いくつかの心のこもったスピーチ、いくつかの土くれ、それで終わりだった。


今回、私がこの町に来たのは墓碑を建てるためだった。墓碑はモスクワ近郊のムィチシ芸術鋳造工場で作ってもらい、半年前、ドネプロペトロフスクに貨物便で送ってあった。受け取り手がいなかったので、私がここまで来て、墓碑を貨物駅で引き取り、墓地倉庫に運んであった。

墓地事務所では管理人補佐が私の相手をした。背の低い、白髪の、せかせかした人で、職業的なお悔やみの表情を顔に浮かべていた。

「ええ、もちろん、墓碑はお建てします。建てますとも。明朝八時、私は墓地に行きます。あなたもいらしてください。一緒にすべてを見届け、きちんとしましょう。それでは明日」

私は事務所を出た。薄暗い灰色の空から、まばらな小雨がいつまでも降っていた。同じ通りにある四つのホテル――二つは上等で、二つはひどかった――を全部回った。どのホテルでも落ち着き払った女性管理人が、冷たい目で来訪客をじっと見て、言うのだった。

「お部屋はありません。あく予定もありません」

どのホテルでも、平べったい縞模様のバッグか、膨らんだ書類カバンをもった貫禄のある男たちがいた。彼らは予約済みの部屋のために、書類に記入していた。ホテルの部屋はふつう、企業が出張員のために予約するもので、私のような私人にはだれも構ってくれなかった。個人的な用事でしょ、自分で何とかしなさい、というわけだ。それで私は駅の休憩室に行ってみた。乗り継ぎ切符を求められた。私は持っていなかった。つまり、ここにも席はないのだった。当直の女性係員が使用済みのシーツと枕カバーを数えていた。私は唯一の来訪客だったので、思い切って話しかけてみた。私がこの町に来たわけを知ると、当直の女性は親身になり、席を用意しますと言ってくれた。

翌朝八時十五分前きっかりに私は郊外の墓地の門前にいた。八時になると墓地のバスが勢いよく門内に乗り入れ、事務室前でクルッと方向転換した。後ろのドアから労働者たちが、鉋がけの木板で組み立てた小卓を運び出した。どうやら移動中、その小卓でドミノをするようだった。男性労働者に続いて三、四人の女性労働者も出てきた。色褪せた服を着て、三角巾をし、シャベルとバケツを手にしていた。こういう女性はよく鉄道補修の現場で働いている。彼らはゆっくり自分の担当区画に歩き出した。その間、運転席から昨日の管理人補佐が出てきて、歩きながら「待っててください！」と言うなり、事務室に消えた。

責任者というものはめったに約束した時間通りに来客と会わないことを経験上知っていた私

は、モイセイの墓に行った。よい場所を分けてもらうつてもなかったので、叔父は離れた予備区画に葬られていた。二年のあいだに墓地は拡がっており、密集した埋葬地を踏みつけないよう気をつけて、慎重に通り抜けなければならなかった。

三十分後、私は小柄な管理人補佐と、叔父の墓の前にいた。墓碑設置の職人も一緒だった。

「申し上げなくてはならないことがありまして。墓碑は建てるには建てられるのですが、問題があるんです」と管理人補佐は職人の方を見た。

「クレーンが要る」と職人は言った。「それも最低十メートルのブーム（クレーンの腕）がついたやつだ。墓碑は大きいかい？」

「普通の大きさです」と私は説明した。「基礎板と碑柱の二つの部分からできています。両方とも御影石製で、どちらも三百キロくらいあります」

「だろ？　クレーンなしじゃ無理だ」と職人は結論づけた。

「私たちあてに申請書を書いてくれませんか、そうしたら墓碑を建てられます」と小柄な管理人補佐が言った。

「いつになりますか？」

「七月終わりです。八月になってしまうかもしれない。やむをえません。もう一度来ていただかないと」

「でも、モスクワからここまで来るのは大変なんです！　こうやって来ているのだから、今日中に終わらせればいいでしょう！」

「何を言っているんです！　そんなことできません。順番というものがあります」

「でも私が半年前、ここに来たとき、五月終わりに来るように言ったじゃないですか！」

「あなたが申請書を出さなかったんでしょう！」

　そこで私は、墓地の事務所はどこの管轄なのか、だれの指示を受けないといけないのか、我慢強く明らかにし始めた。もう一度言いますが、ここに来たのは墓碑を建てるためであって、どんな上の機関にでも行きますよ。

「どうして上の機関だなんて！　私たちの管理人と話してください。とても物分かりのよい人です。もしかしたら解決できるかもしれない。私は、上司の代わりに決められないんです」

　町行きの少ないバスに乗り遅れまいと、私は門に向かって歩き出した。

「お待ちなさい！」管理人補佐の声が聞こえた。「今、うちのバスが出ます。一緒に行きましょう！」

　墓地のバスのなかで、管理人補佐は自分の人生の逸話をあれこれ語って聞かせた。自分が立派な人間だという印象を与えたいようだった。彼は事務所の中庭で、居丈高に話している大きな男を指さした。彼は運転手たちに指示を出していた。その指揮官的口調からするに、退役軍人のようだった。ちょうど良いタイミングを見計らって、私は彼に自分の頼みごとを申し出た。補佐の方をふり返って、管理人は指示した。

「このモスクワっ子に、やってやれ！」

「ほら、言ったでしょう。うちの管理人は物分かりのよい人だって」と上司が聞いているのもまるで気にせず、管理人補佐はしゃべり出した。「行きましょう、書類を用意します」

事務所の中で私に領収証を手渡しながら、彼は言った。

「これで大丈夫。あとは十メートルのブームつきのクレーンさえあれば、万事解決です！　いえ、いえ！　うちにはクレーンはありません。必要な人は闇で雇ってますね。私どもは何ともいたしかねますなあ！」

見知らぬ町でクレーン、それも十メートルのブームつきのを雇えなどと、気安く言ってくれるものだ。私は町中を歩きながら、クレーンがないせいでオジャンになるかもしれないと考えていた。とそのとき、『お手伝い相談所』というきれいな看板に目が留まった。看板の下には大きなショーウィンドーがあり、ポスターが貼ってあった——子どもの世話をする笑顔の娘たちや、ハンマーとペンキ刷毛を手にしたスラッとした青年たちを色鮮やかに描いた簡素な図柄。ショーウィンドー越しにとてもモダンな室内が見えた。低いテーブルと曲線形の金属の足のついた座りよさそうな椅子。私は入ってみた。テーブルには分厚い帳簿を前に、二人のきちんとした、入念かつ趣味のよい服装をしたご婦人が座っていた。化粧品も上等だった。私は墓碑の話をした。どうして十メートルのブームつきのクレーンが必要なのか、説明した。とても必要なんです。そのために私は他の町から来たんですから。

「私どもはそういうことは扱っておりませんので、何ともお手伝いしかねます」と、とても丁寧な、慣れた口調で言われた。ホテルの女性管理人よりも、さらに落ち着き払っていた。こういう無理なお願いが一日に三度は持ち込まれるかのようだった。

入口のそばに年配の女性が座っていた。自分の孫をしばらく預かってほしいようだった。男の子はプラスチックの床で木製のトラックを走らせ、ブーブーと騒いでいた。女性は孫を静かにさせようとして、お巡りさんが来ますよなどと言っていた。私の相談を耳にして、彼女は気の毒そうに私の袖を押さえた。

「どなたが亡くなったんですか？　叔父様！　叔父様を大事にされてご立派ねえ。正しいことよ。あなた、交通局に行ってごらんなさい。ジダーノフ通り十九番地です。相談に乗ってくれるかもしれません。ここじゃあねえ……」

交通局は半地下階の狭い部屋だった。壁はくすんだ色の油性塗料で塗られていた。壁には二つの窓口があったが、二つともベニヤ板で閉ざされていた。反対側の壁にはデスクがあり、角刈りにしたでっぷりした男性が座っていた。ひっきりなしにかかってくる電話に出ては、一息でこう叫んでいた。

「こちら交通局のボリセンコです！」そして、労働者つきの車やただ車だけの注文、今日の予約、三日後の予約、明日の予約などを受け付けていた。大きな罫紙に何か書き込んでは、もう次の電話に応えていた。

私の相談は彼を混乱に陥れた。

「クレーン車？　十メートル・ブームの?!　私たちは家具でも、ピアノでも、冷蔵庫だって町の端から端まで運びます。でもクレーン車はねえ！　私がしてあげられるのは、この町の企業の自動車係に電話してみることだけですな。もしかしたら、どこかの車庫にそんなクレーンがあるかもしれません。そしたらそこへ行って、話をつけてください」

そして彼は電話をかけ始めた。一時間も電話してくれた。質問したり、問い詰めたり、懇願さえしていた。だが最後に、暗青色の制服のカラーのホックを外し、額と首をハンカチで拭いて、言った。

「うちにはそういうクレーンはありませんな。お役に立てません、うちの専門じゃない。そういうクレーンは建設会社にしかないそうです」

このとき、またしても電話が鳴り始め、彼は受話器をつかんで叫んだ。

「こちら交通局のボリセンコです！」

交通局のある通りは、町の中心に向かって急な下りになっていた。古い木々に囲まれた、小さな建物の立ち並ぶ古い通りだった。木々の下では降り続く小雨を感じなかった。私は木々の下で歩みを緩めながら通りを下っていき、この二日間の出来事を何とか整理してみようとした。墓地の事務所は、墓碑を建てる仕事をすることに同意した。だが、クレーンがないせいでそれができない。私はというと、十メートル・ブームのクレーンを提供してくれる組織を見つけられない。

私は近くの食堂で、サワークリームをかけた凝乳入りヴァレニキを二皿頼み、窓際の空いている席に座った。とても美味しいヴァレニキだった。こんな美味しいヴァレニキを最後に食べたのは、二十五年くらい前、やはりウクライナのハリコフで、メーラ叔母さんの家にいたときだった。彼女もヴァレニキを作るのが上手だった。戦時中、ハリコフが占領されたとき、ナチス兵たちが彼女と二才の娘アーラチカをドロビツキー・ヤールの森で射殺したのだ。今では彼女の兄のモイセイもいない。だが、彼がどこに葬られたか分かっているのはよいことだ。墓碑を建てることさえできる。ただ十メートル・ブームのクレーンが必要なだけだ。

鉄道駅の近くでは、自動車工場を建設中だった。広い入口のある巨大な建物の骨組がもうできていた。建設現場からはクレーンの合図音、電気溶接のバチバチいう音、叫び声が響いていた。

「オーライ、オーライ、よーし！」

建設現場の門の前にはクレーン車が停まっていた。長い格子状の角錐形ブームが、折りたたまれて、操縦席の上の台に横たえられていた。ピンと張られたワイヤロープで巨大なフックが前方バンパーに留められていた。フックは、空回ししているエンジンに合わせて震動していた。運転手はクレーン操縦士でもあったが、作業着の下に水兵シャツを着た、前髪を立てた若者で、炭酸水を飲んでいた。

「俺のクレーンじゃないからさ！　勤務時間中に町から四キロも離れたところに行けるわけないだろ！　遠すぎるよ。無理だ」

これはすべて、年少者の無理な要求を教えさとす年長者のような、やさしい口調で言われた。私にもそれは分かった。一対一で話をつけるのは無理だった。

さらに町を行くと、看板が見えた。『ドネプロ住宅建設』。重々しい暗赤色のガラスに金字で書かれている。大きな建物の、音が反響するアーチに入っていった。会社はしっくい塗りの一階の離れにあった。木造のバルコニー型玄関の手すりに二人の従業員が座っている。煙草を吸っている。足を垂らし、組んだ腕を膝に置いて、じっと座っている。こんな座り方は昼食休憩にしかしないものだ。私はあいさつした。興味深そうな視線を感じる。出入りの従業員や現場監督には見えないのだろう。

「何の用？」

「何かご用ですか」でなく「何の用？」と来た。もう何度目になるか、私は話をする。何度もリハーサルをしているので、私の話はほとんど名人芸の域に達している。話しても無駄だという確信を持ちつつ、話をする。

「なーるほど！　それじゃ所長代理のところにいらっしゃい。ほらそこ、廊下をまっすぐ行って右側のドア、黒いレザーのドアです。そこに代理たちがいますから。あの人たちじゃないと無理ですよ」

中に入る。二人の代理が座っている。一人はでっぷりして、白髪で、青いスポーツシャツを着ている。もう一人は痩せていて、背広を着ている。痩せたほうは電話で話している。クリミアの海岸のピオネール・キャンプの話をしている。私は待つ。やっと、白髪の男が訊ねる。

「何の用？」

「とても個人的なことでして、少し変わっているのですが」と私は始めるが、二言か三言話すと、もう白髪の代理は私に興味を失い、何かの書類を手にする。このとき、もう一人の代理が受話器を置き、自分の机に私を招いた。

「お話しください」

またしても話す。白髪の代理は椅子の背からジャケットを取り上げ、それを着て、出て行く。昼食休憩なのを思い出す。私は謝る。

「いいんです、続けてください。お話しください」

私は、住宅建設企業の看板を見て入ってきました、というところで話を終えた。

痩せた代理は受話器を取って、電話帳で番号を探し、電話をかける。

「話し中でした。十分ほどお待ちください。かけ直してくるでしょう」

約十五分後、かけた番号から電話がかかってくる。

「ヤコヴェンコだが、リュバルスキーを……」そしてとてもやさしい声で、「お嬢さん、どうかお願いですから、リュバルスキーを見つけて、すぐ私に電話をくれるように伝えてくれませんか。待ってます。お願いします」

電話が鳴る。

「リュバルスキーか？　ヤコヴェンコだ。あのね、君のところに十メートル・ブームのクレーンはあるかね。何がある、MAZか？　KrAZか（それぞれソ連製クレーンの機種）。うん、それは結構」、そして私の方を向いて小声で「クレーンはいつ必要ですか？……」――「明後日の金曜日、ザポロジエ街道にある町の墓地にKrAZを一台送ってくれ。いいかい？」そしてまた私に「何時がいいですか？」――「十四時だ。経費は私の方につけてくれ。明日もう一度、電話して確認するから。それじゃ」

「はい、これで、わが社の機械部門の主任技師リュバルスキーと話がつきました。クレーンは大丈夫でしょう。明日もう一度、彼に確認します。あっ、いけない！ 今日、私はゲニチェスクのピオネール・キャンプに行くから、帰ってくるのは土曜日だ！ 明日、あなたが自分でリュバルスキーのところに行って確認してもらわないと」

それだけだった。行って確認するだけでいい。私は目の前の人を見た。彼は、どこに行けばリュバルスキーに会えるか、紙に地図を描いていた。

「本当にありがとうございます！」私はのどが詰まった。「でもクレーン代はお支払いしなければ。どういう手続きをすればいいでしょう？」

「あなたはうちにお勤めでありません。クレーン代をあなたに回すことはできません」

「回してください。お支払いします。あなたは大変親切にしてくださったのに、さらにご迷惑をかけてしまいます。いったいどうお礼したらよいか、分からないほどです」

「大したことじゃありません」

「でも、そんな……。こんなにお世話になってしまって……」

「分かりました、それではあなたのモスクワのご住所と電話番号を下さい。何か必要ができたら、お電話します。お約束します。成功をお祈りします。さようなら」

機械部門の住所を書いた紙をしまって、通りに出る。同じ町。三十分前と同じように、人々が歩いている。

急いで墓地の事務所に行く。クレーンが手に入ったから、あとはもう彼ら次第だと伝える。この事務所でこんなに喜びに充ちた声が響いたことは久しくなかったろう。管理人たちは、尊敬のこもった驚きの表情で私を見ている。

「明後日の十四時にはすべて用意できているようにします。心配ご無用です」

もちろん、次の日、私はリュバルスキーのところに行った。彼も、珍しいものでも見るように私を見ていた。ヤコヴェンコの指示は間違いなく遂行されると約束してくれた。


金曜日、墓地で小柄な管理人補佐が私に近づいてきて、恭しく頼んだ。

「私どものところにはまだいくつか大変立派な方々の墓碑がありまして。あなたのクレーンを使ってそれらを建てることをお願いしたいのですが」

「私のクレーンじゃありませんから！　クレーン技師と話がつくならどうぞ！　私は構いません」

きっかり十四時に、町の方からザポロジエ街道に巨大なクレーン車が姿を現す。堂々たる十メートル・ブームを刻一刻と運んでくる。他の自動車にどんどん追い抜かれても平然としている。クレーン車は自分の必要性を自覚しているのだ、という気さえした。

クレーン技師はずんぐりした髭面《ひげ》の「おっちゃん」だったが、墓地の職人に示された経路で墓まで行けるか、時間をかけて確かめた。

定められた場所に墓碑の基礎板が据えられ、その上に碑柱が建てられた。そこにはこう刻まれていた。


ザク、アロン＝モイセイ・メンデレーヴィチ、1901―1963

すべてが終わると、管理人補佐はクレーン技師に言った。

「じつはもう三つ、墓碑があってね。そいつらも建てないといけないんだが」

「いや、駄目だ。俺は仕事中だ。墓碑を一つ建てたら、すぐ現場に戻るように言われている。それにあんたたち、準備できてないだろ。駄目だ、手伝ってやれん。それじゃ」

クレーン車は墓のあいだの狭い通路で慎重に方向転換をし、門をくぐって街道に出ると、悠然と町の方に去っていった。

墓碑の据付けをしきっていた職人は、すべてうまくいったと私に言い、小柄な補佐と事務室に戻っていった。

翌朝、私はふたたび叔父の墓に来た。花束を置き、墓碑の脇に座り、故人を偲《しの》んだ。親戚に送るために、何枚か写真を撮った。晩にはもうモスクワ行の列車に乗っていた。

私は列車内ですごす晩方の時間が好きだ。翳《かげ》った陽光が長い通路を照らしている。乗客たちは昔ながらの旅行食を並べている。どこかの客室では小さな男の子が寝たがらず、ママがなだめても、グズグズ泣いている。カーブでは車両が左右に傾く。それに合わせて、通路の壁に映し出された陽光の四角形が、上下にずれる。くつろいだ気分で、ゆったりしたおしゃべりをしたくなる。

私の話し相手は六十才くらいの男性で、ドネプロペトロフスクでの私の冒険物語を聞いている。聞きながら、ときどきニヤリとする。最後に私は言った。

「何とかしてヤコヴェンコさんにお礼がしたいですよ。やっぱり、彼が何か頼んでくる前に。そもそも頼んでくるかしら。企業指導者の気配りについて新聞に投書したらどうでしょう。あんな人はそうそういませんから」

私の聞き手は窓外を見ながらしばらく黙っている。それからこちらを見て言った。

「もし住所をご存知なら、彼に手紙を書くといいでしょう。でも新聞は……。新聞はよした方がいいでしょう。彼にとって面倒が起きるかもしれません。業務上の地位を利用して、私人の便宜を図るために職場のクレーンを使ったとか、言われるでしょう。どんな尾ひれがつくか分からない。でも、もしかしたら大丈夫かもしれない」

それから何年もたった。もう三十年以上。その後ドネプロペトロフスクには、二度立ち寄る機会があった。二回とも、モイセイ叔父さんの墓がある墓地に行った。二回とも、道を見つけるのに苦労した。墓地がさらに大きくなっていたのだ。私の従妹のエーリャ――リョーヴァの娘だ――もここを訪れた。他の親戚は行ったことがない。叔父さんの同僚たちも行っただろうか。墓碑はしっかり立っているが、手入れしてくれる人がいなかった。モイセイ叔父さんその人のように。

＊　＊　＊

ドイツに来てからのある秋。窓外にはポプラの木がざわめいている。そばには穏やかなデュッセル川が流れている。九月の初め、「贖《つぐな》いの日」（ユダヤ教の重要な祝日）の前に、私たち家族はユダヤ人墓地を訪れた。親族供養の日だった。驚くほど多くの人がいた。墓地の小さなシナゴーグでラビがお祈りを読んでいた。

ここには、わが家にゆかりのある人はだれも葬られていない。私たちは、手入れの行き届いた墓標のあいだの整然とした小道を歩きながら、思い出した。さまざまな時代にこの世を去り、旧ソ連のさまざまな場所に葬られた、私たちの親族と友人たちのことを。モスクワ、タリン、エカテリンブルグ、ハリコフ、サンクト・ペテルブルグ、モスクワ近郊のセルギエフ・ポサード(以前のザゴルスク)。そしてドネプロペトロフスク。

そして私は、ここに記した昔のことも思い出したのだった。

古いランプ

一九六〇年代前半のモスクワ。雪どけはもうすぐ春になると、まだ思われていた。だが敏感な人々はすでに、最高指導部の政治経済面の動きに「寒の戻り」を感じ取っていた。

そのころ、私たちの友人で叔母を亡くした人がいた。故人の父親は一九一七年以前、古物商で成功した人で、故人の家には多くの古いものがあった。家具、食器、絵画、彫像、さまざまな工芸品など。

どんなにつらい出来事も、次なる行動を求めてくる。遺族たちは、故人の地上の生を締めくくる書類を作り終えると、故人宅の品物の始末に力を注いだ。私も実働部隊として呼ばれた。一つひとつの品物の運命は、三つのグループに分類されることで、手早く決まっていった。つまりそのグループとは「自分たちのもの」、「隣人と友人にあげるもの」、「捨てるもの」だった。

私は食器と古い灯油ランプをもらった。真鍮製の灯油タンクの上には、火口とガラスの代わりに、電球ソケットとスタンド笠の骨組が付いていた。

私は、すぐにスタンド笠を作るか買うかするつもりで、ランプを物置にしまった。だがモスクワのせわしない生活、仕事、その他もろもろのせいで、忘れてしまった。しばらくたった土曜の晩、家族が全員そろい、仲のよい友人が遊びに来ていた。古いランプの話になったので、物置から出してきて、よく調べてみた。電球ソケットを取り付けたのは、明らかに技術的センスのない人だった。コードが灯油タンクからぶら下がっていたが、これはみっともないというだけでなく、危なかった。ランプは五十センチ以上の高さがあり、ぶらぶらしているコードをうっかり引っかけると、ランプをひっくり返しそうだった。どっしりした真鍮製の土台に立てられた黒ガラスの筒の上に、タンクは据えられていた。私たちはランプを分解し、タンクと筒の内側にコードを通し、土台から外に出すことにした。タンクのねじを回し、締め具を外した。これは簡単だった。ランプの部品が並べられ、筒の中から陽の下に（正しくは電灯の下に）現れたのは、きっちり結わえられた紙束――見慣れない、しかし間違いなく紙幣の束だった。

「お金よ！」ランプの分解過程を見ていた娘のスヴェトラーナが叫んだ。

部屋中が騒ぎになった。

「ドルじゃないの！」テレビから飛んで来た姑《しゅうとめ》のガリーナ・ラザレヴナが言った。

「ジャージーの服が買えるかしら！」ドルと聞いて、妻のイーリャがうっとりと言った。当時、モスクワのクトゥーゾフ大通りに、外貨払い専門の「ベリョースカ」第一号店がオープンしたばかりだった。もっぱら外国人用だったが、外国旅行を許可されたソヴィエト同志のなかにも出入りする人々がいた。「ベリョースカ」の夢のような品揃えの噂はモスクワ中に広まっていた。そこには何でもある。当時流行しつつあったジャージーの服もある。

「うーん、そうだな！」と私と友人は言った。友人は経済学者で、とある科学アカデミー研究所で働いていた。しかも、国際金融関係とその変動を研究していた。私たちは数えてみた。五ドル紙幣が十九枚。二十枚目が他の部品に入っていないか探したが、見つからなかった。発行年ごとに並べてみた。いちばん古いものは一八九六年、いちばん新しいものは一九一一年発行だった。新しい紙幣には、ソ連でも尊敬されているエイブラハム・リンカーン大統領の肖像があった。問題はなさそうだ。お金が見つかった。家族と友人のために使おうじゃないか！　どっこい、そうは行かない！　ソヴィエト市民が外貨を持つことはできない。持つ権利がない。すべての外貨は国家の所有物だ。「外国出張組」と呼ばれる同志たちは、帰国後、決められた期限内に未使用の出張費を国立銀行に返却し、その代わりに特別な小切手を受け取る。それが例の「ベリョースカ」で使えるのだ。国際巡業で外貨を稼ぐ音楽家や役者、国際組織が出張滞在費を出す一流シンポジウムに招かれた著名な学者でさえ、受け取ったお金のうち、ごくわずかな限度額しか使うことができない。限度額を超えた分はすべて、国家のために無償で渡さなければならないのだ。われら平民については何をか言わんや。

その数年前、「やぶにらみのヤン」こと、ヤン・ロコトフをリーダーとする経済犯罪グループの裁判がモスクワであった。この事件は大々的に報道された。もちろんそこには教育的目的があり、国民経済を甚だしく害する大規模経済犯罪として論評された。事件の構図は単純だった。「やぶにらみのヤン」は、外国人から不法に外貨を買い漁り、その外貨を、不当な方法で稼いだ大金を隠しておきたい人々に転売していたというのだ。だが、そうした人々——大金をもつ闇相場師や無免許の現場作業者など——はそう多くはなく、また彼らの大部分は国外に出るチャンスがない。一方、学者や芸術家、国際便のパイロットたちは外国に行けることをとても大事にしていたから、かりに非合法な外貨を手にしたとしても、裁判で言われたのとは比較にならぬほど少額だったろう。要するに、騒ぎは大きかったが、内実はあいまいだった。ロコトフは巨額外貨の違法取引の罪で有罪となり、現行法で定められた最長の刑期——矯正労働収容所で十五年——の判決を受けた。だが、当時「ソ連の大地の支配者」（皇帝ニコライ二世は「ロシアの大地の支配者」と自称した）だったニキータ・セルゲエヴィチ・フルシチョフは、かくも寛大な判決に憤慨し、新しい法律を発布するよう命じた。この種の犯罪に最高刑、すなわち銃殺刑を言い渡せるような法律を、である。そしてロコトフとその一味を銃殺するよう命じた。世界の司法では新法を遡及させて人を罰した例はないと、法律家たちがフルシチョフを説得したが、無駄であった。新法は制定され、ソ連最高会議で承認された。従順な最高会議は特別法令をつけ、この新法がロコトフ事件に遡及適用されると定めた。銃殺刑が執行された。その一方で、モスクワ内で囁《ささや》かれていたのは「やぶにらみのヤン」が外貨を売っていたのは党や政府の幹部職員、外交官、税関をノーチェックで通れる部署の責任者たちだという噂だった。他ならぬ彼らが、事の露見を恐れて、フルシチョフにこの前代未聞の処分を焚《た》きつけたというのだ。結果としてソ連の人民は、ソ連政府の強大さと公正さの教訓をまたしても与えられる一方、法律に関係するすべての国際機関からソ連の代表者が追放された。そして、ソ連の法律関係者たちが世界の舞台にふたたび立つようになるまで、およそ二十年かかったのだ。

まさにそうした時期に、わが家にドルが出現したのである。当事者全員がこの思いがけない発見について熱く論じた。この出来事は公にしないのが賢明だという意見でまとまった。何しろ外貨とは、友人の経済学者の表現を借りれば、「敵対的な外国世界との直接的接触」だったから。

私たちはその金を何枚かの紙に包み、ビニール袋に入れ、テープで口を縛って、さまざまながらくたの詰まったデスクの一番下の引き出しに突っ込んだのだった。

幸い、わが家の女性陣はこの出来事に強くこだわらなかった。だが、私自身はというと、そうでなかった。あのドルを合法的に現金化する可能性を見つけたいという想いが離れなかった。

時がたち、この出来事を何人かの友人に話してみようという考えが固まり、私は実行に移した。ほぼ全員が、表現は違えど、「事を荒立て」ない方がいい、よりよい時代が来るまでその金は隠しておくのがよいと助言した。よりよい時代というのがどんな時代で、いつ来るのかについては、もちろん、だれも言えなかった。職場の友人の一人で、私の部署の長は、知合いの弁護士に相談してくれた後で、こう言った。

「火遊びはいい加減にしろ。その金のことは忘れろ、もっといいのは処分することだ。分かったか?」

「分かった」

もちろん、私はドルを処分するつもりなどなかった。そんな野蛮なこと! だが友人に訊いて回るのは止めた。その間、妻のイーリャがわが家の掘り出し物について自分の叔父に話した。彼は一九三七年と一九四九年の粛清(一九三七年はスターリンによる粛清が最も激しかった年。スターリン時代末期もとくにユダヤ系に対する粛清が激しかった)を奇蹟的に生き延び、スターリンの死後、名誉回復されたオールド・ボリシェヴィキだった。アレクサンドル・ザハロヴィチといったが、彼は共産主義の理想への忠誠を貫き、心安らかに暮らしていた。彼によれば、共産主義の理想が実現しないのは、ひとえに権力に群がる悪人どものせいだった。幸薄きドルについて彼は言い切った。

「ビニール袋に入れて、表に故人の名前と父称、名字を書いておきなさい。どこか離れたところに保管しておきなさい。それでよい」

春は物事の見通しが明るく楽観的になるものだが、私もドルを使ってみる考えになっていた。このお金は盗んだものではない、非合法に買ったものでもない。その証拠は紙幣の古さだ。もっとも新しいものでも半世紀以上前のものなのだ。

私はポケットに二十ドルを持って、クトゥーゾフ大通りに来た。「ベリョースカ」の店内はいつもと違って人気がなく、暗かった。明るく照らされているのはショーケースと商品が置かれている棚だけだったが、その豪華さときたら、アリババが入った洞窟に匹敵するほどだった。婦人服の棚のところに立ちどまると、イーリャにお似合いのジャージーの服が目についた。制服に身を包んだ、とても知的な感じの売り子がすぐに寄ってきて、何をお探しですかと尋ねた。

この服が欲しいのだが、ドルで支払いはできますか？

「お品物は分かりました。支払いについては上の者を呼んできます」。上の者というのは、やはり制服を着た、少し年上の、同じくらい知的な感じの女性だった。二人とも優秀なモスクワ外国語大学の卒業生という印象を与えた。だが上役の店員は、差し出されたドルを両手で押し返しながら、叫んだ。

「いえいえ！　私たちは、お金は扱いません！　お支払はレジで済ませてください。私たちはお客様にサービスし、レジの受領書と引き換えに包装された品物をお渡しするだけです。お金のことはレジでお願いします」。そしてガラスの窓口を指さした。そこではレジスターの向こうに体格のよいご婦人が座っていたが、いかにも気安いやり取りに応じてくれそうにはなかった。目鼻立ちの大きな顔は無表情のトレーニングを積んでいるようで、がっしりした肩には内務省かＫＧＢの肩章がついていてもおかしくなかった。実際には、レジ係は店の従業員の制服を着て、仕事を待っていた。「もし、私の問題を話していて彼女がほほ笑んだら、うまくいくだろう」とふと思った。「もしほほ笑まなければ……」レジ係は据わった視線を私に向けた。

「妻にプレゼント用の服を買いたいのですが、亡くなった叔母が遺したドルで支払いをしたいのです」。こういう説明で、私は質問に先手を打つつもりだった。

「ドルを見せてください」

レジ係はドルを手に取って、注意深く調べて、言った。

「これはとても古いもので、今は使われていません」

レジ係の目はすこし細められ、その顔にかすかな笑みの影が差した。目だけだったが。

「このお金はもう使われていません」と彼女は続けた。「一九二六年、アメリカ合衆国は全面的な紙幣交換を行いました。ですが、合衆国の銀行は古い紙幣を額面価格で現行の紙幣に取り替えます。ネグリンナヤ通り十二番地のソ連国家銀行に行かれるといいでしょう。そこで合衆国に送ってくれます。鑑定後に現行の紙幣が受け取れます。ただし、あなたにはドルでなく、

〝D〟タイプの小切手が渡されるでしょう。その小切手は当店ではドルと同じ価値があります」

そして私にお金を返した。

「行ってみるといいですよ！」

レジ係の目にはまだ笑みが映っていた。

「教えてくれてありがとう、さようなら」

そのとき私が感じた安堵《あんど》の気持を言い表すのは難しい。ずっと感じていた重荷が心から取れたようだった。春の晩のモスクワ、クトゥーゾフ大通りでは広告と自動車の灯りが賑やかにまたたいていた。私はボロジノ橋を渡り、地下鉄のアルバート駅まで歩いて、帰途についた。

家族に「ベリョースカ」訪問の話をした。

「ずっとモヤモヤしていたものね！」とイーリャが結論づけた。「で、今は楽になった？」

これでランプの話は終わりにしてよいのだが、もう一つだけ、わが国の生活に特徴的な細部をお話しする価値があるだろう。ドルを受け取った国家銀行の外貨係の女性係員は、こう言ったのだ。

「あなたはこのお金を見つけた、つまり有価物を拾得したわけです。現行の法律では、拾得された有価物は国家の所有物です。そして有価物を拾得したあなたは、その価格の二十五パーセントを謝礼として受け取ることになります」

私たちは、「拾得」という言葉をなるべく使わずに申請書を書くことで話がついた。紙幣に対する私の権利は守られるはずだった。だが数か月後、国家銀行で受け取った〝D〟タイプの小切手は八十八ドル三十五セント分だった（総額の約二十五パーセント）。手数料として七パーセント、銀行が差し引いていた。

それでも、家族も友人も、私の冒険のハッピーな結末を喜んでくれた。職場の友人で、弁護士に相談してくれた例の上司はこう言った。

「こんなことが起こるのは君だけだ！」

そうかもしれない。だがよく分からない。ランプは組み立て直し、コードを柱と土台に通した。わが家の友人であるレニングラードの彫刻家が、特製のガラスの笠を作ってくれた。それ以来、ランプはわが家を飾っている。六〇年代のモスクワの生活と出来事を偲ばせつつ。

一九六七年のモスクワ、アルヒーポフ通り

一九六七年十月。ユダヤ人にとってきわめて意義深い年だった。五月から六月にかけて突然、「六日戦争」（第三次中東戦争）が起こり、イスラエルは勝利した。エジプト、シリア、ヨルダンの軍が撃滅され、イスラエル軍はエルサレムとヨルダン川西岸を占領し、死海に達し、ゴラン高原を制圧、ダマスカス（シリアの首都）に迫った。世界は衝撃を受けた。ソ連の外交筋とメディアは、イスラエルを激しく非難した。この戦争に関する国連安全保障理事会で、A.N.コスイギン首相を団長とするソ連代表団は、イスラエル首相レヴィ・エシュコルの演説の際、退場した。ソ連の反ユダヤ主義者たちはイスラエルの軍事的成功に仰天したが、ユダヤ人への憎しみは和らぐことがなかった。

「どこまで欲しがるんだ！　海から海までの大イスラエルか！　我が国の軍を送るべきだ、思い知らせてやる！」

一方、ユダヤ人たちは意気揚々として、おたがいにこっそり話していた。

「いやいや、何という大勝利だろうねえ！　ユダヤ人は戦争ができないなどともう言わせないよ。大したものだ、こうでなくっちゃ！」

一言でいえば、六日戦争は、おそらくソ連時代初めて、ソ連に住むユダヤ人が民族的誇りを感じ、それを表現する機会となった。まさに六日戦争の後、ソ連のユダヤ人がイスラエルに出国する話が公然とされ始めたのである。実際に出国申請をした人々がいることが知られるようになり、その数はどんどん増えていった。そしてこのプロセスへの国家的カウンターバランスとして、生活のあらゆる分野でユダヤ人差別が強まった。民衆レベルの反ユダヤ主義も、政府諸機関によって支持されるのに応じて、激しくなった。公共交通での襲撃や公共の場での衝突など、明らかに違法であるにもかかわらず、警察や公安機関は見て見ぬふりをした。処罰など問題にもならなかった。

こうした状況はユダヤ人たちの民族意識を強めていった。イスラエル国家が自国を守り抜く力がある以上、その存在によって異郷のユダヤ人も守ってくれると感じ始めたのである。多くの人がユダヤ人の歴史と伝統に興味を持つようになった。シナゴーグに通う人も増えたが、それは宗教のためというより、仲間と一緒になりたいという思いからだった。私もそうした思いを抑えられなかった。

十月半ば、十六日か十七日だったと思う、シムハス・トーラーの祝日があった——モスクワのユダヤ人は名称の意味がよく分からず「シムハストイレ」と呼んでいたが。多くのユダヤの祝日と違って、とても陽気なお祭りだった。私も仕事の後、アルヒーポフ通りにあるモスクワ合唱シナゴーグに向かった。以前、この通りはスパソ・グリニシェフスキー横丁と呼ばれていた。なぜ著名なロシアの芸術家の名前〔アブラム・アルヒーポフ（一八六二―一九三〇）、画家〕に改名したのか、私は知らない。もしかしたら、彼の名がアブラム・エフィモヴィチだったたからかもしれない。ただ私の知るかぎり、彼はユダヤ人ではなかったが。アルヒーポフ通りは、マラセイカ通り（当時はボグダン・フメリニツキー通りといった）あたりから、共産党中央委員会の建物近くのノーヴァヤ広場と並行するように、ソリャンカ通り方面に下っていく。この通りはKGBの厳しい監視下に置かれていた。この付近一帯がそうだったが、アルヒーポフ通りはとくに厳しかったかもしれない。ユダヤ人の集まりには、必ず疑いの目が向けられた。言っておかなければならないが、以前は若者や中年の大人が自由にシナゴーグに出入りするのは容易でなかった。扉には自警団員が立っていた。彼らは有志の組織のメンバーで、国の秩序を守る民警〔ソ連時代の警察の名称〕の手助けをしていた。彼らは、シナゴーグに入ろうとする人がいても、彼らの方で必要ないと判断すれば、中に入れようとしなかった。それでも入ろうとする人間に対しては、名前や勤務先を問い質した。身分証明書の提出を求めることもあった。

六日戦争後、外国の特派員がモスクワのシナゴーグ周辺のようすに関心を持つようになり、こうした取調べは、それでなくてもよろしくないソ連のイメージを傷つけた。政府機関はシナゴーグへの出入り規制を緩和した。だが来訪者の監視は続けていた。

その晩、私の目に映った光景は驚くべきものだった。アルヒーポフ通りは、文字通り立錐の余地もなかった。シナゴーグの向かいには強力な劇場用スポットライトの三脚を立て、踊り、歌い、ワインと食事を楽しむユダヤ人たちを照らし出していた。自然発生した音楽家グループがあちこちで《フレイレフス》や《ハバ・ナギラ》、その他のユダヤ民謡のメロディーを奏でていた。カメラのフラッシュ。映画技術者グループがスタンドのカメラの周りで動き回っていた。人混みの真ん中を若者の行列が通る。彼らは音楽に合わせて、輪になったり、渦になったりしながら、こうしたお祭りに慣れていないモスクワっ子たちを巻き込んでいった。もちろん、制服姿の民警もあちこちにいた。事務的な様子で人混みを通り抜ける無関心な人々もいた。シナゴーグへの出入りは自由だった。明るく照らされた扉付近には、つばのある帽子やキャップをかぶった老人たちが立ち、喜びの涙を浮かべてお祭りを眺めていた。私はやっとのことで人混みをかき分け、階段を上ってシナゴーグに入った。礼拝はすでに終わっていた。建物内は騒がしい話声と今晩の出来事に興奮した叫び声で充ちていた。説教壇の周りには、この祝日にトーラー〔ユダヤ教の聖典〕に触れようとする人々が集まっていた。おもに六十すぎの人々だった。彼らは、私がイメージする「本物のユダヤ教徒」というより、「常連」という感じだった。それで思い出すのは、知人のおばあさん――ユダヤ人集落の典型的タイプだった――が、あなたは信者ですかという質問に対して、こう答えたことである。

「いや、信じちゃいないね。ただ、守ってるのさ」

シナゴーグに通う多くの人々もまた、自分をユダヤ人と感じるために、宗教的儀式と祝日を守っているようだった。偉大なソ連邦の諸民族の家族のなかで独自の習慣と伝統を持ち、それを守る民族という自覚を持つために。

私は、おしゃべりしている人々のあいだを歩いた。概して言えば、私にはまったく無縁なこれらの人々に対して、今まで感じたことのない不思議な一体感を感じながら。何が私たちを結びつけるのだろう。あるとすればただ一つ――このお祭りに来ない人々の私たちに対する態度だ。このお祭りを大切にする者に対する彼らの蔑みだ。おそらく、そういうことなのだ。私はトーラーの朗読者に近づいた。トーラーに触った。ゆっくりと出口に向かう。喜び騒ぐ人々をかき分け、お祭りの雰囲気をいくらかでも味わうために。ところが、扉のところで、猛然と階段を上ってきた体格のよい男とぶつかった。彼は一瞬立ちどまり、コートの裾のところを何か確かめた。猟銃のボルトを閉めるような、乾いた金属音が響いた。目まで下げられたキャップ帽は、顔を隠していた。彼は周囲の人を押し分け、トーラーの朗読者のいる説教壇への通路を猛然と進んでいった。「挑発行為だ！」と脳裏にひらめき、私は凶事を防ぐため、その後を追った。男は朗読者を取り囲む人々に割って入り、トーラーを両手でつかむと、それに顔を押し付けて口づけした。一瞬、動かなかった。それからまた激しくふり返って、横の通りを壁に沿って、速足で出口へと向かった。私は呆然《ぼうぜん》と立っていた。緊張がしだいに解けていった。「挑発者」が視界から消えると、私もゆっくりと出口に向かった。眼前では、モスクワのユダヤ人たちが喜びにあふれていた。暖かい晩だった。私はキャップ帽を脱ぎ、書類カバンをあけて、帽子をしまい、錠をかけた。

猟銃のボルトを閉めるような、乾いた金属音が響いた……。

たった今起きたこととの馬鹿馬鹿しさがあまりにショックだったので、私はお祭りに残る気になれず、国民経済達成博覧会方面行の地下鉄で家に帰った。車内の乗客のすり減ったような、無表情な顔を見ながら、わが国の生活について考えた。つねに悪いことを予期する私たちの生活。

実際のところ、それだけだった。

民族の友好

あるいは、旧ソ連の民族紛争を引き起こしかねなかった事件について

（何人かの登場人物の名前は変えてある）

その夏、私たちはグルジアで休暇をすごそうと決めた。いつものように海辺で賑やかな休暇を過ごすのでなく、奥地をぶらついてみようというのである。妻のイーリャも私も長いこと憧れていた――カヘティア、イメレチヤ、カルトリヤ、コルヒダ（いずれもグルジアの古い町）……。名前だけでもワクワクしてくる！

資料を調べ、ルートを作成し、変わることなきわが家の道づれ――映写機「クラスノゴルスク」を準備した。中央テレビの番組『映画旅行クラブ』はすでに何回か、私が休暇中に撮った映像を放送していた。映像の選択や仕上げは番組監督のスラーヴァ・ペトロフスキーが手伝ってくれた。

今回のコースはテラヴィ（カヘティア地方の古都）から始まった。この小さな町は山の斜面に位置している。細い道々が川辺の平石を積み上げた低い塀で仕切られていた。それらの道は交差しながら、アラザニ川の広い谷に降っていくのだった。塀の向こう側には、広いテラスのある白塗りの家々がブドウ園などの果物畑に囲まれている。

宿泊地に落ち着いた私たちは、手始めに団体ツアーに参加してみた。グルジアの皇帝、将軍、統一者であるイラクリ二世の像が立つ古い城壁の前で、若い元気なガイドが話し始めた。

「テラヴィという町の名前はアルメニア語の『**テラヴ**』——ニレという意味ですが——から来ています。町が築かれた場所にはニレの林があったそうです。今でもこの近くにはニレ林があります……」

ガイドの説明を聞きながら、私は撮影を始めた。ファインダーを覗きながら、映っているものについて独り言のように話すのが私の方法だった。こうすると、撮影中にもう、挿話的な解説ができてくる。

旅行は素晴らしかった。私たちはグルジアを東から西に横断しながら、あらゆる移動手段を用いた。多くはヒッチハイクと徒歩である。小さな町々の古い道、地元の風習、グルジアの民謡——これらはすべて尽きることのない話題である。だがここで話したいのは別のことだ。

旅行から帰って数日後、スラーヴァは番組作成用に現像したフィルムを私に渡した。ショット選択やカットのつなぎはいつもドキドキする作業だ。それはほとんど旅行の再現である。しかも、旅行そのものと同じくらい時間がかかる。ストーリーを組み立てながら解説の仕上げをする。こうして映像と解説の基本部分ができあがる。

小さな試写室には番組編集、監督、そして私がいた。映像を見ながら、私が解説の草稿を読む。今回、番組編集にあたったのは『映画旅行クラブ』の新メンバー、ギヴィ・ゾリシヴィリ〔グルジア系の名前〕だった。彼は「視覚性に富む映像と解説」だと評価してくれた。スラーヴァとも話し、放送にぴったりの素材だという結論になった。

当時、生放送というものは固く禁じられていた。テレビ局の指導部は、不慮の発言や問題映像が流れることを極端に恐れた。たとえば、教会の十字架が映りこんでしまったりすると大ごとだった！　そのため、『映画旅行クラブ』は、他のあらゆる番組同様、録画済みのものだけが放送された。ただ個人的には、それは私にとってありがたかった。録音でも緊張するのに、生放送に出演など考えたくもなかった。スラーヴァもよく私に言った——

「緊張するな。君が満足するまで何度でも録り直すから。落ち着いて話せ！」

そして五回目の録音で、私たち全員、つまりギヴィ、スラーヴァ、私が満足できる解説になった。グルジア民謡のすばらしい多声合唱が選ばれた。私が話す部分も放送に足る出来だ。最後に、重要な撮影が残っていた。ソ連全土に知られた司会者が、撮影者とその映像を視聴者に紹介する部分である。このために特別に、撮影の数日前、撮影者はスタジオに招かれる。

満面の笑みを浮かべながら、有名なアレクサンドル・ユーリエヴィチが私の手を握り、中央の大画面へと私をいざなう。画面にはあつらえ向きのカットが映し出されている。それをバックに私たちの会話が始まった。

「最初に何を質問しましょうかね？」と司会は訊いた。

撮影前には、かならず番組編集者が立会いのもと、対話の内容を調整する。スラーヴァの指示にしたがって二回ほど撮り直し、撮影終了。あとは日曜日の放送を待つだけだ。

私は、自分が出る番組を落ち着いて最後まで観られたことがない。すぐに友人知人の電話が鳴り始めるからだった。それが番組終了まで続くのだ。今回もそうだった。グルジアの回は上々の評判で、うれしかった。

月曜日、私の職場に電話がかかってきた。

「同志ナギですか？」イライラしたような女性の声が聞こえた。

「こちら、テレビ局です。大変な騒ぎになっています。直ちにこちらに来てください」

「一体、どういうことでしょう？」

「昨日、グルジアについての番組が放映されました。あれはあなたの作品ですね？」

「そうですが」

「番組全体に関わる大変な政治的スキャンダルになりそうです。直ちに来てください。あなたの入構許可はもう出してあります」

この報せを聞いた時の私の気持ちを想像してほしい。言うにこと欠いて、政治的スキャンダルとは！　慌てて職場を離れるのも、体裁が悪かった。今聞いたことを同僚の友人たちに話す。彼らは当惑し、気の毒そうに私の顔を見る。

「じゃあ、行ってこいよ」と彼らは言う。「どんな『大変な政治的スキャンダル』をしでかしたか、聞いてこい」

番組編集部で私を待ち受けていたのは、スラーヴァ・ペトロフスキー、ギヴィ・ゾリシヴィリ、そして番組責任者のエレーナ・アレクサンドロヴナ・チュグノワだった。彼女はすでに戦闘モードだった。すぐに襲いかかってきた。

「今朝、トビリシ中央テレビから電話があり、『映画旅行クラブ』は全ソ連の眼前で、グルジア人の民族的尊厳を傷つけたと抗議されました！　その後、グルジア文化省からも電話があり、中央テレビの公式の謝罪を求められました！　これがどういうことか、分かりますか？　このスキャンダルを収めてくださいよ、いま向こうと電話をつなぎますから」

「でもどういうことですか？　『映画旅行クラブ』がグルジア共和国の民族的尊厳を傷つけたって、どうやって？」

「あなた、解説で**グルジア**の町テラヴィの名前が**アルメニア**語のテラヴから来たと言ったでしょ！」

「それが何か？　テラヴィのガイドがそう言ったんです。それも私だけじゃなく、観光客全員の前で」

「で、あなたはその情報を確認もせず、国中に流したわけね！　名前の由来を確かめましたか？　確かめてないでしょ！」

「私が知っているのは、それにあなたもご存じのはずですが、旅行ガイドのどんな説明文も、党機関と文化行政のイデオロギー委員会のチェックが入っていて、了承済みだということです。ガイドはアドリブご法度《はっと》ですよ！」

「グルジアで彼らが何を言ったって関係ありません。あなたはそれを口真似するんですか！」

「エレーナ・アレクサンドロヴナ」とスラーヴァが割って入った。「科学アカデミー地理学研究所の地名部門に電話してみました。グルジアの地名は、グルジア人のシャルヴァ・イラクリエヴィチ・アラハゼが担当しています。ロシア語の発音はまったくきれいで、根っからのモスクワっ子みたいですね」

「どんな発音でも、どうでもいいんです」とチュグノワがさえぎった。「この件について何て言っているの？」

「何て言ってるかですか……。あの番組を見て、とても気に入ったと」

「テラヴィのことは訊いたの？」

「訊きました。彼は笑って、こう言いました。『ええ、私も気がつきました。そもそも「ニレ」

を表す単語は、グルジア語でもアルメニア語でも発音が似てるんです。でもこの件は「発火注意」でね！』と」

「ほら見なさい。同志ナギ、いまグルジア中央テレビに電話しますから、ご自分で説明してください」

この会話中、解説の作成に関わっていたギヴィは私たちから少し離れて、沈黙を守っていた。一方、スラーヴァは石のような無表情を保っていたが、その目には時折、エレーナ・アレクサンドロヴナへの皮肉な火花が散った。

グルジア側の受話器を取ったのはヒステリックなご婦人だった。彼女の叫び声の意味を要約すると、グルジア中央テレビはソ連共産党中央委員会に至るありとあらゆる上級機関に訴えること、すべての先進的グルジア世論は中央テレビ局が公式謝罪を行い、イデオロギー部門から無責任な職員を追放することを求める、というものだった。

私は大胆にも、中央テレビ局を代表して全グルジア人に心からお詫び申し上げます、と言った。だが、ご婦人は放送での謝罪を要求した。要するに、ご婦人は血の復讐《ふくしゅう》を欲していた。彼女の泣かんばかりの激昂《げっこう》ぶりは唖然《あぜん》とさせるほどだった。

「いいでしょう、分かりました。われわれの指導部があなたの要求を検討し、あなた方の指導部と協議して、この問題のしかるべき解決方法を見出すでしょう。今のところは、番組制作者としての私の個人的謝罪でお許しください」

そして受話器を置いた。

「それで、何て言われたの？」イライラしたようにチュグノワが叫んだ。彼女は明らかに「大ごと」になるのを恐れていた。

「放送での謝罪と職員の処分を要求しています」

「まあ、放送での謝罪までは行かないでしょう。処分については私たち自身で考えましょう。同志ナギ、あなたのお力添えはもう結構です。スラーヴァ、分かった？　この人はもうここに来させないで！」

私の脳裏に「ナギを来させなぎ、、」というフレーズが浮かんだ。だがチュグノワは駄洒落《だじゃれ》どころではなかった。

「分かりました」とスラーヴァは答えた。

謁見は終わりだった。チュグノワは頭をそらして憤然と出て行った。ギヴィは遠くからうなずいた。スラーヴァは肩をすくめて、私の出構証にサインして、出口までついてきた。

「また電話してくれ」。別れ際に彼は言った。「絶望的ってわけじゃない」

もちろん、私はこの失敗を悔やんだ。私は中央テレビの人気番組に出られるのが楽しかったのだ。だが、すべてがこんなに馬鹿馬鹿しく終わってしまった。

毎週水曜の午前十時に、日曜の放送分が再放送されていた。私は職場の談話室に行って、何が放送されるか確かめることにした。オープニングの後、ソ連全土に知られたアレクサンドル・ユーリエヴィチがにこやかな笑顔を浮かべ、視聴者をクリル諸島（千島列島）の旅に誘っていた。私はテレビを切った。

親戚や友人は、私の「テレビ引退」を残念がってくれた——とくにソ連の民族友好の観点から。公式イデオロギーの信奉者たちが作る番組は、この点でユーモア感覚がまったくなくてつまらない、ということだった。

数週間後、娘のスヴェトラーナが郵便箱から一通の手紙を持ってきた。宇宙ロケットシステム開発者であるアカデミー会員S.P.コロリョフの肖像が印刷された封筒には、送り主が書いてあった。エレヴァン、アボヴャナ通り九番地、アルメニア社会主義共和国科学アカデミー歴史研究所。

文面はこうだった。

尊敬する同志E.A.ナギ！

私たち、アルメニア社会主義共和国科学アカデミー歴史研究所の研究者グループは、大いなる関心を持って、グルジアに関するあなたのテレビ番組を拝見しました。あなたが歴史について、とりわけ地名の起源について細心な態度を取っておられることを、私たちは高く評価します。

周知の通り、南コーカサスの複雑な政治史的・民族的状況の下、地名の起源ならびにその意味論的発展と最終的変形の問題は、大きな科学的意義を有しています。個々のケースでこの問題がどのように解決されるかに関しては多くの要因、なかでも歴史的・文化的関係と影響の解釈が関わってきます。

あなたは番組で「テラヴィ」という一例だけ挙げられました。しかし私たちの歴史学が明らかにしたところでは、現在グルジア、アゼルバイジャン、イラン（トルコは言うに及ばず）領内の多くの地名が、疑いなくアルメニア起源であります。

近年、本研究所では、ソ連内外の南コーカサスの地理用語および地名の構造的・意味論的分析に関する二つの大きな研究プロジェクトが完了しました。

当該研究の主要結果をお知りになるのは貴殿にとって興味深いことだろうと考え、以下に簡単な表をつけます。

より詳細な情報をお知りになりたい場合、喜んで研究報告集をお送りします（残念ながらアルメニア語ですが）。

敬具

現在の地名	原形	アルメニア語の意味
	〔グルジア社会主義共和国〕	
シグナヒ	シグナハト	(川の)二股
ボルネシ	ボルネストヴァム	(要塞の)土塁
アハルカラキ	アハララクチク	寄合場所
ヴァレ	ヴァルガツ(?)	〔固有名詞〕
	〔アゼルバイジャン社会主義共和国〕	
シャムホル	シャムホルシュト	高山
タウズ	タウジン	城
エヴラフ	エヴラフシュト	白山
マルトゥニ	マルトゥニリャン(?)	〔固有名詞〕
	〔イラン〕	
ショト	アショト	人名
その他多数		

研究者グループを代表して
歴史学准博士
O.アスラニャン（署名）
T.マズマニャン（署名）

P.S.本日、研究員のヴァガン・アザリャンが所用でモスクワを訪れます。もし彼があなたに直接お会いできない場合、このお手紙を郵便箱に投函させていただきます。個人的な質問になりますが、チグラン・ヴァガルシャコヴィチ・ナギヤン（レーニン通り二十三番地）はあなたのご親戚でしょうか？

私の心中の喜びがいかばかりだったか、語る必要はないだろう。ソヴィエトの学会からお墨付きをもらったのだ！　この場合、アルメニアの学会からだけだとしても。要するに、この手紙は私にとってこの上なくよいタイミングで届いた。

表の最初の行に私は目を留めた。アルメニアの学者たちはシグナヒというグルジアの集落の名をアルメニア語の「**シグナハト**」――「**（川の）二股**」を意味する――に由来すると説明している。

周知のように、自然界で川が二つの支流に分かれる現象は珍しく、「河川分岐」という専門用語もある。大コーカサス山脈地帯で詳しく調査されている人口稠密《ちゅうみつ》地域にはこうした現象はなかった気がするが……。だがこの世にはどんなことだってある。それにアカデミー研究所から来た手紙だ。

もちろん、私はすぐ、アルメニア社会主義共和国科学アカデミー歴史研究所宛てに手紙を書いた。ヴァガン・アザリャンとお会いできず残念であり、また遺憾ながらチグラン・ナギヤンとは親戚関係にないと返事した。これでアルメニアの歴史家たちとの文通は終わった。

一週間後、私はいつも忙しいスラーヴァ・ペトロフスキーと連絡がついた。

「おい君、すごいじゃないか！」と彼は叫んだ。「その手紙を渡せ、チュグノワに見せてやる。何なら、手紙のコピーをグルジア中央テレビに送らせたっていい。でも彼女は送らないだろうな。上司への釈明に使うだろう」

「僕はどうなるかな」

「君はもうちょっと我慢してくれ。その手紙が名誉回復の礎だ。そいつを持ってきてくれれば、万事オーケーだ。君はまた『オンエア』だ。間違いない」

スラーヴァは私から手紙を受け取り、何通かコピーを取って、スタジオで人に見せて回った。平の職員から幹部に至るまで。その際、彼は自分の発案でつけ加えた。

「ナギは学術シンポジウムにも招待されたんですよ！」ただし、いつどこでかは言わずに。二つの友好的な南コーカサス共和国の代表者たちが『映画旅行クラブ』の番組に示した反応について、テレビ局の職員たちは笑い話のように語り合っていた。

そうこうしているうちに、人生は流れていった。いつもそうであるように、さまざまな出来事を乗せて。いつもそうであるように、陽気な出来事とあまりそうでない出来事を乗せて。テレビの一件が起きたのは七〇年代後半だった。党と政府が、おそらく西側諸国から何らかの見返りを得て、「鉄のカーテン」を少しだけ開き、ユダヤ人の出国を少しずつ許可し始めた時期である。ユダヤ人の出国割当に妻の親戚も入ることができた。エフィム・ソコロヴィチといって、セメント関係の工学博士で、油井の防水作業の専門家だった。お定まりの試練をパスし、彼と彼の妻、娘はイスラエルに去ることになった。もの悲しい別れの宴席でエフィムが突然、尋ねた。

「そういえばイーリャ、エレヴァンのチグラン・ヴァガルシャコヴィチ・ナギヤンはおたくの親戚じゃないかね」

「ナギヤン？　どうしてその人のことを知ってるの？」

「どうしてって！　エルヴィンがグルジア―アルメニア紛争を引き起こしたと電話で聞いた時、

僕は慰めてあげようと思って、おたくに『アルメニア歴史家たちの手紙』を送ったからさ」
イーリャはすべてを悟り、とめどなく笑い出した。集まった親戚たちは説明してくれとせがんだ。イーリャとエフィムは出来事を語った——それぞれの視点から。見送りに来た人々は陽気になり、苦しいときもユーモア感覚を失わなかったエフィムの気丈さを褒めたたえた。こうして別離の悲しみが少しだけ晴れた。

スラーヴァ・ペトロフスキーは正しかった。半年後、私はエストニアのサーレマー島に行くことができた。あらゆるソ連の国境地帯がそうであるように、この土地に行くのは難しく、それだけエキゾチックだった。そこで撮った映像は『映画旅行クラブ』のある日曜に放送された。水曜の午前中にも、再放送された。

ピツンダ、モスクワ、さらに至るところで……

（立派な人々についての物語から）

アンドレイ・ドナトヴィチ・シニャフスキーの良き思い出に捧ぐ

もちろん、だれだって生きていたい。
でも、レオナルド・ダ・ヴィンチだって
やっぱり死んだのだと思うと、ガッカリするな。

アブラム・テルツ『氷の張るころ』

一九五四年夏、将来の妻イーリャと私はまだ大学生だったが、夏休みにピツンダ（黒海沿岸にあるアブハジア自治共和国の保養地）に行くことにした。

車室の相客は、私たちより数才年長の夫婦だった。感じの良い女性インナと夫のアンドレイ。私たちは二言三言話しただけで、相客に恵まれたことを悟った。きわめて知的なカップルだった。ガグラまで二泊三日の車中、私たちは、眠っていないときはずっと、じつにさまざまな問題を話し合った。とくにスターリンの死で国がどう変わるかについて。またそれぞれの人生のエピソードも語った。化学者のインンナ・ギルマンはモスクワのある企業で専門技師として働いており、文学研究者のアンドレイ・シニャフスキーは革命前のロシア文学を研究し、モスクワ大学文学部で高学年向けの授業も持っていた。

最近、准博士論文の審査をパスしたとのことだった。

彼のよどみない話し方、高い、ちょっと途切れがちの声、指を生き生きと動かすジェスチャー、少しはにかんだ少年のような顔、他人の話をよく聴き、相手の立場に立って理解しようとする態度など、魅力的で好意あふれる人物であった。彼はもう兵役を済ませており、防空隊での軍務について面白おかしく話した。彼は技術方面がさっぱりなので、軍ではとても難儀したということだった。私たちの父親の運命も似ていた。二人とも三〇年代に粛清されていた。だが、話が文学のことに及ぶや否や、彼のインスピレーションはその場にいる者をとりこにした。会話はしばしば講義になり、文学、詩、芸術全般の本質と特徴について、文学と芸術はどのように人間に働きかけるかについて、私たちが作者とともにどう創造された作品世界に入るのかについて彼は話した。

「もちろん」とアンドレイは言った。「本物の芸術作品に触れた場合の話だよ!」

アンドレイがとくに好んで話したのは、十九世紀末から二十世紀初めのロシア詩についてだった。私たちは彼から聞いて初めて、ロシア文学と芸術の「銀の時代」（優れた詩人と芸術家が多く出た二十世紀初頭の異称。ソ連時代、「銀の時代」の詩人の出版は制限されていた）について知った。ずっと文学に関心を寄せていたイーリャはその時代について質問した。この時期の芸術についての私たちの知識がきわめて乏しいことを、アンドレイはすぐに見て取った。

「無理もない」と彼は言った。「わが国では『銀の時代』の文学と詩は黙殺されてきたからね。その時期の詩人の古本を何冊か持ってきたから、もし同じところに泊まるなら、貸してあげるよ。それに僕が読んであげてもいい。僕たちはガグラの一つ手前のガンチアディに行くんだ。一緒に行こうよ！」

インナとアンドレイと夏を一緒に過ごすチャンスを逃してはいけないと、私たちは心に決めた。「いや」と私は答えた。「僕たちはピツンダに行くんです。ガグラのさらに南です。そこの方がガンチアディより絶対にいいですよ。ピツンダに一緒に行きましょう」

私はアンドレイとインナに話して聞かせた。ピツンダの素晴らしい海と松林。何より、人気《ひとけ》がまるでないこと。ソフホーズ（国営農場。コルホーズと並んでソ連時代の農業の基本形態）で暮らせるし、店やソフホーズ食堂、郵便局もあるから、「ワイルドな」休暇を快適に味わえる。九世紀のグルジア教会や古代ローマ都市ピツィウスの遺跡についても語った（紀元前に古代ギリシア人やローマ人によって築かれた港がピツンダの発祥）。

イーリャも熱心に私を支持し、インナを説得し始めた。

「でもそれは無理だ。僕たちはガンチアディに宿を用意してもらってるからね」とアンドレイは言い、困ったようにその青い、出っ張った斜視の目で私たちを見た。彼は、部屋を手配してくれた知人の好意を裏切りたくなかったのだ。

「じゃあ、いいでしょう！　もし僕たちとご一緒するのに賛成なら、こうしましょう。一緒にガグラまで行く。そこに荷物を預けて、ピツンダを見に行く。もしお気に召さなければ、一緒にガンチアディまで戻りましょう。せいぜい一日、棒に振るだけです」

アンドレイとインナにとって、この案は受け入れられるものだった。私はというと、この提案はぜったい負けがないと踏んでいた。その通りになった。

インナとイーリャはピツンダに来ると、その素晴らしさ——とりわけ人気のなさ——を直ちに認めた。そして、自分たちが残って住む場所を探すから、あなたたち男性陣はガグラから荷物を取って来て、と即断した。

私たちは隣同士の家に、安い部屋を簡単に見つけられた。モスクワの喧騒と日常の些事《さじ》から遠く離れた、まったく自由な「ワイルドな」生活が始まった。朝、林を抜けて、南に面した広い入り江に行った。細かい小石の海岸だった。何キロにもわたる松林が、海岸に押し寄せるように繋っていた。こぶの多い、灰色がかったピンクの樹皮の、見たこともないほど高い松林だった。その下には、乾いた松の枝葉の絨毯が広がっていた。何年もかけて積もった長い黄ばんだ針葉が、弾力的に気持よく足をくすぐった。透き通るような海、そして何より、まったく無人の浜辺。私たちは林のはずれに陣取った。水浴び、遠泳、日光浴。林で寝転がって、松の葉だらけになった身体を海で洗い流したり、トランプで「王様」ゲームや「馬鹿」ゲームをしたり。もちろん、読書も。自分で持ってきた本や、アンドレイが貸してくれる本を読んだ。彼はいつもノートと何冊かの本をマットに置いていた。あの本、この本と覗き込んでは、メモを取り、ときには声に出して何か喋っていた。あるいは、何かの断片を私たちに読んで聞かせ、そのどこに注目しているかを説明してくれた。彼は私たちに、アフマートワ、ツヴェターエワ、マンデリシュターム、パステルナーク、セヴェリャーニン、バリモント、メレシコフスキー〔いずれも「銀の時代」の詩人〕らの詩を読んでくれたが、私たちは彼らのことをまったく知らなかった。アンドレイは、詩のメロディーや単語の結びつきに私たちの注意を向けた。結びつきそうもない単語が結びつくことで、独特な意味を帯びるのだと言った。いろいろな詩人の詩を比較し、詩人たちの心理的特徴について説明した。その夏、アンドレイが夢中になっていたのは、ヴェリミール・フレーブニコフ〔ロシア未来派の代表的詩人〕の作品だった。彼の詩は、アヴァンギャルド詩人の作品が簡単に手に入るようになった今日でさえ、難解だ。当時、フレーブニコフを知っていたのは文学研究者の小グループだけで、彼はもっぱら実験的詩人と見なされていた。アンドレイは、フレーブニコフが自分の創作方法を論じた論文についても話してくれた。

その一方、アンドレイはアネクドートが大好きだった。聞くのも話すのも好きだったが、話すときはどぎつい単語や言い回しは使わなかった。

「大切なのは、内容そのものが真に機知に富んでいることだ。笑いは、どぎつい表現によってでなく、アネクドートで語られる状況のしかるべき利用によって引き起こされなければいけない」

アンドレイの語るアネクドートはイメージ豊かだった。眼前に光景が浮かぶようで、現代のビデオ映像のようだった。彼が話してくれたアネクドートのいくつかは今でも覚えている。[原注31]

アンドレイは、ピツンダにある遺跡を熱心に見て回った。ある古い教会では、ドーム正面に描かれたキリストの額に銃痕があるのを発見した。革命期の戦闘的無神論の跡だ。

発掘現場で私たちは、古代ローマ都市の道路の遺跡を探した。古代のモザイクが残っている床を調べるために、タール塗りの重い木板を持ち上げたりもした。

近所にある「柑橘類《かんきつ》」という名のソフホーズ（以前はL.P.ベリヤ記念だった）には、昔、貴族領地だか修道院農場だかがあった場所に、大きな公園があった。巧みに設計された公園だったが、まったく打ち捨てられていた。そこを散歩するとき、アンドレイは詩を暗唱したり、公園のようすを説明しながら、ここで往時どんなことがあったか空想をめぐらせたりした。自然であれ、建築であれ、古代遺跡であれ、アンドレイが見るものは、つねに文学と芸術に結びついた。
彼は自分の印象をすぐに語った。彼の考えが私たちの反論を呼ぶこともあり、そうすると議論が始まった。議論はルールに則って行わなければならなかった。まず、概念を定義し、意見の相違の本質を確定すること。次に、参加者たちはおたがいの話を最後まで聴き、相手の観点を正しく理解し、その上で反論を述べること。自分の見解を述べるときは反復を避け、聞き手の礼儀正しさ（より正確には、忍耐）を悪用しないこと。もっとも重要な条件はこうだった――いかなる議論も、最終的真理の確立を求めるものではなく、参加者たちに共通する見解を見出し、定式化するための方法である。概念を正しく定義すると、議論の問題自体がなくなってしまい、全員共通の意見に達するということがしばしばだった。

原注31　たとえばこんな話（今日では忘れられてしまったかもしれないが、四十年以上前の政治状況下ではとても気が利いていた）――舞台は一九五〇年代、社会主義陣営の国々の関係がもっとも「繁栄」した時代。ソ連とポーランドの国境。夜明けが近い。中立地帯の両側には、友好国の国境警備隊員がそれぞれの国境標柱そばに立っている。ソ連兵とポーランド兵。イワンとヴァツェク。両国の諜報部隊のあいだで合意済みのスパイは全員、とっくに国境を越えた。ひまなイワンとヴァツェクは、各々の生活難を話し合う。当番終了まで一時間足らず。彼らはしばらく黙り込む。木の葉のささやきだけが聞こえる。イワンは、明けてゆく空に浮かぶ鎌のかたちをした三日月をぼんやり見ながら、尋ねる。「おい、ヴァツェク、ポーランド語で『ジョーパ（尻）』って何て言うんだ？」ヴァツェクも空を見ながら「ドゥーパだ」。イワンはため息をついて考え深げに言う。「おんなじだなあ！」（丸みを帯びた三日月がソ連のシンボルである鎌と同時にお尻を兵士たちに連想させた。ロシア語のジョーパ（お尻）には「ひどい生活」の意味もある。兵士たちはソ連体制を表立って批判できないので、言葉遊びで意図を伝え合っている）

私たちの目から見れば、彼らはすでに夫婦生活の重要な経験を積んだカップルだった。それでイーリャは、二人のなれそめ、親戚との関係、どちらの両親と暮らしているのか、生活条件はどうか等々、質問した。

するとインナとアンドレイは砂浜の上で、細かいところまで思い出し、たがいに口をはさみながら、二人のなれそめを話してくれた。二人は学校時代からの知り合いで、同級生だった。七年生のとき、授業中、机の下でキスした話や、アンドレイが軍隊から戻って結婚した話を、面白おかしく物語った。アルバート街にあるアンドレイのアパートに住んでいるということだった。彼らは逆に、私たちの話をしてくれと言った。だが、当時、私たちはまだ話すようなことはほとんどなかったのである。

アンドレイはアルコールにはこだわりがなかった。ピツンダの小さな市場でときどき家庭用ワイン「イザベラ」を買ってたしなむくらいだった。だが食べ物に関しては、専門家的情熱を示した。彼にとって重要なのは腹一杯食べることではなく、民族料理の特徴を知ることだった。チャンスがあれば、食べたことのない料理を注文していた。リツァ湖ほとりのレストランでは、文献でのみ知っていた「腎臓のマデイラ煮」をメニューに発見し、たいそうな値段だったが、ためらわず注文した。

一月半の暢気《のんき》な生活がまたたく間に過ぎ、大学の新年度が始まる直前、私たちは一緒にモスクワに帰った。住所を交換した。アンドレイは電話番号を教えてくれ、近いうちに会おうと約束した。イーリャも私も電話を持っておらず、そのため、私たちから連絡しなければならなかった。

モスクワで会ったのはそう度々ではなかった。公衆電話からあらかじめ電話をし、アルバート街に住むインナとアンドレイのところに行った。彼らはフレブヌィ横丁九番地の高層の建物の一階にある共同住宅に住んでいた。彼らのアパートへの入り口――中庭のいちばん左にあった――にはヴォロフスコイ通りから入る方が早かった。彼らが私たちのところに来ることもあった。ジャムガロフカの私の家とロシンカにあるイーリャの家である。モスクワ郊外の雪が積もった道を歩くのを彼らは面白がった。

ある日、アンドレイの家に行くと、初老の男性が食卓で新聞を読んでいた。目についたのは濃い灰色の頭髪、明るい色の縞柄のシャツと暗い色の幅広のサスペンダーだった。アンドレイに紹介されたが、それは彼の父親だった。ドナート・セルゲエヴィチと言い、最近、完全な名誉回復を受け、流刑地から帰ってきたのだった。[原注32] 厚い眼鏡の奥からチラッと覗いた注意深い視

原注32　もしかすると私の記憶違いで、別の父称だったかもしれない。私たちが彼に会ったのは一度きりだった。もし間違っていたらお詫びする（正しくはドナート・エヴゲーニエヴィチ）。

線が、私たちの訪問への唯一の反応だった。アンドレイも彼を会話に引き込もうとはしなかった。あとで話してくれたのだが、彼の父親はモスクワの日常生活にとけ込むのに苦労していた。私にとってこの出来事は、自分の父の運命の解明に取り組むきっかけとなった。だがそれはまた別の話だ。

そのころ、アンドレイは世界文学研究所に移っていた。研究所で起きたセンセーションについて話してくれたことがある。

「いいかい、僕たちの職場にスヴェトラーナ・スターリン（スターリンの娘。後にアメリカに亡命）が移って来たんだ！　以前は歴史研究所で働いていたのに。どうしてうちに来たのか、さっぱりわけが分からない！」

スターリン批判が、まだ公にではないが、もうはっきり感じられ始めていた時期だった。その最初の明白な兆しが、彼の時代に粛清された人々の釈放と名誉回復だったのだ。

アンドレイはスヴェトラーナ・ヨシフォヴナが研究所の会議で初めて報告したときのようすを話して聞かせた。その会議には、出席できる人は文字通り全員来た。

「みんな、彼女を見つめて、息をひそめて聞いていたよ」

「何か面白いことを話したのかい？」

「どうということはない。ようするに、過去を軽視してはいけない、今日にとって有益なことが過去にはたくさんあるってことだったな。話は上手で、言葉遣いもきちんとしていた」

その後のアンドレイの話では、スヴェトラーナ・ヨシフォヴナは控え目に振舞っていたという。ただ、だれとも友達にはならなかったそうだ。やがて研究所内では、彼女を特別扱いしなくなった。

時が流れた。わが家のある家庭問題のせいで、一九五九年ごろ、イーリャと私の交際範囲はとても狭くなってしまった。インナとアンドレイとのつき合いも途絶えた。

自由な六〇年代初頭がやって来た。モスクワ芸術座のある通りを歩いていた私は、向かい側の芸術座養成学校の扉のところに立っているアンドレイを見かけた。長い髪とあごひげは、すっかり白髪交じりだった。彼だと分かったのはその視線だった。上に向けられていた両目は、すこし違う方向を見ていた。どうやら私の背後にある建物の窓を見上げているようだった。そわそわした様子だった。私はしばらく立ちどまって、彼が気づいて声をかけてくれないかと思ったが、ダメだった。こちらから声をかけるのは、当時の私は決心がつかなかった。

一九六五年冬、わが家の生活が正常なレールに戻ったとき、私とイーリャはピツンダのこと、アンドレイとインナのことを思い出した……。そしてまた交際しようと決心した。

古い手帳に電話番号を見つけ、国民経済達成博覧会地区の自宅から（公衆電話からでなく！）

電話をした。明らかにインナではない女性の声が、どなたですかと尋ねた。私は名乗ってアンドレイに用があるのだが、と言った。アンドレイが興奮したようすで出て、今のは新しい妻のマーシャだと言って、かならず遊びに来てくれと言い、こんなに長く会わなかったことを残念がった。

約束の晩、私たちはグルジア・ワインを手土産にフレブヌィ横丁に来た。アンドレイは私たちとの再会を心から喜んでくれたが、マリヤ・ワシリエヴナ・ローザノワ（と彼女は自己紹介した）の方は、私たちに対して警戒した面持ちだった。彼女は出産が近かった。

「どうってことない、慣れていないからだよ」とアンドレイは言った。「気楽にマーシャと呼んでやってくれ」

新しい風貌のなかに見覚えのあるアンドレイが見えてきて、私たちはすぐに打ち解けた。ここ数年の生活上の出来事を語り合い、最近の詩と文学についての意見、演劇界のニュース、そしてもちろん、政治について話し合った。家庭問題には触れなかったので、なぜインナとアンドレイが離婚したかは分からなかった。

イーリャが小児科医であることを知ると、マーシャは言葉少なに、将来の出産と育児について話し合った。アンドレイは、新しい情熱の対象について楽しそうに話した。それは、中世ロシア文化とその史跡を調べることで、マーシャも熱心に後押ししてくれるという話だった。当時、政府はロシアの過去への興味を奨励し始めていた。「ニキートニキ通りの三位一体教会」（共産党中央委員会の建物のそばにある）に保存されていた十七世紀のフレスコ画が初めて公開され、展示されたのもこのころだ。知識人が、中世ロシアの民族建築や絵画——とりわけイコン——に関心を持つようになった。雑誌新聞やラジオ、テレビでは、古い教会とイコンに関して「修復《レスタヴラーツィア》」という言葉が使われ始めた。多くの人がこの流れのなかに、威圧的で気のめいる公式的共産主義プロパガンダからのより興味深い、豊かな精神生活への脱出を感じていた。アンドレイは、北方の木造教会、興味深い古いイコン、素晴らしい自然について話した。マーシャとアンドレイは組立式のカヌーを持っており、それで北方の川を旅していた。その旅行の記念品として、部屋の壁には彩色された紡ぎ板（糸をつむぐための伝統的な道具。しばしば装飾的模様が描かれた）や暗色のイコンが飾られていた。

心温まる出会いだった。マーシャのよそよそしさが少し残念だったが、いずれ親しくなれるだろうと私たちは思った。アンドレイはわが家の電話番号を書き留め、別れ際にこう言った。

「今度来るときは、ワインはいらないよ。つまらん飲み物だ。ウォッカの方がいい」

これまた、彼の好みの新しい特徴だった。

帰り道、私とイーリャはその晩の出会いについて話し合った。うん、アンドレイは変わったね。より男っぽく、より厳格に、そして自信家になった。仕事の話はあまりしなかった。あまり興味がないのかもしれない。だが、彼との再会はとても気持ちの良いものだった。私たちは旧交の復活を喜んだ。

次に訪問したとき、マーシャはもう母親になっていた。彼女は息子を生み、エゴールと名づけた。アンドレイによると、この名前は、彼らが北ロシアで見つけた十四世紀作の聖ゲオルギー〔ロシアの守護聖人〕の大きなイコンにちなんでのものだった。マーシャとイーリャは乳児の栄養と保育について話し合った。アンドレイは、追加された居住面積で手に入れた、建物の入り口そばの半地下の部屋に私を連れて行った。分厚い煉瓦にうがたれた小窓がある、塗装の剥げた壁の部屋を、彼は重々しく「僕の書斎」と呼んだ。ここで彼は二十世紀初頭の文学に関する著述をしていた。アンドレイは誇らしげに、もうすぐ『詩人文庫』でボリス・パステルナークの巻が出ること、そしてその詩集には自分の――アンドレイの――序文が載るのだと言った。

「書斎」での会話（ウォッカつきの）は、日常的環境から切断された感じがした。私たちはさまざまなテーマについて話したが、とくに文学についてよく話した。「雪どけ」期に若い詩人と散文作家たちが登場していた。エフトゥシェンコ、アフマドゥーリナ、ヴォズネセンスキー、アクショーノフ、グラジーリン、セミョーノフその他多くの名前が聞かれるようになった。一方、旧陣営の特権的作家たちは既得権益を守るため、若い作家たちに激しく対抗していた。アンドレイの話では、文壇はトワルドフスキーをリーダーとする文芸誌『新世界』に集う進歩的作家たち「新世界派」と、文芸誌『十月』の編集長コチェトフに率いられた反動的作家たち「十月派」に分断されていた。

その頃、私はある専門設計局（産業・軍事に関わる新技術の実験・開発を行う部門）で働いていたが、そこは軍事技術と間接的な関わりがあり、そのため必然的に、公安や軍関係者との接触があった。国家機密の保持者たちはしばしば技術的無知をさらけ出し、仕事の邪魔でしかなかった。アンドレイは公安関係者を露骨に悪しざまに言い、彼が外国のスラヴ文学研究者たちと会った後、そうした連中とやり合ったことがあると話した。

「連中の前では」彼は言った。「ビビっちゃだめだ。堂々と振舞った方が、向こうは引く。信じろ、僕は経験済みだ」

また別の日、「書斎」でイーリャとアンドレイと私は、自分たちの仕事について話し合っていた。イーリャは担当地区での小児科医の困難について話し、私は技術的進歩が官僚制によって妨げられることを話した。だがアンドレイは、私たちの話を聞き終えると、こう言った。

「僕はもう十分成し遂げた。もし今日死んでも、怖くない。もう僕の名は忘れられないからね」

彼の言葉は私たちを少なからず驚かせた。もちろん私たちは、アンドレイには専門誌に発表された文学研究の業績があること、『新世界』に文芸批評を発表していることを知っていた。権威ある『詩人文庫』シリーズのボリス・パステルナーク詩集の序文は、彼の最高の業績と見なされていた。アンドレイは必要なことしか話さない人だと知っていたので、根ほり葉ほり聞くのは控えた。彼は大げさな物言いをしない人で、ましてやちょっとした自慢もしたことがなかった。だからこそ彼の言葉は、記憶に残った。

その年の夏、北ロシアでカヌーの川下りをしようと考えたある友人が、この地域に詳しい人を知らないか、と私に尋ねた。私は知っていると答えた。日取りを決めて、私たちはアンドレイの家に出かけた。

一九六五年の八月だった。小さなエゴールをなるべく戸外で育てようと、マーシャとアンドレイはモスクワ近郊に古い、傾いた家屋を手に入れていた。そこに行くには地下鉄のソコル駅からさらに九十番のバスに乗らなければいけなかった。それはいわば彼らの別荘だった。私たちは小さなテラスに地図を拡げ、さまざまなコース案を検討した。アンドレイは、すっかり北ロシア通になっており、どこで何が見られるか、川下りコースの出発点と終点はどこがよいか、また出発点にはどうやって行き、終点からどうやって帰るとよいかなど、こと細かに説明した。彼の情報はとても有益だった。アンドレイは旅行から帰ったらぜひ感想を聞かせてくれ、と言った。旅行の成功を祝しての乾杯やつまみを交えての会話は盛り上がった。お茶を飲み終え、約一月後の再会を約束して、私たちはアンドレイのもとを辞した。

それがアンドレイとの最後の出会いになるとは、知るべくもなかった。

一月後の九月、全国紙でアンドレイ・シニャフスキーとユーリー・ダニエルの逮捕が報じられた（国外の雑誌に「反ソ」的な文学作品を発表したとして逮捕。「シニャフスキー・ダニエル裁判」として世界の注目を集めた）。

新聞やラジオは、「悪意ある面従腹背」を行う「倫理的堕落者」、Yu・ダニエルとA．シニャフスキーが数年にわたり行ってきた反ソヴィエト活動が「当該機関」によって摘発されたと報じた。これらの「ならず者」は資本主義国で出版するために、共産主義イデオロギーとソ連政権およびわが国の社会制度全体を貶める「悪質な誹謗文書」を国外に送っていた。とくに強調されたのは、ロシア人のアンドレイ・シニャフスキーが「アブラム・テルツ」という筆名で身を隠す一方、ユダヤ人のユーリー・ダニエルが「ニコライ・アルジャーク」と自分の虚構文書に署名していたことだった（アブラム・テルツという筆名はいかにもユダヤ風であり、ニコライ・アルジャークはロシア風）。審理は長く続いた。マスコミは口をきわめて「屑《くず》ども」を罵った。

ダニエルとシニャフスキーが逮捕された二、三週間後、イーリャは小児科医としてマーシャと乳飲み子を訪問しようと思い立ち、フレブヌィ横丁に出かけた。隣人たちはイーリャを警戒したようすで出迎えた。マーシャはここにいない、今どこにいるか知らないし、ここに戻ってくるかも分からないと言われた。つながりは完全に切れてしまった。

一九六六年二月、裁判が始まった。表向きは公開の裁判。だが特別に選ばれた傍聴人が毎回、憤慨の叫びを発し、「裏切り者たち」への厳罰を求めた。高名な作家M・A・ショーロホフ（ソ連文壇の重鎮。一九六五年、ノーベル文学賞受賞）はおおやけに遺憾の意を表した。「もしこれがかの名高い一九二〇年代――厳格に定められた刑法の条文によってでなく、『革命的法意識』によって人を裁いた一九二〇年代であったなら、これらの心ねじけたゴロツキ、卑怯《ひきょう》者どもは、どれほどの罰を受けたことだろうか！」（一九六六年の第二十三回党大会での発言）

裁判でダニエルとシニャフスキーは、自分たちの有罪を認めなかった。わが国におけるこの種の裁判史上、初めてのことだった。にもかかわらず、戦地での負傷経験もあるダニエルに対して矯正労働収容所五年の懲役刑が下された。シニャフスキーは七年だった。

「雪どけ」は終わった。酷寒が戻った。長く続く酷寒が。

一九七〇年、静かに、こっそりとダニエルは釈放された。彼はソ連からの出国を拒否した。モスクワに住むことは許可されなかった。比較的近い町の一つ――たしかカルーガだった――に住むことになった。

シニャフスキーは、一九七三年の釈放後、家族とともにパリに亡命した。

当然のことながら、アンドレイとの接触はまったくなかった。だが「敵のラジオ」（西欧諸国が放送していたロシア語の短波ラジオ）によってアンドレイとマーシャの動向がときどき伝わってきた。妨害電波をかいくぐって聞こえてくる放送から、彼らが元気なことが分かった。アンドレイはソルボンヌ大学のスラヴ研究の教授として、講義をしていた。マーシャ・ローザノワは『シンタクシス』という雑誌を出版し、アンドレイがそこに自作を発表していることも分かった。ときには、妨害電波のザアザアいう音を通してだが、ニコライ・アルジャークとアブラム・テルツの文学作品の一節を聴くこともできた。だがその印象をまとめるのは難しかった。印刷された彼らの作品を読むチャンスは、もちろんなかった。

一九九四年、私たちの家族はドイツに移住した。デュッセルドルフに住んでいる。パリまで列車で六時間。特別な手続きは何もない、切符を買って行けばいい。安価なツアーもある。

「パリに行きましょうよ、アンドレイにも会ってみましょう！」

「もちろん、そうしよう、ただちょっと……」。何やかや理由があり、旅行は延期された。だっていつでも行けるのだから！

可能性とは狡猾《こうかつ》なものだ。ちゃんとある、数日延ばしても大丈夫。で結局、間に合わない。

一九九七年春、報せが来た。「作家、評論家、スラヴ学者のアンドレイ・シニャフスキー、パリで亡くなる。七十二才」

ほら、間に合わなかった。悔んでも悔み切れない……。
私の前には、モスクワで刊行された二巻本のアブラム・テルツ（アンドレイ・シニャフスキー）作品集がある。序文「シニャフスキーとテルツ」でV．ノヴィコフが、シニャフスキー自身によるテルツ像を紹介している。「彼（テルツ）は僕（シニャフスキー）よりずっと若い。背が高い。痩身。口ひげ、ハンチング帽。ポケットに手を入れて、体を揺らして歩く。いつ何時、バシッと来るか分からない。刃物でなく、辛辣な言葉で、逆転させた決まり文句や比喩で……。テルツとのつきあいは、たんにペンネーム以上のものがある……。テルツは僕の物質化された文体だ。だから、きっとこんな外見だろう」。作品を読んでみる。アンドレイの声とイントネーションが聞こえる。ラジオの妨害電波を越えて聞こえてきた一節を見つける。驚くべきことだった。私たちがアンドレイ・シニャフスキーと友達付合いをしていたころ、アブラム・テルツはこれほど多くの作品を書いていたのだ。

私たちは、アンドレイ・シニャフスキーに引き合わせてくれた運命に感謝している。だが、アンドレイが私たちをアブラム・テルツに紹介してくれなかったのは心残りだ。人格を押しつぶすソ連体制と共産主義イデオロギーに対するアンドレイの批判的態度は、はっきり分かっていた。だがそれについての彼の思想と経験を、アブラム・テルツがこれほど大胆に、鮮やかに表現しているとは、夢にも思わなかった。もしかしたらアンドレイは、私たちを余計な、安全とはとても言えない交際から守ってくれたのかもしれない。

ソ連の社会風土がどのようなものか、世界の民主主義陣営でより良く理解されるようになったとすれば、その点でのアブラム・テルツの功績は小さくない。

アルバート街のそばのフレブヌィ横丁九番地の壁に、**アブラム・テルツとアンドレイ・シニャフスキーの二人の顔を刻んだ記念碑**ができたら、どんなにいいことだろう。

第三部

父のファイル

資料に基づく物語

人間がいるから、問題がある。
人間がいなければ、問題はない。

ヨシフ・スターリン

〈有名な言葉だが、スターリンの実際の発言ではなく、A. ルイバコフの長編小説『アルバート街の子どもたち』でのスターリンの台詞〉

私が生を享《う》けたのは、一九三〇年十一月七日のモスクワだった。私の母、ファーニャ・ミナエヴナ・ザクは、タタール・モギリョフ県のユダヤ人村の製皮工の家に生まれた。父、アレクセイ・リヴォヴィチ・ナギは、ソ連で暮らす前は、ハンガリーのユダヤ人ナジ・アーコシュ（ハンガリーでは姓を先、名を後に記す。ソ連で「アレクセイ・ナギ」と改名した（本書冒頭も参照）。ただしソ連の公文書では姓を先に書くので、本章では「ナギ、アレクセイ・リヴォヴィチ」や「ナギ、A.L.」という表記が頻出する）であり、小作農の家に生まれた。彼が生まれたのは、ハンガリー南部の都市バヤとセゲドの中間に位置するバーチボルショドという村である。第一次世界大戦でナジ・アーコシュは兵士として前線に出たが、一九一六年、ブルシーロフ攻勢でロシア軍の捕虜になった。十月革命（今では十月クーデターと呼ばれる）が起きたとき、彼は極東の捕虜収容所にいた。二十才の青年にとって、自分の手で歴史を作ることは魅力的だった。アーコシュはロシア革命を熱烈に受け入れ、ソ連政権の樹立に積極的に関わった。一九二〇年、全連邦共産党（ボリシェヴィキ）に入党し、一九二四年にはソ連国籍も得た。アーコシュは自分の活動分野としてジャーナリズムを選び、二〇年代初頭、ウラジオストクで新聞『赤い旗』を創刊した。この新聞は今日に至るまで続いている。この時期、彼の名前もロシア化された。一九二六年、共産党中央委員会はアレクセイ・リヴォヴィチ・ナギをタス通信の業務に移した。同年、彼は上海に半年間、派遣された。一九三一年六月から一九三七年十一月まで東京タス通信の通信局長を務めた。そのため、私は幼年時代を東京で過ごした。

私たちの家族が東京からモスクワに帰ったのは、一九三七年十一月末だった。モスクワに着いた文字通り翌日、両親は共産党中央委員会の党統制委員会に出かけた。「党籍検査」と呼ばれる手続を受けるためだが、それは事実上、人物調査だった。この調査は約四か月続き、肯定的な結果で終了した。共産党中央委員会は再び父をタス通信の仕事に推薦した。父はメーデーの祝日後、出勤するようにという通知を受け取った。それは一九三八年四月初めだった。そして同月二十九日、メーデー直前にA・L・ナギは逮捕された。

九月半ば、ママは告げられた——

「ナギ、アレクセイ・リヴォヴィチは通信権剥奪の上、十年の重禁固刑の判決を受けた」

戦時中、疎開先の西シベリアの田舎村コンスタンチノフカで、私たちはよく父のことを思い出した。ママは、私が知らなかったような事情を詳しく話した。あるいは、私自身が成長するにつれ、以前なら気に留めなかった細部に注意を払うようになったのだろう。たとえば、東京で父が日本に在住する全ソ連国民の党組織書記だったこと、モスクワに戻る直前にそのポストを外れたことなど、私は初めて知った。

ママがあるとき私に訊いた。

『サメのクドリャフツェフ』のこと、覚えている？　鎌倉の海岸であんたたち子どもをおどかしていたでしょ？　一時期、あの人はアレクセイの通信部で働いていたのよ」

「もちろん、覚えてるよ！」

「それでね、党統制委員会で私たちの調査が終了したとき、アレクセイはウラジーミル・レオンチエヴィチ・クドリャフツェフについて質問されたのよ。パパはこう答えたわ。クドリャフツェフは一九三五―三六年、東京で私の下で研修をした通信記者です。業務や政治に関する問題点はありませんでしたが、個人的つき合いはしていませんでしたって。そしたら、党統制委員会の調査官はこう言ったの。クドリャフツェフはアレクセイについてかなり多くの密告を書いており、それが今回の調査の主な理由だと」


一九四五年五月、大祖国戦争はわれわれの勝利に終わった。その頃、私たちはもう疎開先からロシンカ（モスクワ郊外のバーブシキン市は当時こう呼ばれていた）の自宅に戻っていた。時が流れた。私たちに告げられた父の判決を覚えていた私たちは、一九四八年の四月を待っていた。ついに、待ちこがれていた二十九日が来た。しめっぽい日だった。こぬか雨が柵の下に残った雪に落ちていた。私は心臓が締めつけられるような思いで家に向かった。だが、すべていつもと同じだった。もう何日か期待が続き、やがてすべて「元のレール」に戻った。

スターリンが死んだとき、私はＭＥＩ（モロトフ記念レーニン勲章モスクワ・エネルギー大学）で学んでいた。率直に言って、ママと私は大きな悲しみを感じなかった。この出来事のずっと前から、ママは夜更けにときどき、パイプをもつ彼の肖像画の方に首を振って、私に言った。

「私はそのときまで生きていないだろうけど、あんたは私の言葉を思い出すでしょう。**あの男**が死んだら、けっして良くは言われないでしょうよ」

一年後、小さな声で語られ始めた――スターリン時代に行われた不法な逮捕について、事件の再審と無実の罪で粛清された人々の名誉回復について。

今、私の前に、当時の手帳がある。そこには罪なくして裁かれた人間の潔白を晴らす「長い旅の行程」が記されている。

一九五四年十一月二十四日　父の逮捕と特別委員会の判決についての正確な情報を受け取るため（また、私たちの記憶を確認するため）、クズネツキー・モスト通りのＫＧＢ受付を訪問。ヴォロフスコイ通り十五番地のソ連最高裁判所軍事部に行くように言われる。

一九五四年十二月三日　最高裁判所軍事部で司法大佐が私を出迎える。広い執務室の大きなデスクの向こうに、窓を背に座っている。正面に座るように言われる。短く刈った灰色の頭を傾け、彼の顔の半分を隠すほどの書類挟みを分厚い眼鏡越しに読みながら、低い落ちついた声で言う。

「ナギ、アレクセイ・リヴォヴィチは一九三八年九月七日、十年の自由剥奪の刑を受け、一九三九年十月五日に死亡しました」

「どこでですか？」

「収監先です」

「それはどこですか？」

「収監先です」

「だからそれはどこですか？」

「収監先です」

同じ落ち着いた、単調な声だった。私は問い質《ただ》しても無駄だと悟った。

「この後、私はどうすればいいでしょう？」

「政府によってしかるべき決定がなされた後、あなたの父親の事件の再審申請を高等軍事検察局に出す必要があります。申請の受付開始については、追って通知があります」

最高裁判所で入手した情報のうち、私たちにとって新しかったのは父の死亡状況と日時だった。

一九五五年の始まりはわが家において記念すべきものとなった。二月には私の卒業研究の審査があり、三月には結婚式があった。慣例的に、式よりも早く、二月二十四日に私と新婦のラヒリ〔イーリャ〕・ナツキナはバーブシキン市の戸籍係に婚姻届けを出しに行った。

戸籍係の係員は、私の名字を聞いて、大きな声を出した。

「ナギ！　ナギ……。私、その名字に何か用があったわ！」

それで思い出したのだが、約一月前、戸籍係に来てくださいという短い通知が郵便で来ていた。私たちが結婚することを知っている友人のいたずらだろうと思って、注意を払わなかった。

だがこの瞬間、あることが脳裏に閃《ひらめ》いて、私は訊ねた。

「もしかしたら、死亡証明を出す必要があるんじゃありませんか？」

「そうそう」と彼女は答え、大判の台帳を覗きこみ、何かの用紙を取り出して、記入し始めた。

数分後、私は一枚の文書を渡されたが、それにはこうあった。

Ⅱ－A／四五二二四七号

ナギ、アレクセイ・リヴォヴィチ
死亡日時　一九三九年十月五日
享年　四十六才
死因　肝臓がん
本件に関する死亡記録を、一九五五年一月十三日（第二十四件）に戸籍登録。
死亡場所　ロシア・ソヴィエト連邦社会主義共和国モスクワ州バーブシキン市
登録場所　モスクワ州バーブシキン市戸籍係
書類発行日　一九五五年二月二十四日

（印）戸籍登録係長　（署名）

二つのことが注意を引いた。第一に、死亡場所がバーブシキン市とある。まるで父が自宅から町の病院で亡くなったかのようだ。この市にも近隣の町にも牢獄や収容所はないことを、私はたしかに知っていた。そして第二に、死亡日時と戸籍登録日の隔たり。十六年以上もある。

「どこからこの通知は来たんですか？」と私は訊ねた。係員の女性はまったく平静に答えた。

「内務省から指示がありました。それで書類を作成しているんです」

それは父の逮捕後、初めて手にした、父の運命に関する公文書だった。

婚姻届けを出した私たちが受けた祝福は、このようなものだった。

私とママは記載された死亡日時を信じた。死亡場所は、当然、信じなかった。


半年後、ＫＧＢを訪れた私は受付でこう告げられた。

「再審の決定が下りました。高等軍事検察局に申請書を提出してください。キーロフ通り四十一番地です」

一九五五年九月二十日　高等軍事検察局の受付は人でいっぱいだ。いくつかの執務室で同時に対応している。口調はていねいだ。申請書をどう書けばいいか、説明している。私の申請書と私が知っていることを簡単に記した書類を、司法中佐ベリャーエフが受理した。
これがその書面だ。

高等軍事検察局御中

申請書

私の父**ナギ、アレクセイ・リヴォヴィチ**、一八九三（ないし一八九七）年生まれ、は一九三八年四月二十九日に逮捕されました。

一九五四年十一―十二月に私が知りえたところでは、彼は一九三八年九月七日、ソ連最高裁判所軍事部で十年の自由剥奪の刑を受け、一九三九年十月五日、収監先で死亡しました。

ナギ、アレクセイ・リヴォヴィチの死後名誉回復を申請します。

一九五五年九月二十日（署名）

バーブシキン市、団地通り六番地、ナギ、E．A．

付録文書

ナギ、アレクセイ・リヴォヴィチはタス通信で勤務していました。一九三一年から一九三七年まで日本、東京でタス通信代表を務めました。

一九三七年十二月、モスクワに召喚され、六か月間、共産党中央委員会の調査を受けました。

調査結果は良好であり、父はいかなる罪にも問われませんでした。当時、父の助手をしていたクドリャフツェフ、V．L．（現在、国際情勢解説者）の密告があったと告げられたのみです。
ナギ、A．L．の逮捕当日、タス通信の役職への就任要請の電報がわが家に届きました。

（署名）

申請書の左上隅には「一九五五年九月二十日、高等軍事検察局受理」というスタンプが押されている。その下にはもう一つスタンプがあり、「ソ連最高裁判所高等軍事検察局カード目録」とある。さらに下には、判読しにくい大きな筆致で「二／二、五四一二〇-五四」（受理番号らしい）。右下には「内務省公安一課に照会」という決裁があり、その下に署名と日付がある。「五五年十月十七日」

決定書そのものを読み、書き写し、さらにいくつかの書類を部分的にコピーできたのは、何年も後にKGBと共産党中央委員会付き党統制委員会の文書館でオリジナルを閲覧できたときだった。

高等軍事検察局のその後の通知は口頭でしか与えられなかった。日付順に並べるとこうなる――

十二月六日　「あなたの申請は一九五五年九月二十二日、番号八‐五四一二〇‐五四で受理されました」

一九五六年三月二十七日　「本件はアルテミエフ大佐のグループに送付されました」。それがどんなグループなのか、どの機関に属しているのか、何をするのかについては、いっさい説明がなかった（もしかしたらアルテミエフとは最高裁判所軍事部で父の死を通知したあの大佐かもしれない）。

四月二十九日（A．L．ナギの逮捕からちょうど十八年）「通し番号五一〇‐五六G、第八号の本件はKGBで審査中です。その後、オジェゴフ検察官に回されます」

五月二十二日　わが家宛に高等軍事検察局から手紙が来た。

八C／五四一二〇‐五四号　一九五六年五月十六日

あなたから提出されていた訴えは高等軍事検察局で審査され、あなたのあなたの父親の（「あなたの」という言葉はインクで消され、「あなたの父親の」という言葉が書き込まれていた）事件はソ連最高裁判所に送付されました。

同日、最高裁判所に確認したところ、「書類は到着したが、まだ登録されていない」とのことだった。

作業が間に合わないのだろう。

六月二十日　「本件は登録されました。四N／一〇四三三号、第三群です。あなたは、父親の最後の職場に問い合せをし、仕事上で彼を知っていた人を見つける必要があります」

私はタス通信に行った。私の訪問の理由を知ると、人事課に通された。係員の女性は、ナギ、A．L．がいつどこで勤務していたかを確かめると、いくつかの書類箱を調べ、二人の名前を挙げ、どの部屋で会えるか、教えてくれた。そのうちの一人の名前——五十すぎの男性だった——は思い出せないが、テレタイプ課の課長の女性がマルクーゼという名前だったことは覚えている。二人ともアレクセイ・ナギのことはよく覚えていると言い、必要があれば証言すると約束してくれた。彼に違法行為や反ソ的意図があったなどとは信じられないとのことだった。

私は、この件で最高裁判所軍事部に呼び出されるかもしれません、と断っておいた。マルクーゼは私を見て、言った。

「じゃあ、あなたが南の太陽の落とし子なのね。アレクセイ・リヴォヴィチのもう一人の息子、グスタフのことは何か知ってる？」[原注33]

「父の側にグスタフという兄がいることは知っています。一度、もう父が逮捕された後でしたが、うちに来たことがあります。会ったのはそのときだけです。戦後、彼に会うことはできませんでした。もしかして何かご存知ですか？」

マルクーゼは首を振った。

「何も！」

そうして私たちは別れた。

七月二十三日　「本件、四N／一〇四三三号の再審は第一審に付されました。今後は四N／一〇四三四号となります。八月初めに来てください」

原注33　私の両親は一九二八年夏、ソチにあるタス通信の保養所で知り合った。私はA．L．ナギの二度目の結婚で生まれた息子だった。つまり、マルクーゼがほのめかしたのは、彼女と父はそうした話もする信頼しあえる仲だったということで、それで私も彼女の名前を覚えていたのだ。

八月一日、私はヴォロフスコイ通り十五番地に来た。守衛兵は私の名前を聞き、何の用事で来たかを知ると、特別受付室に行くように言った。そこにはもう何人か集まっていた。大尉の位階の若い事務官が、今日いらした皆さんの事件は再審が終了しました、と言った。再審の結果、起訴状にある犯罪の構成要件が見出されなかったため、判決は破棄されます。それに合わせて審理は終了します。被告たちは名誉回復されました。

「これから、その証明書をお渡しします。お一人ずつ受け取りのサインをしてください。証明書は再発行が非常に難しいので、大切に保管してください。この証明書によって、名誉回復された人が最後に働いていた職場の給料二か月分、および没収された資産相当の補償金が受け取れます。そのためには、名誉回復者の最後の職場とモスクワ市財務局に問い合わせないといけません」

こう前置きして、事務官は来訪者を一人ずつ呼び、サインと引き換えに証明書を手渡し始めた。ソヴィエト連邦最高裁判所軍事部の紋章とスタンプの入った、標準サイズの半分の大きさの紙にはこうあった——

一九五六年八月一日

四N／一〇四三四／五六号

証明書

ナギ、アレクセイ・リヴォヴィチの起訴案件は、一九五六年七月二十五日、ソヴィエト連邦最高裁判所軍事部によって再審が行われた。

ナギ、A.L.についての一九三八年九月七日付け軍事部判決は、新たに発見された事実に基づき破棄される。犯罪の構成要件の欠如につき審理は打ち切られる。

ナギ、A.L.は死後名誉回復された。

ソ連最高裁判所軍事部司法課長
司法少将　レーベジェフ
（担当ステパーノフ）

逮捕理由、判決内容、拘置場所、遺体の埋葬場所については、いっさい情報がない。同情、ましてや罪悪感のかけらもない。名誉回復を命ずる――さあ、名誉回復されました。満足してください。失なったものの補償金さえ払ってあげるんですから。

没収された資産の金銭的補償には「ボッシュ社製のラジオ受信機、富士社製の自転車、品物入りのスーツケース二個」が含まれていたが、その価格はきわめて恣意的に算出されていた。一九五六年終わりには会計上の手続きが完了した。ところが興味深いことに、一九五七年一月十九日、ソ連閣僚会議付きKGB財務企画部（そんな部署があるのか！）から送金があった。通信欄にはこう記されていた――

ソ連財務省国家歳入部より腕時計の代金　三五六・九三ルーブリ　を送金する。
手数料　七ルーブリ
通知料　〇・四ルーブリ
送金額　三四九・五三ルーブリ

その額を私は受け取った。

政府当局は高潔なつもりであり、自分たちの正義を何かにつけて言い立てた。正義がついに勝利したというわけだ。スターリンの専横が公式に断罪された。だがそうした声は「雪どけ」の後退とともにだんだん小さくなり、ブレジネフ時代にはまったく途切れてしまった。代わりに「諸民族の首領」の権威の復活が語られるようになった。「名誉回復に関する無益なゴタゴタ」

といった言い方もされるようになった。

一九八四年四月二十九日（父アレクセイが逮捕された日）、わが家の暗黒の日に、私のママ、ファーニャ・ミナエヴナ・ザクが死んだ。彼女は最後まで、夫の死の無意味さを受け入れることができなかった。

「ペレストロイカ」（一九八五年、共産党書記長に就任したゴルバチョフによって推進された改革路線）がやってきた。この時代の主な特徴は、ソ連社会にとってかつてなく大きな言論の自由だった。私は、タス通信と十月革命に関する文書館で、父の人生と仕事についていくつかの資料を得ることができた。KGBでは粛清された人々の運命に関して新たに情報を開示している、という噂が届いた。

一九八八年九月二十一日　KGB宛に手紙を送った。そこには私の知るかぎりの父の人生の詳細を記した。そして手紙の最後に――


私に以下の情報を開示するよう、ご検討ください。

一　父の正確な生年月日（私の持つ情報では一八九三年と一八九七年の開きがあります）

二　一九一五年から一九一八年までの父の所在地
三　私の父はどのような判決を受けたのか、罪状は何か
四　死亡証明書（Ⅱ－A／四五二二四七号、一九五五年二月二十四日付）に示された死亡日時と死亡理由は事実か

以上の情報は私の父の生涯の復元に不可欠であり、私のみならず、私の子どもと孫たちにとっても重要なものです。

（署名）

一九八八年九月二十日

手紙には自宅の電話番号を書いておいた。約一月後、家の電話が鳴った。

「こんにちは！　同志ナギですか？」

「はい、ナギです」

「こちらはKGBです」。私は反射的にギョッとしたが、彼らに手紙を出していたことを思い出した。

「あなたは、お父様の生涯の詳細を教えてほしいという申請書を送られましたね。ご訪問の日

時を決めないといけません」

　私たちは十月二十一日十五時に約束した。

　指定された日時、私はクズネツキー・モスト通り二十二番地の、紅い花崗岩で縁取られた扉の中に入った。三メートルほどの細い廊下を過ぎると、窓のない部屋に出た。正面には奥へのドア、その前には守衛兵が立っている。壁沿いにはソファーと低いテーブル。突然、背中から猫なで声で——

「エルヴィン・アレクセエヴィチですか？」

「はい、私です」。私はふり返り、ぴっちりした黒い毛皮コートを着た体格のよい、髪の真っ黒な男を見た。

「こちらの執務室にどうぞ！」と、通りに面した大きな窓と受付ホールのあいだにある、いくつかの小部屋のドアの一つを指さした。訪問者対応用のこれらの小部屋が、今通った狭い廊下を形作っていたのだ。

「こんにちは、エルヴィン・アレクセエヴィチ！　私はアフミンスキー中佐、ヴャチェスラフ・ワシリエヴィチです。どうぞお座りください」

　そして真向かいの場所を指した。彼のデスクと私に示された椅子のあいだには、さらに小卓があった。彼のデスクに置かれたファイルを覗き込める可能性はなかった。私を連れてきた男は、コートのポケットに両手をつっこみ、端に座った。そうして私たちが話している間、ずっと座っていた。親切そうな薄ら笑いを浮かべて、無言で私を見ていた。

「お話を書き留めてもいいですか？」

「もちろんです、紙もありますよ」。彼はデスク上の紙片を指さした。

一九一五年から一九一八年の時期の父の生涯にあったさほど重要でない出来事を除くと、アフミンスキー中佐はファイルをそのまま読み上げた。

「父上は、右派の反ソ的テロ・破壊工作組織への積極的関与の罪で起訴されました。党指導部に対するテロ行為の共謀、ならびにソ連に対する日本参戦を扇動した罪です。一九三八年九月七日、最高刑の判決を受けました。より詳細は、最高裁判所軍事部に問い合わせれば分かります」。彼はファイルを閉じつつ、話し終えた。

「取調べ記録を見ることはできますか」

「いいえ、できません」

十二月五日　最高裁判所軍事部に、同じように、私の知る情報を記した手紙を送り、最後に以下の質問を掲げた。

一　本当の判決、判決が出た日時
二　拘置場所、また判決が最高刑だった場合、銃殺場所
三　逮捕後、判決が出るまで父はどこにいたのか（どこで取調べが行われたのか）（一九三八年四月二十九日から仮に三八年九月七日まで）
四　彼と一緒に取調べを受けたのはだれか
五　取調べを行ったのはだれか（まだ死んでいないなら！）
六　父の遺骨があるとすればどこか
以上の情報は私、私の子ども、孫たちにとって重要なものです。

（署名）

一九八八年十二月五日

十二月二十五日　最高裁判所軍事部の用紙で返事が来る。

一九八八年十二月二十三日
四Ｎ一〇四三四／五六号
エルヴィン・アレクセエヴィチ！

お申し出につき、以下のことをお知らせします。ナギ、アレクセイ・リヴォヴィチ（一八九三年生まれ）は一九三八年九月七日、ソ連最高裁判所軍事部において銃殺刑の判決を受けました。罪状は、右派の反ソ的テロ・破壊妨害組織への積極的関与、党指導部に対するテロ行為の共謀、ならびにソ連に対する日本参戦の扇動です。それ以外に、彼は日本のスパイ要員の罪でも起訴されました。

一九五六年に行われた追加調査によって、この告発が不当であったことが確定しています。一九五六年七月二十五日付け最高裁判所軍事部の決定により、本判決は破棄され、犯罪の構成要件の欠如につき審理は打ち切られました。

ナギ、アレクセイ・リヴォヴィチは死後名誉回復されました。

軍事部は、当判決が執行された場所と正確な日付の情報を有しておりません。しかし、当時の規則では、この種の判決は、言い渡し後、直ちに執行されていました。埋葬場所は確認できませんでした。

ご関心のあるこれらの情報は、ナギ、Ａ.Ｌ.のファイルにあるかもしれません。それは一九五六年九月、ＫＧＢに送付済みであり、そちらにお問合せ下さい。

不当に裁かれたナギ、アレクセイ・リヴォヴィチに関してあなたとあなたのご家族を襲った悲劇の大きさに鑑み、心よりお悔やみ申し上げます。

ソ連最高裁判所軍事部書記局長

（署名）A．ニーコノフ

手紙のトーンが変わるのに三十二年かかった。人間が変わったのだ。過去への態度も著しく変化した。ペレストロイカの風が吹いていた。だが、集団的責任感はなおも請願者をたらい回しにするのだった。KGBは裁判所に行けと言い、裁判所はKGBに行けと言う。もう一度KGBに行っても無駄であることは明らかだった。

私はナギ、A．L．の死亡証明書を手に取った。

死亡日時　一九三九年十月五日

死因　肝臓がん

死亡場所　モスクワ州バーブシキン市

すべて嘘だ。わが国の生活にはこの種の嘘が充ちている。

解き放たれた言論の霊はなすべきことをした。国内では、それまで予見不可能だった出来事が起きていた。それらがソ連崩壊につながったのだ。
民主的気運にあったロシア新政府は一九九一年、もろもろの文書館の公開を発表した。その中にはKGB文書館もあった。

一九九二年二月二日　もうソ連でなく、ロシア連邦のKGB——ただし住所は同じクズネツキー・モスト通り二十二番地——に、父ナギ、アレクセイ・リヴォヴィチのファイルの閲覧許可を求める申請書を送る。申請書の最後にこう書いた。「一九八八年十月二十一日、アフミンスキー中佐が私と面会しており、父の文書中のいくつかの情報を伝えました」。こう書くことで、回答が早まることを私は期待した。四年前と同様、約一月後、電話がかかってきた。愛想のよい男の声が、指定された日時に受付に来て、ファイルを閲覧するように言った。私たちは三月四日に会う約束をした。

きっかり十三時、見覚えのある紅い花崗岩で縁取られた扉の奥に入る。私を出迎えたのは文官の職員で、ヤクシェフ、ヴャチェスラフ・ニコラエヴィチと名乗った。彼はファイルを私に渡し、小部屋に招き入れた。かつてアフミンスキー中佐が相手をしたのと似たような部屋だった。今ではわずかな面積に三つの事務机といくつかの椅子が並べられていた。すでに他の請願者たちが座っており、書類を調べていた。壁一面の窓はクズネツキー・モスト通りに向いていた。通りは活気にあふれていたが、薄い不透明なブラインドで私たちと隔てられていた。この小部屋にいるのは私と同じ関心と境遇をもつ人々のようだった。この建物内にいるだけで行動に特別の刻印が押されるのか、だれも言葉を交わそうとしなかった。それでいて、私たちは物理的な狭苦しさを気づまりに感じなかった。一人ひとりが、ファイルを読みながらよみがえる状況に沈潜していた。各人それぞれに。各ファイルの状況と内容はさまざまであれ、私たちを包む空気は同じものだったと思う。

こうして、ついに私の前に父のファイルがあった。書類は二冊に綴《と》じられていた。一冊目は光沢のあるベージュ色のプレスボード（工業用厚紙）で製本されており、取調べと裁判の書類だった。時期的には一九三八年四月二十七日から九月七日までをカバーしていた。二冊目は濃紺の表紙で、再審と名誉回復に関する書類で、一九五五年九月二十日から一九五六年八月一日までのものだった。まとめると、父の逮捕から取調べ、裁判、判決言い渡し、刑の執行までわずか四か月。対して、私が再審請求を行ってから名誉回復の決定が下されるまで十か月かかっている。何というバランス……。

一冊目の表紙にはきちんとした黒い囲みがあり、上の方にこう印刷されていた——

内務人民委員部
VChK-OGPU-NKVD
作成年一九——年

表題は——

ナギ、A.L.起訴に関する取調べ書類

特別文書館の専用スタンプが押されている。
その下には利用規則が書かれている——

文書館から受け取ったファイルは受取りから十日以内に返却されなければならない。
文書館から受け取ったファイルを他部署・他組織に送る際は、かならずソ連内務人民委員部第一特別課を通して行うこと。

文書館番号九六三九六九号——これは古い番号で、消されて新しい番号が記されている——

R一〇八四六。

「R」の記号は、おそらく名誉回復に関するファイルを指すのだろう。下に注記がある——

第一巻。全二冊ファイル。〇一五二一七ならびにVo／一三一九四

表紙はこれで全部だった。

とびらページは、上の方に「NKVD」と麗々しく記されており、次の行に「国家安全総局」とある。さらに「ナギ、A．L．起訴に関する文書　一九〇四三号」。そして鉛筆で大きな文字で「九六三九六九」。

次のページは目次だ。「九六三九六九号—ナギ、A．L．取調べ書類一覧」とある。その下には——

一．逮捕状請求　1、2頁
二．強制措置決定　3頁

三．令状二四六八号　4頁
四．捜査記録　5頁
五．受領証　番号一三六一四、二〇一、二〇二　6、7、8頁
六．逮捕者調書　9頁
七．ナギ、A．L．尋問調書　10―45頁
八．取調べ終了決定　46頁

第一部第四課第五係 次長
国家保安部中尉　(署名)　シュワルツマン

署名のさらに下に追加がある。

最高裁判所軍事部決定　58頁

ファイルの最後を見ると、一九五五―五六年の再審に関する書類があった。まさにこの軍事部決定が名誉回復の根拠となったのだった。

シュワルツマン。聞いたことのある名字だった。一九五三年、党中央委員会政治局は、ラヴレンチー・ベリヤの拷問部屋の恐怖と手を切る決断をした。ベリヤは逮捕され、裁かれ、直ちに銃殺された。彼や「リューミン〔ミハイル・リューミン、内務省副大臣。スターリン死後、逮捕・銃殺〕のような冒険主義者ども」と運命を共にしたのが、このシュワルツマンだった。当時、すでに大佐だった。彼についてとくに書かれ、語られていたのは、ＮＫＶＤでもっとも残忍でサディスティックな取調官の一人だったという点だ。そのような男が父の事件の取調べをしたのか。私は、シュワルツマンについて語られるような性質をあらわに持つ人と会ったことはない。だが、私の父がそんな人間に取調べを受けたのだと思うと、この横暴な事件の非人間性をひしひしと感じた。

そしてこれがファイルの最初の書類だ——

逮捕状請求

国家安全総局第四課第九係長、ジュルベンコ少佐によって作成・署名されている。頭文字はない。署名と決裁はたいてい色鉛筆で書かれている。この自信たっぷりなぞんざいさは、きわめて重要かつ責任ある業務が膨大であることによって正当化されていた。頭文字など記すまでもない。全員、おたがいよく知っており、共通の事業をなしているのだから。だが鉛筆というのは……。鉛筆のどこが悪い、**御自ら**（同志スターリン）鉛筆で済ましてるんだぞ。決裁と署名に鉛筆を使うことで、職員たちは最高権力への近さを感じていたのだろう。

そのジュルベンコが、逮捕状請求書の左の余白に書き込んでいる――もちろん鉛筆で。

フリノフスキーへ。逮捕許可を願います。ジュルベンコ　四／二一

左上隅には青鉛筆で決裁がある。

逮捕せよ

その下に署名「M. フリノフスキー」

なめらかな、明瞭な、美しい筆跡。

同じく有名な人物――エジョフの副官の一人だ。もうこの時期は、自らの手を汚してはいなかっただろう。いや、分かったものではない。

逮捕の理由は一体何か。私は読む。

ナギは日本のスパイである。このことは逮捕されたベザイスが証言した。彼を日本のスパイに引きいれたのはナギである、と証言した。

さらに先には、ベザイスの証言を引用しつつ、こう記されている。

……私的な会話で、ナギは政権への不満を口にした。……一九二六年、ナギはモスクワに召喚され、地方委員会代表か何かの立場でハルビンに派遣された。ベザイスとの手紙のやり取りで「隔絶された状態」について書いている。外国の報道機関とつながりがあった。ソ連国内の動向に関する資料を求め、入手した（ベザイスから、ということだろう。どういう性格の資料かは示されていない――E．N．）。ナギはドレツキー、メンケス、プシェニツィン、パウケルと深いつながりがあった。彼らの助けによって、ナギは党に潜り込んだ（文字通りそう書かれている――E．N．）。ユレネフから支援を受けていた。ユレネフは、ナギが在日党組織書記になるよう手配した。

東京からパリに行く途中、モスクワに立ち寄ったフランス人記者アルソーは、一九三八年二月、タス通信でナギ宛にメモを残している。

「親愛なるナギ！　お会いできず残念です。いつかパリで会うことを願っています。アルソー」

実際、父はこのメモを受け取っていた。だが面会を避けたのである。

逮捕状請求の内容、および党統制委員会文書館に保存されていた父の個人ファイルから後日得られた資料を組み合わせると、逮捕までの出来事の推移がおおよそ分かる。。

父に対する最初の密告が共産党中央委員会（より正しくは党統制委員会）に送られたのは、一九三七年の七月と八月のことであり、送り主は通商代表部職員S．パヴロフだった。A．ナギは東京で、タス通信の資金の一部を隠匿する目的で、シティバンク東京支店に個人口座を持っていると告発された。党統制委員会の要請で会計報告を調査したところ、告発は事実無根であることが判明し、問題は解決した。そのことは父の個人ファイルのうちの一つでも確認できる。だがその同じファイルにはV．クドリャフツェフの密告が入っていた。彼は一九三五―三六年、東京で父のもとで実習をしていた。彼の密告書は時代を映し出す文書であり、詳細な研究に値するものだ。いつか本当に研究されるかもしれない。だが今は、以下のことを述べておきたい。クドリャフツェフは、タス通信主任ドレツキー、駐日ソ連大使ユレネフとの親しい関係を根拠に、父を告発していた。当時すでに「人民の敵」として逮捕されていた、他の同僚との関係も挙げていた。クドリャフツェフによれば日本のスパイだという外国人記者たちとのつながりも、告発の根拠だった。ナギがハンガリー出身であることも強調していた。そして、本件についてNKVDに通報済みであり、エジョフその人にも手紙を出したと彼は書いている。そういえば、ママが話していたことがある。まだ日本にいたころ、クドリャフツェフがママに向かって「おたくのアレクセイがなんだ！　あいつはもう政治的に死んでいる！」と言い放ったことがあると。

以上で分かるように、逮捕状請求には、党統制委員会のファイルの内容が含まれていた。だが逮捕状請求にクドリャフツェフの名前はなく、逆に、党統制委員会のファイルにはベザイスの証言が出てこない。クドリャフツェフがNKVDに送ったという密告も、父の取調べ書類には出てこない。上記のV・クドリャフツェフの密告が、私が党統制委員会で見つけることのできた唯一のものだが、これは私たちがモスクワに帰った後、彼がタス本部で父と面会した後に書かれたものだ。そこには核心の文章がある――

現在、ナギはモスクワにいる。彼は東京から召喚された。共産党中央委員会で調査を受けている。本人の話によれば、「調査は『すべて順調』で、東京からの勤務評定を待つだけ」とのことだ。実際にどれほど順調に彼の調査が進んでいるか、私には判断しがたい。だがナギにとって「色を変える」のはカメレオンなみに容易なことであり、自分の手柄をさも勇ましく麗々しく語るかもしれないので、私はこの文書を書くことを決意した。というのも、私がＳＥＰ（党中央委員会国外細胞セクション――Ｅ．Ｎ．）に送った情報がナギの調査に反映されるかどうか、分からないからだ。

党籍調査――党への忠誠心の調査――は一九三八年四月半ば、父にとって良い結果で終了した。党統制委員会は彼をタス通信国外部の勤務に推薦した。どうやら、このことがクドリャフツェフに伝わったようだ。それは彼にとって望ましい展望ではなかった。そこで彼は持てるかぎりのＮＫＶＤとのつながりを使った。あるいは一九三七年十二月二十六日、ＳＥＰに密告を送った直後にこうした工作を始めたのかもしれない。こうしたやり方で競争相手を排除することは、当時広く行われていたのだ。

逮捕状請求とフリノフスキーの決裁に基づき、逮捕および捜査令状二四六八号が一九三八年四月二十七日付けで作成された。日付は赤鉛筆で書き込まれている。こうして、四月二十七日と二十八日、Ａ．Ｌ．ナギは、運命が決定した人間として存在していた。彼の人生はいわば「白樺まで〔「死ぬまで」の意味。墓地にしばしば白樺が植えられたことから〕」定まっていた。彼はそれを知らなかった。

令状二四六八号には、やはり赤鉛筆で注記がある。「シルキンへ」

文書の次ページは、強制措置（拘留などの手続き）の決定である。ファイルでは逮捕令状の前に綴じ込まれている。五月二十八日に作成されている。父はＮＫＶＤの拘置所に入れられて一月も経ってからこの書類を見せられたのだ。これですべて問題なしということだ。

次は――

捜査記録

押収品
一　ナギ、アレクセイ・リヴォヴィチ名義のパスポート　№ＭШ-五七三二六六
二　党員証　№〇六〇〇五七
三　ジャーナリスト会員証　№八三九
四　手帳類

五　様々な写真一袋
六　様々な書簡の入った化粧板張りのスーツケース、緑色
七　様々な書簡の入った革製の書類カバン、黄色
八　日本円、七枚の紙幣―三十四番
九　白い金属の外国貨幣―二十一番
十　黄色い金属製時計　No.一二八五八三　男性用腕時計

捜査担当者　（署名）　シシュカノフ
テルレツキー

逮捕時に父が党員証を持っていたのは、私の考えでは、党統制委員会の調査結果が良好だった証拠である。党統制委員会文書館にあった父の個人ファイルには古い党員証と新しい党員証の番号があった――「(旧) No.五七三二六六、(新) No.〇〇六三〇二七」。取調べ書類の党員証番号と個人ファイルのそれが一致しない理由は分からない。それはもはや本質的な問題ではない。

捜査報告書にはシシュカノフの署名があり、捜査令状はシルキンに回されている。この二人

の名前はＥ・ポリャノフスキーの論文「オシプ・マンデリシュターム（詩人、一九三八年逮捕、ラーゲリで獄死）の死」に出てくる（一九九二年五月二十六日（一二二号）、新聞『イズヴェスチヤ』掲載）。そこにはマンデリシュタームの逮捕準備の手順が記されている。

「……その文書（作家同盟書記Ｖ・スタフスキーの密告）に基づき、マンデリシュターム逮捕のきっかけとなるＮＫＶＤの公式な『逮捕状請求』が作成された。スタフスキーの密告の多くの部分がそのまま入っている……。左の余白、一番下のところに、やや傾いた薄い鉛筆書きで『同志フリノフスキーへ。逮捕許可を願います。四／二四』。署名は読み取れない。上には、太い鉛筆書きで『逮捕について同志ロギンスキーと協議済み。三八年四／二九』。署名は読み取れない。さらにその上にのびのびと濃い青鉛筆で――

『逮捕せよ。Ｍ・フリノフスキー　三八年四／二九』

……シルキンの告訴状もスタフスキー密告に基づいている……。ＮＫＶＤ職員のシシュカノフとシェルハノフは、彼らが逮捕する相手が詩人であることすら知らなかったようだ……」

マンデリシュタームは一九三八年五月一日、モスクワ郊外の「チェルスチ」駅から遠くない保養所で逮捕された。私の父を逮捕したのと同じ人間。同じ時期。同じ国。そして同じ世代に、逮捕された人々は属していた。

ページをめくる。

後でコピーを許された数少ない書類の一つだ。調書は父の手で記入されている。書類下部の記載が目を引く——

ＮＫＶＤ国家安全総局第八課のカード目録には該当情報なし。（署名）ボルチコワ

重要な事実だ。ファイル第二分冊（名誉回復に関する）の資料から察するに、第八課のカード目録というのは、個々の人物と外国のスパイとのつながりに関するものらしい。しかもフランス、ドイツ、イギリスのカード目録から得た資料もあったようだ。

ついに、もっとも重要な書類——尋問調書。ずっと探してきた書類。最初の日付は一九三八年八月三十一日。シュワルツマンの発言から始まっている——

「あなたはこの二か月、自分の罪を否認してきた。だが今日は、供述を行うために尋問に呼び出されたのだ」

ファイル第二分冊には二つの拘置書類がある――

証明書

ナギ、A.L.は一九三八年四月二十九日、NKVD拘置所に収監され、一九三八年六月二十日、レフォルトヴォ刑務所に移送された。

第二の書類――

尋問記録

囚人ナギ、アレクセイ・リヴォヴィチ
一九三八年六月十九日から一九三八年九月七日までレフォルトヴォ刑務所に収監。
レフォルトヴォ刑務所に収監中、以下の日時にナギ、A.L.はNKVD第一部第四課次長シュワルツマンの尋問を受けた。

38・6・21　12:25－14:10
38・6・22　16:40－17:50
38・6・27　9:50－12:10
38・8・5　11:10－11:50
38・8・10　22:50－24:00
38・8・21　24:00－1:30
38・8・27　3:40－4:30
38・9・3　13:30－14:45
38・9・4　12:10－12:20

KGBレフォルトヴォ刑務所長　（署名）V.ペトロフ
同書記局長　（署名）ラディナ

九回の尋問。もっとも長いのは六月二十七日だ。記録によれば二時間二十分続いた。それから一月以上の中断。その原因が何かは、推測するしかない。シュワルツマンが休暇に出かけたのか、尋問時に父に対して「特別手段」が用いられ、取調べを受けられる状態になかったのか。

どのような尋問手段が何回用いられたかを明らかにするのは、もはや不可能だろう。尋問終了後、ナギ、A．L．がどんな状態で監房に戻ったのか、どんな尋問、どんな論拠で父がつぶされたかを知ることも。

「尋問記録」には一九三八年八月三十一日の記録がない。おそらくシュワルツマンは、八月二十一日と二十七日深夜の尋問で父を完全に屈服させ、三十一日に必要な細部をすべて入れた調書を書き上げたのだろう。そして九月三日、タイプ打ちした調書を父に読ませ、四日に署名させたのだ。

二か月の否認の後、A．L．ナギは何を自白したのか？「右派」ドレツキーとの共謀である。

ヤコフ・ドレツキー。タス通信局長。タス通信記者として、父は彼の直接の指揮下にあった。一九三七年、ドレツキーは自分の運命が決したことを悟り、自殺した。そうすることで取調べと裁判から逃れ、息子のスタニスラフを経歴上の汚点から守ったのだ。スタニスラフ・ドレツキーは医科大学を卒業し、今では小児外科の大家、医学博士、教授である。だが、父の書類も含めすべての秘密文書で、ヤコフ・ドレツキーは「人民の敵」としてたびたび出てくる。彼とのつながりは、犯罪的意図の証拠となった。

ドレツキーは父を反政府・反党行為へと「取り込んだ」。尋問調書には「取り込んだ」とか「引きいれた」という言葉がちりばめられている。「『右派』は『外国の同盟者』の助力を恃《たの》んでソ連政権の転覆を企てた」。この助力に対して「右派」は「ソ連領土のいくつかの部分」で支払うことを約束していた。「極東、ウクライナの一部、ベラルーシ地方、もっとひどい場合、レニングラードやキエフなどの都市……外敵への支払いとしてバクーの石油、ウクライナの砂糖、ウラルの銅、シベリアの金が充てられるはずだった。」

シュワルツマンは、いつの世にもいる忠実なしもべらしく、流行の決まり文句を使っている。A・S・プーシキン没後百年の一九三七年、文芸誌『旗』の一月号に「人民の判決」という巻頭論文が掲載されている。そこから引用してみよう――

トロツキーを首領とする悪漢どもは示し合わせ、ファシズムの口に投げ込もうとしている――ウクライナ、沿海地方、アムール川地方を。石油、鉄、マンガン、燐灰石、金を。われら人民の血、労働、自由を!

すべてのマスコミで始終くり返されるこうした言葉が、国内にヒステリーと緊張の雰囲気を作り出した。ソヴィエト社会はその中で生きていたのだ。こうした言葉が尋問調書にも出てくるのは当然だろう。ドレツキーは「右派」戦線を二人の「イワノヴィチ」——ブハーリンとルイコフ〔大物政治家。二人とも父称がイワノヴィチ。ともに一九三八年、処刑〕——によって強化しようと話していた、とある。一九三六年に来日したヤン・ルズタクとフリスチアン・ラコフスキーも引き合いに出されていた。取調官がこうした名前を父の口から言わせたのは、すでに行われた粛清を後から正当化するためであり、また、破滅を運命づけられた新たな逮捕者たちを追い込むためだった。

民族的出自も抜きには済まされなかった。「ドレツキーはポーランド人で、私はハンガリー人だ」。だからソ連は自分たちの祖国ではない。

調書では、父がドレツキーを日本の軍人や外交官たちとつなげたとも書かれていた。その際、東支鉄道が「右派」の手先として日本との戦争の扇動役を果たしたことになっている。

東支鉄道とは、沿海地方との接続のために二十世紀初頭、ロシアによって建設された鉄道である。路線短縮のため満洲を走ったが、ロシアの鉄道であり、一九一七年以後はソ連が所有した〔正しくは一九二四年にソ連側の権利が承認された〕。この鉄道で働いていたのは帝国時代以来の鉄道員たちだった。一九三五年、ソ連は東支鉄道を傀儡《かいらい》の満洲国に——事実上、中国の東北地方を占領していた日本に——売却した。東支鉄道の職員たちはソ連に召喚され、彼らとその家族の多くは逮捕された。日本の利益を図ったスパイ行為の罪で告発されたのである。「東支鉄道グループ」という用語さえ使われた。

その先、調書で述べられているのは、純粋に経済的な話題（利権や貿易）をめぐって、父が日本のマスコミの主要関係者とした話の内容である。最後に重要なことが出てくる。日本の「同盟通信社」社長、イワナガ（同盟通信社初代社長、岩永裕吉（一八八三―一九四九））がロシア語で書かれた調査項目を父に渡し、父はそれに目を通し、「協力に同意し、『ウタ』というコードネームを使った」というのだ。私にはコメントのしようがない。

調書のテクストには父の手で重要でない訂正が書き込まれている。タイプ打ちされた調書の毎ページに紫色のインクで父の署名。「人民の敵」は鉛筆では署名できない。署名は不正確で、余計な線が入り、調書の後半、二十三頁以降ではとくに乱れている。調書の末尾の最後の署名は不自然に長く、三本も余計な線が入っている。一切の希望を絶たれた人間の署名だ。調書をタイプ打ちする際、タイピストが誤って「マヴィ」と名字を打っていた。父は紫のインクで「ナギ」と直している。

そして最後の一行――

尋問者　（署名）シュワルツマン

父にこの調書に署名させたものは何か、推測するしかない。身体的な暴力か、家族を破滅させるという脅しか、命だけは守ってやるという約束か……。

尋問調書の次は、取調べ終了決定である。下の方に、父の手で、紫色のインクで――

取調べ終了の旨が、私に告げられました。供述内容につけ加えることは何もありません。

一九三八年九月三日

さらにページをめくる。

起訴状

承認を表す二つの署名。

右側には――

ソヴィエト連邦検事　A．ヴィシンスキー（スターリン時代の代表的な法律家・検事）

だが、実際に署名したのは代理のロギンスキーだ。一九三八年八月三十一日付け。

左側には――

第一部第四課長代理　国家安全局少佐グレーボフ、一九三八年八月二日

ナギ、A．L．は「右派の反ソ的テロ・破壊妨害組織への関与、党・政府指導部に対するテロ行為の共謀、ソ連と日本間の戦争の扇動活動の罪で起訴される」。

さらにナギ、A．L．は「日本のスパイ要員である罪で起訴される。一九三八年八月一日」。

起訴状は、すべての肩書を並べたシュワルツマンによって署名されている。

その下には――

「承認」第一部第四課第五係長

国家安全局上級中尉　（署名）ライヒマン

シュワルツマンほど知られた名前ではないが、やはり見たことがある。たとえば、近年KGBの資料にアクセスできた有名な作家、ヴァイネル兄弟の著作で。『緑草の上の縄と石』でKGB中堅職員が回想しているのだが、二十年ほど前、一人のイタリア人大学生がペトロフカ通りの百貨店モストルグで、階段の手すりに自分を手錠でつなぎ、ソヴィエト体制を非難するビラを撒《ま》いたことがあった。その若者は大騒ぎの末、手すりから引き離された。外国の新聞記者たちが押し寄せた。社会の安寧の侵害者は、ソ連の民主主義を示すために、少し脅されただけで許され、自国へ帰された。海外とわが国のメディアでは「自由」をめぐる大きな議論となった。

「なぜあんな騒ぎが必要だったのか?」とそのKGB職員は話している。「昔であれば、レオニード・ライヒマンが現場に送られただろう。彼ならイタリア人学生の腕を切って、それで万事解決だったろうに!」ヴァイネル兄弟は『死刑囚の福音書』でイメージ豊かにライヒマンを描いている――「マフノ隊員(ウクライナの無政府主義者ネストル・マフノによって率いられた農民反乱軍。ソ連軍と凄惨な内戦を戦った)のように恐ろしいライヒマン将軍は、気だるそうに乾いた唇を舐《な》めていた」

彼は五〇年代半ば、身寄りもなく亡くなった。彼の妻は有名なバレリーナのレペシンスカヤだったそうだ(実際には、レオニード・ライヒマンは一九五一年に逮捕され、一九五七年に刑期を終えた後、一九九〇年まで生きた。バレリーナのオリガ・レペシンスカヤと結婚していたが、刑期終了後、妻のもとには戻らなかったという)。

こうした人々が国家の法を守っていたのだ。

起訴状の文面は私にとって新しい情報を含んでいなかった。その内容は、前に引用した一九八八年十二月二十三日付けの最高裁判所軍事部の手紙にほぼ文字通り引用されていた。注目すべきなのは、八月三十一日という起訴状の日付だ。グレーボフの承認は八月二日になっている。月初めに起こりがちなたんなる間違いで、実際には九月二日のことだろうか。それともシュワルツマンは八月初めに起訴状を作成したが、父に書類の内容を認めさせるのに一か月かかったのだろうか。どちらの説もありうると思う。

一九三八年九月六日、ソ連最高裁判所軍事部の予審が開かれた。調書にはこう記されている。

議長　軍事法律家　ウルリッヒ
委員　准軍事法律家　マトゥレヴィチ
　　　旅団軍事法律家　ロマヌィチェフ
書記　一等軍事法律家　バトネル

ソ連検察官代理ロギンスキー

最初の三人の「法律家」が、当時広まっていた言い方で「特別三人組《トロイカ》」、または特別会議のメンバーである。

軍事部は協議し、以下の決定をした。

一．起訴状の内容を精査した。

二．ナギ、アレクセイ・リヴォヴィチをロシア・ソヴィエト連邦社会主義共和国刑法五十八条の六、八、十一項に基づき裁判にかける（刑法第五十八条は「反革命行為」を定めた条項で、スターリン時代の粛清できわめて頻繁に用いられた）。

三．一九三四年十二月一日付けソ連中央執行委員会決定に基づき、本件は秘密法廷にて、検察と弁護人の参加および証人喚問なしで行う。

被告の強制措置は監視下の拘置で続けること。

ロマヌィチェフ。この名字にどことなく見覚えがある。もしかしたらこの男は、アレクサンドル・イサエヴィチ・ソルジェニーツィン（小説家。デビュー作『イワン・デニーソヴィチの一日』を皮切りに、ソ連体制の非人間性を告発する作品を数多く発表）の長編小説『煉獄の中で』の登場人物の一人、マカルィチェフ検事のモデルでないだろうか。そうかもしれない。

九月七日が来た。裁判記録によると、最高裁判所軍事部の秘密法廷は三十分とかからなかった。裁判記録をすべて引用する必要はないだろう。そこでは一言一句、それ以前の書類がくり返されているだけだ。そして——

被告は有罪を認めている。自白を考慮し、助命を嘆願している。

A．L．ナギは、本当に命乞いをしたのか、それとも助からないことを悟った上で、機械的に口にしたのだろうか？

判決

（すべての訴因がくり返されている）

銃殺

父の命の終わりを確認する文書はきわめて散文的だ。

要秘密

証明書

ナギ、アレクセイ・リヴォヴィチの銃殺刑判決は一九三八年九月七日、モスクワ市内で執行された。判決の執行命令はＮＫＶＤ第一特別課特別文書館第三巻二九四号文書に保管される。

ＮＫＶＤ第一特別課第十二係長

（署名）シェヴェリョフ

アレクセイ・リヴォヴィチ・ナギは四十一才だった。

この証明書の右上隅に、普通の鉛筆で、薄く記されている。

埋葬場所についての情報は存在しない。

またしても嘘だ。存在するはずだ。執行命令にはどこで刑が執行されたか示されているはずだ。周知のことだが、NKVD職員のなかには革命的情熱のために、というより興奮と刺激のために、死刑をみずから執行する者もいた。銃殺が行われた多くの場所も今では分かっている。レフォルトヴォ刑務所。ここで処刑された死体はモスクワ火葬場に運ばれ、遺灰はドンスコエ墓地の共同の穴に捨てられた。今日、これらの場所は、不法な粛清の犠牲者の第一埋葬場所、第二埋葬場所として知られている。民間団体「メモリアル」は、罪なくして銃殺され、火葬され、ここに葬られた人々のいくつかの名字を明らかにすることに成功した。

カリトニコフスコエ墓地、および近年有名になったモスクワ近郊の「コムナルカ」(以前ここにあったソフホーズ「コムナル」に隣接する土地)は、出入口のない柵で囲われており、かつては近づくことが許されなかった。ここに刑の執行のために人々が連行され、あらかじめ用意してある穴に死体が投げ込まれた。今では「コムナルカ」には守衛が事実上いないそうだ。望みさえすれば、柵に開けられた穴から中に入り、何の記念碑もない、まばらに木の生えた小高い草原を見ることができる。もちろん、希望者は年々減っている。

こうした場所はたくさんある。旧ソ連領全体でいえば、無数にあるだろう。

そして今もなお、KGB（あるいはロシア連邦保安省ないし保安庁）は自分たちの秘密を最後まで明かそうとはしない。通常の理性では測りがたい規模の虐殺を明るみに出したくないのだ。明かす情報が少なければ少ないほど、彼らの不安も少ないのだろう。

父のファイルを調べるために私は何度かKGB受付に通った。毎回、訪問する前にヴャチェスラフ・ニコラエヴィチ・ヤクシェフに電話する。彼は決められた時間に書類を持って、小部屋のどれかに私を連れていく。最後の訪問の際、私は、ファイル中のいくつかの書類のコピーを貰《もら》えるかと尋ねた。ヤクシェフは少し考えて、私が興味を持つ書類を一覧にしてほしいと言った。私が書いた一覧表を見ると、コピーを許可されていない書類があると言った。

「手で書き写すならばファイルのどの書類もかまいません。ですが、たとえば判決文などはコピーできません。数日後に来てください。可能なコピーを用意しておきます」

私がコピーを取りに来たとき、ヤクシェフはいなかった。守衛兵が私の名字を尋ね、何かのリストを見てパスポートを確認してから、右側の最初のドアを入って当直に会うように言った。そこにいたのは、見るからに退役したKGB職員だった。食べかけのサンドイッチを置き、パスポートをちらっと見て、デスクから書類封筒を出し、何枚か紙を抜き出した。その瞬間、衝撃が私を襲った。頭を打たれたのではない。違う。デスクから父が見ていたのだ。髭を剃《そ》っていない、すこし斜視気味の、まったく死んだような目つきの父が。死者のまなざしだった。九×十二センチの正面から取った二枚の写真。その衝撃の感覚は説明しがたいが、忘れることができない。我に返って、さらに二枚の写真があるのに気づいた。横からの写真だった。

「この写真はどこにあったのですか」

「たぶん、刑務所のファイルでしょう」。口をもぐもぐさせながら、当直は無関心に答えた。「この書類はすべてお渡しします」

請求した十六の書類のうち、重要でないもののコピーが四点と、二種類の写真が合わせて四枚。

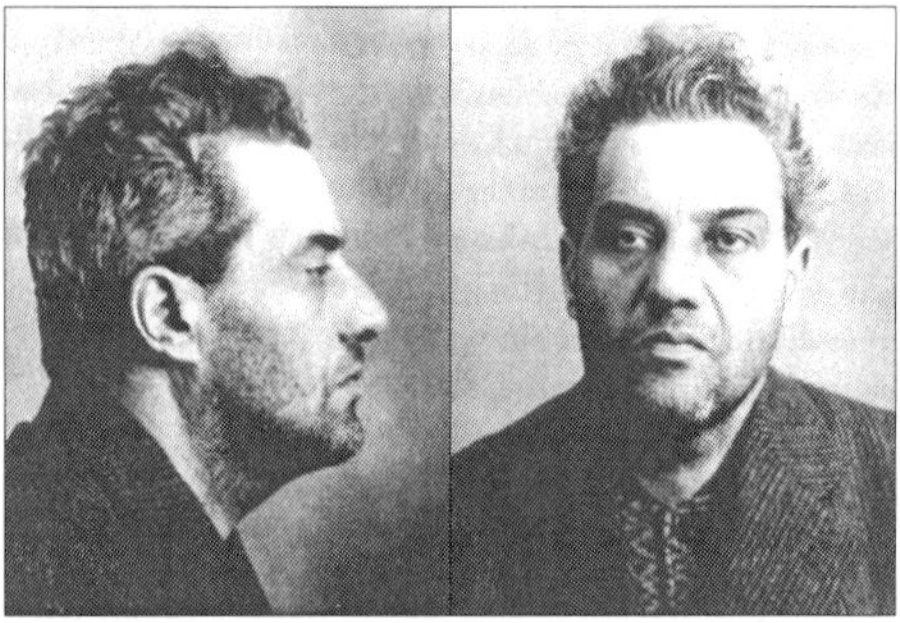

父アレクセイ・ナギ(モスクワ、1938年4月3日)

「刑務所の資料は見ることができるでしょうか」

「無理ですね。刑務所の資料は私たちの管轄じゃありません」

伏せられたことが明らかになるまで、まだどれだけの時間がかかるのだろうか？

父のファイルの話はこれで終わりにしてもよい。だが……。

二か月ほど後、私は偶然、ウラジーミル・レオンチエヴィチ・クドリャフツェフが健在であることを知った。ジャーナリスト協会を通じて、彼の自宅の電話番号を知ることができた。私は電話した。

女性の声が答えた。

「もしもし」

「ウラジーミル・レオンチエヴィチとお話しできますか？」

「どちらさまでしょう？」

私は名字を名乗りたくなかった。それで別の町に住んでいる友人の名前を思いつき、クドリャフツェフとゾルゲ（リヒャルト・ゾルゲ（一八九五—一九四四）。ドイツ国籍。ソ連のスパイとして日本で活動した）の出会いについて興味があるのだが、と言った。クドリャフツェフは『一週間《ニジェーリャ》』という週刊紙にその記事を書いていた。

「ええ、六〇年代にそのことで文章を書いたことがありましたわ」と女性は相づちを打ったが、しばらく黙って、こう続けた。「あのですね、ウラジーミル・レオンチエヴィチはとても高齢で、九十才です。とても具合が悪いのです。医者を呼んだところです。すみませんが、明後日にでもまたお電話ください」

私は受話器を置き、二度と電話しなかった。電話をして何が得られるだろう？　たとえ会話が成立したとしても、もう何も変わりはしない。

人が一人、死んだのだ。

問題が残った。多くの問題が。

＊　＊　＊

多くの問題が……。

たとえば、一見些細な、こんな問題が。

一九九二年春、関心を持つ人々に対して、共産党文書館に保管された資料へのアクセスが許可されることになった。ソ連時代の不法な粛清に関する党の文書は、かつてのマルクス・エンゲルス・レーニン・スターリン研究所の建物内にある現代史資料保存・研究センターに保管されている。典型的な構成主義スタイルで建てられた暗灰色の建物。正面玄関は、以前はモスクワ市ソヴィエト正面のソヴィエト広場に向いていた。モスクワ誕生八百周年祭のさい、この建物はユーリー・ドルゴルーキー（十二世紀の公。モスクワの創設者とされる）像の背後に隠れた。おそらくそのせいだろうが、プーシキン通りに向いた新しい正面玄関が作られた。このころ「諸民族の首領」はすでにこの世を去り、その名は地に墜ちていた。研究所の名称からも彼の名前が外され、正面入口の上にはマルクス・レーニン主義の三人の創始者（マルクス、エンゲルス、レーニン）の肖像が彫られた。今日、資料保存・研究センターの訪問者を見下ろすこの三人の肖像は、「輝かしい未来」を建設していた時代を思い出させる。

ここに保管されている文書との関係が認められ、年間入館証を作ってもらった私は、週に二日はここで過ごすようになった。ここにはいくつかの特別閲覧室がある——手稿、党の通信と個人文書、定期刊行物、書籍、マイクロフィルムなどなど……。文書の検索システムはとてもよくできている。職員の来館者への態度もきわめて丁寧だ。たぶん、党指導者たちへのサービスの伝統がまだ残っているのだろう。だが残っているのは、サービスだけではない。読みたい資料を予約するため、特別閲覧室への階段を上っていく途中、高い開き扉がある階段の踊り場で、ある名前が刻まれた大理石の小さなプレートが、私の目に入った。

イワン・パヴロヴィチ・トフストゥーハ記念特別閲覧室

ボリス・バジャーノフの回想『スターリンの個人秘書の覚書』で読んだ情報がすぐに思い出された。スターリンには四人の秘書がいた。

党務担当――ボリス・バジャーノフ
組織業務担当――レフ・メフリス
「後ろ暗い」ことの担当――グリゴーリー・カンネル

そして――

「やや後ろ暗い」ことの担当――イワン・トフストゥーハ[原注34]

ボリス・バジャーノフは一九二〇年代半ば、ソ連国家と党イデオロギーの発展がどのような方向に向かっているか悟り、権力闘争のゲームから逃れることに全力を注ぎ、一九二八年、国外に脱出した。上述の本を含め、一連の著作をパリで出版した。

レフ・メフリスはスターリンに忠実に尽くし、党と国家機関の重職を歴任した。一九五三年、大将と国務大臣の職位で、スターリンより少し前に死んだ。「医師団陰謀事件」に端を発した反ユダヤ人キャンペーン（党と軍の要人への暗殺を謀ったとして医師グループが逮捕された事件。逮捕者にはユダヤ系が多かった）が吹き荒れる中、最高位の待遇で葬られた。

グリゴーリー（あるいはよく呼ばれたように「グリーシャ」）・カンネルは、スターリンの政敵や競争者の撲滅――簡単に言えば殺人――の組織者だった。彼はあまりに知りすぎた人物だったため、彼自身、一九三八年に撲滅された。

イワン・トフストゥーハは、スターリンに直接ないし間接に関わるすべての書類を扱っていた。まさに彼が、一九三一年、マルクス・レーニン研究所（当時はまだそう呼ばれていた）副所長になり、レーニンやその他の党・国家指導者たちのオリジナル文書と個人的ノートの収集を行ったのだった。目的は**すべての**文書の収集であり、とりわけ、多かれ少なかれ同志スターリンの名誉を汚す文書の収集だった。そうした文書を個人的に保管することは祖国への裏切りと見なされ、厳罰に処せられた。

またトフストゥーハは、共産党中央委員会と書記局の構成員選挙の投票結果を操作し、つねにスターリンが多数を取るようにした。身体が弱く結核を患っていた彼は、一九三五年、ソ連で死んだ。そして一九九二年、ロシア連邦では、彼の名を刻んだ記念プレートが、彼の「やや後ろ暗い」仕事の結果を知ることのできる部屋を飾っているのだ。

今では、この名前とこの人間が行ったことを知る者は少ない。だが、研究所職員や上層部、政府は当然知っている。ソ連におけるスターリンの暴政を手助けした人物への敬意を求めるこ

---

34 「後ろ暗い」と「やや後ろ暗い」という用語はB．バジャーノフの本から取っている。

のプレートは、次のことも示しているだろう――ポスト・ソ連社会はいまだ精神的自由を感じておらず、奴隷心理を完全には失っていない。

もちろん、あのプレートはあの場所に留めておく必要がある。歴史を作り変えてはならない。あったことは、あったのだ。だがその隣に、同志I．P．トフストゥーハの人物と行動、そしてその結果を説明する文章を収めたケースを設置すべきだろう。それこそが、今日のロシアがおのれの過去に対する態度を本当に、根本的に、改めたことの証となるだろう。

いつの日か、そうなるかもしれない……。

解説　アレクセイ・ナギ一家の日本滞在

沢田和彦

われわれ日本人にとって本回想記の最大の魅力は、一九三〇年代という激動の時代に日本で暮らしたソ連人一家とその周辺の人々の生活が、物心ついたばかりの少年の目を通して描き出されていることである。これによってイデオロギー色の希薄な、ありのままの形で、戦前の日本社会の情景が再現されている。だが他方、子供時代の記憶に基づくものゆえに、当然のことながら不十分な記述や誤りも少なからず見られる。このような点を日本側の資料によって幾分なりとも補ってみたい。

一九三〇年にエフィーム・シャピーロという人物がタス通信員として来日する予定だったが、彼はハルビンに派遣されたので、その代わりとしてアレクセイ・ナギが任命された。ナギ一家は一九三一年六月十六日にモスクワを出発。七月三日午前八時にウラジオストクから「天草丸」で敦賀に来航し、九時三十六分発の国際列車で東京へ向かった。[1]「天草丸」は一九二九年四月から敦浦《とんぼ》航路に就航していた、北日本汽船株式会社の二三五六トンの船である。また国際列車は、敦賀港のすぐ側につくられた金ケ崎駅と東京の新橋駅を直通で結ぶものとして一九一二年六月十五日に運行が始まったが、その後一旦途絶えた後、一九二七年七月一日から再開された。ナギ一家来日当時は週一回の運行で、東京駅には同日の午後八時三十六分頃に到着したはずである。[2]

回想記中の記述と、アレクセイ・ナギが来日前にモスクワの駐ソ日本大使館で語った経歴との異同は次のとおりである。後者によると、彼の生年は一八九三年（一八九七年とする説もある）。一九一六年にロシア軍の捕虜になった後、一九一九年までモスクワの捕虜収容所に入れられていたが、新聞記者だったので比較的優遇された。一九二〇年にソ連の市民権を獲得、一九一九年もしくは一九二三年に『労働新聞』等の記者となり、一九二三～二六年にはウラジオストクの新聞『赤い旗』の記者をつとめた。一九二六年にタス通信に入り、受信編輯《へんしゅう》部主任をつとめた。ドイツ語が最も得意で、次いでロシア語を能くし、英語、フランス語も解したという。郵便切手の収集が趣味だと述べているのは、回想記中の記述と符合する。[3]

ちなみに『赤い旗』はロシア極東地方における最初のボリシェヴィキ系新聞として旧暦一九一七年五月一日（新暦十四日）に創刊された。同年六月二十四日から週に三度定期的に出るようになり、十月十七日からは日刊となった。チェコ軍団の反乱の後、一九一八年七月七日に合法新聞としては最後の号が出て、その後は「労働者」、「労働者と農民」、「勤労生活」、「勤労者」、「農民と労働者」、「金属労働者」、「勤労の声」、「ハンマー」、「労働の道」、「急使」といった名称で非合法紙として一九二二年十月二十三日まで出ていた。その次の号（十月二十九日）はウラジオストクに入ってくる赤軍を歓迎する内容で、再び合法紙となった。一九八〇年代には発行部数は四十万部を超え、沿海地方の主要な機関紙となっていた。一九九一年八月のクーデター以降何度か発行が途絶え、まもなく廃刊となった。[4]

タス通信の正式名称は「ソヴィエト連邦通信社」。前身は一九〇四年創設のサンクト・ペテルブルグ通信社、一九一八年以降はロシア通信社で、一九二五年に国営化されてタス通信となった。東京支局は一九二二年三月に設置された。ナギは、一九三〇年七月四日に帰国したロムの後任である。[5]

タス通信社東京支局は、京橋区銀座西八丁目九番地の同盟通信社内にあった。日本の外事警察の

1　外交史料館、J2・3・0・J／X1-R1、昭和六年五月十九日発、広田弘毅駐ソ大使の幣原喜重郎外務大臣宛電信。昭和六年六月九日「在東京「タッス」通信員「ナーギ」ニ関スル件」。「露国産業五ケ年計画　アレクセー氏談」『福井新聞』一九三一年七月四日。「タッス東京通信員来朝」『東京朝日新聞』一九三一年七月四日。

2　拙著『日露交流都市物語』成文社、二〇一四年、二〇一—二〇三頁。

3　外交史料館、J2・3・0・J／X1-R1、昭和六年六月九日「在東京「タッス」通信員「ナーギ」ニ関スル件」。

4　*Приморский край: Краткий энциклопедический справочник*. Владивосток: Издательство Дальневосточного университета, 1997. С. 257; Во Владивостоке не забывают о “Красном знамени” (https://www.zrpress.ru/society/dalnij-vostok_18.04.2017_83110_vo-vladivostoke-ne-zabyvajut-o-krasnom-znameni.html). 二〇二〇年一月二日閲覧。

5　「昭和六年中ニ於ケル外事警察概要」『特高警察関係資料集成　第十六巻〈外事警察関係〉』不二出版、一九九二年、三〇頁。

記録によると、アレクセイ・ナギは毎晩八時頃まで執務し、日曜日も出社していたという。例えば一九三五年八〜十月に彼がモスクワへ送った通信は計一一八七件に上り、そのうち新聞『プラウダ』に掲載されたのは一三六件、『イズヴェスチヤ』には六十三件、『赤い星』には十八件（九月のみ）で、掲載率は十九％弱だった。[6] 一九三七年のナギの帰国直前の時期に国際文化振興会会長で貴族院議員の樺山愛輔がソ連大使スラヴーツキーと会談しているが、樺山は会談後の所感で、「『タス』通信員『ナーギ』ハ前大使『ユレネフ』等ヨリ偉イ人物デ警戒シナケレバナラヌ」[7]と語っている。

来日当初、ナギ一家は鎌倉町稲村ヶ崎に居住し、アレクセイはここからタス通信東京支局に通っていた。一家の日本到着が気候不順の折になるので、鎌倉居住は来日前からの心積もりであった。[8] その後一家は鎌倉からソヴィエト大使館内に移った後、一九三二年一月十日に麻布区新龍土町十二の借家に移転し、さらに赤坂区榎坂町一に転居した。[9]

母ファーニャは、来日当初はエルヴィンがまだ幼かったので専業主婦だったが、一九三四年二月一日から通商代表部で庶務の仕事に就いた。月給は二八一円六銭。[10] エルヴィンが懐いていた女中の「ゆにさん」は、「近江よね」か。[11]

回想記中にもあるように、アレクセイ・ナギは一九三五年五月五日に敦賀経由で単身帰国し、九月三日に再来日した。[12]

回想記中に名前が登場する人物についても補足しておこう。

ソヴィエト大使館の所在地は一九二八年以降は東京市麻布区狸穴町である。コンスタンチン・コンスタンチノヴィチ・ユレネフ（本名クロトフスキー、一八八八―一九三八）は、アレクサンドル・トロヤノフスキーの後任として一九三三年三月十日に来日し、一九三七年二月まで駐日大使をつとめた。後任にはミハイル・スラヴーツキーが任命された[13]。アルカーヂイ・ボリーソヴィチ・アスコ

---

6 「昭和七年中ニ於ケル外事警察概要」『特高警察関係資料集成　第十六巻〈外事警察関係〉』一九四頁。「四　通信発電数とソ連邦紙掲載の件別表（事例）」、「蘇連邦タッス通信社東京支局」『外事警察概況　第一巻　昭和十年』不二出版、一九八七年、二一七―二一八、二三八頁。

7 外交史料館、M2・5・0・3-1、昭和十二年十月八日「駐日蘇連邦大使ト樺山愛輔トノ会談内容ニ関スル件」。

8 外交史料館、J2・3・0・J／X1-R1、昭和六年六月九日「在東京「タッス」通信員「ナーギ」ニ関スル件」。「昭和六年中ニ於ケル外事警察概要」『特高警察関係資料集成　第十六巻〈外事警察関係〉』三一頁。

9 「昭和六年中ニ於ケル外事警察概要」、「昭和七年中ニ於ケル外事警察概要」『特高警察関係資料集成　第十六巻〈外事警察関係〉』三一、一九五頁。外交史料館、K3・6・1・1-1、昭和十二年十月二十二日「タッス通信東京支社長ノ帰国予定ニ関スル件」。

10 外交史料館、J2・3・0・J／X1-R1、昭和六年六月九日「在東京「タッス」通信員「ナーギ」ニ関スル件」。「㈦　駐日ソ連邦機関員名簿」『外事警察概況　第一巻　昭和十年』二二四、二三四頁。

11 「七、ソ連邦公館員関係人物表」『外事警察概況　第二巻　昭和十一年』一九八七年、一五八頁。

12 外交史料館、J2・3・0・J／X1-R1、昭和十年八月二十三日「「タス」通信員「ナギ」入国査証ノ件」。「二一　ナーギの言動」『外事警察概況　第一巻　昭和十年』二一六頁。

フは一八九九年生まれで、一九二八～三一年に神戸のソヴィエト領事館の総領事の地位にあった。一九三三年十一月十三日に再来日して、一九三七年まで東京のソ連大使館の一等書記官兼情報部長をつとめた。[14]ボリス・ナウモヴィチ・ロドフは、外事警察の記録では父称は「ウラジーミロヴィチ」となっている。一九〇二年生まれで、レニングラード東洋学院日本語科を卒業し、一九三二年八月十九日に来日。東京のソ連大使館の書記生で情報係、一九三六～三八年には外交官補をつとめた。妻のスラーヴァはスラヴーツキー大使の秘書として働いていた。[15]

東京のソヴィエト通商代表部は一九二五年十二月二十八日に設置され、通商代表は駐日ソ連邦大使館付商務参事官として外交官の待遇を受けていた。通商代表部は東京市麻布区笄町《こうがい》四番地、次いで麹町区内幸町一丁目三番地大阪ビルディング四階、その後麹町区丸の内三丁目十番地仲通五号館の一に置かれていた。一九三三年の時点で部員数は、代表、副代表、代表秘書、法律顧問各一名、経済調査部一名、電信係一名、タイピスト一名、会計部三名、茶業部二名、輸出部二名、漁業部一名、石油部一名、運輸部一名、木材部四名、用度係一名、暗電係一名、夜警係一名の計二十六名、他に使用邦人十一名を合わせて総計三十七名だった。これは一九三〇年末の約半数で、日ソ貿易の不振を反映していた。[16]

ウラジーミル・ニコラエヴィチ・コチェトフは、一八九四年サマーラに生まれた。一九一四年にロシア軍に入隊して一九一七年まで西部戦線で戦い、その後南部地方とコーカサス地方で内戦に参加した。一九二二年にコーカサス国民経済会議議長に就任。一九二四年からレニングラードで外国交易団体を指導し、ハンブルグの通商代表部指導者として三年以上勤務した。ソ連邦外国貿易人民委員部参与。一九三二年十二月九日午後八時二十五分にコチェトフはニーナ夫人と敦賀経由で東京駅に来着した。アレクサンドル・アサトキンの後任として一九三七年まで第四代目の通商代表をつとめた。東京市大森区新井宿の青年会アパートに居住。コンスタンチン・ラヴロフは日本に在住し、通商代表部から補助を受けてその日露二カ国語の月刊機関誌『日露経済通信』（ロシア語名 "Информационный Бюллетень"）を発行していたが、そのラヴロフによると、コチェトフは二代前のパーヴ

13　『日露年鑑　昭和十三年版』日露貿易通信社、一九三七年、六八九頁。Lensen G.A. *Russian Diplomatic and Consular Officials in East Asia.* Tokyo: Sophia University, 1968, p. 223.

14　『日露年鑑　昭和九・十年版』一九三四年、九六頁。「十　駐日ソ連邦公館員名簿」『外事警察概況　第二巻　昭和十一年』一〇四頁。Lensen. *Op. cit.*, pp. 217-218.

15　「昭和七年中ニ於ケル外事警察概要」『特高警察関係資料集成　第十六巻〈外事警察関係〉』一九一頁。「昭和八年中に於ける外事警察概要」『特高警察関係資料集成　第十七巻〈外事警察関係〉』一九九二年、五、二一、二二、二八頁。Lensen. *Op. cit.*, p. 231.「㈢臨時東京支社長イオーニンの動静」『外事警察概況　第三巻　昭和十二年』一九八七年、九五頁。

16　ロシア人の合計は二十四名、日本人も合わせた総計は三十五名のはずだ。「昭和八年中に於ける外事警察概要」『特高警察関係資料集成　第十七巻〈外事警察関係〉』四四頁。『日露年鑑　昭和四年版』一九二八年、一八四頁。『日蘇年鑑　一九三五年版』日蘇通信社、一九三五年、三四〇頁。

エル・アニケーエフに比べると小人物で、日本の商人間で評判が悪かったという。一九三七年六月二十五日午後十時に東京駅発列車で敦賀経由帰国の途についた。[17]

ソロモン・アローノヴィチ・プロトキンは一八九一年生まれ。一九三四年七月二十四日に来日し、通商副代表をつとめた。[18] コチェトフ、プロトキン、通商代表秘書ネナローコフ、法律顧問ベックマン、輸出部主任レーズニコフらはいずれもユダヤ人で人種的に団結し、他の部員は彼らを嫌忌して、両者の間には相当の確執があったという。[19]

第三部で言及されるセルゲイ・ミハイロヴィチ・パヴロフは一八八四年生まれ。一九三二年五月二十日または二十一日に来日し、通商代表部で会計部の出納係、次いで会計部主任をつとめた。赤坂区榎坂町五番地に居住。主任時代の月給は七〇三円六六銭だった。[20]

そして問題のクドリャフツェフ。この人物は一九〇三年生まれで、一九三四年五月二十三日に来日した。本文中には独身とあるが、妻を同伴していたようだ。[21]

もう一人、エルヴィンのドイツ人の友達ハンスの父は、「ナチス機関紙フェルキッシュ・ベオバフタ通信員」アルブレヒト・ブラーだろう。[22]

ナギ一家が日本滞在中の日本在留ソ連人の数は、一九三一年は不明、一九三二年は三七〇人、一九三三年は二七〇人、一九三四年は二四〇人、一九三五年は二八一人、一九三六年は二六八人、一九三七年は二四五人だった。[23] 一九一七年の十月革命後、ソヴィエト政権樹立を目指す赤軍と旧帝政派の白軍が一九二二年までロシア国内で戦った。そして最終的に赤軍が勝利し、白軍の軍人やその支持者約二百万人が国外へ亡命した。ナギ一家が日本滞在中の日本在留白系ロシア人（旧露国人）の数は、一九三二年は一五六一人、一九三二年は一一六七人、一九三三年は一二〇九人、一九三四年は一二一七人、一九三五年は一二四八人、一九三六年は一二九四人、一九三七年は一三四五人だった。[24] 但し、これは警察に登録された者のみで、これ以外に一時滞在の者やトランジットの者もおり、

17　「昭和六年中ニ於ケル外事警察概要」『特高警察関係資料集成　第十六巻〈外事警察関係〉』三三頁。「昭和八年中に於ける外事警察概要」『特高警察関係資料集成　第十七巻〈外事警察関係〉』四五、五二―五三頁。『日露年鑑　昭和八年版』一九三三年、八五―八六頁。『日露年鑑　昭和九・十年版』一四〇頁。『日蘇年鑑　一九三五年版』三四〇頁。「通商代表コチエートフの帰国」『外事警察概況　第三巻　昭和十二年』九八頁。Lensen. *Op. cit.*, p. 225.

18　「㈦　駐日ソ連邦機関員名簿」『外事警察概況　第一巻　昭和十年』一三三頁。

19　「イ　部員の言動」『外事警察概況　第一巻　昭和十年』二二四頁。

20　「昭和七年中ニ於ケル外事警察概要」『特高警察関係資料集成　第十六巻〈外事警察関係〉』一四三頁。「㈦　駐日ソ連邦機関員名簿」『外事警察概況　第一巻　昭和十年』二二四、二三三頁。

21　「へ、邦語研究」『外事警察概況　第一巻　昭和十年』二〇二頁。「十　駐日ソ連邦公館員名簿」『外事警察概況　第二巻　昭和十一年』一一四頁。

22　「七、ソ連邦公館員関係人物表」『外事警察概況　第二巻　昭和十一年』一五八頁。

23　『内務省統計報告』第四十六―五十巻（昭和七―十一年）、復刻版、日本図書センター、一九九一年。内閣統計局編纂『日本帝国統計年鑑』第五十七回（昭和十三年）、東京統計協会、一九三八年。

実人数はもっと多かったはずだ。当時の日本では、ナギ一家のようなソ連人よりもはるかに多くの白系ロシア人が住んでいたのである。

一九一〇年に起こった大逆事件を契機として、同年に警視庁に特別高等警察（特高）が設けられた。そして一九一七年のロシア革命を機に内務省警保局内で外事警察が強化された。さらに一九二五年に日ソ基本条約が締結され、これに伴って在留および入国の外国人、とりわけロシア人に対する視察取締りが厳重化した。日本在留ソ連人も白系ロシア人も、常にこのような監視の下に置かれていたのである。回想記中に、「ある保母が、わが家で働き始めて数日後、どうやら顔を殴られたらしく、泣きながら帰って来て、一言も言わず、自分の荷物をまとめて出て行った」（二六頁）というくだりがあるが、この女性は警察で一家の日常生活についての情報提供を強制されたのだろう。

最後に一九三七年のアレクセイ・ナギ一家の帰国について触れておこう。アレクセイにとってこの帰国命令は青天の霹靂《へきれき》だったようだ。廣田弘毅外務大臣の重光葵《まもる》駐ソ大使宛の電信には、ナギ「自身モ突然ノ帰国命令ニ不審ヲ懐キ居ルカ如ク萎《しお》レ居ル有様ナリ」[25]とある。一方、外事警察はナギ召喚の理由として次の二点を挙げている。即ち、彼は一九三七年九月三日に大使館用自動車を無免許運転して外相官邸へ行く途中、自転車に衝突して自転車を破損、乗っていた日本人に打撲障害を負わせて、そのまま走り去った。そして自動車取締令違反に問われて、東京区裁判所で罰金五十円の刑に処せられた。このような警察事犯を引き起した者は以後警察に注視されるので、従来の例に従って帰国させることになったということ。またナギの斡旋《あっせん》によって入ソした『東京日日新聞』の特派員・布施勝治《かつじ》がソ連国内から反ソ的な通報を日本に送り続けており、その責任を問われたことである。[26]「ファギちゃんたちが帰るってベニータが言ったとき、パパは難しい顔をして、ファギちゃんのパパはモスクワで牢屋に入れられるだろうって言ったよ」（六一頁）というアメリカ人の友達エリックの言葉は、図星を突いていたのである。

一九三七年十一月一日午後七時十分より京橋区銀座西八ノ二の「A、1」なる場所で同盟通信社主催のナギ送別会が開かれた。出席者は同社社長・岩永裕吉と各部局長の計六名の日本人とナギ、そしてイギリス、フランス、アメリカ、ドイツの通信員五名である。[27]

ナギ一家が新潟港から帰国したというのは著者の記憶違いである。一家は十一月五日に東京駅を出発し、六日午後三時に敦賀港から「さいべりや丸」でウラジオストクへ向けて出発したのである。「さ

---

24 『内務省統計報告』第四十五—五十巻（昭和六—十一年）。『日本帝国統計年鑑』第五十七回（昭和十三年）。

25 外交史料館、A3・5・0・2-5、昭和十二年十月十九日「「ナギ」ノ帰国ニ関スル件」。

26 「ナーギの自動車取締規則違反」『外事警察概況　第三巻　昭和十二年』九三頁。外交史料館、K3・6・1・1-1、昭和十二年十月二十二日「タッス通信東京支社長ノ帰国予定ニ関スル件」。

27 「ナーギの帰国」『外事警察概況　第三巻　昭和十二年』九四頁。

いべりや丸」は一九三五年五月に「天草丸」に替わって敦浦航路に就航した三〇九八トンの船である。[28] 敦賀出発時のアレクセイ・ナギの様子が『福井新聞』の記者によってこう書き留められている。「突然の帰国命令で帰るが東京には六年間滞在しモスコーには四日間滞在するだらうが再び東京には復《かへ》らないとかたり支那事変の感想を叩《たた》けば『日本軍は強い』とばかり憂鬱そうであつた」[29]

ちなみに第一部第二章冒頭に、「船側に書かれた二つの漢字は、パパの説明によると、『シベリア』という意味だった」（六七頁）とあるが、この「二つの漢字」は、一家が往路に乗船した「天草丸」と混同しているのかもしれない。

（埼玉大学名誉教授、日露交流史）

28 前掲拙著、二〇四―二〇五頁。「ナーギの帰国」『外事警察概況　第三巻　昭和十二年』九三―九四頁。
29 「日本軍は強いとばかり　憂鬱なタス通信員」『福井新聞』一九三七年十一月七日。

訳者解題

野中　進

本書は、以下のロシア語の本の翻訳である。Эрвин Наги. *Былое в памяти моей: Erinnerungen* (Дюссельдорф, 2001)（エルヴィン・ナギ『私の記憶の中の過去　回想』（デュッセルドルフ、二〇〇一年））。ドイツ語訳もある。Erwin Nagy. *Das Vergangene in meinem Gedächtnis: Japan—Russland—Deutschland* (Halle, 2008). 本訳書では、日本の読者に親しみやすいように改題させていただいた。

訳者としての立場から、本訳書の成立と背景について簡単に述べておきたい。

私がこの回想録、そして著者のエルヴィン・ナギ氏に出会ったのは二〇一〇年九月のことである。当時、私は研究休暇をいただき、ベルリンに滞在していた。ある日、埼玉大学の同僚でハンガリー美術史の専門家である井口壽乃《いぐちとしの》教授から「ロシア語の通訳をしてくれないか」というメールが来た。彼女が長年研究しているハンガリー出身の芸術家、ラースロー・モホイ＝ナジの甥《おい》御さんがデュッセルドルフ在住で、インタビューの約束をしたのだが、ロシア語が母語だと分かったので、通訳をお願いしたいとのことだった。

モホイ＝ナジについては井口さんの『ハンガリー・アヴァンギャルド——MAとモホイ＝ナジ』（彩流社、二〇〇〇年）を読んだことがあり、ワイマール共和国時代に創られた芸術学校バウハウスの中心メンバーの一人で、二十世紀のデザイン史で大きな役割を果たした人物であるくらいのことは知っていた。その甥御さんがどうしてロシア語が母語なのだろうかと考えながら、デュッセルドルフに向かった。

九月十六日、井口さんと（当時、埼玉大学大学院生だった）中欧デザイン史研究者の角山朋子さんと一緒に、郊外のアパートメントを訪れた。ナギさんと奥様のラヒリさん（回想では愛称のイーリャで出てくる）が出迎えてくださった。ご馳走をいただきながらうかがったナギさんの生い立ち、とりわけ幼年時代を過ごした日本についてのお話は、おとぎ話のようにワクワクさせるものだった。七十年以上前の出来事を細やかに生き生きと語られるナギさんの記憶力は驚異的だった。あっという間に時間がすぎ、おいとまする段になって、「私の回想録です」といっていただいたのが本書である。

ベルリンに戻って一読して、記憶の鮮やかさ、印象的な語り口、そして数々の魅力的なエピソードに強い印象を受けた私は、日本滞在の章を中心に前半部分だけでも訳出しようと思った。ナギさんに申し出たところ、日本の方に読んでいただければ嬉しいかぎりですというお返事が来た。私は仕事にとりかかった。ところが……。

スローペースではあったが、それでも二〇一三年には第一部を訳し終えた。だが、どうにも自分の訳文が気に入らないのと、日々の雑事に追われてしまい、訳稿はしだいに私の意識から遠のいていった。ナギさんに申し訳ないと思いつつ、月日が流れた。

二〇一九年七月、ある講演会で東洋書店新社の岩田悟氏と会うことがあり、中断した翻訳についての懺悔《ざんげ》話をしたところ、「読ませてください」といつもの物静かな口調で言われた。久々にPC内の「ナギさん」という題のフォルダを開け（いくつかのファイルは破損していた）、岩田さんに送った。数日後、「出版しましょう」というメールが届いた。怠け者の私もさすがに、これが最後のチャンスと悟り、数年ぶりにナギさんに連絡をとった。その際、なかなか連絡がつかず、友人のヴァレリー・グレチュコ、そしてドルトムント在住の彼のご両親（ナギさんもそうだが、ソ連崩壊後、ドイツに移住したロシア人は数百万人に上る）に現地の電話帳を調べてもらったり、電話をかけてもらったりと、大変お世話になったことも記しておきたい。ようやく連絡の取れたナギさんに無沙汰と不義理をお詫びし、翻訳を再開した。岩田さんが「全訳で出しましょう」と言ってくれたので、後半部分も訳した。ナギさんとの約束を十年越しで果たすことができ、嬉しい気持と申し訳ない気持とが半々である。

本書の内容については余計な解説はいらないだろう。訳者のひいき目を抜きにしても、面白い回想であり、とにかく読んでいただければと思う。ただ、そうは言っても、日本の読書界に本書を送り出すに当たって、いくつかお断りしておくべきことがある。

第一に、回想というジャンルの宿命についてである。一読して分かる通り、ナギさんの記憶は驚くほど細かいものだが、それでも人の記憶や回想には、間違いや勘違いがつきものである。とくに日本滞在時のナギさんは、利発とはいえあどけない子どもであり、かつ外国暮らしだったのだから、なおさらである。

そこで、埼玉大学の同僚で日露交流史が専門の沢田和彦教授に「アレクセイ・ナギ一家の日本滞在」と題して解説を書いていただいた。沢田さんは『白系ロシア人と日本文化』(成文社、二〇〇七年)、『日露交流都市物語』(成文社、二〇一四年)などの著書があり、本書の解説をお願いするのにこれ以上の人選はない。ぜひ、ナギさんの回想と併せてお読みいただきたい。昭和初期の日本で暮らしていたロシア人たちのようすがよく分かるだろう。

ソ連帰国後の章についても、記憶違いと思われる点が散見されたので、必要な範囲で訳注をつけた。また、日本人には馴染みの薄いソ連・ロシアの人名や事項についても訳注をつけた。ただ、いずれの場合も、読者に煩わしくならない程度にすることを心がけた。結局のところ、回想というジャンルは歴史資料として読むより、一人の人間の証言として読むのが良いように思われる。

第二に、著者の父親アレクセイ・ナギについて。「父の運命」は本書の柱をなすテーマである。ナギさんの日本での「幸福な幼年時代」も、ソ連での「不安多き思春期」も、父アレクセイの運命を軸にしていた。本書第三部「父のファイル」は、成人となった著者が父親の名誉と記憶のために国家権力に挑んだ「闘い」の記録である。ここでナギさんは、父親の生涯だけでなく、自分自身の生涯もふり返っている、と言えるだろう。

アレクセイ・ナギ（ハンガリー名はナジ・アーコシュ）は、本文にもある通りハンガリー出身である。生年については一八九三年と一八九七年の二つの説がある。ソ連の公式書類では一八九三年となっていたようだ（沢田和彦氏の解説、および本書第三部「父のファイル」でのKGB回答を参照）。一方、モホイ＝ナジ研究の文脈ではアーコシュは一八九七年生まれ、つまり一八九五年生まれのラースローの弟とするのが定説である（井口壽乃氏のご教示による）。ナギさんも一八九七年説を取っている。四年のズレはかなり大きいが、なぜ生じたのかはよく分からない。ロシア革命と内戦のさなかで、アレクセイが実際の年齢より高めに申告したのかもしれないが、推測の域を出ない。

ちなみに、井口さんの『ハンガリー・アヴァンギャルド――MAとモホイ＝ナジ』の巻末にはモホイ＝ナジの自伝的短編「出会い」が訳出されている。少年時代のラースローとアーコシュが、家族を捨てた父親に再会したときのようすを描いた作品である。ナギさんは本書の初めに、父方の祖父はアメリカに出稼ぎに行ってそのまま行方知れずになったと書いているが、実際にはアメリカには行っていないという説も有力である。

さて、ソ連人として生きることになったアレクセイ・ナギだが、ジャーナリストとしてのキャリアを歩んだことからも分かるように、語学の才能に恵まれていたのだろう。実際、彼はロシア語で小説さえ書いている。『世界の屋根の上での利権協定』（一九二七年）というＳＦプロパガンダ小説で、二〇一九年にはロシアで再版もされた（ただし電子版のみ）。ナギさんの回想とは直接関係ないが、あらすじを紹介しておきたい。一九四五年、ユーラシア大陸はヨーロッパからアジアに至るまでソヴィエト化され、ユーラシア・ソヴィエト連邦となっている。一方、アメリカ合衆国は世界の資本主義陣営に君臨している。物語は、パミール高原で「テリート」という新しい物質が発見されたところから始まる。「テリート」の開発をめぐって二つの超大国のあいだで駆引きが行われる。アメリカ側は、この物質を用いて強力な新兵器を作り出せることに着目し、発掘と輸出の利権を獲得する。ソ連側もアメリカの意図に気づき、物質の国外持ち出しを阻止しようとするが、失敗する。武器転用に成功したアメリカはユーラシア・ソヴィエト連邦への総攻撃を開始する。万事休すかに見えたが、ソ連の科学者によるさらなる新発見、そして社会主義に共鳴するアメリカの知識人と労働者たちによって資本主義アメリカは敗北する、という物語である。

この種のＳＦプロパガンダ小説は革命後のソ連で無数に書かれた。アレクセイ・ナギの作品もその一つにすぎない。文学的な価値は乏しい。だが興味深いと思われるのは、一九四五年にソ連とアメリカが世界の二大超大国となり、新しい科学的発見に基づく新兵器の開発競争をくり広げるという筋立てである。現実の世界史と引き比べると、奇妙な符合を示しているではないか。こういう偶然はときどき起こるものだが、それでもアレクセイ・ナギの想像力は注目に値するだろう。

第三に触れておきたいのは、ナギさんの回想の独特な魅力がどこから来るかということである。二十世紀初頭、まさに大戦と革命のさ中、ロシアの文芸評論家ヴィクトル・シクロフスキーは「異化《オストラネーニエ》」という概念を提唱した。「ふだん見慣れたものをあたかも初めて見るかのように描く」という手法であり、シクロフスキーの考えでは、異化こそ芸術の本質をなす。人は芸術を通して、ふだん見慣れた日常を非日常の相で見直すのである。

ナギさんはけっして「芸術的」な回想を書こうとしたわけではない。だが、本書の魅力を説明するのに異化の概念はぴったりであろう。外国人の子どもとして日本を見る眼。帰国後、ずっと聞かされていた「世界でいちばんよい国」を見る眼。戦時中、疎開先で農村の現実を見る眼。一言でいえば、日本でもソ連でも「異邦人」として生きることの多かったエルヴィン少年は、子どもが成長するにつれ失くしていく「異化する眼」を常人より鋭く、長く持つこととなった。この異化する眼こそ、ナギさんの文章の独特な魅力ではないだろうか。

全体として見れば、ナギさんは数奇な人生を送ったとも言えるし、平均的なソ連人だったとも言える。旧ソ連では、スターリン時代に家族や親戚が政治的迫害を受けたことのある人はけっして珍しくない。また、ナギさんの少年時代の文学の好みなども平均的であり、特別な個性を表すものではない。長い年月をかけてユダヤ人としてのアイデンティティに目覚めていったことも、多くのユダヤ系ソ連人がたどった人生行路である。粛清された家族の記録を勝ち取るための長く苦しい闘い——それさえ、ソ連末期の「ありふれた」光景だった。こうした点で、彼の回想は典型的な「ソ連人の物語」であり、その点も本書の面白さをなしている。スターリン時代に生きるということがどういうことだったか、単なる知識としてでなく、感覚的に伝わってくるところがあるだろう。

本書には、悲しいエピソードとともに、救いを感じさせるエピソードも少なくない。苦境にいる著者に手を差し伸べる人々の姿は、感動的というのを越えて、ときに不可思議でさえある。もちろん、「善良なサマリア人」はどこの国にもいるだろう。だがソ連では、「国家」と「社会」の分断がとくに激しかったことを指摘しておきたい。国家の論理で虐げられた人々が社会の論理で助け合う、ということが日常的にあった。ナギさんは苦しいときも希望とユーモアを忘れなかった人だが、それは彼の個人的性格のみによるものではないだろう。多くのソ連人が持っていた「社会」への信頼——それは「国家」への不信の裏返しだった——が、彼を支えたのだろう。

ナギさんの日本への親愛感についても触れておきたい。よく覚えているのは、デュッセルドルフのご自宅で彼が見せてくれた日本の皿や絵である。一九三七年に日本から持ち帰ったものが二〇一〇年のドイツのアパートメントに大切に保存されていたのである。「ソ連時代、これらのものを持っているのはとても危険だった。だが、ママと私はどうしても捨てられなかった」と話されていた。「日本については良い思い出しか残っていない」とくり返されていたことも印象的である。ナギさんにとって、それらの品物は「幸福な幼年時代」のしるしだったのだろう。

本訳書の出版に関して、多くの方のお世話になった。井口壽乃さんのご紹介がなければ、そもそもナギさんと彼の回想に出会っていなかっただろう。東洋書店新社の岩田悟さんと話していなければ、眠っていた訳稿が目を覚ますことはなかっただろう。埼玉大学で二十年以上お世話になった沢田和彦さんに解説を書いていただいたことは、私にとって大きな喜びである。

その他にも、内容の細部の確認のため、埼玉大学の同僚である一ノ瀬俊也さん（日本史）、島田玲子さん（食品学）、市川康夫さん（地理学）にご教示をいただいた。大学というのは、分からないことがあるとすぐ専門家に質問できる、便利で楽しい場所である。社会や大学のあり方がどう変わろうと、この楽しさは守っていきたい。

ロシア語表現やソ連・ロシアの生活については、いつものように友人のヴァレリー・グレチュコさん、ボリス・ラーニンさんに教えていただいた。埼玉大学で日本文学を学んでいる大学院生オリガ・アノソワさんにも多くの時間を割いてもらった。

日本とソ連について印象深い、誠実な回想を書いてくださった（そして多年にわたる私の不義理を我慢してくださった）エルヴィン・ナギさんに本訳書を捧げたい。

二〇二〇年七月

［著者］

エルヴィン・アレクセエヴィチ・ナギ

1930 年モスクワ生まれ。ソ連のタス通信の記者である父親の仕事の関係で、1931 年から 1937 年まで日本で過ごす。ソ連帰国後、父アレクセイが「日本のスパイ」などの罪状で粛清。独ソ戦中、母ファーニャとともにシベリアに疎開。1955 年、モスクワ・エネルギー大学を卒業し、1990 年まで電気技師として働く。1994 年、家族とともにドイツに移住。デュッセルドルフ在住。

［訳者］

野中 進（のなか・すすむ）

1967 年神奈川県生まれ。埼玉大学教養学部教授。20 世紀のロシア文学が専門。著書に『秘められた比喩：アンドレイ・プラトーノフの文体の詩学』（ロゴス社［セルビア］、2020）、共編著に『ロシア文化の方舟―ソ連崩壊から二〇年』（東洋書店、2011）、『再考ロシア・フォルマリズム―言語・メディア・知覚』（せりか書房、2012）など。

［解説執筆］

沢田和彦（さわだ・かずひこ）

1953 年大阪府生まれ。埼玉大学名誉教授。博士（文学）。日露交流史が専門。著書に『白系ロシア人と日本文化』（成文社、2007）、『日露交流都市物語』（成文社、2014）、『ブロニスワフ・ピウスツキ伝―〈アイヌ王〉と呼ばれたポーランド人』（成文社、2019）など。

革命記念日に生まれて

子どもの目で見た日本、ソ連

著　者　エルヴィン・ナギ
訳　者　野中 進

2020年9月1日　初版第1刷発行

発行人　揖斐 憲
発　行　東洋書店新社
〒150-0043 東京都渋谷区道玄坂1-22-7 道玄坂ピアビル4階
電話 03-6416-0170　FAX 03-3461-7141

発　売　垣内出版株式会社
〒158-0098 東京都世田谷区上用賀6-16-17
電話 03-3428-7623　FAX 03-3428-7625

装　丁　伊藤拓希
印刷・製本　中央精版印刷株式会社

落丁・乱丁本の際はお取り替えいたします。定価はカバーに表示してあります。

ISBN978-4-7734-2038-8